OETINGER TASCHENBUCH

Marliese Arold, geboren 1958 in Erlenbach am Main, studierte Bibliothekswesen und veröffentlichte 1983 ihr erstes Kinderbuch. Seitdem hat sie zahlreiche erfolgreiche Bilder-, Kinder- und Jugendbücher geschrieben, die bislang in zwanzig Sprachen übersetzt wurden.
»Ich möchte«, so Marliese Arold, »den Spaß, den ich beim Schreiben habe, an meine Leser weitergeben, sie mit originellen Einfällen überraschen und in ihren Köpfen neue Welten entstehen lassen.«

Marliese Arold

Die Rückkehr nach Atlantis

Oetinger Taschenbuch

Außerdem bei Oetinger Taschenbuch erschienen:
Die Delfine von Atlantis (Bd. 1)

Das Papier dieses Buches ist FSC®-zertifiziert und wurde von Arctic Paper Mochenwangen aus 25% de-inktem Altpapier und zu 75% aus FSC®-zertifiziertem Holz hergestellt.
Der FSC® ist eine nicht staatliche, gemeinnützige Organisation, die sich für eine ökologische und sozialverantwortliche Nutzung unserer Wälder einsetzt.

1. Auflage 2012
Oetinger Taschenbuch GmbH, Hamburg
Januar 2012

Titelbild: Almud Kunert
Druck: CPI – Clausen & Bosse, Leck
ISBN 978-3-8415-0018-2

www.oetinger-taschenbuch.de

Wenn Du diese Zeilen liest, bin ich tot.
Du und ich, wir hatten große Pläne. Du hast mich immer unterstützt. Dafür wollte ich Dich belohnen und zu einem Fürsten machen.
Sicher bist Du jetzt enttäuscht, weil Du deine Belohnung nicht mehr bekommst.
Du irrst dich, mein Freund.
Es ist noch nicht alles vorbei.
Du kannst mich ins Leben zurückholen.
In dem beiliegenden braunen Umschlag steht alles, was Du dafür tun musst.

Bis bald,
Zaidon

Erster Teil

Zwei Delfine schützen
das Herz der Zeit.
Magie könnte nützen,
denn Atlantis ist weit.

1. Kapitel
Die Diebin

Noch nie hatte Sheila etwas gestohlen.
Der Inhaber des Antiquitätengeschäfts beobachtete sie misstrauisch, während sie sich im Laden umsah. Sie war schon vor zwei Tagen hier gewesen und hatte gefragt, wie viel die Spieluhr mit den Delfinen kostete, die im Schaufenster stand.
»Zweihundertvierzehn Euro.«
»Oh.«
So viel Geld besaß Sheila nicht und würde es auch in der nächsten Zeit kaum auftreiben können. Und bis Weihnachten war die Spieluhr sicher verkauft.
Seit Sheila die Delfinuhr das erste Mal gesehen hatte, wusste sie, dass sie diese Spieluhr unbedingt haben musste. Nicht nur, weil sie wunderschön aussah: Auf dem Deckel der goldfarbenen Dose waren zwei springende Delfine angebracht. Wenn man die Spieluhr aufzog, erklang eine zarte Melodie und die Delfine begannen sich zu drehen. Dabei funkelten ihre goldenen Körper.
Sheila liebte Delfine und hatte in ihrem Zimmer zu Hause schon eine ganze Sammlung von Delfinfiguren und -bildern. Ihre Mutter regte sich manchmal darüber auf, wenn sie Staub wischen wollte, und drohte Sheila damit, eines Tages den ganzen Krempel in eine Schachtel zu packen und wegzuwerfen.
Doch die Spieluhr war anders als die Figuren zu Hause.
Sheila hatte das Gefühl, dass sie irgendetwas in ihr wachrief.
Als sie beim ersten Besuch in dem Laden die Delfine mit ihren

Fingern berührte, hatte sie das Gefühl gehabt, dass in ihr eine Erinnerung aufblitzte. Doch sie konnte nicht genau erkennen, was es war.

Sheila kam selten in diese Gegend, aber heute war sie extra einen Umweg von der Schule nach Hause gegangen, um sich zu vergewissern, dass die Spieluhr noch im Schaufenster stand. Kurz entschlossen hatte Sheila wieder den Laden betreten, in der Hoffnung, dass der Händler die Uhr noch einmal aufziehen würde und sie die Delfine anfassen durfte.

»Na, willst du die Spieluhr jetzt doch kaufen?«, fragte der Mann, der Sheila gleich wiedererkannte.

»Nein. Ja … aber ich hab nicht so viel Geld.«

Er machte keine Anstalten, die Spieluhr aus dem Schaufenster zu holen. »Schenken kann ich sie dir nicht.« Er schien darauf zu warten, dass sie wieder ging.

»Äh … Kann ich mich noch ein bisschen umsehen?«, fragte Sheila. Vielleicht entdeckte sie etwas Ähnliches, das billiger war. Doch tief im Herzen wusste sie, dass sie nur diese eine Spieluhr wollte.

»Natürlich.«

Er behielt sie im Auge. Sheila fühlte sich unwohl. Unentschlossen trat sie an das Regal mit den billigen Schmuckketten und Armbändern und ließ die bunten Plastikketten durch ihre Finger gleiten.

In diesem Moment klingelte das Telefon im Laden. Der Inhaber verschwand hinter dem grünen Samtvorhang und Sheila hörte, wie er mit dem Anrufer sprach.

»Die Spieluhr mit den Delfinen? – Ja, die ist noch da.«

Sheilas Herz jagte, sie ließ die Ketten los.
»Übermorgen? Gut, dann lege ich die Spieluhr für Sie zurück. Zweihundertvierzehn Euro. Ja, Sie können bei mir auch mit Karte bezahlen.«
Alles ging jetzt blitzschnell. Mit zwei Sätzen war Sheila beim Schaufenster, packte die Spieluhr und schob sie unter ihren Anorak. Dann riss sie die Ladentür auf und stürmte nach draußen.
Sie rannte den Gehsteig entlang, bis ihre Lungen stachen und sie keine Luft mehr bekam. Erst dann blieb sie schwer atmend stehen und sah sich um.
Niemand kam hinterher. Falls der Inhaber ihr nachgelaufen war, hatte sie ihn abhängen können.
Erschöpft lehnte sich Sheila gegen eine Hauswand. Was hatte sie getan? Sie befühlte die Spieluhr und zog sie dann langsam unter ihrem Anorak hervor. Als sie das kleine Kunstwerk in der Hand hielt, verspürte sie ein Glücksgefühl. Diese schönen Delfine! Gleichzeitig hatte sie ein unglaublich schlechtes Gewissen. Sie hatte die Spieluhr tatsächlich gestohlen! Aber sie hatte sie einfach haben müssen, unbedingt! Sie hatte nicht zulassen können, dass ein anderer sie kaufte.
Vorsichtig verstaute Sheila die Delfinuhr in ihrem Rucksack. Ihre Brust brannte, als sie sich auf den Heimweg machte. Sie war eine Diebin! Würde der Antiquitätenhändler Anzeige erstatten? Bestimmt. Er wusste ja, dass nur sie als Täterin infrage kam. Und er hatte sich ihr Gesicht bestimmt genau gemerkt.
In der nächsten Zeit musste sie diese Gegend unbedingt meiden.
Trotzdem bereute sie ihre Tat nicht. Aus irgendeinem Grund

gehörte die Spieluhr zu ihr und Sheila wurde das Gefühl nicht los, dass sie noch wichtig für sie werden würde.
Nachdem im letzten Sommer so viel Unmögliches und Wunderbares geschehen war, war in Sheilas Leben wieder der Alltag eingekehrt. Manchmal kam es ihr so vor, als hätte sie die Abenteuer damals nur geträumt. Aber Gavino, ihr Vater, der jetzt bei Sheila und ihrer Mutter lebte, war der beste Beweis dafür, dass alles tatsächlich passiert war.
Sheila war bei der Haustür angekommen, zog den Schlüssel aus ihrer Anoraktasche und schloss die Tür auf. Im Treppenhaus roch es nach Bohnerwachs und warmem Essen. Sie wohnten im vierten Stock – zweiundsiebzig Stufen. Das Haus war alt und die Holzstufen knarrten, als Sheila die Treppe hinauflief. Hoffentlich sah man ihr den Diebstahl nicht an. Sie hatte keine Ahnung, was sie ihrer Mutter erzählen sollte. Sabrina würde ihr nie glauben, dass sie die Spieluhr einfach hatte stehlen *müssen* …
Sheila wollte den Schlüssel in die Wohnungstür stecken, doch da wurde die Tür schon geöffnet. Ihr Vater stand vor ihr und strahlte sie an.
»Schön, dass du da bist, Sheila.«
»Hallo, Gavino«, antwortete Sheila. Sie sagte niemals *Vater* oder *Papa* zu ihm. Sie war dreizehn Jahre ohne Vater aufgewachsen und konnte sich nur schwer daran gewöhnen, dass es jetzt anders war. Außerdem sah Gavino so jung aus – viel zu jung, um eine so große Tochter zu haben. Viele Leute hielten Gavino deswegen für Sheilas älteren Bruder. Sheilas Klassenkameradin Kristin hatte heute in der Schule gefragt, ob es stimmte, dass sich Sheilas Mutter einen jungen Kerl aus Italien mitgebracht hätte.

»Von Sardinien«, hatte Sheila sie korrigiert.
»Dann stimmt es, ja? Er wohnt bei euch?«
Sheila hatte mit den Schultern gezuckt. Sollte Kristin doch glauben, was sie wollte. Die Wahrheit würde ihr ohnehin kein Mensch abnehmen.
Er ist mein Vater und er sieht deswegen so jung aus, weil er dreizehn Jahre in einen steinernen Delfin verwandelt war.
Das klang viel zu fantastisch. Aber genau so war es gewesen, und Gavino hatte große Probleme, weil ihm dieser Zeitabschnitt seines Lebens fehlte. Außerdem hatte er seine Heimat verlassen und wohnte jetzt mit Sheila und ihrer Mutter in Hamburg. Sheila hatte immer mehr den Eindruck, dass ihr Vater nicht besonders glücklich war und sich nach dem Meer sehnte.
Ihr erging es ähnlich. Noch nie hatte sie einen so aufregenden Sommer erlebt wie in diesem Jahr. Sie wusste nun, dass sie seit ihrer Geburt mit dem Meer verbunden war, genau wie ihr Vater. Sie beide waren Meereswandler – Menschen, die sich in Delfine verwandeln konnten. Inzwischen träumte sie fast jede Nacht davon, dass sie wieder ein Delfin war. Zusammen mit Mario, den sie auf Sardinien kennengelernt hatte, erkundete sie die Ozeane …
»Ich habe gekocht«, sagte Gavino und riss Sheila aus ihren Gedanken. »Wir können gleich essen. Es gibt Makkaroni mit Olivenpesto. Deine Mutter hat angerufen, sie kommt etwas später.«
Sheila nickte, hängte ihren Anorak an die Garderobe und verschwand im Bad, um sich die Hände zu waschen. In der letzten Zeit machte ihre Mutter oft Überstunden im Schuhgeschäft. Sie brauchten das Geld dringend, weil sie jetzt zu dritt lebten.
In der kleinen Küche herrschte Chaos. Gavino konnte sehr lecker

kochen, aber danach sah es immer aus wie auf einem Schlachtfeld.
Sie aßen, ohne viel miteinander zu reden. Gavino sah immer wieder zum Fenster hinaus. Draußen hatte sich der Himmel zugezogen, es war dunkel und grau. Die milden Tage schienen endgültig vorüber zu sein. Morgen war der erste November. Lange, triste Monate standen bevor. Sheila seufzte. Sie sehnte sich nach dem Sommer.
»Ich glaube, es geht nicht gut«, sagte Gavino plötzlich.
Sheila zuckte zusammen. Sie fühlte sich durchschaut. Woher wusste Gavino, dass sie die Spieluhr gestohlen hatte? Das Blut schoss ihr in die Wangen. Sie wagte nicht, ihren Vater anzusehen. Fieberhaft überlegte sie, was sie sagen sollte.
Es war, als hätte die Spieluhr mich gerufen! Ich musste sie einfach nehmen!
»Es geht nicht gut mit uns«, fuhr Gavino fort und Sheila merkte, dass er über etwas ganz anderes redete. »Auf Dauer. Ich komme mir hier vor wie ein Gast. Und für einen Gast bin ich schon viel zu lange geblieben.«
Sheila ließ die Gabel sinken. »Aber du gehörst doch zur Familie!«, protestierte sie. »Du bist mein Vater.«
»Das ist richtig«, murmelte Gavino und machte eine Pause. »Versteh mich bitte nicht falsch«, sagte er dann. »Ich habe dich sehr lieb und ich bin froh und stolz, eine Tochter wie dich zu haben. Und ich liebe deine Mutter noch so sehr wie am ersten Tag.« Er schluckte. »Trotzdem. Das hier ist nicht meine Welt, Sheila.«
Auch wenn seine Worte ihr wehtaten, konnte Sheila ihren Vater verstehen. Gavino hatte in seinem Leben nichts anderes getan, als

mit einem kleinen Boot aufs Meer hinauszufahren und Fische zu fangen – genau wie schon sein Vater und sein Großvater. Eines Tages hatte Gavino Sheilas Mutter kennengelernt, die mit einer Freundin Urlaub auf Sardinien machte. Sabrina und Gavino hatten sich sofort ineinander verliebt, aber dann war Gavino plötzlich verschwunden. Sabrina hatte geglaubt, dass er nichts mehr von ihr wissen wollte. Traurig und enttäuscht war sie nach Deutschland zurückgekehrt und einige Monate später wurde Sheila geboren.
Erst in diesem Sommer hatte sich herausgestellt, was wirklich mit Gavino passiert war. Gavino hatte Sabrina damals nicht freiwillig im Stich gelassen. Ein unheimlicher Mann namens Zaidon, der über magische Kräfte verfügte, hatte Gavino in seinen Dienst gerufen – und ihn schließlich versteinert, weil Gavino ihm nicht gehorcht hatte.
Gavino nannte die Zeit, die er als steinerner Delfin auf dem Meeresgrund verbracht hatte, die *Graue Zeit*.
»Ich fühlte mich so leer«, hatte Gavino erzählt. »Alles war starr, ich konnte mich nicht rühren. Mein Herz stand still und auch die Zeit. Es war ein einziges graues Nichts.«
Sheila hatte versucht, sich das Nichts vorzustellen. Sie sah lauter Nebel vor sich, der keinen Anfang hatte und kein Ende. Man konnte endlos darin herumirren, ohne an ein Ziel zu kommen.
Es musste furchtbar gewesen sein. Wie hatte Zaidon ihrem Vater das antun können! Doch Gavino war nicht der Einzige gewesen, der versteinert worden war. Unzählige Meereswandler hatten Gavinos Schicksal teilen müssen. Sheila ballte unwillkürlich die Fäuste. Obwohl Zaidon jetzt tot war, wurde sie jedes Mal zornig, wenn sie an ihn dachte.

»Vielleicht sollte ich nach Sardinien zurückgehen«, sagte Gavino unvermittelt. Er hatte die Gabel beiseitegelegt. Der Rest seines Essens war längst kalt.
»Dann komme ich mit«, sagte Sheila sofort.
Im selben Moment hörten sie, wie die Wohnungstür aufgeschlossen wurde. Sabrina kam herein, beladen mit Tüten, die sie im Flur abstellte. Sie zog ihre Jacke und die Schuhe aus und ging in die Küche.
»Hallo, ihr beiden.« Sie lächelte und gab zuerst Sheila, dann Gavino einen Kuss. »Ich habe schon fürs Wochenende eingekauft. Hoffentlich habt ihr mir noch was vom Mittagessen übrig gelassen.« Sie sah erschöpft aus.
»Es sind noch Makkaroni im Topf«, antwortete Gavino, aber Sabrina hatte sich schon Sheila zugewandt.
»Wie war's in der Schule?«
»Wie immer«, murmelte Sheila. Am liebsten hätte sie hinzugefügt: »Und es wird jeden Tag schlimmer.« Ihre Mutter hatte keine Ahnung, was in der Schule abging und dass Sheila sich überwinden musste, nicht zu schwänzen. Schon früher hatte sie sich ausgeschlossen gefühlt, aber seit dem Sommer war das Gefühl noch viel stärker. Sheila wusste jetzt, dass sie tatsächlich *anders* war als ihre Mitschüler. Sie war eine Meereswandlerin, eine Nachfahrin der Bewohner von Atlantis.
»Und wie hast du den Vormittag verbracht?«, fragte Sabrina Gavino.
Er zuckte mit den Schultern. »Es war wieder nichts in der Zeitung.«
Sheila wusste, dass ihr Vater einen Job suchte. Es sah nicht gut für

ihn aus. Er hatte sich schon auf dem Fischmarkt umgehört, aber dort hatte man ihn auch nicht brauchen können, obwohl Gavino bereit war, alle Arbeiten anzunehmen. Er hätte sogar Kisten gestapelt oder Abfälle zusammengekehrt.

»Du hättest im Wohnzimmer staubsaugen können«, sagte Sabrina nun. Sie strich sich nervös eine Haarsträhne aus der Stirn. Ihr Blick fiel auf den Abfalleimer, der überquoll. »Oder wenigstens den Müll runterbringen. Wenigstens das.«

»Entschuldige.« Gavinos Stimme klang kleinlaut. »Ich habe nicht daran gedacht.«

Sheila sah, wie ihre Mutter die Lippen zusammenpresste und wortlos anfing, ihre Einkäufe auszupacken und in die kleine Vorratskammer einzuräumen. Gavino wollte ihr dabei helfen, doch sie schüttelte den Kopf.

»Lass nur, du weißt ja sowieso nicht, wohin die Sachen gehören!«

Gavino machte ein trauriges Gesicht und trat ans Fenster. Stumm starrte er hinaus. Es hatte inzwischen angefangen zu regnen.

Sheila stellte das Geschirr zusammen. In der letzten Zeit kam es schon wegen Kleinigkeiten zu Auseinandersetzungen zwischen Sabrina und Gavino. Entweder stritten sie sich laut oder es herrschte beleidigtes Schweigen wie jetzt.

Beides konnte Sheila nicht ertragen.

»Ich geh dann mal Hausaufgaben machen«, sagte sie leise und flüchtete in ihr Zimmer.

Dort warf sie sich auf ihr Bett. Sie hatte Tränen in den Augen. Warum war nicht alles so, wie sie es sich vorgestellt hatte? Warum waren sie nicht endlich eine richtige Familie?

Es hätte alles so schön sein können. Sie könnten gemeinsam in den Tierpark gehen. Oder ins Kino. Am Wochenende durch den Stadtpark bummeln oder über Flohmärkte streifen. Und Ausflüge machen, an die Nordsee oder an die Ostsee – auf alle Fälle ans Meer.
Aber stattdessen wurde Mama jeden Tag gereizter und Gavino immer niedergeschlagener.
Es war so furchtbar. Wenn sie nur den Sommer zurückholen könnte!
Und jetzt hatte sie auch noch gestohlen!
Sheila stand auf und drehte leise den Zimmerschlüssel um. Dann holte sie die Delfinuhr aus ihrem Rucksack heraus.
Die Spieluhr war wunderschön. Sheila strich andächtig über die beiden goldenen Delfine. Sie überlegte, ob sie die Uhr aufziehen sollte, um die schöne Melodie zu hören. Dann entdeckte sie, dass sich der Deckel aufklappen ließ.
Im Innern des Deckels war eine Inschrift in Form eines Delfins eingeritzt. Die Buchstaben waren so winzig, dass Sheila eine Lupe zu Hilfe nehmen musste, um die Schrift entziffern zu können.

Bewahrt in mir das Herz der Zeit,
verwendet es nur mit Bedacht!
Ob Zukunft, ob Vergangenheit,
liegt jetzt allein in eurer Macht!

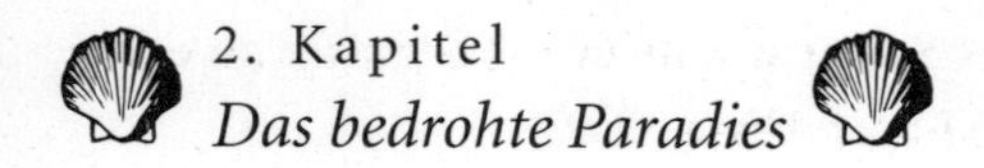

2. Kapitel
Das bedrohte Paradies

»Du sollst … mit deiner Mutter …«, der kleine Goldkrake hatte Mühe, die Worte deutlich auszusprechen, »äh … beim nächsten Gezeitenwechsel … äh …«
Mario wurde ungeduldig. Am liebsten hätte er dem Kraken einen Schubs gegeben, damit sich dieser mehr anstrengte und etwas schneller mit dem herausrückte, was er sagen wollte.
Aber die Botschaft war zu wichtig. Mario durfte den Goldkraken nicht durcheinanderbringen, sonst vergaß er vielleicht noch seinen Text.
»Irden sagt … deine Mutter und du … ihr sollt … zur heiligen Insel schwimmen. Und es ist … dringend.«
Nun war es endlich heraus. Der Goldkrake sah erleichtert aus und blinzelte Mario mit seinen großen schwarzen Augen an.
»Danke«, sagte Mario. »Richte Irden bitte aus, dass wir kommen werden.«
»Mach ich.« Der kleine Goldkrake drehte sich um und schwamm mit ruckartigen Bewegungen davon.
Mario sah ihm nach und überlegte, was die Nachricht zu bedeuten hatte. Was war so dringend, dass der Magier Irden ihn und seine Mutter zur heiligen Insel Talan-Tamar bestellte?
Noch nie war Mario auf der Insel Talan-Tamar gewesen, obwohl er schon ein paar Monate in der Wasserwelt Talana lebte. Inzwischen hatte er fast vergessen, wie es war, ein Mensch zu sein und

auf zwei Beinen zu gehen. Seit er sich in Talana befand, war er ein Delfin, genau wie seine Mutter Alissa.
Hier lebten die meisten Bewohner im Wasser; es gab nur wenige Inseln. Die Welt, in der Mario früher zu Hause gewesen war, hatten die Menschen bevölkert. In Talana bestimmten Delfine den Ablauf der Geschehnisse; sie regelten, was es zu regeln gab; sie unterstützten einander und lebten in Harmonie. Die Delfine verfügten über uraltes Wissen, das ihnen dabei half, und auf der heiligen Insel Talan-Tamar gab es Zauber- und Heilsteine, die von Irden gehütet wurden.
Talana war ein Paradies und Mario entdeckte jeden Tag neue aufregende Dinge. Unter Wasser gab es die schönsten Bauwerke aus Muschelkalk, eine ganze unterirdische Stadt. Die Gebäude sahen aus, als bestünden sie aus Zuckerguss, so fein waren die Struktur der Wände und die Verzierungen der Fenster- und Toröffnungen. Diese Häuser und Paläste waren schon sehr alt, Tausende von Jahren, und die Künstler, die sie errichtet hatten, waren längst gestorben. In den Korallengärten ringsum herrschte eine Farbenpracht, die ihresgleichen suchte.
Mario hatte bisher nur einen Teil von Talana gesehen, denn die Wasserwelt war riesengroß. Er vermisste sein früheres Leben nicht, obwohl er noch manchmal daran zurückdachte. Vor allem die Angst, unter der er und seine Mutter gelitten hatten, war ihm in Erinnerung geblieben. Sie waren ständig auf der Flucht gewesen und immer hatte Mario befürchtet, dass Außenstehende entdecken könnten, dass sie Meereswandler waren. Überall hatte sich Mario als Außenseiter gefühlt und es war ihm schwergefallen, Freundschaften zu schließen. Außer mit Sheila, jenem Mäd-

chen, das er auf Sardinien kennengelernt hatte. Auch sie war eine Meereswandlerin. Nachdem Marios Mutter verschwunden war, hatten Mario und Sheila gemeinsam nach ihr gesucht und diese Suche hatte sie zu engen Freunden gemacht.
Noch immer verspürte Mario große Wut auf Zaidon, den Lord der Tiefe. Er hatte den Meereswandlern so viel Böses angetan. Auch Marios Mutter hatte unter ihm sehr leiden müssen, als Zaidon ihr die Lebensenergie genommen hatte, um selbst unsterblich zu sein. Mario war nicht sicher, ob sich Alissa je völlig erholen würde. Man hatte ihm gesagt, dass sie nur an einem einzigen Ort wirklich geheilt werden könnte – hier in Talana. Deswegen hatte Mario schweren Herzens beschlossen, ein Delfin zu bleiben und sich von Sheila zu trennen, so ungern er sie auch verlassen hatte.
Wahrscheinlich würden sie sich nie wiedersehen, denn die Grenzen zwischen den beiden Welten waren inzwischen wieder geschlossen. Deshalb konnte er sich auch nicht mehr in einen Menschen verwandeln und Sheila konnte kein Delfin mehr werden.

Versunken in seine Gedanken, schwamm Mario durch einen weißen Muscheltunnel, um seiner Mutter Bescheid zu geben, dass sie zur Insel Talan-Tamar kommen sollten.
»Mama?«, rief er laut und lauschte gespannt.
Aber er bekam keine Antwort. Eigentlich hätte Alissa in der Nähe sein müssen. Um diese Zeit war sie meistens mit ihren Freundinnen zusammen, die sie hier in Talana gefunden hatte. Sie schwammen umher, tauschten Neuigkeiten aus und erkundeten

die Wasserwelt. Die Gesellschaft tat Alissa gut, sie blühte richtig auf. Ihre Bewegungen waren viel kräftiger und lebhafter als noch vor wenigen Monaten. Damals hatte sie sich kaum rühren können und Mario hatte befürchtet, sie könnte sterben.

»Mama, wo bist du?«

Keine Antwort. Mario war beunruhigt, obwohl es in Talana kaum Gefahren gab. Aber er hatte so lange um das Leben seiner Mutter gebangt, dass er diese Angst einfach nicht ablegen konnte.

Er zwang sich zur Ruhe. Dann tauchte er an die Oberfläche, um Luft zu holen. An den goldenen Säulen, die über den Wasserspiegel hinausragten, konnte er sehen, dass der Gezeitenwechsel unmittelbar bevorstand. Es wurde Zeit, nach Talan-Tamar zu schwimmen, bevor die Ebbe kam – notfalls auch ohne Alissa. Wenn Irden ihn rufen ließ, dann war es bestimmt wichtig. Vielleicht hatte Alissa von anderer Seite die Botschaft empfangen und war bereits vorausgeschwommen.

Sein Herz schlug schneller als sonst, als er sich der heiligen Insel näherte.

Ein Stück davor merkte er, wie sich das Wasser trübte. Eine Art Unterwassernebel war aufgezogen und schien einen Ring um die Insel zu bilden. Mario wunderte sich. Trübes Wasser bedeutete nichts Gutes. Normalerweise konnte er sich trotzdem noch orientieren, selbst wenn er nichts mehr sah. Als Delfin hatte er ein Sonar und konnte deshalb Hindernisse und Barrieren über den Gehörsinn erkennen. Dieser Sinn war so deutlich ausgebildet, dass er die Gegenstände förmlich »sehen« konnte, selbst wenn er seine Augen nicht benutzte.

Doch jetzt, im trüben Wasser, funktionierte das Sonar auf einmal nicht mehr. Mario kam sich wie blind vor. Was war los? War die heilige Insel von einem magischen Schutzwall umgeben? Er merkte, wie Panik in ihm hochstieg, und versuchte, dagegen anzukämpfen. Er durfte auf keinen Fall die Orientierung verlieren! Wenn er nicht mehr wusste, wo oben und unten war, dann konnte er ertrinken ... Doch da stieß er schon mit der Nase gegen etwas Hartes. Ein Felsen. Der kurze Schmerz elektrisierte seinen Körper. Dann gelang es Mario aufzutauchen. Oberhalb des Wassers konnte er wieder sehen.
Die heilige Insel lag unmittelbar vor ihm. Talan-Tamar. Goldene Säulen ragten zwischen den Felsen empor. Irgendwo dahinter mussten die magischen Steingärten sein, um die sich Irden kümmerte. Eine Lagune lag zu seiner Rechten.
Mario schlug mit seiner Schwanzflosse und schwamm darauf zu. Er achtete darauf, mit dem Kopf über Wasser zu bleiben, damit er nicht wieder in den Sog des trüben Wassers geriet.
Die Temperatur der Lagune war deutlich höher als die des Meeres. Salz prickelte auf Marios Haut. Er schwamm bis zum flachen Rand, vorsichtig, um nicht auf dem Sand zu stranden. Weiter ging es nicht. Der Schatten einer goldenen Säule fiel über das Wasser.
Mario fragte sich, wie er Irden finden konnte. Wo waren die Steingärten? Er hatte gedacht, dass er sie auf dem Wasserweg erreichen konnte. Hoffentlich hatte er nicht die falsche Seite der Insel angesteuert.
Da erblickte er auf einmal eine menschliche Gestalt, die sich der Lagune näherte. Mario erkannte Irden und wunderte sich. Er

hatte automatisch angenommen, dass Irden seine Pflichten als *Hüter der Steine* in Delfingestalt erfüllte. Hatte er seine menschliche Gestalt beim Eintritt nach Talana nicht für immer abgelegt, genauso wie Mario und seine Mutter Alissa?
Irden beugte sich zu Mario hinunter.
»Du kommst spät«, sagte er mit einem milden Lächeln.
»Es tut mir leid«, antwortete Mario. »Ich habe meine Mutter gesucht, aber ich konnte sie nicht finden.«
»Mach dir keine Sorgen, sie ist bereits hier.«
Mario war erleichtert und spürte, wie er sich entspannte.
»Warum sind Sie ein Mensch und kein Delfin?«, fragte er Irden. »Ich dachte, in Talana kann man nicht mehr die Gestalt wechseln.«
»Solange die Tore Talanas verschlossen sind, können die Meereswandler keine andere Gestalt mehr annehmen«, antwortete Irden. »Aber die Umstände haben es erfordert, die gefährliche Verbindung zwischen den Welten zumindest für einige wenige wiederherzustellen. Es ist besser, wenn du auch Menschengestalt annimmst.«
»Aber ich kann mich nicht mehr verwandeln«, erwiderte Mario. Er wusste es, weil er es schon einige Male probiert hatte. Es hatte einfach nicht mehr geklappt, seit er in Talana war. Früher hatte er sich nur kurz konzentrieren müssen, um die Gestalt zu wechseln.
Irden neigte sich so tief zu ihm herab, dass einer seiner dunkelblauen Ärmel ins Wasser tauchte. Seine Hand berührte Marios rechte Flosse. Mario fühlte, wie Wärme und Energie durch ihn hindurchströmten. Der goldene Gürtel, den Irden trug, fun-

kelte in der Sonne und Mario war einen Moment lang wie geblendet.
»Verwandle dich«, sagte Irden mit eindringlicher Stimme. »Werde ein Mensch!«
Marios Körper fing an, sich zu verändern. Seine beiden Vorderflossen, die Flipper, wurden zu Armen. Seine Schwanzflosse teilte sich in der Mitte und wurde zu zwei langen Beinen. Die Knochen seines Schädels veränderten sich und Mario spürte ein Reißen und Zerren in seinem Gesicht. Es rauschte in seinen Ohren und ihm wurde schwindelig.
Irden reichte Mario die Hand und zog. Unbeholfen kletterte Mario an Land. Seine Beine wollten ihm kaum gehorchen. Sie waren so schwer.
Mario blickte an sich herunter. Die alte Badehose war ihm inzwischen fast zu klein. Sein Körper war länger geworden, kräftiger. Er war gewachsen, seit er das letzte Mal ein Mensch gewesen war. Jetzt war er fast vierzehn.
Die Länge seiner Arme kam ihm ungewohnt vor. Er bewegte die Finger und musste sich erst langsam wieder an das Gefühl gewöhnen. Der Sand unter seinen Füßen war warm. Er grub seine Zehen hinein und erinnerte sich, wie es früher gewesen war.
Irden lächelte. »Komm mit, es ist nicht weit.«
Mario folgte Irden einen Hügel hinauf, bis sie zu einer kleinen Senke kamen, in der ein Teich lag. Mario sah, dass im flachen Wasser verschiedenfarbige Steine schimmerten. In der Mitte stieg zischend eine Wassersäule empor, und als der Wind sich drehte, bekam Mario ein paar Tropfen ab.

»Au!« Er zuckte zurück und rieb sich den Arm. Das Wasser war kochend heiß.
»Du merkst, was los ist«, murmelte Irden. »Die Hitze. Talana erwärmt sich. Das ist nicht gut.«
Mario sah ihn fragend an.
»Ich tue alles, was in meiner Macht steht«, fuhr Irden fort. »Aber langsam weiß ich nicht mehr weiter. Wir stehen hier vor dem *Nabel* von Talana, einem heiligen Ort. Die magischen Wassersteine haben große Kraft. Bisher konnten sie die gestiegene Temperatur ausgleichen und herunterkühlen, aber allmählich sind die Grenzen erreicht.«
Marios Mund wurde trocken. »Und … und was bedeutet das?«
Irdens Gesichtsausdruck war ernst. »Wenn wir die stetige Erwärmung nicht aufhalten können, wird Talana nach und nach kaputtgehen. Die Veränderung vollzieht sich schleichend, aber die Zerstörung hat bereits angefangen. Die Muschelpaläste und die Korallenwälder auf dem Meeresgrund beginnen zu zerfallen, denn die Zusammensetzung des Wassers ändert sich. Es wird allmählich salziger und auch saurer. Und da die Korallen und Muscheln der Lebensraum so vieler Tiere und Pflanzen sind, wird es nicht mehr lange dauern, bis auch sie verschwinden.«
Mario runzelte besorgt die Stirn. Bisher hatte er Talana immer für ein Paradies gehalten. Er war froh gewesen, nach den aufregenden Abenteuern im letzten Sommer an einem Ort zu sein, an dem man sich keine Sorgen machen musste. Aber anscheinend hatte er sich geirrt.
»Woran liegt es, dass sich Talana verändert?«, wollte er wissen. »Was kann man dagegen tun?«

»Wenn ich das so genau wüsste.« Irden hob die Schultern. »Etwas hat Talana aus dem Gleichgewicht gebracht. Schon vor langer Zeit. Wir haben es aber erst jetzt bemerkt. Ich habe mir die Aufzeichnungen angesehen und auch die Ablagerungen auf dem Meeresgrund untersucht. Es muss vor ungefähr sechstausend Jahren geschehen sein …«

»Zaidon«, sagte Mario sofort. »Vielleicht hat er etwas damit zu tun.«

Irden nickte. »Das ist auch meine Vermutung. Vor mehr als sechstausend Jahren hat Zaidon Talana verlassen. Er hat den Weltenstein gestohlen und mit seiner Hilfe das Reich Atlantis gegründet.«

»Könnte der Weltenstein schuld sein?«

»Das glaube ich nicht. Der Weltenstein ist ein ungeheuer mächtiger Zauberstein, aber nicht existenziell für Talana. Zaidon muss noch etwas anderes mitgenommen haben – etwas, ohne das Talana auf Dauer nicht bestehen kann.«

»Was könnte es sein?«, fragte Mario.

»Ich habe keine Ahnung«, sagte Irden. »Um das herauszufinden, müsste man nach Atlantis gehen, sechstausend Jahre in die Vergangenheit.«

Mario schnitt eine Grimasse. »Geht ja nicht.«

Irden sah ihn an. Seine Augen hatten einen eigentümlichen Glanz. »Doch, es gibt einen Weg, Mario.«

Vor Überraschung blieb Mario fast die Luft weg. »Wo-wollen Sie behaupten«, stammelte er aufgeregt, »dass man in die Vergangenheit reisen könnte?«

In seinem Kopf wirbelte alles durcheinander. Er dachte an die vielen Dinge, die er sich vor wenigen Monaten noch nicht hatte vorstellen können. Magie beispielsweise. Und dass es außer der Welt, die er kannte, noch eine andere gab – Talana, das Reich der Delfine.

Und jetzt auch noch die Möglichkeit, rückwärts durch die Zeit zu reisen …

»Es ist der einzige Weg, Talana zu retten«, sagte Irden. »Würdest du dich trauen, dich in Atlantis auf die Suche zu machen?«

»Ich?« Mario merkte, wie sich sein Herzschlag beschleunigte. Warum glaubte Irden, dass ausgerechnet Mario Talana retten konnte? Er konnte diese Mission doch selbst übernehmen.

»Ja, du«, sagte Irden ruhig. »Ich kann es nicht tun, so gern ich es auch möchte.«

»Warum?«

»Du weißt, dass Atlantis untergegangen ist.«

»Ja.« Mario nickte.

»Ich bin dort gewesen – damals«, sagte Irden mit leiser Stimme.

Jetzt erinnerte sich Mario daran, was Irden ihm und Sheila vor einiger Zeit erzählt hatte. Zaidon hatte Atlantis regiert, aber er war mit der Zeit immer gieriger nach Reichtum und Macht geworden, verdorben durch die Magie des Weltensteins. Die Bevölkerung hatte unter Zaidons Willkür leiden müssen. Zuletzt waren die Zustände so schlimm gewesen, dass Irden eingegriffen hatte. Er hatte Talana verlassen, um Zaidon zu stürzen. Es war zu einer heftigen Auseinandersetzung zwischen den beiden Magiern gekommen, bei der der Weltenstein zerbrochen war. Als Folge war Atlantis untergegangen.

»Ich kann nicht nach Atlantis zurückreisen«, sagte Irden. »Ich darf nicht riskieren, mir selbst zu begegnen.«
Mario schwirrte der Kopf. »Ach ja«, murmelte er. Er versuchte, sich die Situation vorzustellen. Was würde passieren, wenn sich Irden Nummer eins und Irden Nummer zwei träfen? Würden sie sich gegenseitig auslöschen wie Materie und Antimaterie? Vielleicht wäre es auch so, als würde man mit seinem eigenen Spiegelbild reden. Auf jeden Fall würde so eine Begegnung die Geschichte gefährlich verändern können.
»Das darf auf keinen Fall passieren«, erklärte Irden weiter. »Du aber bist niemals in Atlantis gewesen. Also kannst du ohne diese Gefahr dorthin reisen und dich umsehen. Vielleicht findest du einen Hinweis darauf, was Zaidon aus Talana entwendet hat.«
»Soll … soll ich denn ganz allein reisen?«, fragte Mario. Er war zwar mutig, aber die Vorstellung, sich allein auf eine so weite Reise in die Vergangenheit zu begeben, machte ihm Angst. Er fühlte sich unbehaglich. »Darf ich niemanden mitnehmen?«
»Natürlich soll dich jemand begleiten«, sagte Irden. »Ich kann es leider nicht tun, so gern ich das auch möchte.«
Jetzt erst nahm Mario eine weibliche Gestalt wahr, die auf der anderen Seite des Teichs auf einem Felsen saß. Wahrscheinlich hatte sie schon die ganze Zeit dort gewartet. Nun stand sie auf und ging am Ufer entlang um den Teich. Mario erkannte seine Mutter und lächelte. Alissa hatte sich verändert. Als Mario sie zuletzt in Menschengestalt gesehen hatte, war sie eine uralte, weißhaarige Frau gewesen, die sich nur noch mit Mühe und humpelnd fortbewegen konnte. Nun wirkte sie sogar noch jünger als vor dem abenteuerlichen Sommer. Sie lachte Mario an. Mario lief los, und

als sie sich umarmten, war er unbeschreiblich glücklich. Talana hatte ein Wunder vollbracht!
»Du bist groß geworden, Mario«, sagte Alissa, als sie Mario losließ. »Ich weiß, das ist ein Satz, den sich Kinder dauernd anhören müssen, aber es stimmt! Du bist inzwischen größer als ich.«
Mario strahlte seine Mutter an. Er konnte gar nicht fassen, wie gut sie aussah.
Alissa blickte kurz zu Irden und wandte sich dann wieder an ihren Sohn. »Du hast gehört, dass Talana in Gefahr ist?«
Mario nickte. »Irden hat es mir gerade gesagt.«
»So eine wunderbare Welt«, murmelte Alissa. »Ich habe mich noch nie so wohlgefühlt wie hier. Talana darf nicht zerstört werden! Wir beide, wir werden alles tun, um dieses Paradies zu retten.«
Irden räusperte sich. Mario sah die Unsicherheit in seinen Augen.
»Mario soll nicht allein gehen, das stimmt«, sagte Irden. »Aber ob du, Alissa, die richtige Begleiterin bist, kann ich nicht mit Sicherheit sagen. Die Reise ist gefährlich …«
»Ich habe keine Angst«, erwiderte Alissa sofort und warf entschlossen ihre Haare zurück.
Mario lachte leise. So war seine Mutter früher gewesen – mutig und energisch, bevor die Angst vor Zaidon sie zu einem Nervenbündel gemacht hatte.
»Die Reise könnte gerade für dich besonders gefährlich sein«, warnte Irden. »Erinnere dich. Bevor du hierher nach Talana kamst, warst du dem Tod nah. Zaidon hatte dir viele Jahre deines Lebens gestohlen. In deiner Welt wärst du wenig später gestorben, aber hier in Talana bist du geheilt worden.«

»Ich bin gesund und stark genug, um Bäume auszureißen«, bestätigte Alissa. »Ich werde meinen Sohn nicht allein reisen lassen. Meinetwegen hat er schon große Gefahren auf sich genommen. Diesmal werde ich ihn begleiten.«
»Mama«, sagte Mario zögernd, »ich glaube, Irden meint etwas anderes.«
»Ja.« Irdens Blick heftete sich auf Alissa. »Ich zweifle nicht an deinem Mut, Alissa. Aber wenn du das Weltentor passierst und wieder in deine Welt zurückkehrst, könnte es sein, dass die Heilung rückgängig gemacht wird. Und dann stirbst du, Alissa. Es ist die magische Kraft Talanas, die dich am Leben erhält.«
»Das glaube ich nicht«, sagte Alissa. »Mir geht es doch gut. Das sagen Sie nur, weil Sie mich schonen wollen. Ich werde mitkommen …«
»Du warst fast tot, Mama«, flüsterte Mario. Diese Erinnerung hatte sich tief in sein Gedächtnis eingegraben. »Irden hat recht. Du würdest nach ein paar Minuten sterben.« Er biss sich auf die Lippe, die plötzlich zitterte. »Das will ich nicht, Mama. Dann wäre alles umsonst gewesen.«
Alissa nahm ihren Sohn in die Arme und drückte ihn fest an sich. Dann ließ sie ihn los.
»Also gut«, sagte sie. »Ich bleibe hier. Aber ich bestehe darauf, dass du jemanden nach Atlantis mitnimmst.«
Mario dachte sofort an Sheila. Mit ihr hatte er die gefährlichsten Abenteuer bestanden. Sie war eine Gefährtin, mit der er durch dick und dünn gehen konnte. Aber Sheila hatte sich dafür entschieden, in der Welt der Menschen zu leben. Wahrscheinlich war sie jetzt wieder in Hamburg. Wie sollte er ihr eine Nachricht

schicken? Er wusste weder ihre Adresse noch ihre Telefonnummer.
»An wen denkst du?«, fragte Irden.
»An Sheila«, antwortete Mario leise.
»Warum fragst du sie dann nicht?«, wollte Irden wissen.
Mario sah ihn erstaunt an. »Wie soll ich das machen? Sie lebt doch unter den Menschen, irgendwo in Hamburg.«
Irden lächelte geheimnisvoll. »Hast du vergessen, dass wir hier in Talana sind?«
»Nein, das weiß ich natürlich«, sagte Mario. »Gerade deswegen ist es ja so schwierig, weil …«
»Talana ist eine Welt voller Wunder und Magie«, unterbrach ihn Irden. »Ich kann dir helfen, Kontakt mit Sheila aufzunehmen.«
»Wie soll das funktionieren?«, wollte Mario wissen. Er konnte es sich absolut nicht vorstellen.
»Du schickst ihr einen Traum«, sagte Irden. Er deutete auf den Teich. »Siehst du die magischen Steine? Einige von ihnen können helfen zu heilen. Mit anderen Steinen ist es möglich, die Gestalt zu wechseln. Oder das Leben zu verlängern. Und manche Steine können noch viel mehr. Du weißt ja, dass der Weltenstein, mit dem Zaidon zur Macht gekommen ist, ursprünglich aus Talana stammt, genau wie Zaidon selbst.«
Mario nickte. Er starrte auf die Steine im Wasser. »Und mit welchem Stein kann ich Sheila einen Traum schicken?«
»Die Steine der Träume sind immer violett …«

3. Kapitel
Die Botschaft des Delfins

Es regnete, als ein Mann in grauem Mantel das Antiquitätengeschäft betrat. Er klappte seinen schwarzen Schirm zusammen und stellte ihn in den gusseisernen Schirmständer. Tropfen fielen auf den Linoleumboden.

Der Ladeninhaber, der gerade ein Kreuzworträtsel löste, blickte auf. »Guten Tag.« Ächzend erhob er sich aus dem alten Korbstuhl. »Was kann ich für Sie tun?«

»Ich habe neulich angerufen.« Der Fremde sah sich unruhig um. »Ich komme wegen der Spieluhr.«

»Tut mir leid, da sind Sie zu spät dran.«

»Aber Sie haben versprochen, mir die Spieluhr zurückzulegen.«

»Das wollte ich auch«, sagte der Inhaber. »Aber leider ist sie mir vorher gestohlen worden.«

»Gestohlen? Von wem?«

Der Händler hob die Schultern. »Wenn ich das wüsste, dann hätte ich die Spieluhr längst wieder. Es war ein junges Mädchen; ich glaube, ich würde sie wiedererkennen.«

»Wie sieht sie aus?«

»Ungefähr so groß.« Der Händler deutete eine Höhe an. »Schlank. Dunkle Haare. Sie ist vielleicht dreizehn. Wirkt unscheinbar. Sie trug an dem Tag einen roten Anorak.«

»Haben Sie sie angezeigt?«

»Nein.« Der Händler schüttelte den Kopf. »Ich hoffe, dass sie die

Spieluhr freiwillig zurückbringt. Sie schien ganz vernarrt in das Ding zu sein. Die Delfine haben es ihr offenbar angetan.«
Der Fremde schlug ärgerlich auf die Theke. »Aber ich muss diese Spieluhr haben!«
»Ich habe noch einige andere Spieluhren«, sagte der Händler freundlich. »Sehen Sie, dort im Schaufenster, die Uhr mit der kleinen Tänzerin …«
»Sie verstehen gar nichts! Es geht mir nicht um eine x-beliebige Spieluhr«, fauchte der Fremde. Seine Augen funkelten. »Ich muss diese Spieluhr haben. Ich MUSS!«
»Es tut mir wirklich leid, mein Herr.« Der Händler zuckte zusammen, als der Fremde den Laden verließ und die Tür hinter sich zuschmetterte.
Seinen Schirm hatte er vergessen.

Seit Tagen fühlte sich Sheila verfolgt. Manchmal kam es ihr so vor, als ob jemand hinter ihr herging und sich schnell in eine Seitenstraße oder in einen Hauseingang verdrückte, sobald sie sich umdrehte. Sie bildete sich ein, einen Schatten oder einen Mantelärmel zu sehen, aber sie war sich nie ganz sicher.
Das schlechte Gewissen quälte sie. Noch immer konnte sie es nicht fassen, dass sie die Delfinuhr tatsächlich gestohlen hatte. War man ihr schon auf der Spur?
Als sie auf dem Weg zur Schule zwei Polizisten begegnete, klopfte ihr das Herz bis zum Hals. Aber die Polizisten gingen an ihr vorbei, ohne Notiz von ihr zu nehmen. Der größere sprach etwas in sein Funkgerät.
Der Diebstahl verfolgte Sheila auch nachts. Ein Dutzend Mal

hatte sie geträumt, dass jemand sie am Kragen packte, als sie gerade die Spieluhr unter ihren Anorak schieben wollte.
»DIE UHR GEHÖRT MIR!«
Im Traum sah sie nie das Gesicht des Angreifers, sondern hörte nur seine krächzende Stimme, während sich seine Finger um ihren Hals legten. Ein einziges Mal war es ihr gelungen, seine Hand zu lösen. Sie hatte seine Finger gesehen. Sie waren lang und schmal, die kleinen Finger leicht gekrümmt …
Klatschnass wachte sie aus solchen Träumen auf.
Fast jeden Nachmittag war sie entschlossen, die Spieluhr in den Laden zurückzubringen. Doch immer, wenn sie die Uhr aus ihrem Versteck herausholte, spürte sie wieder den Zauber, der von ihr auszugehen schien. Und tief im Innern wusste Sheila dann, dass die Spieluhr *für sie* bestimmt war und für keinen anderen.

Bewahrt in mir das Herz der Zeit,
verwendet es nur mit Bedacht!
Ob Zukunft, ob Vergangenheit,
liegt jetzt allein in eurer Macht!

Sheila hatte schon stundenlang über den Vers nachgegrübelt, ohne dass sie den Sinn je verstand. Und dann hatte sie die Spieluhr jedes Mal wieder in ihr Versteck zurückgelegt – in einen Schuhkarton mit lauter Delfin-Klimbim, den sie ganz hinten in ihren Schrank schob. Dort würde ihre Mutter hoffentlich nicht nachsehen.

Inzwischen waren etwa vierzehn Tage seit dem Diebstahl vergangen. Sheila lehnte am Fenster, starrte hinaus in die sternenklare

Nacht und dachte an das, was sie im Sommer erlebt hatte. An das wunderbare Polarlicht, das sie zusammen mit Mario gesehen hatte. Wo mochte er jetzt sein?
Als sie kalte Füße bekam, schlüpfte sie ins Bett zurück. Sie hatte die Vorhänge nicht zugezogen, damit sie von ihrem Bett aus den Mond sehen konnte, der gelb und geheimnisvoll über den Dächern schwebte. Ein heller Lichtstreif fiel ins Zimmer. Während Sheila grübelte, ob Mario vielleicht auch gerade den Mond betrachtete, wurde sie von der Müdigkeit überwältigt und schlief ein.
Im Traum besuchte sie mit ihrem Vater Gavino ein Delfinarium. Sie saßen auf der Tribüne und sahen zu, wie die Delfine im Becken Kunststücke machten. Dann war die Vorstellung zu Ende und der Trainer fütterte die Tiere mit Fischen. Die Zuschauer durften aufstehen und an den Beckenrand treten. Die Glücklichen, die in der ersten Reihe standen, konnten die Delfine sogar streicheln.
Sheila wurde durch die Menge nach vorne geschoben und sah sich plötzlich einem großen Delfin gegenüber. Sie bückte sich, streckte die Hand aus und berührte sanft den Unterkiefer des Delfins. Als sie einen leichten Gegendruck spürte, wusste sie mit einem Mal, dass der Delfin Mario war.
Er sah sie an, dann begann er zu sprechen.
»Ich brauche deine Hilfe, Sheila!«, sagte er. »Bitte komm an den Strand, an dem du mir das Leben gerettet hast. Dort treffen wir uns. Beeil dich, es ist dringend!«
Sheila war völlig überrascht. »Was machst du hier im Becken?«, wollte sie fragen. »Wer hat dich gefangen? Und warum soll ich nach Sardinien kommen?«

Doch der Delfin hatte sich bereits abgewandt und war zu seinen Artgenossen geschwommen.
Als sich Sheila aufrichtete, sah sie, dass das Delfinarium inzwischen leer war. Die Zuschauer waren gegangen. Nur Gavino stand neben ihr.
»Gavino«, sagte sie und blickte ihn bittend an. »Ich muss nach Sardinien.«
Gavino legte den Arm um ihre Schultern. »Dann lass uns zusammen hinfliegen, Sheila.«

»Ich muss nach Sardinien«, murmelte Sheila schlaftrunken. Sie schreckte hoch und saß aufrecht in ihrem Bett. Noch immer hatte sie Marios Stimme im Ohr, so deutlich, als hätte er direkt neben ihr gestanden.
War alles wirklich nur ein Traum gewesen?
Ich brauche deine Hilfe …
Ihr Magen zog sich zusammen. Sie war sich in diesem Moment völlig sicher, dass Mario tatsächlich zu ihr gesprochen hatte. Wenn sie das jemandem erzählte, würde derjenige sie für verrückt erklären. Aber im letzten Sommer war Unglaubliches geschehen. Sheila konnte sich durchaus vorstellen, dass Mario einen Weg gefunden hatte, ihr auf diese Weise eine Botschaft zu übermitteln.
Sie schlug die Decke zurück und schwang die Beine über die Bettkante. Am liebsten wäre sie sofort ins Schlafzimmer gelaufen, hätte ihre Eltern geweckt und Gavino angebettelt, mit ihr nach Sardinien zu fliegen. Sie war schon bei ihrer Zimmertür, die Hand an der Türklinke, aber dann hielt sie inne.

Ob ihre Mutter ihr glauben würde?
Es war schwierig für Sabrina, zu akzeptieren, dass sowohl Gavino als auch Sheila Meereswandler waren. Als Sheila im Sommer verschwunden war, hatte die Mutter wochenlang nach ihr gesucht, und jetzt wollte sie diese schlimme Zeit und alles, was damit zusammenhing, am liebsten vergessen.
Beeil dich, es ist dringend!
Vielleicht konnte Sheila wenigstens Gavino überzeugen. Sie musste unbedingt einen Weg finden, nach Sardinien zu kommen. Und wenn Gavino nicht mitkam, dann würde sie sich notfalls allein auf die Reise machen.
»Morgen werde ich ihn fragen«, murmelte Sheila. Es brachte nichts, ihre Eltern jetzt aus dem Schlaf zu reißen.
Entschlossen kehrte sie in ihr Bett zurück.

4. Kapitel
Reisevorbereitungen

»Und was sind das für familiäre Angelegenheiten?«, fragte Sabrina mit hochgezogenen Augenbrauen.

»Meinem alten Vater geht es nicht gut«, antwortete Gavino. »Ich habe mit meinem Cousin telefoniert und Felipe meint, es wäre besser, wenn ich komme.« Er blickte zu Sheila und sie nahm ein fast unmerkliches Blinzeln in seinen Augen wahr.

Sabrina setzte sich auf die Couch. Sie zupfte an der Decke, die auf dem Tisch lag. »Wirst du wiederkommen, Gavino?«

»Natürlich werde ich wiederkommen, was denkst du denn?«, antwortete Gavino.

»Ich könnte verstehen, wenn du in Sardinien bleiben willst«, sagte Sabrina, ohne ihn anzusehen. »Dort bist du aufgewachsen. Ich weiß, dass du dich hier nicht heimisch fühlst. Ich dachte, ich könnte uns allen ein gemütliches Zuhause bereiten, aber es ist mir nicht gelungen.« Ihre Stimme klang erstickt. »Dabei habe ich mir alles so schön vorgestellt. Ich war so glücklich, dich nach all den Jahren wiederzusehen.« Sie biss sich auf die Lippe. »Ich habe alles verkehrt gemacht.«

»Jetzt gib nicht dir die Schuld«, sagte Gavino. Sein Blick ruhte zärtlich auf Sabrina. »Wir waren damals jung und sehr verliebt. Inzwischen ist eine Menge Zeit vergangen. Du hast dreizehn Jahre ohne mich gelebt, während ich auf dem Meeresboden versteinert war. Vielleicht haben wir einfach zu viel erwartet.«

»Willst du, dass wir uns wieder trennen?«, fragte Sabrina. »Meinst du, es ist besser für uns?«
Gavino schüttelte den Kopf. »Nein. Ich möchte nur für ein paar Tage in meine Heimat zurück. Ich will einfach meine Familie wiedersehen, besonders meinen Vater. Vielleicht ist es ja die letzte Gelegenheit dazu. Möglicherweise werde ich auch ein- oder zweimal zum Fischen aufs Meer rausfahren wie früher. Kannst du das verstehen?«
Sabrina zögerte, dann nickte sie stumm.
»Und ich möchte Sheila mitnehmen, damit sie ihre Wurzeln kennenlernt. Damit sie erfährt, wie das Leben meiner Familie aussieht.« Gavino sah Sheila an.
Ihr wurde warm im Bauch. Er verstand sie. In diesem Moment wünschte sie sich nichts sehnlicher, als dass alles gut werden würde und dass sie doch noch alle richtig zusammenfinden könnten.
»Vertrau mir«, sagte Gavino zu Sabrina. »Ich möchte unserer Tochter Sardinien zeigen und ich verspreche dir, dass ich zu dir zurückkomme.«
Sabrina lächelte. Ihre Augen schimmerten feucht. »Ich kann dich ja verstehen.« Sie schluckte. »Obwohl es mir sicher schwerfällt, wenn ihr beide weg seid.«
Sheila hätte am liebsten einen lauten Freudenschrei ausgestoßen. Es klappte! Ihre Mutter war einverstanden, dass sie mit Gavino nach Sardinien reiste.
»Jetzt muss ich nur noch überlegen, was ich Sheilas Lehrerin erzähle, damit sie Sonderferien bekommt«, murmelte Sabrina.

»Sie wohnt im Eidelstedter Weg. Im vierten Stock. Es ist ein Haus mit fünfzehn Wohnungen.«
»Kann man von außen an der Fassade hochklettern?«
»Das wird schwierig sein, ohne dass die Nachbarn was mitbekommen. Am besten gibst du dich als Kurierfahrer aus, der ein Paket abliefern soll. Vielleicht hast du Glück und es ist gerade niemand in der Wohnung. Seit ein paar Wochen lebt aber ein junger Kerl bei ihnen. Ist vermutlich der Freund der Mutter. Scheint arbeitslos zu sein und ist wahrscheinlich den ganzen Tag zu Hause.«
»Dann werde ich ihm eins überbraten.«
»Meinst du, der ganze Aufwand lohnt sich? Wegen einer Spieluhr?«
»Es ist keine gewöhnliche Spieluhr. Sie ist ungeheuer wertvoll. Die Delfine darauf sind aus Gold, das aus Atlantis stammt. Außerdem soll die Spieluhr starke magische Kräfte haben. Ich brauche sie unbedingt, um Zaidons Auftrag zu erfüllen.«
»Das hört sich an, als würde sich deswegen sogar ein Mord lohnen.«
»Ich hoffe, dass es nicht zum Äußersten kommt. Aber notfalls …«

Seit Tagen stimmte etwas nicht mit dem Telefon. Es knackte manchmal, wenn Sheila mit ihrer Freundin Michelle telefonierte. Ab und zu rauschte es auch in der Leitung.
»He, werden wir vielleicht abgehört?«, fragte Michelle einmal scherzhaft. »Na ja, vielleicht ist eure Anlage zu alt.«
»Meine Mutter hat schon einem Techniker Bescheid gesagt«, er-

widerte Sheila. »Der kann aber erst übernächste Woche kommen. Dann bin ich schon auf Sardinien.«
»Du Glückspilz.« Michelle seufzte. »Ich wünschte, ich würde auch Ferien bekommen. Mir graust es vor der Mathearbeit. Du musst ja nicht mitschreiben.«
»Dafür muss ich nachschreiben, das wird bestimmt nicht einfacher«, sagte Sheila. Aber darüber zerbrach sie sich jetzt noch nicht den Kopf. Viel mehr interessierte sie, ob sie Mario tatsächlich treffen würde. Sie konnte an fast nichts anderes mehr denken.
Manchmal war sie versucht, Michelle alles anzuvertrauen, was sie in den Sommerferien erlebt hatte. Doch Michelle war leider alles andere als verschwiegen. Es war gut möglich, dass sie Sheilas Geheimnis herumerzählen würde. Und dann würde Sheila zum Gespött der ganzen Klasse werden.
Sheilas Mutter hatte inzwischen mit der Klassenlehrerin geredet. Die Lehrerin hatte gemeint, dass Sheila in der letzten Zeit unkonzentriert wirke und sich in fast allen Fächern verschlechtert habe. Diese Probleme rührten wahrscheinlich von der neuen Familiensituation her. Darum fand sie es gut, dass Sheila ihren Vater ein paar Tage nach Sardinien begleiten würde. Sie sollte nur im Anschluss den Stoff nachholen.
Sheila war glücklich! Die Flugtickets waren schon gebucht und lagen auf der Kommode im Flur bereit. Je näher die Reise rückte, desto aufgeregter wurde Sheila.
Als sie ihren Koffer packte, folgte sie einem Impuls und holte die Spieluhr aus dem Schrank. Sie wickelte sie in ein T-Shirt und versteckte sie ganz unten im Koffer. Die Spieluhr mitzunehmen

erschien ihr genauso notwendig wie die Reise nach Sardinien. Es war, als würde eine fremde Macht ihr Handeln bestimmen – genauso wie in dem Augenblick, als Sheila die Spieluhr gestohlen hatte. Sie wusste nicht, warum sie es tat; sie wusste nur, dass sie es unbedingt tun *musste* …

»Sie haben einen Flug nach Sardinien gebucht – für zwei Personen. Der Flieger geht am Freitag um vierzehn Uhr.«
»Mist, dann muss ich meinen Plan ändern. Kannst du mir ein Ticket besorgen?«
»Wenn im Flugzeug noch Plätze frei sind.«
»Na komm schon, du hast doch Beziehungen.«
»Ich werde sehen, was sich machen lässt. Aber warum willst du nach Sardinien? Wer sagt dir denn, dass sie die Spieluhr auf die Reise mitnimmt?«
»Mein Instinkt. Die Kleine scheint empfänglich für Magie zu sein.«
»Dann wirst du es schwer haben.«
»Keine Sorge, ich werde schon mit ihr fertig werden. Schließlich muss ich Zaidons Auftrag erfüllen.«

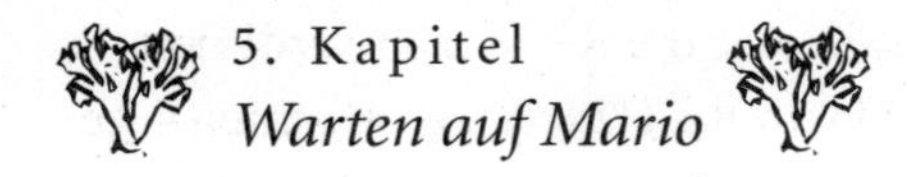

5. Kapitel
Warten auf Mario

Es war kühl am Strand. Sheila zog die Windjacke enger um sich und starrte auf das Meer, das düster und grau vor ihr lag. Ob Mario heute kommen würde? Drei Tage lang hatte sie schon vergeblich auf ihn gewartet.

Es nieselte leicht und ein kühler Wind wehte. Sheila strich sich die Tropfen aus dem Gesicht. Ihre Laune sank und sie wurde immer trauriger. Wenn sie sich nun geirrt hatte und es gar keine Botschaft von Mario gewesen war? Vielleicht hatte sie sich das Ganze nur eingebildet.

Sie schluckte.

Es war dieselbe Bucht, in der sie Mario im Sommer aus dem Wasser gezogen hatte. Damals war das Wasser türkisfarben gewesen. Die Sonne hatte glitzernde Reflexe auf die Wellen geworfen. Das Meer hatte gefunkelt, als wäre es mit Diamanten besetzt.

Doch jetzt ließ sich die Sonne nicht blicken. Der Himmel war grau verhangen. Die Wellen rollten mit dumpfem Grollen an den Strand. Sheila grub ihre Zehen in den kalten Sand. Sie fröstelte.

Heute war sie allein am Strand. An den Tagen zuvor hatte Gavino sie begleitet und zusammen mit ihr gewartet. Sie hatten sich die Zeit mit Kartenspielen vertrieben und Gavino hatte ihr viele Geschichten erzählt – von seiner Kindheit, seiner Familie und wie er entdeckt hatte, dass er ein Meereswandler war.

Inzwischen hatte Sheila auch Gavinos Familie kennengelernt.

Felipe, sein Cousin, hatte sie vom Flughafen abgeholt und in den kleinen Ort gebracht, wo er, seine Frau Julia und Gavinos Vater Lorenzo wohnten. Sheila erkannte die Gegend wieder. Zwei Kilometer entfernt war die Hotelanlage, in der sie im Sommer mit ihrer Mutter Urlaub gemacht hatte.

Felipe hatte nicht gelogen. Lorenzo war tatsächlich sehr krank, er hatte eine Lungenentzündung und lag im Bett. Als Sheila ihn zum ersten Mal sah, schlief er gerade, und sie konnte den alten, ausgemergelten Mann betrachten. Das also war ihr Großvater!

Gavino strich behutsam über die Stirn seines Vaters und Lorenzo öffnete die Augen. Sie waren gelb wie Bernstein. Er erkannte seinen Sohn und lächelte ihn an.

»Gavino! Ich habe nicht damit gerechnet, dich noch einmal zu sehen. Erst bist du dreizehn Jahre lang verschwunden, dann tauchst du plötzlich wieder auf und hast dich überhaupt nicht verändert.« Er musste husten, weil ihn das Reden so viel Kraft kostete.

»Überanstreng dich nicht, Papa«, sagte Gavino liebevoll und schob Sheila nach vorn. »Schau, das ist deine Enkelin. Ich habe dir doch von Sheila erzählt.«

Die bernsteinfarbenen Augen streiften Sheila und der alte Mann nickte freundlich. Er griff nach Sheilas Hand. Doch er war so erschöpft, dass er danach die Augen wieder schloss und nichts mehr sagte. Felipe winkte Gavino und Sheila aus dem Zimmer …

Am heutigen Morgen hatte Gavino Sheila gefragt, ob sie mitkommen wolle; er und Felipe wollten mit dem Fischerboot rausfahren.

»Und wenn Mario ausgerechnet heute kommt?«, hatte Sheila geantwortet.
»Vielleicht treffen wir ihn ja auch unterwegs«, hatte Gavino gemeint.
»Aber er hat gesagt, dass ich am Strand auf ihn warten soll.« Sheila kämpfte mit sich. Sie wäre gern auf dem Boot mitgefahren, wusste aber ganz genau, dass sie den Ausflug nicht würde genießen können.
»Macht es dir etwas aus, wenn ich dich heute am Strand alleine lasse?«, hatte Gavino gefragt. »Ich habe Felipe versprochen, dass ich mit zum Fischen komme. Wenn du dich langweilst oder Hunger hast, dann geh einfach zu Julia und Lorenzo.«
»Mach ich«, hatte Sheila gesagt.
Und nun saß sie schon seit drei Stunden hier am Strand – und es war genauso wie an den Tagen zuvor. Nichts geschah. Der Strand blieb leer.
Hin und wieder schlenderten ein paar Leute über den Sand – Touristen, die die Nachsaison nutzten. Zum Baden im Meer war es jedoch zu kalt.
Sheila kramte ein Buch aus ihrer Tasche, aber sie konnte sich nicht auf die Geschichte konzentrieren. Schließlich legte sie das Buch zur Seite und holte die Spieluhr aus ihrer Tasche. Sie betrachtete sie eine Weile und zog sie dann auf. Als die Melodie ertönte und die Delfine anfingen, sich zu drehen, riss die Wolkendecke auf, und ein Sonnenstrahl ließ die Spieluhr golden aufblitzen.
Sheila hob den Kopf und sah zum Meer. War das ein Zeichen?

Auch Ricardo hatte das Aufblitzen gesehen. Er nahm das Fernglas von den Augen. Auf seinem Gesicht erschien ein zufriedenes Lächeln.
Die Kleine hatte die Spieluhr tatsächlich mit an den Strand genommen und ausgerechnet heute war das Mädchen allein gekommen.
Was für ein Glück – sowohl für Ricardo als auch für das Mädchen! Er würde zu ihr hingehen und ihr die Spieluhr abnehmen. So einfach war das. Er musste kein Blut vergießen, nicht einmal in eine Wohnung einbrechen. Es war zwar aufwendig gewesen, das Mädchen bis hierher nach Sardinien zu verfolgen, aber es hatte sich gelohnt. Ein Verbrechen würde unnötiges Aufsehen verursachen und Aufsehen war das Letzte, was Ricardo gebrauchen konnte.
Zaidon hatte all seinen Helfern eingeschärft, so heimlich und verschwiegen wie möglich vorzugehen. Nur deswegen war sein Ring aus Spähern und Spionen so lange unentdeckt geblieben.
Ricardo verstaute das Fernglas in seinem Rucksack und machte sich an den Abstieg. An dieser Stelle fiel der Felsen steil ab, aber Ricardo war ein guter und sicherer Kletterer. Die Grasbüschel und kleinen Sträucher gaben ihm genügend Halt. Vorsichtig setzte er einen Fuß unter den anderen. Beim Abwärtsklettern machte sich sein Magen bemerkbar. Seit er dieses Hexenmittel eingenommen hatte, rumorte es in seinem Bauch. Kein Wunder. Die Rezeptur war ja auch äußerst ungewöhnlich gewesen und kompliziert obendrein. Ricardo hätte auf Zaidons Zettel schauen müssen, um sich an alle Zutaten zu erinnern. Jedenfalls waren Haifischflossen dabei gewesen, ebenso Ginkgo-Blätter und das

Knochenmehl eines Pottwals, Ingwerstückchen und ... Den Rest brachte Ricardo nicht mehr zusammen. Der Trank hatte gallenbitter geschmeckt und Ricardo hatte das Gefühl gehabt, sich gleich übergeben zu müssen. Ob er sich damit selbst vergiftete? Aber laut Zaidons Anweisung konnte man sich mit diesem Trank in einen Delfin verwandeln, wenn es auf normalem Weg nicht mehr funktionierte.

Ricardo war ein Meereswandler und stand schon seit vielen Jahren im Dienst Zaidons. Seit dem Sommer konnte er sich jedoch nicht mehr in einen Delfin verwandeln – und seine Kollegen berichteten dasselbe. Von einem Tag auf den anderen schienen sie alle ihre Fähigkeit verloren zu haben. Vermutlich hing es irgendwie mit Zaidons Tod zusammen.

Noch immer gab es nur Gerüchte darüber, was geschehen war. Zaidon, der große Fürst und Magier, hatte vor mehr als sechstausend Jahren den Untergang von Atlantis überlebt. In einem schwarzen Wal, einer Mischung aus U-Boot und Lebewesen, hatte Zaidon die Jahrhunderte überdauert. Dass er so lange lebte, war seinen magischen Kräften zu verdanken – und hin und wieder hatte er sich auch etwas Lebenszeit von anderen Meereswandlern »geliehen«. Sein Plan war gewesen, Atlantis in all seinem Glanz und seiner Pracht wiederauferstehen zu lassen. Leute wie Ricardo, die Zaidon mit großer Ergebenheit dienten, sollten dann für ihre Mühen reich belohnt werden.

Aber vor einigen Wochen war der schwarze Wal vor einer Insel aufgefunden worden. Zuerst hieß es nur, dass ein Wal gestrandet sei, wie es ab und zu vorkam. Doch dann hatte man die technischen Vorrichtungen und seltsamen Apparaturen in seinem

Innern entdeckt und es hatte einen riesigen Presserummel gegeben. Die Zeitungen schrieben von *Tierquälerei* und dem *Werk eines Verrückten*. Die zahlreichen Schaulustigen und Gaffer, die sich am Ort des Geschehens einfanden, hatten sich jedoch wegen des Verwesungsgeruchs sehr bald wieder zerstreut.
Ricardo hatte natürlich sofort gewusst, *was* da in Wirklichkeit gefunden worden war. Einige von Zaidons Spionen hatten sich sofort umgesehen und waren in der Nähe im Meer getaucht, um herauszufinden, was mit Zaidon passiert war. Da sie sich nicht mehr in Delfine verwandeln konnten, hatten sie normale Tauchausrüstungen verwenden müssen. Aber obwohl sie den Meeresgrund in der Nähe des gestrandeten Wals gründlich abgesucht hatten, hatten sie keine Spur von Zaidon gefunden. Nicht die geringste.
Man musste davon ausgehen, dass der alte Fürst tot war. Denn ohne seine komplizierten Apparaturen konnte er nicht überleben.
Aber auch für diesen Fall hatte Zaidon vorgesorgt und Befehle hinterlassen. Eine seiner Anweisungen lautete, die goldene Spieluhr zu finden. Denn sie war nötig, damit Zaidon ins Leben zurückkehren konnte.
Ricardo kniff die Augen zusammen und blickte zu dem Mädchen am Strand, das die Spieluhr in den Händen drehte. Was wusste die Kleine? Hoffentlich hatte sie keine Ahnung, welches Geheimnis und welche Macht die Spieluhr besaß, und hielt sie nur für ein hübsches Spielzeug.
In diesem Moment sprang das Mädchen am Strand auf und starrte wie gebannt aufs Meer.
Weit draußen schnellte ein Delfin aus dem Wasser.

»Mario!« Sheilas Herz klopfte bis zum Hals. Vor lauter Aufregung hätte sie fast die Spieluhr fallen lassen. Mit der rechten Hand beschirmte sie die Augen, um besser sehen zu können. Kam der Delfin näher oder entfernte er sich wieder? War es tatsächlich Mario oder war es ein wilder Delfin?
Spannende Minuten vergingen. Der Delfin tauchte unter. Sheila hatte Angst, dass er wegschwimmen würde. Doch dann sah sie ihn wieder und diesmal war er viel näher als zuvor. Sofort begann sie heftig mit dem rechten Arm zu winken.
»Hier bin ich, Mario! Hier!«
Der Delfin sprang hoch aus dem Wasser. Dann ein zweiter Sprung. Und noch einer. Dabei drehte er sich einmal um sich selbst.
Sheila hielt den Atem an. So waren sie manchmal auch gesprungen, wenn sie beide als Delfine unterwegs gewesen waren.
Doch auf einmal verschwand der Delfin.
Sheila wartete.
Aus dem Augenwinkel nahm sie einen Mann wahr, der an einer Böschung zum Strand hinabkletterte. Sie fragte sich kurz, warum er so einen unbequemen und gefährlichen Weg nahm. Dann schaute sie wieder aufs Meer.
In den Wellen war ein Schwimmer aufgetaucht. Er hob einen Arm und winkte ihr zu.
»Mario«, flüsterte Sheila und hatte vor Freude Tränen in den Augen.

»Was soll das jetzt?« Ricardo hielt inne und sah, wie ein schlanker Junge in Badehose aus dem Wasser stieg und auf das Mädchen

zuging. Die beiden umarmten sich, als hätten sie sich eine Ewigkeit nicht mehr gesehen. Dann legte der Junge dem Mädchen eine Halskette um. Er selbst trug auch eine.
Das Mädchen zeigte dem Jungen die Spieluhr. Er zuckte mit den Schultern, anscheinend ratlos. Jetzt nahm das Mädchen die Kette noch einmal ab und befestigte die Spieluhr daran. Dann zog sie ihre Windjacke aus und ließ sie in den Sand fallen. Darunter trug das Mädchen einen blauen Bikini.
Die beiden Kinder fassten sich an der Hand und rannten ins Meer.
Was hatten sie vor?
Sie würden doch nicht …?
Ricardo stutzte. Plötzlich hatte er es eilig. Das letzte Stück zum Strand rutschte er auf dem Hosenboden hinunter. Steine und Zweige stachen in sein Hinterteil, er merkte es nicht.
Als er unten ankam, sah er nur noch zwei Delfine weiter draußen im Meer schwimmen.
»Verdammt!« Ricardo hob die Faust und brüllte seine Enttäuschung übers Wasser. »Ihr könnt doch nicht einfach abhauen! Wartet!«
Doch der Wind wehte ihm die Worte von den Lippen.

6. Kapitel
Das Weltentor

Sheila konnte ihr Glück nicht fassen. Mario war tatsächlich gekommen und jetzt schwamm sie als Delfin neben ihm her. Es war ein wunderbares Gefühl, sich wieder verwandeln zu können. Sheila genoss die Kraft ihres Delfinkörpers. Sie fand es immer wieder faszinierend, ihre Umgebung mit dem Sonarsinn zu erkunden.
Nachdem der erste Freudentaumel über das Wiedersehen etwas abgeklungen war, hatte Sheila tausend Fragen.
»Wie bist du hierhergekommen, Mario? Ist das Weltentor nicht für immer geschlossen? Warum kann ich mich wieder in einen Delfin verwandeln – und du dich in einen Menschen? Ich dachte, wir hätten unsere Gabe verloren … Und wie geht es deiner Mutter? Warum brauchst du meine Hilfe?«
Sie sprudelte einfach heraus, was ihr in den Sinn kam, und ließ Mario gar keine Zeit, zwischendurch zu antworten.
Er lachte leise. »Keine Sorge, unterwegs erzähle ich dir alles. Ich bin so froh, dass du meine Botschaft tatsächlich bekommen und sie ernst genommen hast. Sonst hätte ich vielleicht doch noch allein nach Atlantis reisen müssen.«
»Nach Atlantis?«, wiederholte Sheila. »Aber Atlantis gibt es doch schon lange nicht mehr. Es sind höchstens noch ein paar Trümmer auf dem Meeresgrund übrig.«
Mario berichtete ihr, was er von Irden erfahren hatte: Die Ursache dafür, dass Talana heute in höchstem Maß gefährdet war, musste in Atlantis liegen.

»Du meinst, wir sollen über sechstausend Jahre in die Vergangenheit reisen?« Sheila war überrascht. Sie hatte schon ein paar Bücher gelesen, die von Zeitreisen handelten, aber sie hätte nie gedacht, dass so etwas in Wirklichkeit möglich war.
»Ja, wir reisen in die Zeit, in der Zaidon über Atlantis geherrscht hat«, antwortete Mario.
Sheila überlief ein Schauder. Zaidon! Sie erinnerte sich noch ganz deutlich an den mumienhaften Greis mit seinen leuchtend grünen Augen. Den *Lord der Tiefe*, wie man ihn auch nannte. Nur der mächtige Irden war in der Lage gewesen, ihn am Ende durch eine List zu besiegen.
Sheila war froh, dass Zaidon tot war. Die Aussicht, ihm in Atlantis begegnen zu müssen, gefiel ihr gar nicht.
»Wenn er uns erkennt, nimmt er uns gefangen!«
Mario sah Sheila von der Seite an. »Er wird uns nicht erkennen, Sheila, denn wir sind ihm noch nie begegnet. Wir reisen doch in die Vergangenheit!«
Sheila schwirrte ein wenig der Kopf.
»Und wenn wir uns unauffällig verhalten, dann nimmt er uns auch nicht gefangen«, fuhr Mario fort. »Wir müssen nur vorsichtig sein.«
Er erzählte nun, dass Irden ein Ritual durchgeführt und das Weltentor wieder geöffnet hatte.
»Im Moment sind die Grenzen offen«, berichtete Mario. »Jedenfalls für uns.«
Mit der Hilfe eines Amuletts, an dem ein magischer Stein hing, wurde die Fähigkeit der Meereswandler wieder aktiviert; es war möglich, die Gestalt zu wechseln. Das Amulett, das Mario für

Sheila mitgebracht und ihr um den Hals gehängt hatte, sah so ähnlich aus wie das Amulett, das Sheila und Mario im Sommer getragen hatten.
»Hat es auch die HUNDERTKRAFT?«, wollte Sheila wissen. Das magische Amulett hatte sie hundertmal schneller gemacht. Sie hatten damit auch den hundertfachen Wasserdruck aushalten können und waren hundertmal länger mit der Atemluft ausgekommen.
»Das weiß ich nicht«, gestand Mario. »Am besten, du fragst Irden danach.«
So lange wollte Sheila aber nicht warten. Wie von selbst kam ihr der Zauberspruch in den Sinn, mit dem sie im Sommer die HUNDERTKRAFT aktiviert hatte. Sie murmelte:

»Auch in den sieben Meeren zählt
die Kraftmagie der Anderswelt.
Du Amulett aus Urgestein,
wild, ungestüm und lupenrein,
verleih dem Träger Hundertkraft,
damit er große Dinge schafft!«

Sie spürte, wie sie plötzlich von einer ungeheuren Kraft erfasst wurde.
»Es funktioniert!«, jubelte sie, als sie und Mario pfeilschnell dahinschossen. »Ist das nicht wunderbar?«
Marios Antwort war kaum zu verstehen. »Achtung ... nicht dass wir das Weltentor verpassen ...«
Sheila verlangsamte ihr Tempo. Sie konnte es kaum erwarten, Talana kennenzulernen. Wie oft hatte sie von der Wasserwelt

geträumt und sich vorgestellt, wie es dort aussehen würde. Unzählige Male hatte sie es bereut, dass sie sich entschieden hatte, in ihrer eigenen Welt weiterzuleben. Aber wenn sie damals Mario und Alissa gefolgt wäre, dann hätte sie ihre Mutter nicht mehr gesehen und auch Gavino nicht getroffen …

Ein Schreck durchfuhr sie. Gavino! Sie hätte ihm eine Nachricht hinterlassen sollen. Aber vor lauter Freude über das Wiedersehen hatte sie es einfach vergessen.

»So ein Mist«, sagte sie laut.

»Was ist los?«, fragte Mario.

Sheila zögerte. »Gavino weiß nicht, wo ich bin. Und wer weiß, wie lange ich weg sein werde.«

»Wer ist Gavino?«, wollte Mario wissen. »Dein Freund?«

»Quatsch, ich hab keinen Freund«, sagte Sheila. »Nur dich. Gavino ist mein Vater.« Sie erzählte, wie sie ihn getroffen hatte und dass er jetzt bei ihr und ihrer Mutter in Hamburg lebte. Am liebsten hätte sie ihm noch mehr erzählt – dass sich Gavino in der großen Stadt nicht wohlfühlte und dass es Probleme zwischen ihm und ihrer Mutter gab. Sie konnte ja sonst mit niemandem über diese Dinge reden. Doch da tauchte vor ihnen im Wasser ein Wirbel aus lauter Farben auf. Er sah aus wie ein kreisrunder Regenbogen.

Das Weltentor! Der Zugang zu Talana.

»Aber dein Vater weiß, dass du mich treffen wolltest?«, fragte Mario.

»Natürlich«, sagte Sheila. »Wir sind doch wegen deiner Botschaft nach Sardinien gekommen. Meiner Mutter haben wir allerdings etwas anderes erzählt.« Sie dachte amüsiert daran zurück, wie geschickt Gavino das Ganze arrangiert hatte. »Ich habe schon drei Tage am Strand auf dich gewartet. Mein Vater war immer dabei, nur heute nicht. Ich glaube, das Warten ist ihm zu langweilig geworden.«

»Dein Vater wird sich denken können, was passiert ist«, meinte Mario. »Hör auf, dir deswegen Sorgen zu machen. Du kommst ja wieder zurück.«

»Hoffentlich«, murmelte Sheila und versuchte, sich ganz auf das Abenteuer zu konzentrieren, das hinter dem Weltentor auf sie wartete. In Kürze würden sie in Talana sein …

»Komm«, sagte Mario und schwamm voraus.

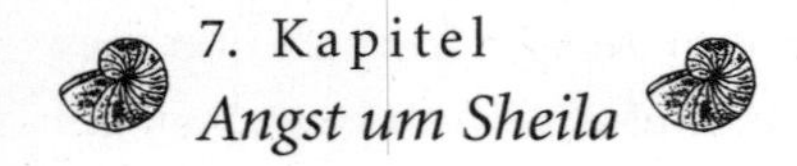

7. Kapitel
Angst um Sheila

Gavino steuerte das Boot geschickt in den kleinen Hafen und zur Anlegestelle.

»Du hast nichts verlernt«, meinte Felipe und grinste. »Du bist noch ein genauso guter Fischer wie früher. Warum bist du nur nach Deutschland gegangen? Das ist doch nicht deine Welt!«

»Ich liebe Sabrina und Sheila«, antwortete Gavino knapp. Er hatte keine Lust, mit seinem Cousin über seine Entscheidung zu diskutieren. Im Moment wusste er selbst nicht, was er wollte. Es war schön, wieder auf Sardinien zu sein, aber er hatte das Gefühl, dass ihm seine Heimat inzwischen doch fremd geworden war. Er gehörte nirgends mehr richtig dazu.

Trotzdem war es herrlich gewesen, mit dem Boot aufs Meer zu fahren und die salzige Luft auf der Haut zu spüren. Zuerst hatte es ein bisschen genieselt, aber dann war die Sonne doch noch hervorgekommen. Zumindest für eine Weile. Unzählige glitzernde Punkte tanzten auf dem Wasser.

»Du hast uns Glück gebracht.« Felipe deutete auf die Fische, die im Boot lagen. »So viel hab ich schon lange nicht mehr gefangen.«

Gavino stellte den Motor ab und machte das Boot an der Anlegestelle fest. Dann sprang er auf den Steg.

»Ich muss nach meiner Tochter sehen.«

»Mann, ich kann es noch immer nicht glauben, dass Sheila tatsächlich deine Tochter ist und du jetzt wirklich eine Familie hast«, rief Felipe ihm hinterher.

Gavino drehte sich um, winkte ihm zu und ging dann seines Weges. Er hatte seinem Cousin gegenüber nur Andeutungen gemacht, was in der Zeit seines Verschwindens geschehen war. Felipe war der Einzige, der sich kaum über Gavinos jugendliches Aussehen wunderte. »Das liegt in der Familie«, hatte er gemeint. »Mein Vater wird irgendwie auch nicht älter.«
Gavino wusste nicht, wie viel Felipe ihm sonst noch abnahm. Felipe stand mit beiden Beinen auf der Erde, war fleißig und sah die Schwierigkeiten, mit denen ein einfacher Fischer heutzutage zu kämpfen hatte. Felipe glaubte weder an alte Meereslegenden noch an die Gerüchte über den *Lord der Tiefe*. Gavino hatte ihm nie vorgeführt, dass er die Gestalt eines Delfins annehmen konnte. Und jetzt war es zu spät dazu, er konnte sich nicht mehr verwandeln.
Gavino pfiff leise vor sich hin, als er die Bucht erreichte, wo er Sheila zurückgelassen hatte. Doch dann stockte sein Pfeifen mitten in der Melodie. Er sah, wie sich ein fremder Mann an Sheilas Sachen zu schaffen machte.
»He, was tust du da?« Gavino spurtete los und stand wenig später neben dem Mann, der Sheilas rote Windjacke wieder in den Sand fallen ließ.
»Was tust du da?«, wiederholte Gavino. »Das sind die Sachen meiner Tochter!«
»Entschuldige … dann … habe ich mich wohl getäuscht«, murmelte der Fremde. »War keine Absicht.«
Er log. Gavino sah es an seinen Augen.
Ihn packte die Wut. Der Fremde hatte Sheila bestehlen wollen! Gavino zog den Mann am Kragen zu sich heran.

»Wo ist meine Tochter?«, presste er zwischen den Zähnen hervor. »Was hast du mit ihr gemacht?«
»Ich habe nichts gemacht!« Der andere versuchte sich zu befreien, aber Gavino war stärker. Er zog den Kragen noch enger.
»Wo ist sie dann?«
»Sie hat sich mit einem Jungen getroffen«, ächzte der Fremde. »Lass mich los!«
Gavino ließ die Hand sinken. Der Fremde rieb sich den Hals.
»Und wo sind die beiden jetzt?«
Der Mann deutete aufs Meer hinaus. »Schwimmen.«
Gavino kniff die Augen zusammen, aber er konnte niemanden im Wasser entdecken. Er ging wieder auf den Fremden los. Mit zwei Griffen hatte er ihn im Schwitzkasten.
»Hör zu, wenn du lügst …«
»Ich lüge nicht … die beiden … sind wirklich … hinausgeschwommen … Delfine …«
Gavino ließ ihn los. Der andere fiel in den Sand. Gavino beugte sich zu ihm hinunter und schüttelte ihn.
»Was redest du da von Delfinen?«, fragte er misstrauisch.
»Das sag ich dir erst, wenn du mich loslässt.«
Gavino zögerte. Dann ließ er den Fremden aufstehen. Ihre Blicke begegneten sich.
»Gehörst du etwa dazu?«, fragte der Fremde im Flüsterton.
Gavino hob die Augenbrauen. »Wozu?«
»Zu *seinem* Bund.«
Gavino überlegte. Was wusste der Fremde? Er nickte. »Parole?«
»*Lang lebe Zaidon*«, flüsterte der Mann.

»*Lang lebe Zaidon*«, wiederholte Gavino und hoffte, dass er jetzt keine Fehler machte.
»Weißt du von dem Auftrag?«, fragte der Fremde.
»Ja«, murmelte Gavino, ohne eine Ahnung zu haben, wovon der andere redete.
Der Kinnhaken kam völlig überraschend. Gavino verlor das Gleichgewicht und landete im Sand. Im ersten Moment war er überzeugt, dass der Fremde ihm den Kiefer gebrochen hatte, so sehr tat sein Kinn weh.
»Dann hast du also das Mädchen angestiftet, die Spieluhr zu stehlen!«, fauchte der andere. »Ihr beide wolltet die Belohnung kassieren! Aber das wird euch nicht gelingen!«
Gavino wusste nicht, warum der Mann auf einmal so wütend war. Er rechnete damit, noch einen Tritt zu bekommen, doch dann wandte sich der Fremde ab und rannte zum Meer. Gavino sah, wie er ins Wasser watete, sich in einen Delfin verwandelte und davonschwamm.
Mit einem Satz war Gavino wieder auf den Beinen und rannte dem Fremden nach. Seine Kleider wurden nass und das Wasser war kalt, aber Gavino merkte nichts davon.

»Delfin, Delfin, Bruder mein,
so wie du möcht ich gern sein.
Mein Zuhaus' sind Meer und Wind,
ach, wär ich doch ein Wasserkind!«

Es funktionierte nicht. Irgendetwas musste er falsch gemacht haben. Er wiederholte den Spruch, wieder und wieder, und schwamm dabei immer weiter hinaus. Vergebens. Er verwandelte sich nicht.

Von dem fremden Delfin war nichts mehr zu sehen. Gavino gab die Verfolgung auf, es hatte keinen Sinn. Er war schon viel zu weit hinausgeschwommen und die Wassertemperatur war zu niedrig, um es noch länger im Meer auszuhalten.
Er kehrte um, schwamm zurück und erreichte völlig erschöpft den Strand, wo er sich neben Sheilas Sachen in den Sand fallen ließ.
Während sich sein Herzschlag allmählich beruhigte, schossen ihm unzählige Gedanken durch den Kopf. Wer war der Fremde gewesen? Warum konnte der sich verwandeln und er, Gavino, nicht? Der Mann hatte von einem Auftrag gesprochen. Hoffentlich war Sheila nicht in Gefahr. Und was hatte es eigentlich mit dieser Spieluhr auf sich, die angeblich gestohlen war?
Er hatte sie in Sheilas Koffer gesehen und sich gefragt, wie seine Tochter zu so einer Kostbarkeit gekommen war. Und warum die Spieluhr so wichtig war, dass Sheila sie sogar auf dieser Reise mit sich herumschleppte.
Gavino hatte Sheila vertraut. Er hatte ihren Traum ernst genommen und sie unterstützt, damit sie Mario wiedersehen konnte.
Nun musste er erkennen, dass Sheila Geheimnisse vor ihm hatte.
Sie hatte ihm nicht die ganze Wahrheit gesagt.
Verzweifelt starrte er hinaus aufs Meer.
Der Himmel war jetzt grau und bedrohlich.

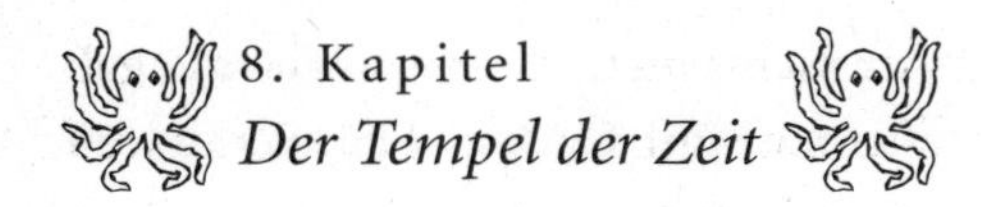

8. Kapitel
Der Tempel der Zeit

Am liebsten hätte Sheila jubiliert, als sie durch das Weltentor schwamm. Es war ein Strudel aus lauter Farben, die sie umflossen: Rot, Gelb, Grün, Blau, Violett … Dann war sie auf der anderen Seite – in Talana.

Mario schwamm neben ihr. »Wir sind da.«

Das Erste, was Sheila spürte, war eine ganz besondere Art von Ruhe und Zufriedenheit. Es kam ihr vor, als sei sie nach einer langen Reise endlich nach Hause gekommen.

»Hier … hier ist es ja wunderbar«, sagte sie.

Sie konnte sich gar nicht sattsehen. Vor ihr lag eine Stadt, erbaut aus lauter Muscheln. Die Wände waren so dünn, dass man fast hindurchsehen konnte. Die Fenster und Toröffnungen hatten filigrane Verzierungen, die ungeheuer zart und zerbrechlich wirkten. Die meisten Gebäude waren schneeweiß, aber manche Häuser waren auch violett, dunkelblau oder rot gefärbt. Einige schimmerten in allen Farben des Regenbogens und hatten goldene Dächer.

»Oh Mario, es ist wunderschön hier«, sagte Sheila begeistert. »Ich habe oft von Talana geträumt und mir vorgestellt, wie es sein könnte. Aber die Wirklichkeit übertrifft es noch, ehrlich.«

»Warte, bis du noch mehr gesehen hast«, sagte Mario. »Es heißt nicht umsonst, dass Talana das Paradies ist.«

»Ja, das ist es«, stimmte Sheila ihm zu.

»Es wäre ein Jammer, wenn das alles zerstört würde.« Mario hielt

inne und machte Sheila auf eine eingestürzte Wand aufmerksam. Eine Gruppe Goldkraken war damit beschäftigt, den Schaden zu reparieren, aber man sah ganz deutlich, wo die Wand geflickt wurde.
Sie schwammen durch einen dunkelblauen Tunnel. Goldstaub flimmerte im Wasser. An der Decke leuchteten Seesterne. Andere Delfine kamen ihnen entgegen, grüßten kurz und schwammen weiter.
»Wohin bringst du mich?«, fragte Sheila.
»Zu Irden. Erinnerst du dich?«
»Natürlich.« Nie würde Sheila den Magier vergessen, der ihnen im Kampf gegen Zaidon geholfen hatte.
Noch einmal sah sie die Szene vor sich, die sich im Innern des schwarzen Wals abgespielt hatte. Irden hatte die Teile des zerbrochenen Weltensteins wieder zusammengefügt und Zaidon durch einen Trick dazu gebracht, seine Hand auf den magischen Stein zu legen. Zu spät hatte Zaidon begriffen, was geschah: Der Stein zog die Lebensenergie, die Zaidon anderen gestohlen hatte, aus seinem Körper heraus. Der mumienhafte Greis war zu Staub zerfallen. Es war ein scheußlicher Anblick gewesen, aber danach hatten Mario und Sheila befreit aufgeatmet. Zaidon würde niemanden mehr quälen …
Das Wasser wurde immer dunkler und nahm schließlich ein tiefes Indigoblau an. Dann fielen von schräg oben Lichtstrahlen ins Wasser. Mario folgte den Strahlen und tauchte auf. Sheila tat es ihm nach.
Vor ihnen lag ein breiter weißer Strand. Dahinter erhoben sich schroffe Felsen. Irden stand barfüßig am Strand und schien auf

die Ankömmlinge zu warten. Er trug einen langen blauen Mantel. Um die Hüften hatte er den goldenen Gürtel mit den sieben magischen Steinen geschlungen.
Mario verwandelte sich mithilfe seines Amuletts in einen Jungen und watete an Land. Auch Sheilas Rückverwandlung klappte ohne Schwierigkeiten.
Der Magier begrüßte sie mit einer Umarmung.
»Schön, dass du da bist, Sheila«, sagte er.
Sheila spürte ein warmes Gefühl im Bauch. Sie freute sich sehr, Irden wiederzusehen. »Ich grüße Sie, Irden.«
»Es ist sehr mutig von dir, dass du Mario begleiten und ihm bei seinem Abenteuer beistehen willst«, sagte Irden. Er berührte ihr Amulett und lachte leise. »Ich sehe, du hast es dabei.«
Sheila blickte an sich herunter. Irdens Finger glitten über die Spieluhr, die Sheila an ihrem Amulett befestigt hatte. Sie hatte sie auf keinen Fall am Strand zurücklassen wollen.
»Das Gefäß«, erklärte Irden.
Sheila und Mario wechselten einen verständnislosen Blick.
»Es ist eine Spieluhr«, sagte Sheila mit einem Anflug von schlechtem Gewissen. »Ich ... ich habe sie in einem Antiquitätenladen gestohlen, weil sie mir so gut gefallen hat.« Sie schluckte, als Irden sie aufmerksam ansah. »Nein, das stimmt nicht ganz. Es war, als hätte sie mich gerufen. Ich *musste* sie einfach haben.« Sie starrte auf ihre nackten Füße. »Ich weiß, es ist nicht okay, zu stehlen.«
»In diesem Fall hast du richtig gehandelt«, meinte Irden und drehte die Spieluhr in seinen Händen. »Es ist keine gewöhnliche Uhr, die nur eine hübsche Melodie spielt. Es ist ein ganz beson-

deres Gefäß. Ihr werdet es brauchen, um das *Herz der Zeit* zu tragen.«
»Das *Herz der Zeit*?«, wiederholten Mario und Sheila wie aus einem Munde.
»Bevor ich euch alles lange erkläre – kommt mit!« Irden winkte ihnen, ihm zu folgen. Er ging einen schmalen Pfad zwischen den Felsen entlang.
Sheila spürte unter ihren Fußsohlen das harte Gestein und fragte sich, wohin Irden sie führen würde. Sie sah Mario fragend an, aber dieser zuckte nur mit den Schultern.
»Ich bin noch nie auf dieser Insel gewesen. Irden hat mir den Weg hierher bloß beschrieben«, teilte er ihr dann im Flüsterton mit. »Es ist einer von diesen heiligen Orten, die Magiern wie Irden vorbehalten sind.«
Sheila verlor jedes Zeitgefühl, während sie den Pfad entlangging. Sie hätte nicht sagen können, ob sie eine halbe Stunde oder zwei Stunden unterwegs waren. Ihre Füße schmerzten allmählich unerträglich.
Schließlich blieb Irden vor einer steilen Felswand stehen. »Wir sind am Ziel.«
Sheila legte den Kopf in den Nacken. Die Felswand war so hoch, dass sie das Ende nicht erkennen konnte.
»Hier?«, fragte sie. Der Pfad endete einfach an dieser Stelle. Es erschien Sheila unmöglich, die senkrechte Wand hochzuklettern – zumindest nicht ohne entsprechende Kletterausrüstung.
Irden hatte inzwischen seinen goldenen Gürtel abgenommen und schwenkte ihn vor der Felswand hin und her. Von den magischen Steinen darin gingen bunte Lichtstrahlen aus, die ein Mus-

ter auf die Wand zeichneten. Plötzlich – wie durch Zauberhand – glitt ein Stück Fels zur Seite und in der Wand wurde eine Öffnung sichtbar. Eine breite Steintreppe führte in die Tiefe.
»Ich bringe euch nun zum *Tempel der Zeit*. Bitte sprecht unterwegs kein Wort. Der *Heilige Krake* könnte sonst zornig werden.«
Ehrfürchtig folgten Sheila und Mario dem Magier. Schwefelige Dämpfe stiegen aus der Tiefe auf und machten das Atmen schwierig. Die Stufen unter Sheilas Füßen waren kühl und glatt. Sie hatte das Gefühl, über Marmor zu gehen.
Es war dunkel, aber die magischen Steine in Irdens Gürtel verbreiteten einen Lichtschimmer, der ausreichte, um den Weg zu erkennen. Immer tiefer ging es in das Gewölbe hinab. Allmählich wurden die Steinstufen wärmer und auch die Luftfeuchtigkeit nahm zu. Sheila hatte das Gefühl, gleich ersticken zu müssen. Die Schwefeldämpfe reizten ihre Atemwege. Der Druck legte sich auf ihre Brust. Schließlich wurde Sheilas Beklemmung so groß, dass sie nach Marios Hand fasste. Er drückte sie und warf ihr einen ermutigenden Blick zu.
Die Treppe endete in einer großen Halle mit einem See. Aus dem heißen Wasser stiegen Blasen auf und platzten mit einem Blubbern. Der Dampf war jetzt so dicht, dass Sheila nicht sehen konnte, was sich hinter dem See befand. Sie und Mario folgten Irden, der nun den See umrundete.
Erst als sie davorstand, erkannte sie den riesigen steinernen Kraken, der in die Felswand eingelassen war. Er war mindestens sechs Meter hoch. Die Fangarme nahmen die ganze Wand ein. Obwohl Sheila wusste, dass es sich nur um eine Statue handelte, flößte ihr der Krake großen Respekt ein. Es war ein Heiligtum

von Talana. Sheila konnte die Magie des Ortes förmlich spüren. Irden kniete sich vor der Statue auf den Boden und berührte mit seiner Stirn die Steinplatte unter sich. So verharrte er eine Weile in stummer Andacht, während Mario und Sheila danebenstanden und nicht wagten, sich zu rühren.

Plötzlich war es, als fingen die Wände an zu singen. Die Töne kamen von überall her, als würde der Felsen vibrieren und damit Laute erzeugen. Auch Sheilas Körper schien mitzuschwingen, die Töne gingen ihr durch und durch. Nach und nach erkannte Sheila die Melodie. Es war dasselbe Musikstück, das die Spieluhr spielen konnte – allerdings klangen die Töne dort viel heller und silbriger.

Irden richtete sich wieder auf und wandte sich an Sheila und Mario.

»Wie ihr vielleicht wisst, hat ein Krake nicht nur ein Herz, sondern gleich drei. So auch dieser Krake im *Tempel der Zeit*. Sein erstes Herz steht für die *Vergangenheit*, sein zweites für die *Gegenwart* und das dritte ist das *Herz der Zukunft*.« Er machte eine kurze Pause. »Um in die Vergangenheit zu reisen, braucht ihr das *Herz der Vergangenheit*. Einer von euch wird das Herz aus der Wand holen. In Sheilas Gefäß könnt ihr es aufbewahren. Passt gut darauf auf und bringt es heil zurück!«

Sheilas Augen suchten die Wand ab. Sie entdeckte auf halber Höhe drei Öffnungen, aus denen ein heller Lichtschimmer kam. Waren das die Herzen? Bevor sie fragen konnte, redete Irden bereits weiter.

»Wenn ihr das Herz entnommen habt, steht in Talana die Zeit still und alles erstarrt. Denn nur wenn alle drei Herzen schlagen,

kann der heilige Krake hier den Lauf der Zeit steuern. Talana wird also wie festgefroren sein – bis ihr zurückkommt und das Herz wieder an dieser Stelle einsetzt.«
Sheila schluckte und versuchte, sich die Situation vorzustellen. Sie musste an ihren CD-Player denken. Er hatte eine Pausentaste. Man konnte ein Musikstück unterbrechen, und wenn man die Taste noch einmal drückte, dann spielte die Musik an der Stelle weiter, wo sie gerade aufgehört hatte. War es hier genauso? Machten das Leben und alle Bewegungen in Talana einfach Pause, während Sheila und Mario mit dem kostbaren Herzen unterwegs waren?
Irden schien zu merken, was in Sheila vorging.
»Es hat alles seine Ordnung. Mach dir keine Sorgen, wie es uns hier in der Zwischenzeit ergeht, Sheila. Wir werden nichts merken. Es findet kein Atemzug statt, kein Flügelschlag und keine Flossenbewegung. Es vergeht für uns keine einzige Sekunde – bis ihr zurückgekehrt seid.«
Sheila wurde bewusst, dass sie eine ungeheuer große Verantwortung hatten. Denn wenn unterwegs etwas passierte und sie das Herz nicht zurückbrachten, dann wäre Talana zum ewigen Stillstand verdammt.
Sie bekam auf einmal Angst und hätte am liebsten gekniffen. War die Aufgabe nicht zu groß für sie beide?
Wieder schien Irden ihre Gedanken lesen zu können. Er lächelte sie an. »Ich finde es fantastisch, wie mutig ihr seid. Wenn jemand Talana retten kann, dann ihr beide. Ihr habt schon einmal bewiesen, dass ihr selbst schwierige Probleme lösen könnt.«

Mario starrte zu den drei Öffnungen in der Wand. »Und welches Herz ist nun das *Herz der Vergangenheit*?«
»Das linke«, antwortete Irden. »Wer von euch will es holen?«
Sheila sah ebenfalls nach oben. Das Licht aus der linken Öffnung schimmerte stärker und ein heller Strahl schien direkt auf sie zu zeigen. Sheila spürte instinktiv, dass sie das Herz holen musste. Es war ihre Bestimmung. Genau wie es ihr bestimmt gewesen war, die Spieluhr zu finden.
»Ich mache es«, sagte sie. Ihre Stimme klang belegt. Sie berührte sachte die Spieluhr, die sie an ihrem Amulett befestigt hatte. Dabei kam ihr der Spruch in den Sinn, der in den Deckel eingraviert war.

Bewahrt in mir das Herz der Zeit,
verwendet es nur mit Bedacht!
Ob Zukunft, ob Vergangenheit,
liegt jetzt allein in eurer Macht!

Plötzlich verstand sie, dass mit diesem Spruch sie und Mario gemeint waren. Und inzwischen wusste sie auch, was das *Herz der Zeit* bedeutete. Es führte kein Weg an ihrer Aufgabe vorbei. Sie mussten dieses Abenteuer auf sich nehmen, um Talana zu retten.

9. Kapitel
Das Herz der Vergangenheit

Sheila suchte die Wand nach Vorsprüngen ab, an denen sie gut hochklettern konnte.
Irden legte ihr die Hand auf die Schulter. »Dann werde ich mich nun von euch verabschieden.«
»Jetzt schon?«, fragte Sheila.
Der Magier nickte. »In dem Moment, wo du das *Herz der Vergangenheit* von seinem Platz entfernst, erstarrt alles. – Ich wünsche dir und Mario viel Glück. Ihr werdet es schaffen, ich weiß es.«
Sheila sah unsicher von Irden zu Mario. »Wenn – wenn ich das Herz hole und alles erstarrt, was ist dann mit Mario?«
»Sobald du ihn mit dem Gefäß berührst, löst du seine Erstarrung«, antwortete Irden. »Das funktioniert jedoch nur ein einziges Mal. Ist die Spieluhr erst einmal mit der Vergänglichkeit in Kontakt gekommen, verliert sie diesen Zauber. Nur ihr beide könnt euch frei in Talana bewegen, während alles andere stillsteht. Geh jetzt und hol das Herz.«
Sheila nickte und machte einen Schritt auf die Wand zu. Vorsichtig berührte sie einen der steinernen Arme des Kraken. Sie zuckte zurück. Sie hätte schwören können, dass er sich einen Augenblick lang lebendig angefühlt hatte. Aber wahrscheinlich hatte sie sich nur getäuscht. Sie war so aufgeregt, dass ihre Sinne verrücktspielten. Vor ihr war eine Statue, weiter nichts.
Sie packte einen weiteren Arm und zog sich vorsichtig daran hoch. Mit ihren nackten Füßen tastete sie nach einem Halt. Als

sie mit ihrer Fußsohle schließlich auf einen anderen steinernen Arm trat, war es, als würde sie auf einem Stück Fleisch stehen.
Das bilde ich mir nur ein!
Sie holte tief Luft und zog sich höher. Ihr Fuß suchte den nächsten Arm. Das Gefühl, auf etwas Lebendigem zu stehen, vertiefte sich. Sheila hatte Angst, dass der Krake gleich seinen Arm heben und sie umschlingen würde.
Sie schloss für einen Moment die Augen, bevor sie das nächste Stück in Angriff nahm.
Nur noch wenige Zentimeter, dann hatte sie die Öffnung erreicht. Sheila streckte die Hand aus und griff nach dem Licht.
Das, was sie erfasste, war schleimig und glitschig. Und es fühlte sich ebenfalls *sehr* lebendig an! Vor lauter Schreck hätte Sheila das zappelnde Etwas fast fallen lassen. Doch dann griff sie fester zu und zog es heraus.
Vor Überraschung schnappte sie nach Luft.
Es war ein schneeweißer Krake, so groß wie eine Männerfaust. Er verströmte ein helles Licht. Seine Fangarme schlangen sich um Sheilas Hand und einen Moment lang hatte sie das Gefühl, einen Händedruck zu bekommen.
Er begrüßt mich.
Doch es war nicht nur ein Gruß. Sheila spürte, wie Kraft in sie strömte. Und sie empfand in diesem Augenblick noch etwas anderes: ein unendlich starkes Vertrauen.
Mit einem Mal wusste sie, dass der weiße Krake ihr Freund war und dass sie sich auf ihn verlassen konnte. Er würde sie nach Atlantis bringen. Er würde ihnen bei ihrer schwierigen Aufgabe helfen.

Der Griff lockerte sich. Sheila versuchte das Gleichgewicht zu halten und mit der freien Hand die Spieluhr zu öffnen. Wie von einem Magneten angezogen, sprang der Krake aus ihrer Hand und in die Uhr hinein. Sheila war so erstaunt, dass sie ins Taumeln geriet. Beinahe wäre sie gestürzt. Im letzten Augenblick gelang es ihr, sich an der Wand festzuhalten. Dann begann sie den Abstieg.
Als sie unten ankam und sich umdrehte, sah sie, dass Irden und Mario erstarrt waren. Die Zeit stand still!
Irden lächelte. Mario hatte den Kopf gehoben und runzelte die Stirn, so als schaute er skeptisch zu, wie Sheila die Wand hochkletterte.
Als Sheila zum See blickte, merkte sie, dass auch das Blubbern aufgehört hatte. Die Blasen waren auf der Wasseroberfläche erstarrt und sahen aus wie Glaskugeln. Es war totenstill in der Höhle geworden.
Es kam Sheila vor, als wäre sie das einzige Lebewesen überhaupt. Sie erschauderte und zog die Schultern hoch. Sie kam sich so einsam vor wie noch nie in ihrem Leben. Zögernd trat sie neben Mario und berührte ihn mit der Spieluhr.
Hoffentlich stimmte es, was Irden gesagt hatte!
Und tatsächlich: Die Spieluhr löste den Bann. Marios Stirn glättete sich, er lachte sie an.
»Sheila! Du hast es geschafft!«
»Ja, Mario.« Sie deutete auf die Spieluhr. »Es ist hier drin – das Herz. Es sieht aus wie ein weißer Krake … Und …« Sie überlegte, wie sie ausdrücken sollte, was passiert war, als sie das Herz berührt hatte. »Es ist intelligent. Ich glaube, es weiß genau, was wir vorhaben.«

Mario nickte. »Komm, lass uns gehen.«
Sie umrundeten den See, stiegen die Treppe hinauf und gingen den Weg zum Strand zurück. Keiner von ihnen sprach unterwegs, so als trauten sie sich nicht, die Stille ringsum zu stören.
Endlich erreichten sie das Meer. Es sah aus wie eine erstarrte Glasfläche. Als Mario seinen Fuß ausstreckte, konnte er auf dem Wasser stehen. Erschrocken wechselte er mit Sheila einen Blick.
»Es geht nicht!«
Sheila versuchte es ebenfalls. Ihr Fuß sank ein. Das Wasser fühlte sich ganz normal an.
»Es liegt wohl daran, dass ich das Herz trage«, murmelte sie.
Mario fasste Sheila am Arm. Da gab das Wasser auch unter ihm nach, er verlor das Gleichgewicht, kippte nach vorne und riss Sheila mit. Noch während sie versanken, verwandelten sie sich in Delfine.
Auch unter Wasser stand die Zeit still. Die Fische ringsum verharrten reglos, als wären sie eingefroren. Die Anemonen sahen aus, als wären sie aus Stein gemeißelt. Nur dort, wo Mario und Sheila schwammen, entstand für ein paar Sekunden eine leichte Bewegung, dann wurde alles wieder starr.
Sheila hätte den Weg zum Weltentor nicht mehr gewusst, aber Mario fand ihn ohne Probleme. Sie schwammen an den bunten Muschelstädten vorbei. Und auch dort war alles erstarrt. Jetzt sah Sheila deutlich die Spuren der beginnenden Zerstörung.
»Oh Mario, diese wunderbaren Häuser – sie gehen alle kaputt!«
»Nicht nur das«, antwortete Mario. »Das Wasser wird wärmer.

Irden zaubert gegen die Temperaturerhöhung an, aber inzwischen ist er an seine Grenzen gestoßen. Wenn wir nicht herausfinden, was die Ursache ist, wird Talana nach und nach zerstört werden. Dann gibt es kein Paradies mehr.«

Schweigend schwammen sie weiter, bis vor ihnen ein Farbnebel auftauchte. Sie hatten das Weltentor erreicht.

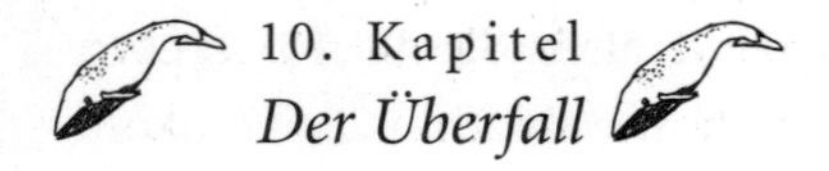

10. Kapitel
Der Überfall

Ricardo musste sich erst wieder daran gewöhnen, ein Delfin zu sein. Schon früher hatte er sich nicht gern verwandelt. Deswegen hatte er es auch vorgezogen, Zaidon als Spion an Land zu dienen.
Die ungewohnten Sinneseindrücke unter Wasser machten Ricardo fast verrückt. Dass er die Form und Beschaffenheit der Welt um ihn herum *hören* konnte, empfand er als Lärmbelästigung. Ständig hatte er das Gefühl, sich die Ohren zuhalten zu müssen. Was natürlich nicht ging, denn er hatte nur Flossen – und das Sonar war ja auch kein richtiges Ohr. Er benutzte es automatisch und wusste einfach nicht, wie er es ignorieren konnte.
Allmählich begann er, seinen Auftrag zu hassen. Das war nichts für ihn. Aber er hatte geschworen, Zaidon zu gehorchen, und er würde diese Aufgabe zu Ende führen. Und dann würde er hoffentlich die Belohnung bekommen, die ihm zustand.
Doch jetzt musste er erst einmal das Weltentor finden …
Er hatte die Wegbeschreibung, die er von Zaidon bekommen hatte, genau im Kopf. Der Weg war weit und Ricardo machte sich unterwegs so seine Gedanken. Gab es dieses Tor zwischen den Welten überhaupt noch? Er hatte Gerüchte gehört, dass es inzwischen für immer geschlossen sein sollte.
Ricardo wusste nicht, ob er den Gerüchten trauen durfte. Er hoffte, dass sie nicht stimmten. Denn wenn er nicht nach Talana konnte, wie sollte er dann Zaidons Auftrag erfüllen?

Er musste wieder an das Mädchen denken. Sie hatte sich ebenfalls aufgemacht. Wahrscheinlich hoffte sie, ihm zuvorzukommen, die Belohnung zu kassieren und Prinzessin von Atlantis zu werden. Wie mühelos sich das Mädchen und der Junge in Delfine verwandelt hatten! Das sprach doch dafür, dass es das Weltentor noch gab. Vielleicht nahmen ihm die beiden sogar einen Teil seiner Aufgabe ab! Bestimmt würden sie nach Talana gehen, um das *Herz der Vergangenheit* zu holen. Ricardo brauchte eigentlich nur vor dem Weltentor zu warten.
Augenblicklich wurde seine Laune besser. Das Mädchen hatte gedacht, ihn austricksen zu können, aber in Wirklichkeit war er derjenige, der die Fäden in der Hand hielt. Die beiden rechneten bestimmt nicht damit, dass er ihnen vor dem Weltentor auflauerte. Es würde leicht sein, der Kleinen die Spieluhr abzunehmen.

Immer wieder die Farben des Regenbogens, leuchtend und intensiv. Sheila wurde fast schwindelig davon, als sie Seite an Seite mit Mario durch das Weltentor schwamm. Sie hatte keine Angst mehr davor, in die Vergangenheit zu reisen. Der weiße Krake würde sie beschützen.
Die Spieluhr hing an ihrem Körper, sie schien fast ein Teil von ihr zu sein. Sie spürte außer ihrem eigenen Herzschlag noch ein weiteres Klopfen. Das *Herz der Vergangenheit.*
Auf einmal war der Tunnel zu Ende und sie glitten wieder in die andere Welt, die dreizehn Jahre lang Sheilas Zuhause gewesen war.
Das Wasser war türkis und kühler als in Talana. Ein glänzender Fischschwarm zog vorbei, es mussten Tausende einzelner Tiere

sein. Sie schwammen so dicht beieinander, als würden sie gejagt.
Und dann sah Sheila den fremden Delfin, der hinter ihnen durchs Wasser schoss. Die Fische stoben voller Angst davon.
Der Angriff kam völlig unerwartet. Der Delfin wechselte plötzlich die Richtung, sein Schnabel knallte mit voller Wucht gegen Sheilas Brust.
Der Schmerz war so heftig, dass Sheila glaubte, ohnmächtig zu werden. Sie taumelte und spürte, dass sich die Kette mit dem Amulett von ihrem Hals löste. Sie musste gerissen sein! Wieder boxte der Delfin sie in die Seite.
Sheila hörte ein Knacken. Was war das gewesen? Zwischen Schmerz und Schock merkte sie, wie die Spieluhr im Wasser davontrudelte und sank … Das *Herz der Vergangenheit* ging verloren!
Sheila machte einen Versuch, der Spieluhr zu folgen. Es flimmerte vor ihren Augen.
Der Delfin griff erneut an. Sie verstand nicht, warum. Sie hatte ihm doch nichts getan! War es ein wilder Delfin, der glaubte, dass sie in sein Revier eingedrungen waren und ihm die Nahrung streitig machen wollten?
Jetzt reagierte Mario und fuhr dazwischen. Doch der fremde Delfin ließ schon von Sheila ab und tauchte in die Tiefe.
»Mario!«, rief Sheila in höchster Not. »Die Spieluhr! Das Herz …«

Mario zögerte kurz. Er wusste nicht, ob er sich zuerst um Sheila kümmern oder versuchen sollte, die Spieluhr aufzufangen, bevor

sie auf den Meeresgrund sank. Doch als Mario merkte, dass der fremde Delfin nach unten verschwand, schöpfte er Verdacht. Es hatte ganz den Anschein, als hätte das Tier Sheila angegriffen, um an die Spieluhr heranzukommen.
Da stimmte etwas nicht!
Er nahm die Verfolgung auf. Der fremde Delfin schwamm einige Meter unter ihm, die Spieluhr war bereits in der Dunkelheit versunken. Mario benutzte sein Sonar. Er konnte die Spieluhr und das Amulett orten. Mario beschleunigte sein Tempo und erreichte gleichzeitig mit dem anderen Delfin die Spieluhr. Ungeschickt schnappte der Fremde das Gefäß mit seinem Schnabel. Mario versuchte, es ihm wieder abzunehmen. Sie rangen miteinander.
»Lass los! Was willst du damit? Die Spieluhr gehört uns!«
»Von wegen!«, zischte der fremde Delfin. »Zaidon hat *mich* beauftragt! *Ich* werde die Belohnung kriegen! Nicht ihr!«
Zaidon! Mario war verwirrt. Zaidon war doch tot! Was war das für ein Auftrag, von dem der Delfin redete?
In diesem Moment sprang der Deckel der Spieluhr auf. Der weiße Krake schwamm heraus und begann, sich im Uhrzeigersinn um sich selbst zu drehen. Er sah aus wie eine Scheibe aus hellem Licht.
Mario hielt verwundert inne und starrte den Kraken fasziniert an.
Der andere Delfin nutzte diesen Moment der Unachtsamkeit und stieß Mario zur Seite. Dabei entglitt ihm die Spieluhr und sank auf den Grund. Sie tauchten gleichzeitig danach, aber der Fremde war eine Sekunde schneller als Mario und fing die Spieluhr ein.

»Mist!«
Sand wirbelte auf. Plötzlich war der weiße Krake an Marios Seite und griff mit einem seiner Fangarme nach Sheilas Amulett, das ein Stück weiter weg am Meeresboden lag. Kaum hatte er es aufgehoben, drehte er sich wieder im Kreis. Die Fangarme wirbelten. Die weiße Lichtscheibe wurde immer größer.
Mario spürte auf einmal einen ungeheuren Sog. Ein Strudel aus Licht tat sich auf und Mario wurde in ihn hineingezogen, zusammen mit dem fremden Delfin. Der gewaltige Sog erfasste auch Sheila, die inzwischen ihre Orientierung wiedergefunden hatte und den beiden nachgetaucht war.
Es war eine unglaubliche Kraft. Mario wusste nicht, wie ihm geschah. Reisten sie schon in die Vergangenheit? Er wollte nicht, dass der fremde Delfin mitkam. Das war nicht so gedacht gewesen und außerdem schien der Fremde nichts Gutes im Schilde zu führen.
Zaidon …
Warum ging ihm dieser Name nicht mehr aus dem Kopf? Mit einem Mal kam Mario ein schrecklicher Gedanke. Der fremde Delfin musste einer von Zaidons Dienern sein. Selbst nach seinem Tod hatte Zaidon noch viele Anhänger und Helfershelfer – in allen Ländern. Konnte es sein, dass Zaidon Anweisungen hinterlassen hatte? Sollte der fremde Delfin etwa das *Herz der Vergangenheit* stehlen und damit in die Zeit zurückreisen, um Zaidons Tod durch Irden zu verhindern?
Mario durfte um keinen Preis zulassen, dass der fremde Delfin seinen Plan durchführte! Zaidon durfte nicht mehr zurückkommen!

Während Mario über Zaidon nachdachte, veränderte sich der weiße Strudel. Der Nebel floss nach allen Seiten, die Sicht wurde klar und vor ihnen im Wasser schwamm der weiße Krake mit rhythmischen Bewegungen. Er hatte aufgehört, sich zu drehen.
»Du liebe Zeit, Mario!«, rief Sheila, die jetzt an Marios Seite war. Sie wirkte etwas erschöpft, aber sie schien nicht ernsthaft verletzt zu sein. »Was ist das denn? Das kann doch nicht sein!«
Auch Mario konnte nicht fassen, was da vor ihnen aufgetaucht war. Seine Albträume schienen Wirklichkeit zu werden!
Ein Stück von ihnen entfernt schwamm ein großer schwarzer Wal. Nein, er schwamm nicht, sondern er schwebte auf der Stelle. Das trübe Auge verriet, dass das Tier schon lange nicht mehr lebte. Seine Körperfunktionen wurden künstlich aufrechterhalten.
Mario erkannte den Wal auf der Stelle wieder.
»Zaidons Palast«, murmelte er fassungslos.
»Oh nein!«, stöhnte Sheila. »Den Wal gibt es doch nicht mehr. Wir sind im Sommer gerade noch so mit ihm an Land gekommen, aber nur, weil Gavino mir geholfen hat. Der Wal müsste längst ein Wrack sein … Und er ist doch irgendwo angespült worden, ich hab's in der Zeitung gelesen …«
»Sheila«, sagte Mario mit gepresster Stimme, »wir sind in die Vergangenheit gereist. Und ich bin sicher, dass Zaidon in diesem Wal ist.«
Sheila stieß vor Schreck einen leisen Schrei aus. »Was sollen wir tun, Mario?«
»Wir müssen an die Spieluhr kommen«, sagte Mario hektisch.

»Der, der sie besitzt, kann offenbar das Ziel der Reise bestimmen. Der fremde Delfin will Zaidon retten. Deswegen hat er dich angegriffen. Er will verhindern, dass Irden Zaidon besiegt.«
Sheila sah Mario entsetzt an.
»Wir greifen ihn an«, schlug Mario vor. »Gemeinsam. Du von links und ich von rechts. Wir müssen es schaffen, ihm die Spieluhr abzunehmen, Sheila! Es geht um Talana!«

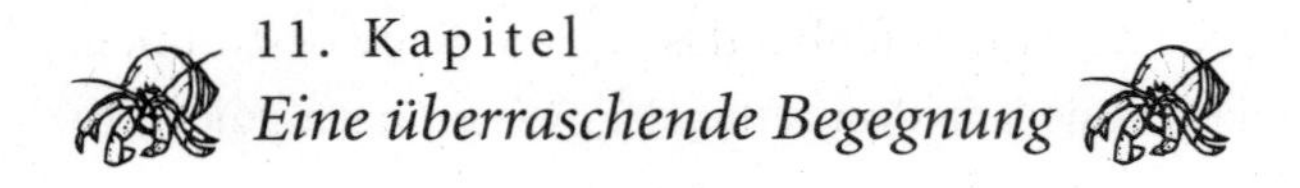

11. Kapitel
Eine überraschende Begegnung

Sheila hatte noch immer Schmerzen in der Seite, aber jetzt war zum Jammern keine Zeit. Vor ihnen lag der schwarze Wal auf dem Meeresgrund und der fremde Delfin steuerte auf das riesige Maul zu.

Sheila erinnerte sich noch genau, dass man durch eine Schleuse in einen großen Raum gelangte. Dort hatte Zaidon seine Apparaturen aufgebaut, die ihn am Leben erhielten und mit denen sein Gehilfe auch den Wal steuern konnte. Sheila hatte keine Ahnung, was sich gerade im Innern des Wals abspielte. Unterhielt sich Zaidon mit Irden? Dann kam ihr ein merkwürdiger Gedanke: Waren Mario und sie vielleicht auch im Wal? Sie waren ja Augenzeugen gewesen, als Irden Zaidon besiegt hatte! Möglicherweise hatte das *Herz der Vergangenheit* sie gerade zu diesem entscheidenden Moment zurückgebracht.

Sheila konzentrierte sich. Jetzt durften sie keinen Fehler machen. Sie gab Mario ein Zeichen und sie schossen gemeinsam los, um den Delfin anzugreifen.

»Gib das Ding her!« Mario stieß ihn mit voller Wucht in die rechte Flanke, während Sheila halb von unten kam und den Bauch des Delfins rammte. Der Fremde setzte zum Gegenangriff an, aber Sheila wich ihm geschickt aus, während Mario ihn weiter attackierte. Der Delfin hielt die Spieluhr krampfhaft im Maul fest, als wäre er damit verwachsen.

Das schaffen wir nie, dachte Sheila verzweifelt. Ihre Panik wurde immer größer. Statt nach Atlantis zu reisen und ihren Auftrag zu erfüllen, hatten sie das *Herz der Vergangenheit* an jemanden verloren, der Zaidon wieder zum Leben erwecken wollte. Sie durften nicht zulassen, dass ihr Gegenspieler sein Ziel erreichte!

Plötzlich sah sie einen dunklen Schatten hinter dem Wal hervorkommen. Zuerst dachte Sheila, dass ihr Feind nun auch noch Verstärkung bekam, doch dann erkannte sie den Fisch.

»Spy!«

Spy hatte sie im Sommer auf ihren Abenteuern begleitet. Er war kein gewöhnlicher Fisch, sondern durch Magie künstlich verändert worden: Auf dem Kopf trug er eine Antenne und seine Augen sahen aus wie Kameralinsen aus Glas. Er war ungefähr einen Meter groß und sein grauer, rot gepunkteter Leib hatte die Form eines Zeppelins. Auffällig waren die orangefarbenen Flossen.

Anfangs war Spy eingesetzt worden, um Mario und Sheila zu überwachen, aber mit der Zeit war er ihnen ein guter Freund geworden.

Sheila starrte Spy an, als wäre er ein Geist. Und er starrte ebenso überrascht zurück.

»Sheila? Ich fass es nicht. Wo kommst du her? Träume ich? Du bist doch mit Mario im Wal … Gibt es euch jetzt doppelt?«

Auch der fremde Delfin war durch Spys Auftauchen einen Moment lang abgelenkt. Mario nutzte die Chance und rammte ihn am Kopf. Diesmal hatte er Erfolg. Die Spieluhr glitt dem fremden Delfin aus dem Maul.

Spy schoss geistesgegenwärtig vor und fing die Spieluhr auf. Bevor es der Fremde verhindern konnte, hatte Spy die Uhr verschluckt. Seine Augen blinkten triumphierend.

»Wenn zwei sich streiten, freut sich der … Aua!«
Der fremde Delfin hatte Spy hart in die Seite gestoßen. Spy wirbelte herum und versetzte dem Delfin einen Schlag mit seiner orangefarbenen Flosse. Der Delfin zuckte zurück. Sheila vermutete, dass Spy ihm einen leichten Elektroschock versetzt hatte – technisch aufgerüstet, wie Spy war. Als sich Spy umdrehte, sah Sheila, dass der Fisch etwas Glänzendes um seinen Leib gewickelt hatte. Sie erkannte den goldenen Gürtel, der Irden gehörte. Ach ja, den hatte Spy ja eine Weile aufbewahrt …
Der Delfin hielt respektvoll Abstand von Spy – wohl aus Angst, dass er sich einen weiteren elektrischen Schlag einhandelte. »Gib her, was du verschluckt hast!«, forderte er laut.
»Hach, da könnte ja jeder kommen«, gab Spy zurück. »Wer bist du überhaupt? Ich hab dich noch nie zuvor gesehen. Du bist bestimmt kein Freund von Mario und Sheila. Und dann bist du auch nicht mein Freund!«
»Richtig, Spy«, stimmte Mario ihm zu. »Die Spieluhr gehört Sheila – und sie ist enorm wichtig.«
»Die Spieluhr gehört mir«, widersprach der fremde Delfin. »Sheila hat sie gestohlen.«
Spy blickte von einem zum anderen. Seine dicken Linsenaugen glänzten. »Du kannst mir viel erzählen«, sagte er dann zu dem Fremden. »Wenn du die Spieluhr haben willst, dann musst du mir schon den Bauch aufschneiden!«
»Vielleicht tue ich das ja«, knurrte der Delfin. Plötzlich wuchsen Arme aus seinen Flossen und Sheila sah voller Überraschung, wie sich der Delfin in einen Mann verwandelte. Er trug Shorts

und ein buntes Hemd. Mit einem Mal hatte er ein blitzendes Messer in der Hand.
Sheila schrie erschrocken auf.

Ricardo merkte sofort, dass er einen Fehler gemacht hatte. Er hatte nicht bedacht, dass er als Mensch nicht so lange die Luft anhalten konnte wie ein Delfin. In zwei, höchstens drei Minuten musste er spätestens an die Oberfläche schwimmen, um Atem zu holen.
Aber er war einfach zu verwirrt gewesen, als dieser komische Fisch aufgetaucht war, der noch dazu mit menschlicher Stimme sprechen konnte. Und dann hatte der unverschämte Kerl doch tatsächlich die wertvolle Spieluhr verschluckt!
Jetzt galt es, schnell zu handeln. Jede Sekunde war kostbar. Und er durfte keine Zeit verplempern, indem er zögerte oder falsches Mitleid mit dem Fisch hatte. Es war ein ganz gewöhnlicher Fisch, wie es Tausende im Meer gab, und aus irgendeinem Grund hatte ein Witzbold ihn technisch aufgerüstet.
Ricardo holte mit dem Messer aus. Gerade als er zustechen wollte, spürte er einen heftigen Schmerz an seiner Wade. Einer der Delfine hatte zugebissen!
Es tat so weh, dass er das Messer losließ. Er schrie auf und bekam Wasser in den Mund. Hustend hatte er nur noch den einzigen Gedanken, so schnell wie möglich an die Wasseroberfläche zu gelangen. Die Luft ging ihm aus. Er machte heftige Armbewegungen und begann aufzusteigen, aber schon nach wenigen Metern wurde ihm unglaublich schwindelig. Um ihn herum fing alles sich zu drehen an. Weißes Licht blitzte auf –

und es war, als würde er rückwärts durch einen Tunnel gezogen.
War das die Taucherkrankheit? War er zu schnell aufgetaucht? Wenn sich Stickstoffblasen in seinem Blut gebildet hatten, konnte das tödlich sein.
Ricardo bekam Angst. Er fürchtete um sein Leben. Wie dumm war er gewesen, alles aufs Spiel zu setzen, nur um Zaidon zu retten. Man sollte Tote nicht ins Leben zurückholen – das war Frevel.

Sheila hatte ganz instinktiv gehandelt. Sie musste Spy vor dem Messer schützen. Und da hatte sie dem Mann eben mit aller Kraft ins Bein gebissen.
Der Fremde ließ das Messer sofort los und Spy war außer Gefahr. Dann hatte der Mann versucht aufzutauchen. Aber der weiße Krake war um ihn herumgewirbelt und wieder war die helle Lichtscheibe entstanden. Sheila hatte voller Verblüffung beobachtet, wie der Mann vor ihren Augen verschwand. Er schien sich einfach in Luft aufzulösen.
»Hast du das auch gesehen?«, fragte Mario ungläubig. »Er ist weg! Wie kann das sein?«
Jetzt schaltete sich Spy ein. »Könnte mich bitte mal jemand aufklären, was hier gerade passiert?« Er blinkte nervös mit den Augen. »Ich bin ja von euch schon allerhand gewohnt, aber das wird momentan alles ein bisschen viel für mich. Warum seid ihr im Wal und gleichzeitig hier? Wer war dieser Typ mit dem Messer? Und – verflixt noch mal, was ist das für ein merkwürdiges weißes *Ding*, das hier ständig um mich herumschwimmt? Das macht mich noch ganz verrückt!«

Der weiße Krake glitt jetzt mit ruhigen Bewegungen auf Sheila zu. Sheila sah, dass ein Fangarm noch immer das Amulett hielt, das sie verloren hatte. Während er sie umkreiste, hörte sie eine seltsame Stimme in ihrem Kopf.
Ich habe ihn in die Gegenwart zurückgeschickt.
»Wen meinst du?«, fragte Sheila nach. »Unseren Verfolger?«
Ja.
Das »Ja« kam ganz selbstverständlich, so als hätte der Krake nie einen Zweifel gehabt, auf wessen Seite er stand. Und Sheila begriff, dass sich das *Herz der Vergangenheit* nicht von jedem verwenden ließ. Es hatte eine Persönlichkeit und war fähig zu eigenen Handlungen. Deswegen überraschte es Sheila auch kaum, als der Krake um sie herumschwamm und ihr das Amulett anlegte. Er war mit seinen Fangarmen unglaublich geschickt und fügte sogar die beiden Glieder zusammen, die beim Überfall auseinandergerissen worden waren. Sheila hielt still und spürte wieder die starke Verbundenheit zwischen sich und dem Kraken. Es war beinahe so wie im *Tempel der Zeit.*
Inzwischen versuchte Mario, Spy zu erklären, was geschehen war. Spy hatte große Probleme damit, sich vorzustellen, dass Mario und Sheila praktisch aus der Zukunft gekommen waren.
»Na gut, wenn ihr sagt, dass es so ist, dann wird es wohl stimmen«, murmelte er schließlich. »Mein Kopf wird ganz wirr, wenn ich darüber nachdenke. Hauptsache, der doofe Kerl ist weg! – Was habt ihr jetzt vor? Wollt ihr in den Wal gehen und euren Doppelgängern die Hand schütteln?«
»Auf keinen Fall. Und du darfst unseren zwei Doppelgängern auch nichts von uns erzählen. Sonst entwickelt sich alles anders«,

sagte Mario. »Wir sind nur versehentlich hier gelandet, weil wir überfallen worden sind. Unser Verfolger hat das Ziel bestimmt, weil er Zaidon retten wollte. Sheila und ich wollten eigentlich weiter in die Vergangenheit reisen, nach Atlantis.«

»Nach Atlantis?«, fragte Spy verwundert. »Was wollt ihr denn in Atlantis?«

Mario zögerte. »Wir müssen etwas erledigen. Es ist zu kompliziert, es dir zu erklären.«

Jetzt war Spy beleidigt. »Zu kompliziert«, wiederholte er. »Ihr haltet mich wohl für ein bisschen doof. Das ist gemein. Ich dachte, ich bin euer Freund. Und jetzt habt ihr Geheimnisse und wollt mir nichts davon erzählen.«

Mario warf Sheila einen Blick zu. »Okay, okay, Spy, reg dich ab. Ich hab gedacht, es ist nicht so wichtig für dich, weil wir ja gleich wieder weg sind. Aber wenn du unbedingt darauf bestehst …«

Während er Spy die Sache erklärte, kam Sheila plötzlich eine Idee. Spy war immer so ein guter Gefährte gewesen. In gefährlichen Situationen hatte er sie mit seinen Sprüchen aufgemuntert. Was wäre, wenn er sie nach Atlantis begleiten würde? Er war ein cleverer Fisch und würde ihnen vielleicht bei ihrer Aufgabe helfen können.

»Ein Geheimnis?«, hörte sie gerade Spys Stimme. »Zaidon hat etwas aus Talana geklaut? Das ist typisch für den alten Schurken! Oh, wenn ich könnte, dann würde ich ihn …«

»Spy«, schaltete sich Sheila ein, »hast du Lust, mit uns mitzukommen?«

Mario sah sie überrascht an. »Das geht doch nicht!«

»Warum nicht?«, wandte Sheila ein.

»Er muss doch hier vor dem Wal warten und Irden nachher den goldenen Gürtel geben«, antwortete Mario.
»Nicht nur das«, meinte Spy. »Ich habe auch noch immer die sieben Steine im Bauch, vergesst das bitte nicht. Ihr seid deswegen durch die sieben Meere gereist, diese Steine sind von großer Bedeutung.«
»Stimmt«, sagte Sheila traurig. Spy hatte recht.
»Eigentlich würde ich schon gern mitkommen«, sagte Spy und sah von einem zum anderen. »Es gefällt mir gar nicht, dass ihr allein nach Atlantis wollt. Das hört sich ziemlich abenteuerlich an. Jemand sollte dabei sein und euch beschützen. Und ich könnte das ganz ausgezeichnet, jawohl!«
Sheila musste innerlich lächeln. Typisch Spy!
»Und wenn wir Spy auf der Rückreise einfach wieder hier absetzen würden?« Mario sah Sheila fragend an. »Wenn wir denselben Augenblick abpassen, dann würde niemand merken, dass Spy weg gewesen ist.«
»Oh ja, oh ja!«, jubelte Spy. »Jetzt hab ich kapiert, wie ihr das meint. Ich kriege zwar fast einen Knoten in meinem Gehirn, aber jetzt verstehe ich, wie eine Zeitreise funktioniert. Tolle Sache!«
»Na ja«, dämpfte Mario seine Begeisterung, »eine Zeitreise ist auch nicht ungefährlich. Stell dir vor, dir würde in Atlantis etwas passieren und du wärst nicht pünktlich zurück. Dann würde Irden seinen Gürtel nicht bekommen. Das Weltentor würde sich nicht öffnen – und Irden könnte auch nicht feststellen, dass etwas mit Talana nicht stimmt. Dann würde er uns gar nicht auf die Reise schicken ...«
»Hör auf«, unterbrach Sheila seinen Redefluss, denn ihr schwirrte

der Kopf. Sie wollte jetzt nicht weiter über solche Möglichkeiten nachdenken. Spy würde nach Atlantis mitkommen und sie würden alle heil zurückkehren, basta!
Spy hatte leuchtende Augen vor Aufregung. »Oh, ich bin schon so gespannt auf Atlantis! Wann geht die Reise denn endlich los?«
Der weiße Krake schien alles mit angehört zu haben. Er näherte sich mit kreisenden Bewegungen und wurde wieder zu einem leuchtenden Rad.
»Ich glaube, gleich«, sagte Sheila.
Ihr Herz klopfte schneller, als sie den magischen Sog spürte, der sie weit in die Vergangenheit bringen würde.

Ricardo war ausgepumpt und erschöpft. Mit letzter Kraft ließ er sich an Bord des Ausflugsschiffes ziehen und blieb dort reglos liegen. Die Touristen auf dem Schiff starrten ihn neugierig an, einige knipsten sogar Fotos.
»So habe ich was für mein Erinnerungsalbum«, sagte eine dicke Dame. »Wenn wir auf dieser Fahrt schon keine Delfine gesehen haben, dann wenigstens einen Schiffbrüchigen.«
Zwei Matrosen kamen und wickelten Ricardo in eine warme Decke.
Es dauerte eine ganze Weile, bis Ricardo fähig war, auf die vielen Fragen zu antworten, die auf ihn einprasselten.
»Ist Ihr Boot gekentert?«, fragte der Kapitän.
Ricardos Zähne klapperten. Trotz der Decken fror er jämmerlich. Er hatte keine Ahnung, wie lange er im Meer getrieben war. Das Wasser war furchtbar kalt gewesen.

»Kein ... Boot«, antwortete Ricardo stockend. »Ich ... ich bin geschwommen. Von der Küste aus ...«
»Aber die ist viel zu weit weg.« Der Kapitän schüttelte den Kopf und wechselte einen Blick mit seinem Ersten Offizier. »So eine Strecke können Sie unmöglich geschwommen sein. Das schafft kein Mensch.«
Ricardo hätte gern erzählt, dass man als Delfin mühelos weite Strecken im Meer zurücklegen konnte, aber der Kapitän hätte ihm bestimmt kein Wort geglaubt.
»Wahrscheinlich ist sein Erinnerungsvermögen gestört«, murmelte ein Matrose halblaut.
»Ich ... ich bin mit dem Surfbrett zu weit rausgefahren und abgetrieben worden«, log Ricardo. »Dann bin ich ins Wasser gefallen ... und irgendwie ... irgendwie war mein Surfbrett weg und ich konnte nur noch schwimmen ...«
Er warf einen vorsichtigen Blick zum Kapitän. Der Erste Offizier zeigte Anteilnahme, während die Miene des Kapitäns skeptisch blieb.
»Surfen Sie immer in Shorts und Hemd?«
»Nicht immer«, antwortete Ricardo kläglich. »Nur heute ... ausnahmsweise ...«
Ihm war so elend zumute. Er hätte nie gedacht, dass er mit seiner Mission so jämmerlich scheitern würde. Und daran war nur dieses Mädchen schuld – Sheila ...

Zweiter Teil

Es ist genug!
Zu groß der Frevel,
zu viel Betrug!
Asche und Schwefel
werden regnen
nach lautem Knall.
Die Priester segnen
Zaidons Fall!
(Saskandras Prophezeiung)

1. Kapitel
Die Muschelsammlerin von Atlantis

Das weiße Licht hatte keinen Anfang und kein Ende. Sheila verlor jegliches Zeitgefühl. Es mussten Stunden vergangen sein, seit sie nach Atlantis aufgebrochen waren. Sheila wunderte sich, dass sie noch keine Atemnot bekommen hatte und nicht gezwungen war, an die Oberfläche zu schwimmen. Wirkte die HUNDERTKRAFT? Oder war es die Magie des weißen Kraken, der sich unermüdlich im Kreis drehte? Man konnte meinen, dass er Tausende von Fangarmen hatte – ein einziges Geflimmer.
Spy klammerte sich an Mario fest, um ihn nicht zu verlieren. So reisten die drei Gefährten in die Vergangenheit, ungewissen Abenteuern entgegen.
Endlich wurden die Bewegungen des Kraken langsamer. Das weiße Licht löste sich auf und wich dem tiefen Blau des Meeres.
»Uff!« Spy ließ Mario los. »Das war ja furchtbar. Ich dachte schon, aus mir wird Fischmehl gemacht. Bin ich noch ganz?«
»Sieht so aus«, meinte Mario. »Sind wir denn jetzt am Ziel?«
Der weiße Krake schwebte über ihnen im Wasser und antwortete nicht.
Sheila blickte sich neugierig um. Ein Schwarm kleiner Fische zog gerade vorbei. Als sie die Delfine entdeckten, änderten sie rasch die Richtung. Sheila sah einige Felsen, die mit leuchtenden Korallen bewachsen waren, dazwischen war sandiger Meeresgrund. Keine Spur von Atlantis. Waren sie am falschen Ort angekommen? Sheila benutzte ihr Sonar, um die weitere Umgebung zu er-

kunden. In der Ferne stieß sie auf ein Hindernis – eine große Mauer, die kreisförmig verlief. Die Stadtmauer von Atlantis? Dahinter schienen sich Gebäude zu erheben. Sheila wurde ganz aufgeregt.
»Wir müssen nach links schwimmen, Mario. Schräg vor uns liegt Atlantis, glaube ich.«
Mario schien sie nicht zu hören, weil er sich auf sein Sonar konzentrierte. Erst als Sheila ihre Worte wiederholte, wirbelte er herum. Sheila las in seinen Augen Anspannung und Besorgnis.
»Wir schwimmen zuerst in die Gegenrichtung, Sheila. Dort ist ein Mädchen in Not. Wir müssen ihr helfen, sonst ertrinkt sie!«
Dann wandte er sich an Spy. »Du hältst hier am besten die Stellung und passt auf den Kraken auf.«
Spy grummelte. »Ja, ja, wenn es spannend wird, soll Spy immer babysitten.« Doch dann verschwand er hinter einem der nahen Felsen.

Talita versuchte verzweifelt, ihren Arm wieder freizubekommen. Die große Muschel hatte sich unerwartet geschlossen und hielt ihn fest. *Mördermuschel!* Talita merkte, wie ihre Luft knapp wurde. Wenn es ihr nicht bald gelang, den Arm herauszuziehen, würde sie sterben!
Wie hatte sie nur die *Mördermuschel* mit einer *Edlen Steckmuschel* verwechseln können? Ein schwerer Fehler, der sie jetzt vielleicht das Leben kosten würde! Aber in diesem Gebiet wuchsen die Muscheln wild durcheinander. Die Steckmuscheln wurden immer seltener, weil sie den Rohstoff zu der wertvollen Muschelseide lieferten.

Talita stach mit dem Messer zwischen die beiden Schalen. Doch die Muschel zeigte keine Reaktion. Die beiden Schalen klemmten ihren Arm ein wie ein Schraubstock. Talitas Haut war schon aufgerissen. Wenn das Blut die Haie anlockte! Sie schloss vor Entsetzen die Augen. Der Druck in ihrer Lunge wurde immer größer.
Es rauschte in ihren Ohren. Wieder versuchte sie, den Arm freizubekommen. Die Haut schrammte noch mehr auf. Talita spürte einen brennenden Schmerz. Sie zitterte so sehr, dass ihr das Messer aus der Hand glitt.
Ich schaffe es nicht. Es ist vorbei!
Da berührte etwas sie an der Seite. Als sie die Augen öffnete, sah sie zwei Delfine. Der größere schob seinen Schnabel in die Muschel und benutzte ihn wie einen Hebel, um die Schalen auseinanderzudrücken. Der zweite Delfin kam dem ersten zu Hilfe. Talita spürte, wie der Druck auf ihren Arm nachließ. Sie konnte ihn herausziehen. Mit letzter Kraft stieß sie sich vom Meeresgrund ab und tauchte an die Wasseroberfläche, um zu atmen.
Luft, endlich Luft!
Was für eine Erleichterung, die Lungen füllen zu können! Talitas Herz raste. Pünktchen flimmerten vor ihren Augen.
Plötzlich schwammen ein fremder Junge und ein Mädchen neben ihr.
»Alles in Ordnung?«, fragte der Junge.
»Ja.« Talita nickte keuchend. »Vielen Dank … für … eure Hilfe. Das … war knapp!« Nach ein paar Minuten wurde ihr Atem ruhiger und ihr Herzschlag normalisierte sich. Sie konnte ihre beiden Retter genauer betrachten.

»Wer seid ihr? Ich habe euch noch nie gesehen. Wohnt ihr in der Oberstadt?«
Das Mädchen wollte antworten, doch der Junge kam ihr zuvor.
»Bist du aus Atlantis?«, fragte er.
»Ja. Ich heiße Talita. Ich wohne in der Unterstadt. Meine Mutter ist Weberin. Ich wollte gerade Muscheln ernten, weil sie wieder neue Seide braucht. Sie webt ein Hochzeitsgewand für Zaidons Braut. Meine Mutter ist die beste Weberin von Atlantis.« Kaum hatte Talita den Satz gesagt, bereute sie es. Er klang so angeberisch. Aber sie wollte nicht, dass die beiden Fremden auf sie herabsahen, weil sie in der Unterstadt lebte. In der Unterstadt wohnten die Armen. Die meisten hatten kaum genug zu essen. Talitas Familie ging es in der letzten Zeit etwas besser, seit ihre Mutter den großen Auftrag erhalten hatte. Darüber waren alle sehr froh.
»Wir kommen von weit her«, sagte der Junge. »Ich heiße Mario.«
»Und ich bin Sheila«, sagte das Mädchen.
»Wir sind fremd hier«, erklärte Mario. »Kannst du uns den Weg nach Atlantis zeigen?«
»Fremd?« Talita wunderte sich. »Aber ihr seid doch Meereswandler! Alle Meereswandler kommen aus Atlantis. Wir sind einzigartig. Niemand sonst kann sowohl Delfin- als auch Menschengestalt annehmen.«
»Na ja … das ist nämlich so …« Der Junge wurde verlegen. Er schien nach einer Erklärung zu suchen.
»Eure Eltern sind geflohen«, sagte Talita, der plötzlich ein Licht

aufging. Es kam immer wieder vor, dass Leute aus der Unterstadt Atlantis heimlich verließen, weil sie hofften, irgendwo ein besseres Zuhause zu finden. Dabei war das streng verboten. Zaidon ließ solche Flüchtlinge erbarmungslos verfolgen. Die, die er erwischte, mussten im Kerker elend verhungern – als abschreckendes Beispiel. Zaidon brauchte die Leute aus der Unterstadt, sie leisteten die meiste Arbeit und ohne sie würde sein Reich nicht funktionieren.

»Aber warum kommt ihr zurück?«, fragte Talita. »Wenn euch Zaidons Leute erwischen, seid ihr dran!«

»Wir … wir müssen etwas erledigen«, antwortete Mario. »Es ist sehr wichtig. Kannst du uns unauffällig in die Stadt bringen?«

Talita überlegte. Wer sich mit Flüchtlingen einließ und ihnen half, machte sich strafbar. Aber die beiden hatten Talita das Leben gerettet und sie war ihnen zu Dank verpflichtet.

»Gut«, sagte sie. »Ich zeige euch den Weg. Doch ihr müsst sehr vorsichtig sein.« Talita verwandelte sich wieder in einen Delfin und die beiden Fremden taten es ihr nach. Jetzt nahm Talita die beiden Amulette wahr, die Mario und Sheila trugen, und sie fragte sich, welche Bedeutung sie wohl hatten. Gehörten sie vielleicht einem Geheimbund an, der Zaidons Sturz plante?

Ein Schauder überlief Talita. Es war ein großer Frevel, so etwas zu denken. Schließlich hatte Zaidon Atlantis gegründet, das schönste Reich auf Erden. Nirgendwo sonst gab es so prächtige Paläste. Zaidon sorgte sehr für das Wohl der Bevölkerung und belohnte jeden für seine Dienste. Selbstverständlich konnte nicht jeder reich sein, denn manche waren einfach nicht zum Reichtum geboren. Doch wer sein Leben lang fleißig gearbeitet und

Zaidons Regeln und Gesetze befolgt hatte, der kam, sobald er alt oder sehr krank war, auf jeden Fall ins Paradies – nach Talana.
Talana. Allein beim Klang dieses Wortes bildete sich Talita jedes Mal ein, Musik zu hören. Talana musste wunderbar sein! Sie hatte früher oft davon geträumt und sich ausgemalt, wie dort alles sein würde. Keiner musste mehr Hunger leiden, alle hatten dieselben Freiheiten und konnten das Leben in dem schönen Reich genießen.
Selbst jetzt musste sie noch oft an Talana denken, obwohl sie inzwischen ihre Zweifel hatte, ob es dieses Paradies wirklich gab. Und noch mehr Zweifel hatte sie, ob die Alten und Kranken wirklich dorthin kamen, wie Zaidon immer verkündete. Es war jetzt genau vier Wochen her, seit Talita durch Zufall Zeugin eines schrecklichen Ereignisses geworden war. Sie hatte mit niemandem darüber gesprochen, nicht einmal mit ihrer Mutter. Keiner würde ihr glauben. Es war zu ungeheuerlich. Manchmal fragte sich Talita, ob ihre Augen sie nicht getäuscht hatten. Es *konnte* nicht wahr sein, was sie gesehen hatte. Es widersprach allem, was sie gelernt und woran sie geglaubt hatte. Und es machte ihr große Angst. Denn wenn Zaidons Leute herausfanden, was sie beobachtet hatte, war sie in Lebensgefahr …
Talita verdrängte diese Gedanken und tauchte zum Meeresgrund. Sie benutzte ihr Sonar, um das Messer aufzuspüren, das sie irgendwo zwischen den Muscheln verloren hatte. Nach kurzer Zeit hatte sie es gefunden und nahm es vorsichtig mit dem Schnabel auf. Sie achtete darauf, der Mördermuschel nicht zu nahe zu kommen, um sich kein zweites Mal fangen zu lassen.
»Ich muss noch Muscheln suchen«, sagte sie zu Mario und Sheila.

»Meine Mutter wird verrückt, wenn ich ohne Muscheln zurückkomme und sie nicht weiterweben kann. Sie hat ständig Angst, dass das Hochzeitsgewand nicht rechtzeitig fertig wird.«
»Vielleicht können wir dir helfen«, schlug Sheila vor. »Du musst uns nur zeigen, wonach wir suchen sollen.«
Talita fand es sehr nett von den Fremden, dass diese ihr Hilfe anboten. Nach einiger Zeit fand sie eine kleinere Steckmuschel, die aufrecht im Sand steckte.
»Hier, so sehen die Muscheln aus. Die hier ist ziemlich klein, normalerweise würde ich sie noch nicht ernten. Aber es gibt inzwischen so wenige Steckmuscheln. Die Muschelseide ist begehrt und sehr wertvoll. Niemand außer Zaidon und seinen Vertrauten darf ein Gewand aus Muschelseide tragen.« Talita dämpfte ihre Stimme. »Es ist zwar streng verboten, aber ich vermute, dass manche Leute heimlich Muscheln ernten und die teure Seide an Schmuggler verkaufen. Die bringen dann die Waren in ferne Länder.«
Sie erklärte Mario und Sheila, dass der wertvolle Teil der Muscheln die Barthaare waren, mit denen sich die Muscheln im Boden festhielten. Ein einzelnes Haar konnte bis zu zwanzig Zentimeter lang werden. Man musste die Muschel vorsichtig ausgraben oder aus dem Boden ziehen, um den Faserbart – den Byssus – nicht zu beschädigen.
»Die feinen Haare müssen gereinigt und gekämmt werden«, berichtete Talita. »Zum Schluss werden sie mit der Hand zu einem Faden gesponnen. Die Seide sieht aus wie Gold – wunderschön.«
»Warum wachsen hier so viele Muschelarten?«, wollte Sheila wis-

sen. »Ich kenne mich ein bisschen aus. Die gehören doch normalerweise in ganz verschiedene Lebensräume und benötigen unterschiedliche Wassertemperatur und verschiedenen Salzgehalt zum Leben. Seegras … Korallen … Hier gibt es alles! Das kann doch eigentlich gar nicht sein.«
»Zaidon hat Gärtner beauftragt, die die Umgebung von Atlantis nach seinen Vorstellungen gestaltet haben«, antwortete Talita. »Man munkelt, dass die Gärtner auch Magie angewandt haben.« Ihr war nicht wohl dabei, über Zauberei zu sprechen, es war ihr unheimlich. »Ich weiß nicht, ob das stimmt. Ich kenne Atlantis nicht anders. Mir fällt in der letzten Zeit nur auf, dass ich Mühe habe, genügend Steckmuscheln zu finden.«
»Hier ist wieder eine«, rief Mario und deutete auf eine größere Muschel.
»Gut«, sagte Talita.
Um die Muschel zu ernten, musste sie sich wieder verwandeln, denn als Delfin konnte sie kein Messer benutzen. Es war eine anstrengende Arbeit, aber mit Sheilas und Marios Hilfe kam Talita schneller voran als sonst. Schließlich hatte sie genügend Muscheln beisammen, holte ihr Netz, das sie an einem Felsen hinterlegt hatte, und füllte es.
»Vielen Dank für eure Hilfe«, sagte Talita. »Meine Mutter wird sich über so viele Muscheln freuen.«
»Bringst du uns jetzt nach Atlantis?«, fragte Mario.
»Ja.« Talita nickte. »Seid vorsichtig«, schärfte sie ihren neuen Freunden noch einmal ein. »Am besten lasst ihr mich antworten, wenn wir den Wachen begegnen. Ich will nicht, dass ihr Schwierigkeiten bekommt.«

2. Kapitel
Die blinde Seherin

»Was siehst du?« Die Stimme des Herrschers war schneidend.
»Im Moment noch nichts, Herr«, antwortete Saskandra. »Leider. Die Bilder kommen nicht immer auf Befehl.«
»Ach ja?«
Der Raum kam Saskandra plötzlich kalt vor und sie fröstelte. Seit sie blind war, hatten Stimmen für sie eine besondere Bedeutung. Die Art und Weise, wie Menschen sprachen, sagte viel über ihren Charakter aus. Saskandra konnte anhand des Tonfalls sogar herausfinden, wie ihr Gegenüber gelaunt war.
Und Zaidon war gereizt.
Saskandra spürte seine Ungeduld. Er wollte unbedingt alles über seine Zukunft erfahren. Saskandra wusste, dass er mindestens einmal in der Woche die Sterndeuter kommen ließ, um sich weissagen zu lassen. Doch diese Männer waren keine echten Seher, sondern redeten Zaidon nach dem Mund. Sie erzählten ihm, was er hören wollte – und die meisten ihrer Vorhersagen trafen niemals ein.
Es gab nur eine wirkliche Seherin in Atlantis: Saskandra. Sie besaß die Gabe des zweiten Gesichts schon seit ihrer Kindheit. Mit fünf Jahren hatte sie den Tod ihres Onkels vorhergesehen. Sie hatte geträumt, dass er reglos am Boden liegen würde, in der Brust eine tödliche Wunde. Zwei Tage später war er erstochen worden.
Vor einigen Jahren war Saskandra dann langsam erblindet. Die

inneren Bilder kamen trotzdem nach wie vor und ihre Vorhersagen wurden noch genauer. Ihr Ruf als Seherin war bis nach Atlantis gedrungen und Zaidon hatte darauf bestanden, dass sie zu ihm kam. Jetzt lebte sie schon über fünf Jahre hier im Palast. Zaidon bezahlte sie gut und hatte sie zu einer Meereswandlerin gemacht. Sie hatte eine schöne Unterkunft und außerdem zwei Dienerinnen, die für sie kochten und ihr im Alltag halfen.
Eigentlich hätte sie zufrieden und glücklich sein können. Doch es gefiel ihr nicht, wie Zaidon immer selbstherrlicher wurde. Sie fragte sich, ob er schon immer so gewesen war oder ob es ihr erst jetzt auffiel. Seine Gier nach Macht und Ansehen kannte keine Grenzen. Er ließ sich von seinen Freunden feiern und lebte mit ihnen in Saus und Braus. Diese Feste konnten tagelang dauern, während die Bewohner der Unterstadt ums Überleben kämpfen mussten. Sie hatten kaum genug zu essen, die hygienischen Zustände waren schrecklich und es wimmelte von Ratten. Doch Zaidon behauptete, die Menschen in der Unterstadt hätten es sich selbst zuzuschreiben, dass sie so leben mussten. Jeder hätte die Chance zum Aufstieg in die Oberstadt, er müsse nur fleißig sein und sich bemühen.
Aber Saskandra wusste, dass Zaidon log. Seine Sprüche waren nur dazu da, das Volk zu beruhigen. Es interessierte ihn gar nicht, wie es den Leuten in der Unterstadt ging.
Im Moment drehte sich alles um Zaidons bevorstehende Hochzeit. Der Herrscher von Atlantis wollte in wenigen Wochen die junge Melusa heiraten. Angeblich war Melusa die schönste Frau der Welt. Als Zaidon von ihrer außergewöhnlichen Schönheit hörte, hatte er ihr eine Nachricht geschickt und sie gefragt, ob sie

seine Frau werden wolle. Er wollte sie zur Fürstin von Atlantis machen. Melusa hatte eingewilligt und Zaidon erwartete ihre Ankunft mit großer Sehnsucht.

»Sag mir, Saskandra«, forderte Zaidon jetzt, »wie viele Kinder werden wir haben, Melusa und ich?«

Saskandra verspürte einen stechenden Schmerz in den Schläfen. In ihrem Kopf tauchte ein Flammenmeer auf. Glühende Lava lief an Säulen herunter.

»Ich … ich weiß es nicht, Herr …«

»Willst du, dass ich dich in den Kerker werfe? Konzentriere dich! Nennt man dich nicht die beste Seherin von Atlantis? Streng dich an. Ich will es wissen. Wie viele Kinder?«

Saskandra stöhnte. Zaidon würde nicht eher Ruhe geben, bis er eine Antwort bekommen hatte.

»Es tut mir leid, Herr.« Sie schluckte. »Ihr werdet kein einziges Kind haben.«

»Kein einziges?«, brauste Zaidon auf. »Was soll das heißen? Keinen Sohn? Keine Tochter? Kann Melusa keine Kinder bekommen?«

»Melusa ist nicht daran schuld«, erwiderte Saskandra leise.

Der Schmerz in ihrem Kopf wurde unerträglich. Die Flammen loderten vor ihren Augen.

»Wer dann?« Zaidons Tonfall wurde drohend. »Willst du etwa damit sagen, dass es an mir liegt?«

»Nein, Herr.« Saskandras Stimme versagte. »Es wird keine Hochzeit geben«, flüsterte sie.

»Keine Hochzeit? Wie kann das sein? Kommt Melusa nicht?«

»Doch, Herr, sie will kommen. Aber –«

»Aber was?«, wollte Zaidon wissen.
Sie musste das Schreckliche aussprechen, obwohl sie wusste, dass Zaidon ihr nicht glauben würde.
»Weil Atlantis vor der Hochzeit untergehen wird. Die Stadt wird vollkommen zerstört werden. Kein Stein wird auf dem anderen bleiben.«
Tödliche Stille herrschte im Raum.
Fünf Sekunden lang. Zehn. Dann holte Zaidon tief Luft und schlug Saskandra ins Gesicht.
»Was redest du da, Frau! In den Kerker mit dir! WACHEN!«
Saskandra hörte, wie die Tür aufging. Schwerter klirrten. Ihre Wange brannte, aber das war nichts gegen den Schmerz in ihrem Kopf. Zwei Männer packten sie an den Armen und zerrten sie aus dem Raum. Sie nahmen keine Rücksicht darauf, dass Saskandra nichts sehen konnte. Sie stolperte über die Türschwelle, aber die Männer zogen sie weiter. Ihre Füße schleiften über den Boden, sie verlor einen Schuh und stieß sich die Zehen wund.
»Werft sie in das tiefste Verlies!«, rief Zaidon ihnen nach.

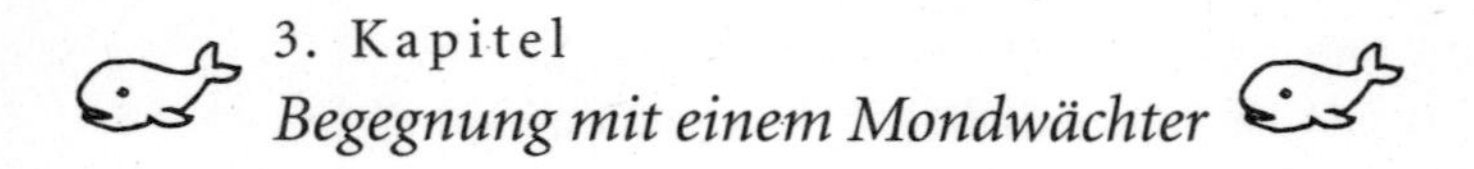

3. Kapitel
Begegnung mit einem Mondwächter

Als Talita in Delfingestalt losschwamm, um Sheila und Mario den Weg nach Atlantis zu zeigen, erinnerte sich Sheila daran, dass sie Spy noch Bescheid sagen mussten. Sie machten daher einen kleinen Umweg.

Spy kam hinter einem Felsen hervor und sah ihnen neugierig entgegen. »Da seid ihr ja endlich! Und? Habt ihr das Mädchen gerettet?«

»Alles klar«, antwortete Mario knapp. »Das ist Talita. Sie wird uns nach Atlantis bringen. Du wartest am besten hier auf uns, wir können dich ja schlecht in die Stadt mitnehmen.«

»Meinetwegen.« Spy wedelte mit seinen orangefarbenen Flossen. Seine Linsenaugen blitzten.

»Wo … wo ist das Herz?«, fragte Sheila. Sie hatte sich umgesehen, aber sie konnte den weißen Kraken nirgends entdecken.

»Du meinst das glitschige Ding mit den vielen Armen?«, fragte Spy. »Es ist in meinem Bauch.«

»Du hast den Kraken verschluckt?«, rief Sheila entsetzt.

»Jetzt guck nicht so vorwurfsvoll«, sagte Spy. »Er wollte unbedingt in sein Gefäß zurück. Da hab ich es eben ausgespuckt, der Kerl ist rein – und happs, jetzt ist beides wieder in meinem Bauch. Da ist alles gut aufgehoben, oder?«

Sheila musste sich erst an den Gedanken gewöhnen. Aber Spy bewahrte ja auch die magischen Steine in seinem Bauch auf. Er würde bestimmt gut auf den Kraken aufpassen.

»Was bist du denn für ein komischer Fisch?«, wollte Talita wissen und richtete ihren Blick auf die Antenne, die Spy auf dem Kopf trug. »So einen wie dich habe ich noch nie gesehen.«
»Er … er ist ein guter Freund von uns«, antwortete Sheila.
»Ein *sehr* guter Freund«, betonte Spy und stieß ein paar Luftblasen aus. »Obwohl die beiden früher immer *Sackfisch* zu mir gesagt haben. Pffff! Ich heiße Spy.«
»Aber warum siehst du so eigenartig aus?«, fragte Talita misstrauisch. »Nicht … nicht *natürlich.*« Sie wandte sich an Sheila. »Er erinnert mich an die Mondwächter, die die Ausgänge der Unterstadt kontrollieren. Zaidon hat die Fische mit Zauberei verändert. Sie haben Peitschen, die wie Feuer auf der Haut brennen. Und sie können sogar an Land gehen, obwohl sie Fische sind. Es wachsen künstliche Beine aus ihrem Bauch.« Sie sah nervös zu Mario. »Gehört ihr vielleicht zu Zaidon? Habt ihr mich angelogen, um mich und meine Familie auszuhorchen?«
»Unsinn«, sagte Mario. »Dann hätten wir dir wohl kaum das Leben gerettet, oder?«
»Stimmt«, meinte Talita. »Außer ihr habt mir eine Falle gestellt und die Mördermuschel extra gereizt, damit sie nach mir schnappt.«
»Spinnst du?«, sagte Sheila ärgerlich. »Warum sollten wir so etwas tun?«
»Weil ich …« Talita zögerte. »Ach nichts.«
Sheila spürte genau, dass sie ihnen etwas verschwieg. Aus irgendeinem Grund schien Talita besonders große Angst vor Zaidon zu haben. Hatte sie ein Geheimnis?

»Du kannst uns vertrauen«, sagte Mario. »Wir sind wirklich keine Spione Zaidons, im Gegenteil.«
Talita sah ihn nachdenklich an. »Ihr seid irgendwie *anders*. Ihr seid zwar Meereswandler, aber keine Atlanter. Ich bin völlig durcheinander. Vielleicht ist es ja ein Fehler, euch in die Stadt zu bringen.«
Einen Augenblick lang war Sheila versucht, ihr die Wahrheit zu sagen. Aber dann unterließ sie es. Es war noch zu früh. Wenn Talita ihnen nicht traute, würde sie vielleicht herumerzählen, wer sie waren, und dann war das ganze Unternehmen gefährdet. Das durften Sheila und Mario nicht riskieren.
»Ich kann deine Bedenken verstehen, Talita«, meinte Mario. »Wenn du uns nicht mitnehmen willst, dann müssen wir eben hier warten, bis wir jemand anders finden.«
Talita schien mit sich zu kämpfen. Sie betrachtete das Netz mit den Steckmuscheln. »Immerhin habt ihr mir geholfen, die Muscheln zu sammeln«, murmelte sie. »Das hättet ihr eigentlich nicht tun müssen. Ihr seid so nett. Nur dieser Fisch hier irritiert mich eben.«
Spy stieß empört eine weitere Luftblase aus, sagte aber nichts. Sheila war froh darüber. Spy konnte mitunter streitsüchtig sein. Offenbar hatte er jedoch begriffen, wie wichtig es war, dass sie in die Stadt kamen.
»Ja, auch Spy wurde mit Zauberkräften verändert«, sagte Mario. »Dafür kann er nichts. Und es war auch nicht Zaidon, der es getan hat. Es würde zu lange dauern, dir alles zu erklären. Vielleicht später.«
Talita zögerte. »Gut«, sagte sie dann. »Kommt mit. Meine Mutter fragt sich bestimmt schon, wo ich so lange bleibe.«

Sie schwamm voraus und zog das Netz hinter sich her. Mario und Sheila folgten dem Delfin, während Spy leise maulend zurückblieb.
Die Unterwasserlandschaft war felsig und die bunten Korallen, die überall wuchsen, schienen nicht recht dazu zu passen.
Mit Magie verändert, dachte Sheila und spürte, wie ihr Herz klopfte. Bald würden sie Zaidons Reich betreten. Sie hatte Angst davor, dem Herrscher von Atlantis zu begegnen. Als uralter Mann war Zaidon ein richtiges Monster gewesen, der nichts Menschliches mehr an sich hatte. Und sicher war er auch schon in jungen Jahren von der Gier nach Macht und Reichtum verdorben. Der Weltenstein, den er aus Talana gestohlen und mit dem er Atlantis gegründet hatte, war ein mächtiger magischer Stein. Leider hatte dieser Zauberstein unter anderem auch die Eigenschaft, seinen Besitzer süchtig nach der Macht der Magie zu machen.
Vor ihnen erhob sich in einem Wald aus Korallen eine riesige Steinwand. Talita schwamm zielstrebig zu einem gemauerten Torbogen.
Da löste sich etwas Leuchtendes aus der Dunkelheit.
Es war ein großer, unförmiger Fisch mit winzigen Augen und einem offen stehenden Maul. Er hatte keine Schwanzflosse, sondern stattdessen einen gewellten Saum. Pendelnd bewegte er sich auf die Ankömmlinge zu.
Ein riesiger Mondfisch, größer als die Delfine!
Das Leuchten machte ihn besonders unheimlich. Zuerst dachte Sheila, dass Zaidons Magie schuld war, doch dann erinnerte sie sich daran, einmal gelesen zu haben, dass die Haut der Mond-

fische dicht besiedelt war mit Mikroorganismen, darunter auch Leuchtbakterien.
»Wer seid ihr und was wollt ihr?«, blubberte der Mondfisch. Seine Stimme klang dumpf, sie schien aus den Tiefen seines großen Bauches zu kommen.
»Großer Mondwächter, ich bin Talita, die Tochter von Anjala«, sagte Talita. »Und das sind meine Geschwister Mario und Sheila. Wir haben gemeinsam Muscheln gesammelt, denn meine Mutter ist Seidenweberin und webt das Hochzeitskleid für Zaidons Braut.«
Sheila beobachtete gespannt den Mondfisch. Würde er Talita glauben?
»Zaidons Braut«, wiederholte der Fisch. »Die schöne Melusa … Bei der Hochzeit werden wir eine Menge Arbeit haben, die vielen Gäste. Aber es wird ein schönes Fest, ja, das wird es.« Er schien mit sich selbst zu sprechen.
Sheila war sehr erleichtert, als der Mondfisch zur Seite paddelte und sie ohne weitere Fragen durchließ.
Talita schwamm durch den Torbogen in den Tunnel hinein, Sheila und Mario folgten ihr mit dem Muschelnetz. Der finstere Tunnel führte schräg nach oben und endete an einer Treppe. Die drei verwandelten sich und nahmen menschliche Gestalt an. Dann stiegen sie aus dem Wasser und folgten der Treppe.
Die Wände waren mit grünlichem Leuchtschleim bedeckt und die Stufen so glitschig, dass Sheila dankbar dafür war, dass es einen Handlauf gab, an dem sie sich festhalten konnte. Langsam gingen sie die Stufen hinauf und trugen dabei das schwere Netz. Es roch nach Moder, Schimmel und fauligem Fisch. Die Wände

waren mit kleinen Muscheln bewachsen. Sheila konnte sehen, wie hoch das Wasser bei Flut stieg. Jetzt war gerade Ebbe.

Je höher sie kamen, desto mehr Abfall lag auf den Stufen. Manche Bewohner von Atlantis schienen hier einfach ihren Müll zu entsorgen. Dunkle Schatten huschten über die Steinplatten. Einmal sah Sheila einen langen Rattenschwanz. Zwei Stufen höher glänzten drei neugierige kleine Augenpaare hinter den Abfällen. Sheila hielt den Blick auf den Boden gerichtet. Als etwas ihr Haar streifte, schrie sie auf.

»Fledermäuse«, sagte Talita ruhig. »Du brauchst keine Angst zu haben. Sie tun dir nichts.«

»Ich bin nur erschrocken«, murmelte Sheila.

Normalerweise war sie nicht besonders ängstlich, aber das, was sie bisher von Atlantis gesehen hatte, war einfach nur schrecklich. So hatte sie sich das berühmte prächtige Reich bestimmt nicht vorgestellt!

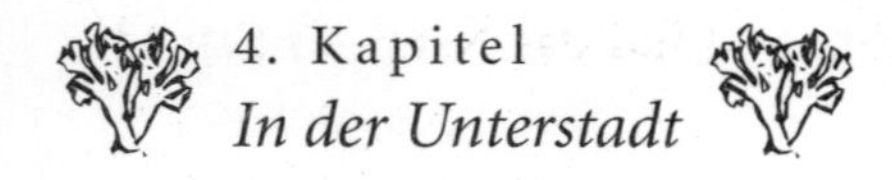

4. Kapitel
In der Unterstadt

Die Treppe teilte sich. Talita schlug zielstrebig den Weg nach rechts ein. Sie gelangten in einen Gang mit zahlreichen Abzweigungen. An den Wänden flackerten Fackeln. Es war das reinste Labyrinth. Sheila fragte sich, wie man hier den Überblick behalten konnte. Aber Talita zögerte keine Sekunde. Nach etlichen Biegungen, neuen Stufen und verwinkelten Gängen blieb sie vor einer alten Holztür stehen.

»Wir sind da.« Sie drückte die Tür auf.

»Hier wohnst du?«, fragte Sheila entsetzt, als sie den Raum ohne Tageslicht sah.

»Die meisten Bewohner der Unterstadt haben Wohnungen ohne Fenster«, antwortete Talita. »Und wir haben noch Glück, unsere Feuerstelle hat wenigstens einen Rauchabzug. Anderen geht es viel schlechter, sie haben den ganzen Qualm in der Wohnung, wenn gekocht wird. Kommt doch rein.«

Als sich Sheilas Augen an das düstere Licht gewöhnt hatten, blickte sie sich neugierig um. Trotz der fehlenden Fenster sah Talitas Zuhause freundlich und sauber aus. Man merkte, dass jemand versucht hatte, die Wohnung so gemütlich wie möglich zu machen. Auf dem Lehmboden lagen frische Binsen, die einen angenehmen Geruch verströmten. Öllämpchen flackerten in den Wandnischen und verbreiteten einen warmen Lichtschein. An den Wänden hingen gewebte Bilder, die Fische und Pflanzen zeigten.

»Die hat meine Mutter gemacht, als mein Bruder und ich noch

ganz klein waren«, sagte Talita und lud das Netz mit den Muscheln auf dem Boden ab.
»Toll«, meinte Sheila bewundernd. Talitas Mutter war eine richtige Künstlerin!
»Talita, bist du zurück?« Eine große Frau kam aus einem Nebenraum. Als sie Sheila und Mario sah, lächelte sie. »Ich sehe, du hast Gäste mitgebracht.«
»Ich habe Sheila und Mario draußen getroffen«, erzählte Talita. »Sie haben mir beim Muschelnsammeln geholfen.«
Mario und Sheila grüßten höflich.
Mutter und Tochter sahen sich sehr ähnlich. Allerdings war Talita lang und dünn, wohingegen Anjalas Formen runder und weicher wirkten. Beide hatten leuchtend blaue Augen und glänzendes schwarzes Haar. Anjala trug ein einfaches graues Gewand. Rund um den Halsausschnitt waren goldene Delfine auf den Stoff gestickt. Dadurch wirkte das Kleid trotz seiner Schlichtheit sehr schön.
Jetzt entdeckte Anjala, dass Talita am Arm verletzt war, dort, wo die Mördermuschel sie festgehalten hatte.
»Oh, lass sehen, Talita. Wie ist das passiert?«
»Ich bin an einem Felsen hängen geblieben«, log Talita und warf Sheila und Mario einen verschwörerischen Blick zu. »Es ist nicht schlimm, nur ein kleiner Kratzer.« Sie zog ihren Arm zurück und bedeckte die Verletzung mit der Hand.
»Du weißt, dass es gefährlich ist, wenn du im Meer blutest?« Anjala wirkte sehr besorgt.
»Natürlich, Mutter.« Talita nickte. »Aber es waren keine Haie in der Nähe.«

»Ich möchte nur, dass du vorsichtig bist«, sagte Anjala. »Ich will nicht, dass dir dasselbe passiert wie Jolies Tochter.«
Talita schnitt eine Grimasse. »Mutter, Mario und Sheila langweilen sich bestimmt schon. Ich habe ihnen gesagt, dass sie das Hochzeitskleid sehen dürfen. Und sie können doch bei uns essen? Ohne sie hätte ich nicht so viele Muscheln gefunden. Es wird ja immer schwieriger.«
»Na gut, dann kommt mit«, sagte Anjala freundlich zu Mario und Sheila. »Ich kann mir vorstellen, dass ihr sehr neugierig auf Melusas Kleid seid.«
Sie führte die beiden in den Nebenraum. Sheila hielt den Atem an. Vor ihr stand ein hölzerner Webstuhl. Das feine Gewebe darauf schimmerte wie pures Gold.
»Das ist ja Wahnsinn«, rutschte es Sheila heraus. »Darf ich den Stoff mal anfassen? Ich bin auch sehr vorsichtig.«
»Wenn deine Hände sauber sind.« Anjala lächelte, als Sheila ihre Handflächen nach oben drehte. »In Ordnung.«
Sheila berührte behutsam den Stoff aus Muschelseide. Er war hauchdünn. Sie hatte noch nie einen so zarten und schönen Stoff gesehen.
»Er ist wunderbar«, murmelte sie. »Und wie gleichmäßig er gewebt ist.«
»Meine Mutter ist ja auch die beste Weberin«, sagte Talita stolz. »Deswegen ist sie ausgewählt worden, den Stoff für das Hochzeitskleid zu fertigen.«
»Es ist eine große Ehre für mich«, meinte Anjala. »Aber jetzt kümmere dich bitte um die Muscheln, Talita. Ich brauche so bald wie möglich die neue Seide, sonst kann ich nicht weitermachen.«

Sheila und Mario gingen mit Talita zurück in den Wohnraum. Talita nahm die Muscheln aus dem Netz und fing an, den Bart abzureißen.
Sheila bot ihre Hilfe an, aber Talita lehnte ab.
»Man muss den richtigen Dreh raushaben, damit der Bart nicht beschädigt wird«, erklärte sie. »Aber ihr könnt nachher helfen, die Seide zu waschen.«
Sheila wollte auf keinen Fall den kostbaren Rohstoff kaputt machen. Fasziniert sah sie zu, wie schnell und zielstrebig Talita arbeitete. Das Mädchen warf die abgetrennten Bärte in einen bereitstehenden Holzbottich, der mit Wasser gefüllt war.
»Die Bärte müssen ordentlich gespült werden, um Schmutz und Sand zu entfernen«, sagte Talita. »Mehrere Male. Das ist eine ziemlich anstrengende Arbeit. Zum Schluss kommt die Seide in Seifenlauge, dann wird sie gekämmt und gebürstet und danach mit der Hand versponnen.«
»Klingt ganz schön kompliziert«, meinte Sheila.
»Na ja, wir arbeiten ja auch alle zusammen«, sagte Talita. »Mein Bruder Brom hilft mir beim Waschen und unsere Nachbarin verspinnt die Rohseide. Sie hat nämlich die geschicktesten Finger. – Brom!«
Hinter einem Vorhang kam ein kleiner Junge hervor. Er war sehr dünn und wirkte verschlafen.
»Das ist mein Bruder Brom«, stellte Talita ihn vor. »Er ist acht Jahre alt, aber leider ziemlich klein für sein Alter. Das liegt wahrscheinlich daran, dass er so oft krank war.«
»Aber jetzt bin ich gesund«, protestierte Brom. »Und außerdem wart ihr auch oft krank.«

»Das stimmt«, sagte Talita. »Seit einiger Zeit bekommen wir jedoch sauberes Wasser und es geht uns besser.«
Sheila runzelte die Stirn. »Heißt das, dass ihr vorher kein sauberes Wasser hattet?«
»Das ist hier in der Unterstadt eben so«, antwortete Talita. »Die meisten Leute bekommen schlechtes Wasser. Das stinkt manchmal oder ist ganz komisch verfärbt. Wir haben es zwar meistens abgekocht, trotzdem sind wir ziemlich oft krank gewesen.«
Vor Empörung schnappte Sheila nach Luft. Das waren ja unvorstellbare Zustände! Schmutziges Wasser konnte Durchfall, Erbrechen und noch schlimmere Krankheiten verursachen. Sheila ballte wütend die Fäuste. Es war ungerecht, dass Zaidon die Bewohner der Unterstadt in so unhygienischen Verhältnissen leben ließ.
»Meine Mutter hat seit ein paar Monaten einen Freund aus der Oberstadt.« Talita dämpfte ihre Stimme, anscheinend sollte Anjala nichts hören. »Er hat viel Einfluss und kommt immer nur heimlich. Aber er hat schon einiges für uns getan.«
Brom hatte begonnen, die Bärte im Waschbottich zu waschen. Sheila merkte, dass er die Arbeit sehr routiniert verrichtete. Talita nickte ihm freundlich zu. Sie holte aus einem Verschlag einen weiteren Bottich, füllte ihn mit Wasser aus großen Tonkrügen und gab eine Handvoll klein gehackte Seifenstücke hinzu. Mit einem Holzquirl bearbeitete sie das Wasser, bis sich die Seife auflöste und die Flüssigkeit milchig trüb aussah.
Inzwischen hatte Brom – mit Sheilas und Marios Hilfe – die Bärte mehrmals gewaschen. Sie hatten dazu das Wasser durch ein

feines Stoffsieb gegossen, in dem der Sand und der andere Schmutz zurückblieben.
Sheila spürte bald ihre Arme. Solche Arbeit war sie nicht gewohnt. Schließlich waren die Bärte so sauber, dass Talita mit ihnen weiterarbeiten konnte. Talita tauchte die Bärte in die Seifenlauge, weichte sie eine Weile ein und bürstete sie dann über einem Waschbrett vorsichtig glatt. Die Seide begann zu glänzen wie goldenes Haar.
»Lass mich auch«, bettelte Brom und schwenkte aufgeregt einen hölzernen Kamm in der Hand. »Das ist das Schönste.«
Sheila staunte über die Feinheit der Muschelseide. Die Faser war viel dünner als ein menschliches Haar. Es musste eine unglaubliche Arbeit sein, einen Faden daraus zu spinnen.
Anjala hatte den Raum betreten. Als sie sah, wie fleißig die vier gewesen waren, nickte sie zufrieden. Dann fiel ihr Blick auf die Muscheln.
»Talita, willst du nicht einige Muscheln an unsere Nachbarn verteilen? Das sind zu viele für uns, wir können das Fleisch gar nicht verwerten. Und es wäre schade, wenn sie verderben.«
»Ja, Mutter.« Talita räumte die meisten Muscheln wieder in das Netz und schulterte es.
»Ich helfe dir beim Tragen«, bot sich Mario an.
Talita blickte über die Schulter. »Danke, aber das schaffe ich schon. So schwer ist das Netz nicht.«
»Unsinn«, meinte Mario, war an ihrer Seite und nahm ihr das Netz ab.
»Na gut.« Talita lächelte und ging zur Tür. Dort drehte sie sich um. »Ich werde Shaka Bescheid sagen, dass sie heute Abend

die Rohseide zum Spinnen holen kann. – Wir sind bald zurück.«
Sheila sah zu, wie die Tür hinter Talita und Mario zufiel. Plötzlich hatte sie ein ungutes Gefühl, das sie sich nicht erklären konnte.

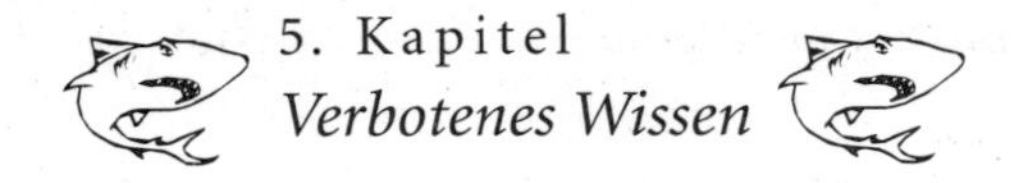

5. Kapitel
Verbotenes Wissen

Mario war schockiert, in welcher Armut die Bewohner der Unterstadt leben mussten. Talita klopfte an mehreren Türen. Überall wurde sie freundlich empfangen, und die Leute freuten sich über die Muscheln. Mario aber war entsetzt über das, was er sah: ein alter Mann hatte verformte Gelenke und seine Haut war bedeckt mit Geschwüren. Eine Frau mittleren Alters war völlig kahl und ihre Arme waren so dünn wie Spazierstöcke. Mit zitternden Fingern griff sie nach den Muscheln, während sie Talita und Mario mit ihrem zahnlosen Mund anlachte. Hinter ihr drang Qualm aus der Wohnung. Es roch nach ranzigem Bratenfett. Irgendwo schrie ein kleines Kind.

»Das ist ja furchtbar«, sagte Mario, als sie alle Muscheln abgeliefert hatten. »Wie kann man so etwas nur aushalten?«

»Sie sind es von Kindheit an so gewohnt und kennen es nicht anders«, antwortete Talita. »Und sie wissen, dass sie für ihre Mühen eines Tages nach Talana kommen. Dafür strengen sie sich an.« Sie lehnte sich an die Wand und sah Mario unsicher an. »Einmal im Monat lässt Zaidon diejenigen, die alt oder sehr krank sind, ins Paradies bringen.« Ihre Stimme begann zu zittern. »Aber ich weiß nicht …« Sie stockte und biss sich auf die Lippe.

»Was weißt du nicht?«, fragte Mario nach.

»Ich weiß nicht, ob es wahr ist«, flüsterte Talita und starrte auf ihre nackten Füße. »Inzwischen glaube ich, dass es Talana gar nicht gibt. Und dass Zaidon uns nur belügt.«

Mario schluckte. »Ich bin schon in Talana gewesen«, murmelte er dann.
Talita hob ruckartig den Kopf und sah ihn an. »Wirklich? Stimmt es, dass es das Paradies ist?«, sprudelte sie heraus.
»Es ist dort sehr schön«, antwortete Mario. »Niemand muss leiden. Es gibt keinen Krieg. Alle leben in Frieden. Meine Mutter wäre in dieser Welt gestorben, aber in Talana ist sie geheilt worden.«
»Ist deine Mutter auch von Haien abgeholt worden?«, fragte Talita.
»Von Haien? Wieso?«
»Schschsch«, machte Talita plötzlich und drückte sich enger an die Wand. »Da kommt jemand.«
Jetzt hörte auch Mario die schweren Schritte.
»Patrouille«, wisperte Talita. »Zaidon lässt von Zeit zu Zeit die Unterstadt kontrollieren. Besser, du versteckst dich. Beeil dich!«
Mario sah sich gehetzt um. Er entdeckte auf der gegenüberliegenden Seite einen Mauervorsprung. Mit zwei Sätzen war er dort und verbarg sich dahinter.
Kaum hatte er sich geduckt, bog ein Mann um die Ecke. Er war ein Koloss und trug Beinkleider aus schwarzem Leder, dazu schwere Stiefel. Der nackte Oberkörper glänzte vor Öl. Um die Arme hatte er Lederschnüre gewickelt. Er war mit einem Kurzschwert und einer Peitsche bewaffnet. Als er Talita entdeckte, blieb er vor ihr stehen.
»Wie heißt du?«
»Ich bin Talita, Anjalas Tochter«, antwortete Talita mit dünner Stimme.

Der Koloss streckte seine Pranke aus, fasste Talita am Kinn und drehte ihren Kopf so, dass ihr Gesicht von der Wandfackel beschienen wurde.
»Ich kenne dich«, murmelte er dann. »Ich suche dich schon seit einer Weile. Du hast etwas gesehen, das du nicht sehen solltest. Ich muss dich mitnehmen.«
»Wovon redet Ihr?«, rief Talita und wich ängstlich zurück. »Ich weiß nicht, was Ihr meint. Ich lebe hier mit meiner Mutter und meinem Bruder …«
»Du bist eine der Muschelsammlerinnen, richtig?«
»Ja … nein … Ich sammele Muscheln, aber ich habe nichts gesehen … nichts außer Muscheln …«
Mario ballte die Fäuste. Sein Körper war angespannt.
»Du warst neulich bei den drei schwarzen Felsen und bist in die *Morgenröte* geraten. Zaidon hat davor gewarnt. Jeder, der die *Morgenröte* erblickt, muss sterben. Warum hast du Zaidons Warnung missachtet?«
Der Tonfall des Wächters war schneidend.
»Herr, das war ein Versehen«, beteuerte Talita. »Ich bin zu weit rausgeschwommen, weil die Steckmuscheln so selten geworden sind … Ich habe nicht auf die Umgebung geachtet … Und beim ersten Anzeichen der *Morgenröte* habe ich die Augen geschlossen, Ehrenwort. Bitte glaubt mir!«
»Das wird der Gerichtshof entscheiden«, entgegnete der Wächter. »Ich muss dich mitnehmen.«
Er packte Talita grob am Arm. Sie wehrte sich.
»Lasst mich los«, wimmerte sie. »Bitte nicht!«
Da schoss Mario aus seinem Versteck, sprang den Mann von hin-

ten an und trat ihm in die Kniekehlen, sodass er einknickte. Talita nutzte den Moment, um sich aus dem Griff herauszudrehen.

»Lauf weg!«, brüllte Mario.

Das ließ sich Talita nicht zweimal sagen. Sie rannte los, während Mario mit dem Wächter rang.

Der bullige Mann hatte Bärenkräfte, aber Mario war wendiger. Jetzt kam es ihm zugute, dass er sich früher einmal von einem Bekannten ein paar Aikido-Techniken hatte zeigen lassen. Der Trick dabei war, dass man die Energie des Angreifers umkehrte und zur Verteidigung nutzte.

»Wer bist du, du Wicht?«, zischte der Koloss und ließ die Peitsche knallen, die Mario nur um Millimeter verfehlte. »Das sollst du büßen!«

Mario trat gegen sein Handgelenk und der Wächter ließ die Peitsche fallen. Aber das Kurzschwert hatte er noch immer. Mario duckte sich blitzschnell und die Klinge sauste ins Leere. Der Junge umrundete den Mann, fasste dessen freien Arm und drehte ihn ihm auf den Rücken. Der Wächter ließ das Schwert fallen und ergriff Mario am Bein, um ihn zu Fall zu bringen. Fast wäre es ihm auch gelungen. Nur mit Mühe konnte Mario das Gleichgewicht halten. Dann gab er plötzlich nach und sie landeten beide auf dem Boden. Das Gewicht des Kolosses hätte Mario vielleicht die Knochen zerschmettert, doch der Junge rollte sich rasch zur Seite.

Mit einem Satz kam er wieder auf die Beine und spurtete los. Bis sich der Mann aufgerappelt hatte und die Verfolgung aufnahm, war Mario schon am Ende des Ganges und bog nach rechts ab.

Renn! Lauf um dein Leben!
Er musste einen möglichst großen Abstand zwischen sich und seinen Verfolger bringen! Mario hatte keine Ahnung, wohin er lief. Das Labyrinth war gigantisch. Der Gestank auch. Es roch nach verwesten Fischen, nach Fäkalien, nach Fett und faulen Eiern. Einmal war sich Mario sicher, dass er mit seinem nackten Fuß auf eine Ratte getreten war. Etwas später rutschte er auf einer Schleimschicht aus, schlitterte ein Stück und konnte sich gerade noch mit den Händen an einer Mauer abfangen. Sein Herz hämmerte gegen die Rippen. War es ihm gelungen, den Mann abzuhängen? Marios Atem ging keuchend. Er versuchte, so leise wie möglich zu atmen, und lauschte. Außer dem Geräusch von tropfendem Wasser war nichts zu hören. Mario lehnte sich gegen die Wand. Er war völlig erschöpft und schweißüberströmt.
Als es in einer Ecke raschelte, zuckte Mario zusammen.
Mist! Er hat mich gefunden! Ich muss im Kreis gelaufen sein!
Mario machte sich bereit zur Flucht, obwohl er am Ende seiner Kräfte war.
»Mario?«
Es war nur ein Flüstern, aber er erkannte Talitas Stimme.
»Talita?«
Ein Schatten löste sich aus der Ecke, dann schlangen sich zwei Arme um seinen Leib. Mario spürte Talitas mageren Körper. Sie zitterte vor Angst.
»Danke! Du hast mich gerettet.« Sie schluchzte leise und presste ihren Kopf gegen seine Schulter. »Ohne dich hätte er mich erwischt. – Oh Mario, sie werden mich bestimmt umbringen!«

Es machte Mario verlegen, dass sich ein Mädchen eng an ihn schmiegte. So etwas war er nicht gewohnt. Er wusste nicht, wie er sich verhalten sollte. Erwartete sie, dass er sie streichelte, um sie zu trösten? Zögernd hob er seine Hand, berührte sachte ihre Haut und zuckte dann zurück. Nein, das konnte er nicht. Das hätte er vielleicht bei Sheila geschafft, aber nicht bei Talita. Sie war ihm zu fremd.

Er fasste sie an den Armen und schob sie ein Stück zurück, ganz sachte, um sie nicht zu beleidigen.

»Was ist los, Talita? Was hast du so Schlimmes gesehen? Warum wirst du verfolgt?«

»Sie lügen, Mario«, stieß Talita hervor. »Zaidon und seine Leute. Sie lügen uns die ganze Zeit an. Sie sagen, dass die Alten und Kranken ins Paradies kommen. Das stimmt nicht, Mario. Die *Morgenröte* … das ist Blut!«

Wieder lehnte sie sich an Mario und wurde von Schluchzern geschüttelt. Diesmal schob er sie nicht weg. Das, was sie eben gesagt hatte, war zu entsetzlich. Er konnte es nicht glauben.

»Wie?«

»Es heißt, wenn das Tor zu Talana offen steht, färbt sich das Meer rot«, antwortete Talita und schniefte. »Sie nennen es *Die Morgenröte*. Der Anblick sei so wunderbar, dass kein Meereswandler ihn erträgt. Deswegen ist es streng verboten, dabei zu sein. Ich war zufällig bei den schwarzen Felsen. Ich wusste nicht, dass wieder der *Tag des Paradieses* ist. Da hab ich den Todeszug gesehen. Mindestens zwanzig Haie. Sie haben die Delfine angegriffen – und dann wurde das Wasser rot … Zaidon lügt, Mario! Die Alten und Kranken kommen nicht ins Paradies. Sie werden … Die Haie

fressen …« Ihre Stimme brach ab, sie konnte nicht weitersprechen.
Mario hielt Talita fest und hoffte, dass sie sich beruhigen würde. Es musste schrecklich sein, was sie erlebt hatte. Und sie war in großer Gefahr. Zaidon wollte bestimmt nicht, dass seine Lügengeschichte aufflog!
»Glaubst du mir?«, fragte Talita leise. »Ich habe es bisher niemandem erzählt, nicht einmal meiner Mutter.« Sie schluckte. »Was soll ich nur machen, Mario? Seit dem Tag kann ich keine Nacht mehr richtig schlafen. Ich habe solche Angst!«
»Du musst es den anderen erzählen«, sagte Mario. »Du darfst nicht länger schweigen. Ihr müsst euch gegen Zaidon wehren!«
»Aber er ist viel stärker als wir. Er hat Macht! Und er benutzt Magie, Mario. Was kann ich schon gegen ihn ausrichten? Er wird behaupten, dass *ich* lüge und alles nur erfunden habe!«
»Ich weiß, dass du die Wahrheit sagst, Talita. Sheila und ich, wir werden dir helfen.« In Marios Gehirn arbeitete es fieberhaft. Er musste Talita sagen, woher sie kamen und weswegen sie hier waren. Sie hatte ihm ihr größtes Geheimnis anvertraut. Da war es nur fair, dass er ihr auch alles erzählte. Vielleicht konnten sie sich gegenseitig unterstützen.
»Ich bin durch das Weltentor gegangen, Talita«, sagte er. »Ich war im Paradies und es ist wunderbar dort. In Talana wird niemand von Haien getötet. Und das Tor ist nicht rot, sondern regenbogenfarben.« Er ließ sie los. »Hör zu! Was ich dir jetzt sage, klingt wahrscheinlich ziemlich fantastisch. Sheila und ich kommen von weit her – nämlich aus der Zukunft. Wir leben normalerweise in

einer ganz anderen Zeit, mehr als sechstausend Jahre später. Atlantis ist für uns eine Legende.«
Talita blickte ihn an und runzelte fragend die Stirn. »Eine Legende?«
Mario nickte. »Es ist fast nichts von Zaidons Reich übrig geblieben. Nur ein paar Ruinen. Die meisten Leute glauben nicht einmal, dass es Atlantis überhaupt je gegeben hat.«
Talita starrte ihn mit offenem Mund an. »Was passiert mit Atlantis, Mario?«
»Es geht unter«, erwiderte Mario knapp. »Die Stadt versinkt im Meer.«
»Bist du sicher? Wann wird das sein?«, fragte Talita bang.
»Das weiß ich nicht«, sagte Mario wahrheitsgemäß. »Sheila und ich sind hergekommen, weil wir einen Auftrag haben. Zaidon hat nämlich etwas Wichtiges aus Talana gestohlen.«
Er erzählte ihr, wie sich das Paradies deswegen langsam veränderte und dass es für immer zerstört werden würde, wenn es ihm und Sheila nicht gelänge, die Ursache herauszufinden. Mario berichtete auch von dem *Tempel der Zeit* und wie er und Sheila mithilfe des weißen Kraken in die Vergangenheit gereist waren. Als er mit seiner Erzählung fertig war, schwieg Talita.
»Jetzt kennst du auch unser Geheimnis«, murmelte Mario. »Du weißt, warum wir in Atlantis sind. Wir haben keine Ahnung, wonach wir suchen müssen, aber es ist die einzige Chance, Talana zu retten.«
Talita holte tief Luft. »Ich glaube dir. Und ich werde alles tun, um euch zu helfen.«

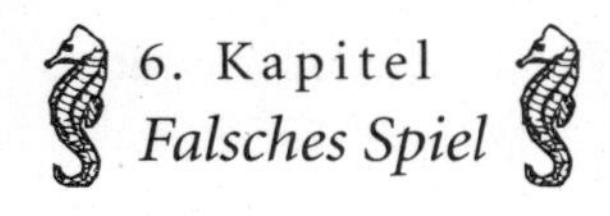

6. Kapitel
Falsches Spiel

Fenolf hüllte sich in seinen Mantel und zog die Kapuze weit über den Kopf, sodass man sein Gesicht nicht erkennen konnte. Er vergewisserte sich, dass er nicht beobachtet wurde, dann hob er die Bodenplatte ein Stück hoch, zwängte sich durch die Lücke und kletterte die schmale eiserne Leiter hinab.
Fenolf spürte den rauen Rost an seinen Händen. Zwei Sprossen waren schon durchgebrochen. Die Leiter würde vermutlich nicht mehr lange halten.
Aber es war der kürzeste Weg in die Unterstadt und Fenolf hatte nicht viel Zeit. Er musste Anjala sehen, unbedingt. Schon zwei Tage hatten sie sich nicht mehr getroffen, weil er nicht weggekonnt hatte. Zaidon hatte ständig nach ihm verlangt. Jetzt war der Herrscher zum Glück anderweitig beschäftigt und Fenolf hoffte, dass seine Abwesenheit nicht auffallen würde.
Der Geruch nach Moder und Schimmel, der von unten aufstieg, war ekelerregend. Zum x-ten Mal fragte sich Fenolf, wie Anjala es aushielt, in der Unterstadt zu leben. Allein dieser Gestank! Aber wahrscheinlich nahm man ihn irgendwann nicht mehr wahr, wenn man ihn ständig einatmete.
In der letzten Zeit schämte sich Fenolf manchmal dafür, dass es ihm so gut ging. Früher hatte er sich darüber keine Gedanken gemacht, doch seit er Anjala kennengelernt hatte, war alles anders. Inzwischen grübelte er oft nächtelang.
Seit fünf Jahren stand Fenolf in Zaidons Diensten. Der Herrscher

hatte mit Versprechungen gelockt und ihm eine große Karriere in Aussicht gestellt. Fenolf war sein Wesir geworden. Er hatte sich vorgestellt, in dieser Stellung sehr einflussreich zu sein, doch inzwischen hatte er erkannt, dass er letztlich nur Zaidons Handlanger war.

Am Anfang hatte er Zaidon wirklich bewundert. Zaidon war es gelungen, Atlantis gleichsam aus dem Nichts zu erschaffen – eine Stadt mitten im Meer, die ihresgleichen suchte: herrliche Gebäude mit goldenen Kuppeln, wunderschöne Gärten und ein prächtiger Palast, der mit wertvollen Teppichen ausgelegt war und jeglichen Luxus bot. Der Ruf des fantastischen Stadtstaates hatte inzwischen auch die fernsten Länder erreicht. Atlantis war eine Legende. Viele Reisende fuhren übers Meer, um die Stadt wenigstens aus der Ferne zu sehen. Und Melusa, die als schönste Frau der Welt galt, hatte sich sogar bereit erklärt, Zaidon zu heiraten.

Fenolf hatte das Ende der Leiter erreicht. Er wischte den Rost an seinem Mantel ab. Während er den feuchten Gang entlanglief, erinnerte er sich daran, wie er Anjala zum ersten Mal gesehen hatte. Er hatte sie am Strand getroffen. Sie wusch gerade Wäsche und kniete dabei auf den Steinen. Er hatte gesehen, wie sich ihre Schultern bewegten und wie sich ihr schwarzes Haar in ihrem Nacken kringelte. Dann hatte sie offenbar gespürt, dass sie beobachtet wurde, und sich umgewandt. Der Blick aus ihren tiefblauen Augen hatte ihn getroffen wie ein Blitz. Er liebte Anjala vom ersten Moment an.

Sie hatte eine offene, natürliche Art, die ihn bezauberte. Wenn sie lachte, erschienen in ihren Augenwinkeln eine Reihe von Lachfältchen, und das passierte oft. Sie ließ sich nicht unterkriegen, trotz ihres schwierigen Lebens. Zuerst hatte Fenolf gedacht, dass Anjala verheiratet sei, denn sie hatte zwei Kinder – eine dreizehnjährige Tochter und einen achtjährigen Sohn. Doch dann erfuhr er im Gespräch, dass die Kinder von zwei verschiedenen Vätern stammten. Der erste hatte sich davongestohlen, um in einem fremden Land ein besseres Leben zu führen, und der zweite war vor drei Jahren an der Winterseuche gestorben, die viele Leute aus der Unterstadt hinweggerafft hatte.

Seit einem halben Jahr traf sich Fenolf mit Anjala, aber es waren immer heimliche Treffen. Beziehungen zwischen Männern aus der Oberstadt und Frauen aus der Unterstadt wurden nicht gern gesehen. Und erst recht nicht, wenn der Mann zum engsten Kreis Zaidons gehörte. Es gab genug schöne Frauen in der Oberstadt, die nur darauf warteten, von einem Wesir ausgeführt zu werden.

Dabei wünschte sich Fenolf nichts mehr, als sich offen mit Anjala zeigen zu können. Wie gern würde er sie bei Zaidons Hochzeit an seiner Seite haben. Doch das war ausgeschlossen. Allmählich fing Fenolf an, sich für sein Doppelleben zu hassen. Er wäre Talita und Brom so gern ein richtiger Vater gewesen. Er sehnte sich danach, mit ihnen zu spielen, ihnen schöne Dinge zu zeigen und sie alles zu lehren, was er selbst wusste.

Fenolf seufzte tief.

Die Gänge kamen ihm heute noch länger vor als sonst. Wahrscheinlich lag es an seiner Ungeduld. Inzwischen kannte er sich im Labyrinth einigermaßen aus. Er mied die Ecken, an denen oft finstere Gestalten lauerten. Raub war in der Unterstadt an der

Tagesordnung und meist eine Tat der Verzweiflung. Viele Leute waren so arm, dass sie von Tür zu Tür zogen und bettelten.
Fenolf sah sich immer wieder um, ob ihm auch niemand folgte. Er fühlte sich unbehaglich. Er hatte Angst, dass er erkannt werden würde. Zaidons Zorn würde sicher unerbittlich sein, wenn er erführe, dass Fenolf eine Geliebte in der Unterstadt hatte!
»Fliehen«, murmelte Fenolf. »Das ist der einzige Weg.«
In der letzten Zeit dachte er immer öfter daran, einfach mit Anjala und ihren Kindern Atlantis zu verlassen, um woanders ein ganz neues Leben anzufangen.
Eine riesige Ratte sprang über seinen Stiefel. Einen Augenblick lang stockte ihm der Atem, er sah ihre glänzenden Augen und die scharfen, spitzen Zähne. Gleich darauf verschwand das Tier in einem Mauerloch.
Fenolf stieß die Luft aus und ging mit großen Schritten weiter. Nur noch wenige Meter, dann war er am Ziel und würde Anjala endlich wiedersehen.

Sheila knetete nervös ihre Finger. Sie fragte sich, wo Mario und Talita blieben. Dauerte es so lange, die Muscheln zu den Nachbarn zu bringen? Es kam ihr vor, als wären schon Stunden vergangen.
»Ist dir kalt?«, fragte Anjala besorgt. »Möchtest du eine Decke?«
Sheila nickte und nahm dankbar die Decke in Empfang. Sie trug nur ihren Bikini, den sie auch schon am Strand von Sardinien angehabt hatte. Im Raum war es kühl, obwohl Anjala im Ofen ein Feuer angezündet hatte. Sie hatte die Muscheln in siedendes Wasser geworfen, bis sie sich öffneten. Dann hatte sie das Fleisch herausgeholt und es in kleine Würfel geschnitten. Jetzt briet sie

das Muschelfleisch in einer Pfanne. Der Geruch von würzigen Kräutern erfüllte den Raum.
Sheila lief das Wasser im Mund zusammen. Sie hatte großen Hunger.
Auch Brom schaute immer wieder verlangend zum Ofen. Der Junge hatte die Muschelbärte geduldig mit einem feinen Kamm entwirrt. Sheila fand, dass er seine Arbeit ganz großartig machte. Mit seinen schmalen Fingern gelang es ihm, sogar die schwierigsten Verfilzungen zu lösen.
Es klopfte an der Tür.
Anjala zog die Pfanne vom Feuer, ging durch den Raum und schob vorsichtig den Riegel zurück.
Sheila war enttäuscht. Vor der Tür standen nicht Mario und Talita, sondern ein Fremder in einem dunklen Mantel.
»Ich hoffe, ich komme nicht ungelegen«, sagte er zu Anjala. »Aber ich muss dich unbedingt sehen.«
Ein Lächeln huschte über Anjalas Gesicht. Einen Moment lang sah sie aus wie ein junges Mädchen. Sie umarmte den Fremden kurz.
»Wir haben Besuch«, sagte sie dann, wandte sich um und deutete auf Sheila. »Meine Tochter hat beim Muschelnsuchen Sheila und Mario getroffen. Die beiden haben ihr geholfen und ich habe sie zum Essen eingeladen. Wir warten noch auf Mario und Talita, sie müssen gleich zurück sein.«
Sheila hatte den Eindruck, dass der Fremde nicht sonderlich begeistert über ihren Besuch war. Wahrscheinlich hätte er Anjala lieber allein getroffen. Unauffällig beobachtete Sheila ihn. Ob er der Freund aus der Oberstadt war, von dem Talita gesprochen hatte?

Anjala nahm den Fremden zur Seite, und sie unterhielten sich im Flüsterton.
Sheila, die gute Ohren hatte, verstand trotzdem jedes Wort.
»Hat dich auch niemand gesehen?«, fragte Anjala. »Ich will nicht, dass du meinetwegen Schwierigkeiten bekommst.«
»Ich habe aufgepasst«, antwortete der Mann. Er drückte sie an sich. »Ach, ich wünschte, ich könnte mehr für dich tun.«
»Du hast mir den Auftrag verschafft. Und dafür gesorgt, dass wir sauberes Wasser haben. Das ist ein großer Fortschritt. Schau dir Brom an. Er sieht richtig gut aus, findest du nicht?« Anjala lächelte stolz.
Der Fremde nickte. »Und – was macht deine Arbeit?«, fragte er dann. »Schaffst du es bis zur Hochzeit?«
»Muss ich wohl«, sagte Anjala. »Die Seide ist von guter Qualität, aber Talita meint, dass es immer schwieriger wird, genügend Muscheln zu finden.«
»Ich hole euch hier raus.«
»Du weißt, dass es verboten ist. Du bekommst riesigen Ärger.«
Er legte seine Hand an ihre Wange. »Eines Tages wirst du meine Frau sein, Anjala.«
Anjala schob seine Hand weg und warf einen vorsichtigen Seitenblick zu Sheila. Dann flüsterte sie: »Du musst jemanden aus deinen Kreisen heiraten, nicht eine Mutter aus der Unterstadt, die zwei uneheliche Kinder hat.«
»Ich werde keine andere Frau heiraten, nie im Leben!« Die Stimme des Fremden wurde unwillkürlich lauter.
»Schsch«, machte Anjala. »Darüber reden wir ein anderes Mal, ja?«

Es klopfte wieder an der Tür, und diesmal waren es Talita und Mario, die zurückkamen. Sheila erschrak, als sie Mario erblickte. Sie wusste sofort, dass unterwegs etwas geschehen sein musste. Marios Augen glänzten vor Aufregung, und an der Art, wie er mit Talita umging, erkannte Sheila, dass sie ein Geheimnis teilten. Ohne es zu wollen, spürte sie einen Stich Eifersucht. Was war passiert, dass die beiden auf einmal so vertraut miteinander waren? Man konnte meinen, Mario und Talita würden sich schon eine Ewigkeit kennen.
»Ihr kommt gerade rechtzeitig«, sagte Anjala fröhlich. »Das Essen ist fertig.«
»Dann will ich nicht länger stören«, sagte der Fremde und wandte sich zum Gehen. Doch Anjala hielt ihn zurück.
»Du bleibst natürlich«, sagte sie. »Es reicht für uns alle.«
Der Fremde zog seinen Mantel aus und hängte ihn an einen Haken. Sheila betrachtete ihn verstohlen von der Seite. Der Mann war etwa vierzig Jahre alt und wirkte vornehm, sowohl was seine Kleidung aus feinem Stoff anging als auch sein Benehmen. An den Fingern trug er mehrere goldene Ringe. Man merkte sofort, dass er einer anderen Gesellschaftsschicht angehörte. Sein hageres Gesicht war gut geschnitten. Sein schwarzes Haar wurde an den Schläfen bereits grau. Die braunen Augen leuchteten voller Wärme auf, wenn sein Blick Anjala streifte.
Sheila wickelte sich fester in die Decke und achtete darauf, dass sie nicht verrutschte. Sie hatte Angst, dass der Fremde ihnen Fragen zu ihrer Herkunft stellen würde, aber zum Glück nahm Brom ihn sofort in Beschlag.
Er schleppte ein Sitzkissen herbei, auf das sich der Mann setzen

sollte. Dann brachte er ihm einen Teller mit gebratenen Muscheln.
»Guten Appetit, Fen.« Er hockte sich neben den Fremden, schlug die Beine unter und grinste ihn an.
»Und was ist mit dir?«, fragte der Fremde und stieß Brom spielerisch in die Rippen. »Isst du nichts? Du bist noch immer so dünn, dass man dich fast völlig übersieht.«
Brom wurde rot. »Gar nicht wahr«, protestierte er. »Mama sagt, dass ich stärker aussehe. Und außerdem bin ich gewachsen.«
»Hier ist deine Portion, Brom«, sagte Talita und drückte ihrem Bruder eine Schale in die Hand. »Aber schling nicht so wie sonst. Wir haben Besuch!«
Auch Sheila und Mario bekamen Essen. Anjala und Talita nahmen sich die Reste aus der Pfanne. Sheila fiel auf, dass alle Teller unterschiedlich aussahen, keiner glich dem anderen. Das Besteck war aus grob geschnitztem Holz, nur der Fremde hatte eine Gabel aus Metall bekommen. Die Muscheln schmeckten erstaunlich gut. Sheila hatte schon öfter Muscheln in Restaurants gegessen, doch nie waren sie ihr so köstlich vorgekommen wie diese hier, die Anjala zubereitet hatte. Vielleicht lag es aber auch daran, dass Sheila so großen Hunger hatte. Als Getränk gab es Wasser mit Zitronengeschmack.
Mario und Talita warfen sich während des Essens immer wieder verschwörerische Blicke zu und Sheila platzte beinahe vor Neugier, weil sie wissen wollte, was die beiden unterwegs erlebt hatten. Aber sie erfuhr es erst nach dem Essen, als sich der Fremde verabschiedet hatte. Sheila half Talita, die Teller zusammenzustellen und die Kochstelle aufzuräumen.

»Ist das der Freund deiner Mutter?«, fragte Sheila im Flüsterton, weil Anjala noch mit dem Mann an der Tür stand. Die beiden schienen sich nicht trennen zu können.
Talita nickte. »Ich weiß, dass du ihn nicht verraten wirst«, wisperte sie zurück. »Es ist Fenolf, Zaidons Wesir. Keiner darf wissen, dass er mit meiner Mutter befreundet ist.«
Sheila nickte, obwohl ihr innerlich ganz kalt geworden war. Anjalas Freund war Zaidons engster Vertrauer! Einen Augenblick lang musste Sheila gegen den Impuls ankämpfen, einfach wegzulaufen. Waren sie in Anjalas Wohnung überhaupt sicher? Sheila erinnerte sich noch deutlich, was Zaidon Marios Mutter angetan hatte. Ihr Herz klopfte so laut, dass sie Angst hatte, man könnte es hören.
Sie versuchte, sich zu beruhigen. Keine Panik. Zaidon kannte sie und Mario nicht – noch nicht. Selbst wenn sie ihm zufällig über den Weg laufen sollten, würde er keinen Verdacht schöpfen – jedenfalls nicht, solange sie sich unauffällig verhielten.
Talita säuberte die Pfanne mithilfe eines Schwamms und warf einen vorsichtigen Blick über die Schulter zur Tür. »Mario hat mir gesagt, dass ihr aus der Zukunft kommt und in Talana gewesen seid.«
»Schschsch«, warnte Sheila, denn Brom war in der Nähe und sie wusste nicht, wie viel er mitbekommen würde. Es ärgerte sie, dass Mario Talita einfach alles erzählt hatte. Er hätte vorher mit ihr darüber reden sollen!
Talita war der Verdruss auf Sheilas Gesicht nicht entgangen. »Er hat mich gerettet«, flüsterte sie. »Ich wurde unterwegs verfolgt. Mario wird dir sagen, warum.« Ihre Hände zitterten auf einmal

so sehr, dass die Pfanne ihr entglitt und auf den Boden fiel. Es schepperte laut.
Anjala fuhr erschrocken herum. »Talita! Kannst du nicht aufpassen? Es ist unsere einzige Pfanne!«
»Entschuldigung, Mama«, murmelte Talita. »Sie ist mir einfach aus der Hand gerutscht.« Sie stellte die Pfanne auf einen Stein zurück. »Komm«, sagte sie zu Sheila. »Ich gebe dir einen Kittel von mir, damit du nicht dauernd mit der Decke herumlaufen musst. Wir haben ungefähr die gleiche Größe.«
Sheila folgte Talita in einen winzigen Verschlag, der kaum größer war als die Abstellkammer zu Hause in der Hamburger Wohnung. Hier schlief Talita und hier bewahrte sie auch ihre Sachen auf. Sie nahm ein graues Gewand von einem Nagel und reichte es Sheila.
»Bitte schön! Zwar alt, aber frisch gewaschen.«
Sheila schlüpfte hinein. Das Gewand, das aussah wie ein Sack, reichte ihr bis zu den Waden. Die Ärmel waren so lang, dass Sheila sie umschlagen musste. Der raue Stoff kratzte.
»Danke.«
»Ich frage meine Mutter, ob ihr heute Nacht hier schlafen könnt«, flüsterte Talita.
»Wird sie keinen Verdacht schöpfen?«, fragte Sheila gleich. »Du sagst ihr doch nicht etwa, wer wir sind?« Anjalas Freund stammte aus den höchsten Regierungskreisen. Ein falsches Wort und Sheilas und Marios Auftrag wäre gefährdet! Und dann würde Talana langsam zerstört werden oder noch schlimmer: für immer zum Stillstand verdammt sein, weil das *Herz der Vergangenheit* nicht mehr an seinen Platz zurückkehren konnte …

»Meine Mutter ist sehr gastfreundlich, sie wird euch keine Fragen stellen«, antwortete Talita. »Ich sage ihr, dass ihr gekommen seid, um euren Onkel zu suchen, aber dass ihr nicht sicher wisst, ob er überhaupt noch lebt. Hier sterben so viele …« Ein Schatten überzog ihr Gesicht. Sheila hatte wieder den Eindruck, dass Talita etwas sehr bedrückte, über das sie nicht reden wollte. Sheilas Neugier wuchs.

»Was ist unterwegs passiert?«, fragte sie vorsichtig.

Talita sah Sheila an. »Ich bin verfolgt worden. Ein Mann wollte mich verschleppen und das wäre ihm auch fast gelungen, wenn dein Bruder nicht dazwischengegangen wäre.«

»Er ist nicht mein Bruder, sondern mein Freund«, stellte Sheila richtig.

»Ach so, ich dachte …« Talita war irritiert. »Seid ihr … zusammen?«

»Wie meinst du das?«, hakte Sheila nach.

»Na ja, wie man eben zusammen ist … verliebt und so …«

»Nein«, erwiderte Sheila, vielleicht eine Spur zu heftig. »Wir sind befreundet, weiter nichts. Nur gute Kumpel.«

Sie hatte den Eindruck, dass Talita erleichtert wirkte, und wieder spürte sie in der Brust diesen seltsamen Stich, den sie sich nicht erklären konnte.

Talita verließ die Kammer und Sheila folgte ihr.

Fenolf war inzwischen gegangen und Anjala war mit Brom und der gewaschenen Seide beschäftigt. Talita fragte ihre Mutter, ob Sheila und Mario über Nacht bleiben konnten.

»Aber natürlich«, sagte Anjala. »Jetzt ist es ohnehin zu spät, um noch irgendwohin zu gehen.«

»Vielen Dank«, sagte Sheila höflich. Ihr fiel ein Stein vom Herzen. Anjala war wirklich unkompliziert.
»Hast du Shaka Bescheid gesagt, dass sie wieder neue Rohseide holen kann?«, fragte Anjala ihre Tochter.
Talita nickte. »Ja. Ich weiß auch nicht, warum sie noch nicht da ist. Sie wollte die gesponnene Seide mitbringen. Vielleicht ist sie noch nicht fertig geworden.«
»Ich brauche die Seide dringend«, murmelte Anjala. »Spätestens morgen. Mein Vorrat ist fast aufgebraucht. Nicht auszudenken, wenn das Hochzeitsgewand nicht fertig würde.« Sie gähnte hinter der vorgehaltenen Hand. »Aber heute setze ich mich nicht mehr an den Webstuhl, dazu bin ich zu müde. Ich würde Fehler machen.«
»Ich bin auch müde«, meinte Brom und umklammerte ihre Hüfte.
Anjala wuschelte zärtlich durch seine Haare. »Dann ist es wohl besser, wenn wir alle schlafen gehen.« Sie blickte zu Mario und Sheila. »Ihr könnt euch vor den Kamin legen, da ist es am wärmsten. Das Feuer wird noch eine Weile glühen. – Talita, bringst du noch eine Decke für Mario?«
»Ja, Mama.« Talita verschwand und kam mit einer Decke zurück, die sie Mario reichte, während Anjala alle Öllämpchen bis auf zwei ausblies.
Sheila blickte sich um und legte sich dann mit ihrer Decke auf den Boden. Viel Platz war nicht. Mario streckte sich neben ihr aus, während Brom und Talita in ihren Verschlägen verschwanden.
»Gute Nacht.« Anjala ging in den Nebenraum.
Sheila hörte, wie sich die anderen noch ein wenig hin und her

drehten, dann wurde es still. Nur die Glut im Kamin knackte und leuchtete wie ein Auge aus Feuer.

Der Boden war hart. Mario lag dicht neben ihr. Sie spürte seinen Atem an ihrem Arm.

»Was war vorhin los?«, fragte sie leise. »Warum ist Talita verfolgt worden?«

Flüsternd erzählte Mario ihr Talitas Geschichte. Sie lauschte angespannt und begann zu frösteln, obwohl sie direkt neben dem Feuer lag.

»Oh Mario«, wisperte sie. »Das ist ja schrecklich. Dieser furchtbare Zaidon.«

»Ja, wir müssen uns in Acht nehmen«, murmelte Mario.

Als Sheila sich bewegte, berührten sich ihre Arme. Mario griff nach ihrer Hand.

»Zusammen schaffen wir es«, flüsterte er.

Sheila erwiderte den Druck seiner Finger. »Hoffentlich.«

Sie hielt seine Hand fest, bis sie eingeschlafen war.

7. Kapitel
Feuer und Wasser

Saskandras Rücken schmerzte, und seit zwei Tagen tat ihr der Brustkorb weh, wenn sie atmete. Vielleicht hatte sie auch Fieber. Das Stroh knisterte unter ihr, wenn sie sich bewegte. Manchmal hörte sie das Tappen kleiner Pfoten auf dem Boden und spürte, dass die Nager sie beobachteten. Bis jetzt traute sich keine Ratte, sie anzugreifen. Wahrscheinlich warteten sie darauf, dass sie ihren letzten Atemzug tat.

Würde sie in diesem Kerker sterben müssen?

Leider ließ die Hellsicht Saskandra im Stich, wenn es um ihr eigenes Leben ging. Das war schon immer so gewesen. Bei anderen Menschen fiel es ihr leicht, die Schicksalsfäden zu erkennen und die Möglichkeiten und Gefahren zu erspüren, die sie betrafen. Manchmal sah sie auch Bilder, die sie zunächst nicht zuordnen konnte. Ihre Träume waren oft so grell und schrill, dass sie schreiend und zitternd aufwachte – überwältigt von der Flut von Eindrücken, denen sie im Schlaf schutzlos ausgeliefert war. Ihr Verstand versuchte, die klaren Informationen herauszufiltern und von ihren eigenen Ängsten zu trennen. In der letzten Zeit träumte Saskandra immer wieder von Feuer und Wasser, und sie war sicher, dass die Tage von Atlantis gezählt waren.

Hier im Kerker hatte sie viel Zeit zum Nachdenken. Hätte sie Zaidon anlügen und ihm prophezeien sollen, dass es ein rauschendes Hochzeitsfest geben würde? Vielleicht wäre es klüger gewesen – zu ihrer eigenen Sicherheit.

Doch jetzt war es zu spät, etwas zu ändern. Außerdem hätte Saskandra es nicht über sich gebracht, sich bei dem Herrscher einzuschmeicheln und ihm nach dem Mund zu reden. Sie sagte den Leuten stets, was sie in ihren Visionen gesehen hatte, verdrehte nichts.

Noch immer war Saskandra voller Zorn auf Zaidon, der sein Volk in den Untergang führte. Manchmal war ihr Hass auf ihn so groß, dass sie überzeugt war, doch nicht im Kerker zu sterben, sondern noch zu erleben, wie Zaidon Gerechtigkeit widerfuhr und der selbstherrliche Herrscher gestürzt wurde. In anderen Momenten fühlte sie sich nur noch krank und niedergeschlagen und glaubte zu spüren, wie die Kraft aus ihrem Körper wich, Stunde um Stunde.

Sie wusste, dass es Nacht war. Die Wellen des Meeres klatschten an die Außenwand des Kerkers. Es herrschte Flut. Manchmal drang Wasser durch die Mauer ein und eine Ecke ihres Kerkers wurde nass. Dann faulte das Stroh und es roch noch modriger als sonst. Saskandra konnte nur hoffen, dass kein Sturm aufzog und die Flut nicht höher als gewöhnlich stieg. Dann würde sie in ihrem Gefängnis elendig ertrinken.

Ihr Lebenswille regte sich. Trotz der Schmerzen in ihrem Kreuz richtete sie sich auf und lehnte sich an die Wand. Sie war hellwach. Irgendwo tropfte es, ein hypnotisch wirkendes Geräusch, das sie in Trance versetzte. Schwindel erfasste sie und schien sie wirbelnd in die Tiefe zu ziehen.

Die Vision überkam sie plötzlich und völlig überraschend.

Da waren zwei Kinder … Sie kamen von weit her, weiter, als Saskandra es sich vorstellen konnte. Und obwohl sie nicht in diese

Welt gehörten, war ihr Schicksal eng mit Atlantis verbunden. Ein Junge … vielleicht dreizehn Jahre … ein Mädchen, ebenso alt … Sie schienen eine wichtige Rolle zu spielen. Sie waren auf der Suche nach einem gestohlenen Gegenstand … Zaidon …

Dann ging alles in einem Flammenmeer unter. Der Vulkangott gehorchte Zaidon nicht länger. Eine ungeheure Kraft schoss aus der Tiefe der Erde und brachte das Meer zum Brodeln. Feuer und Wasser vereinten sich. Alles bebte. Saskandra sah, wie die Mauern von Atlantis einstürzten. Zaidons Palast versank in einem Flammenmeer.

Das Feuer brannte in Saskandras Kopf, es breitete sich in ihrem Körper aus, ihre Glieder schienen zu lodern …

Schließlich war alles vorbei. Die Vision verblasste.

Saskandras Atem ging heftig. Ihr Körper war schweißnass. Sie zitterte vor Kälte und Erschöpfung. Ihre gekrümmten Finger glitten am Mauerwerk entlang.

Noch war es nicht so weit.

Noch konnte Zaidon den Vulkangott in Schach halten.

Noch standen die Mauern von Atlantis.

Aber Saskandra wusste, sie würden bald kommen – der Junge und das Mädchen …

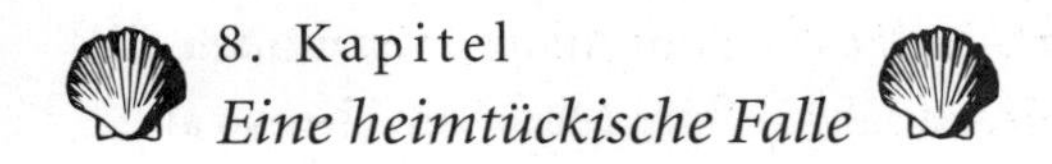

8. Kapitel
Eine heimtückische Falle

Als Sheila erwachte, war sie ganz steif. Zuerst wusste sie nicht, wo sie sich befand. Verwirrt setzte sie sich auf und starrte auf das Öllämpchen, das in einer Nische brannte. Die Decke rutschte von ihren Schultern und sie fröstelte.
Neben ihr atmete Mario. Er hatte ihr den Rücken zugewandt und im Schlaf die Beine angezogen.
Langsam kam Sheilas Erinnerung zurück. Sie befanden sich bei Anjala, der Muschelweberin. Die Glut im Kamin war erloschen, es war kalt und Sheila hatte von der dumpfen Luft Kopfweh. Sie hätte gern gewusst, wie spät es war. Ob es draußen schon dämmerte? Hier in dieser Wohnung hatte man überhaupt keinen Anhaltspunkt, ob es Tag war oder Nacht. Sheilas Gefühl sagte ihr aber, dass es gegen Morgen sein musste. Sie wuselte sich aus der Decke und tappte durch den Raum zu dem kleinen Abtritt, der sich hinter einer Holztür befand. Dort war es stockfinster und Sheila musste sich im Dunkeln zurechtfinden. Als sie fertig war und zurückging, begegnete ihr Talita. Das Mädchen gähnte und streckte sich.
»Hallo. Schon wach?«
»Ja«, antwortete Sheila. »Ist die Nacht vorbei? Wie wisst ihr hier drinnen eigentlich, welche Tageszeit ist?«
»Ach, ich wache automatisch immer ungefähr zur selben Zeit auf«, antwortete Talita. »Außerdem ertönt jeden Morgen ein Signal, das man überall hört – egal, wo man gerade ist. Dann wissen

wir, dass es Zeit ist, mit der Arbeit zu beginnen.« Sie grinste und schob sich an Sheila vorbei. »Ich muss auch mal.«
Wenig später war Anjala ebenfalls auf den Beinen, fachte das Feuer an und begann, Frühstück zu machen. Dazu weichte sie hart gewordenes Brot in Wasser und Ziegenmilch ein. Sheila fragte, ob sie ihr helfen könne. Anjala schüttelte den Kopf.
»Du könntest aber die letzte Spule Muschelseide auf mein Weberschiffchen wickeln. Das macht sonst immer Talita, aber die werde ich jetzt gleich mit der Rohseide zu Shaka schicken. Ich verstehe nicht, warum Shaka die gesponnene Seide gestern Abend nicht mehr gebracht hat. Sie weiß doch, wie sehr es eilt. Aber vielleicht ist es zu spät geworden.«
»Ich laufe gleich zu Shaka rüber«, sagte Talita, die das Gespräch mitbekommen hatte. Sie griff nach dem Korb mit der Rohseide. »Ich bin in ein paar Minuten zurück. Lasst mir noch was vom Frühstück übrig.« Der letzte Satz galt hauptsächlich Brom, der eben müde aus seinem Verschlag kam und sich die Augen rieb.
Sheila spürte den Impuls, Talita zu begleiten. Wollte sie wirklich allein gehen – nach allem, was gestern passiert was? Offenbar hatte sie ihrer Mutter nichts erzählt, um sie nicht zu beunruhigen. Sheila zögerte. Vielleicht war das gestern auch schon ein Anschlag auf Talitas Leben gewesen, als die Mördermuschel sie eingeklemmt hatte! Sheila öffnete den Mund und wollte Talita aufhalten, doch da war das Mädchen schon halb zur Tür hinaus.
Anjala lächelte ihrer Tochter zu. »Bis gleich, Talita.«
Sheila hatte ein ungutes Gefühl, während sie langsam die Muschelseide auf das Weberschiffchen wickelte, so wie Anjala es ihr kurz zuvor gezeigt hatte. Sie bemühte sich, den Faden fest und

gleichmäßig zu wickeln, damit Anjala später beim Weben keine Schwierigkeiten haben würde.
Inzwischen war auch Mario wach und half Brom, das Frühstück in die Schalen zu verteilen. Die Ziegenmilch, die Anjala aufgewärmt hatte, dampfte.
Als unvermittelt ein lauter, anhaltender Ton erklang, zuckte Sheila zusammen. Es hörte sich so ähnlich an wie der Probealarm der Sirenen zu Hause.
»Das Wecksignal«, rief Anjala ihr zu. »Ein unterirdisches Horn. Es ertönt jeden Tag um diese Zeit, aber meistens sind wir schon wach.«
Sheila konnte ihre Worte nur mit Mühe verstehen. Sie nickte.
Der Ton ging durch und durch. Die Wände schienen zu vibrieren. Wer davon nicht wach wurde, der musste wirklich taub sein.

Talita hatte gerade an Shakas Tür geklopft, als das unterirdische Wecksignal ertönte. Spätestens jetzt würde die Nachbarin wach werden, falls sie nicht schon längst auf den Beinen war.
Als das Signal endlich aufgehört hatte, klemmte Talita den Korb mit der Rohseide unter den anderen Arm und klopfte noch einmal. Wahrscheinlich hatte Shaka das erste Klopfen nicht gehört.
Jetzt schlurfte drinnen jemand zur Tür.
»Shaka?«, rief Talita. »Ich bin's, Talita. Entschuldige, dass ich so früh komme, aber meine Mutter braucht dringend die gesponnene Seide, sonst kann sie nicht weiterweben.«
Der Riegel wurde zurückgeschoben und die Tür einen Spaltbreit

geöffnet. Shaka war in einen Umhang gehüllt und hatte die Kapuze tief ins Gesicht gezogen.

»Talita?« Ihre Stimme klang rau und fremd.

»Bist du krank?«, fragte Talita bestürzt. »Hab ich dich aus dem Bett geholt? Das tut mir leid! Aber meine Mutter …«

Shakas Arm schoss hervor und griff nach Talitas Schulter. Der Ärmel von Shakas Gewand rutschte dabei nach hinten und entblößte einen Arm mit dichten schwarzen Haaren. Talita begriff eine Sekunde zu spät. Schon wurde sie in den Raum gezogen und stolperte über die Türschwelle. Der Korb mit der Rohseide fiel auf den Boden.

»Nein!«

Eine starke Hand presste sich auf Talitas Mund und erstickte ihren Schrei. Talita versuchte, sich freizustrampeln, doch ihr Gegner war stärker. Als er die Kapuze nach hinten streifte, erkannte Talita den Mann wieder, der sie gestern verfolgt hatte.

»Hab ich dich endlich, du kleine Kröte!«, zischte er. »Diesmal entkommst du mir nicht wieder! Heute bringe ich dich zu Zaidon!«

Talita wimmerte vor Angst. Während sie sich unter dem harten Griff wand, entdeckte sie Shaka im Hintergrund des Raums. Die alte Frau stand nur da und starrte fassungslos auf das, was vor ihren Augen geschah. Sie machte keine Anstalten, Talita zu helfen.

»Shaka!«, flehte Talita, als sie für einen Moment den Mund freibekam. »Bitte …« Doch da steckte ihr der Mann einen schmutzigen Knebel in den Mund. Er drehte ihr die Arme auf den Rücken und fesselte sie mit einem rauen Strick. Auch ihre Beine schnürte er so fest zusammen, bis Talita nur noch ein hilfloses

Bündel war. Dann warf er sich das Mädchen über die Schulter und verließ Shakas Wohnung.
Talita liefen die Tränen übers Gesicht, während der Wächter sie durch die Gänge trug. Warum hatte Shaka sie im Stich gelassen? Sie hatte der Nachbarin immer vertraut!
Was würde jetzt mit ihr passieren? Sie schluchzte vor Verzweiflung.

Sheila löffelte unruhig das eingeweichte Brot. Immer wieder warf sie Mario nervöse Blicke zu. Warum war Talita noch nicht zurück? Sie hatte doch gesagt, dass sie nicht lange bleiben würde. Anjala dagegen schien sich keine Sorgen zu machen.
»Sie wird bei Shaka frühstücken«, meinte sie. »Unsere Nachbarin macht herrliche Fladen.«
»Ich will auch Fladen«, quengelte Brom und stellte seine leere Schale auf den Tisch zurück. »Ich habe noch Hunger.«
Anjala zögerte, dann griff sie nach Talitas Schale. »Wenn Talita sowieso bei Shaka frühstückt, dann kannst du ihre Portion haben.« Sie sah Mario und Sheila fragend an. »Oder hat von euch noch jemand Hunger?«
Sheila und Mario schüttelten die Köpfe. Sheila war sich sicher, dass Mario noch genauso der Magen knurrte wie ihr selbst. Das bisschen eingeweichtes Brot machte längst nicht satt. Aber Anjala hatte ja auch nicht mit Besuch gerechnet. Sheila hatte ein schlechtes Gewissen, weil sie die Gastfreundschaft dieser Familie, die selbst fast nichts zu essen hatte, in Anspruch nahmen.
Nach dem Frühstück half Sheila Anjala, das Geschirr abzuwaschen, danach setzte sich Anjala an den Webstuhl. Sheila sah zu,

wie flink das Schiffchen zwischen den Kettfäden hindurchglitt. Anjala hatte sehr geschickte Finger und arbeitete schnell und zielstrebig. Die Seide war so fein, dass es trotzdem eine halbe Ewigkeit dauerte, bis das Gewebe um einen Zentimeter gewachsen war. Sheila bewunderte Anjalas Geduld. Doch schließlich war der Faden zu Ende und Anjala hielt das leere Schiffchen in der Hand.

»Ohne Nachschub kann ich nicht weitermachen.« Seufzend stand sie auf. »Talita hat sich sicher mit Shaka beim Frühstück verplaudert und vergessen, dass ich so dringend auf die Seide warte.« Sie legte das Schiffchen zur Seite. »Am besten gehe ich selbst rüber.«

»Darf ich mitkommen?«, fragte Sheila. Ihr Herzschlag hatte sich wieder beschleunigt; sie war zutiefst beunruhigt wegen Talitas Ausbleiben.

»Wenn du möchtest.« Anjala musterte Sheila. »Vor Shaka braucht ihr keine Angst zu haben, selbst wenn ihr euch aus irgendeinem Grund verstecken müsst.«

Ihre blauen Augen ruhten auf Sheila. Es wurde ihr ganz heiß. Jetzt würde Anjala bestimmt fragen, woher sie kamen und was sie in Atlantis wirklich wollten. Sie hatte sicher gemerkt, dass mit Mario und Sheila etwas nicht stimmte.

Sheila schluckte und setzte zu einer Erwiderung an, aber da sagte Anjala nur: »Shaka wohnt direkt neben uns. Du brauchst keinen Umhang, es ist wirklich nur ein kurzes Stück.«

Sheila folgte Anjala mit klopfendem Herzen. Mario sah ihnen fragend nach. Sheila lächelte ihm zu, ihre Lippen zitterten dabei. Das ungute Gefühl verstärkte sich. Sie glaubte nicht, dass Talita beim Frühstück mit Shaka einfach nur die Zeit vergessen hatte. Tief in ihrem Innern wusste sie, dass Talita etwas zugestoßen war.

Der Gang war dunkel und es stank so stark, dass es Sheila übel wurde und sie sich beinahe übergeben hätte. Mühsam riss sie sich zusammen, um sich vor Anjala keine Blöße geben zu müssen.

Anjala klopfte an eine alte Holztür. »Shaka? Ich bin's, Anjala.«

Die Tür wurde geöffnet und Sheila sah eine alte Frau, die etwas gebeugt auf der Schwelle stand. Als sie lächelte, bemerkte Sheila, dass ihr etliche Zähne fehlten.

»Hallo, Anjala«, grüßte die Alte. »Wie gut, dass du kommst. Ich wollte dir gerade deine Seide bringen. Gestern Abend habe ich es leider nicht mehr geschafft.«

»Ist denn Talita nicht bei dir?«, fragte Anjala unsicher. »Ich habe sie doch vorhin losgeschickt, sie sollte dir Rohseide bringen und die gesponnene abholen.«

Shaka schüttelte den Kopf. Das graue Haar hing ihr wirr ins Gesicht, sie streifte fahrig eine Strähne zurück. »Talita? Nein, die habe ich heute noch nicht gesehen. Nur gestern Abend, als sie mir das Muschelfleisch gebracht hat.«

Sheilas Herz setzte vor Schreck einen Schlag aus. Sie hatte es gewusst! Talita war etwas zugestoßen! Ihre Fingernägel bohrten sich in ihre Handflächen.

»Vielleicht ist sie schwimmen gegangen«, meinte Shaka. »Oder sie ist schon unterwegs, um Muscheln zu suchen. Sie ist ja so ein fleißiges Mädchen. Du kannst wirklich stolz auf deine Tochter sein, Anjala.«

Anjala nickte geistesabwesend. Sheila sah die Sorge in ihrem Gesicht. »Danke. Also, wenn du Talita siehst, dann richte ihr bitte aus, dass sie sofort heimkommen soll.«
»Das mache ich«, sagte Shaka.
Anjala wollte schon gehen, da rief Shaka ihr nach: »Willst du denn keine Seide mitnehmen?«
»Doch, natürlich«, murmelte Anjala. »Entschuldige, aber ich bin so durcheinander. Ich mache mir wirklich Sorgen um Talita. Sie sagt sonst immer, wohin sie gehen will. Dass sie einfach so verschwindet, ist überhaupt nicht typisch für sie.«
»Nun ja, sie ist doch jetzt in dem Alter, in dem man schon einmal ein paar kleine Geheimnisse vor seiner Mutter hat«, meinte Shaka. »Da erzählt sie dir bestimmt nicht mehr alles.«
»Hm, könnte sein«, sagte Anjala. »Sie war in den letzten Tagen auch ein bisschen merkwürdig, immer in Gedanken …«
»Na also. Vielleicht hat sie ja einen Freund und trifft sich heimlich mit ihm und du sollst davon nichts wissen.« Shaka lachte.
Anjala stimmte in das Lachen mit ein, aber richtig von Herzen kam es nicht. »Gut, dann werde ich mir keine Sorgen machen. Wo hast du die gesponnene Seide?«
»Komm rein, ich gebe sie dir.« Shaka trat zur Seite und Anjala schlüpfte in die Wohnung.
Sheila blieb in der Tür stehen. Die Wohnung war noch enger und armseliger als Anjalas Behausung. Plötzlich blieb Sheilas Blick an etwas hängen, sie entdeckte am Boden den Korb, den Talita mitgenommen hatte. Er war jetzt leer, aber sie erkannte ihn trotzdem wieder, weil eine Kante beschädigt war. Sheila fing an zu zittern. Obwohl sie keinen Augenblick lang Shakas Geschichte

geglaubt hatte, wusste sie jetzt genau, dass die alte Frau gelogen hatte. Talita war bei ihr gewesen!
Als Anjala mit der gesponnenen Muschelseide herauskam und die Holztür hinter ihr zugefallen war, fasste Sheila sie am Arm.
»Shaka lügt«, flüsterte sie aufgeregt. »Ich habe Talitas Korb gesehen.«
»Wir haben mehrere solcher Körbe«, sagte Anjala. »Sie sind vom selben Korbflechter. Shaka verwendet die gleiche Sorte.«
Sheila überlegte, ob sie die beschädigte Stelle erwähnen sollte. Aber vielleicht waren ja tatsächlich mehrere Körbe kaputt. Arm, wie die Leute waren, benutzten sie die Körbe bestimmt so lange, bis es gar nicht mehr ging.
Schweigend ging sie neben Anjala zur Wohnung zurück. Dann fasste sie sich ein Herz. »Talita ist gestern überfallen worden, als sie mit Mario unterwegs war.«
Anjala blieb abrupt stehen. »Stimmt das? Warum hat mir Talita nichts davon erzählt?«
»Sie wollte nicht, dass Ihr Euch sorgt.« Sheila schluckte. »Und sie wollte Euch auch nicht in Gefahr bringen.«
»Du redest in Rätseln, Mädchen.« Anjala schien auf einmal ungehalten. Sie zog Sheila in ihre Wohnung. »Sag, was du weißt – und zwar alles!«
Sheila blickte zu Mario, der mit Brom auf dem Boden saß und mit Würfeln spielte.
»Talita ist verschwunden, Mario«, sagte sie. »Die Nachbarin behauptet, sie wäre gar nicht bei ihr gewesen, aber ich habe dort ihren Korb gesehen.«
»Ja, das weiß ich inzwischen!«, fauchte Anjala. Ihre Augen blitz-

ten vor Zorn. »Erzählt, was gestern los war, aber die ganze Wahrheit, sonst werfe ich euch beide raus!«
Mario stand auf. Sein Gesicht war voller Sorge und er ließ die Arme hängen. »Vielleicht war es ein Fehler, dass wir Euch nichts gesagt haben. Aber Talita hat mich beschworen zu schweigen.« Er berichtete, was am vorigen Tag geschehen war und warum Talita glaubte, dass man sie in der letzten Zeit verfolgte.
Anjala wurde immer blasser. Brom klammerte sich ängstlich an ihre Hüfte.
»Müssen wir jetzt alle sterben, Mama?«, wimmerte er.
»Natürlich nicht«, antwortete Anjala, aber ihre Stimme bebte dabei. Sie streichelte seine Haare. »Ist das wahr?«, flüsterte sie dann. »Hat Talita tatsächlich die *Morgenröte* beobachtet?« Ihre Augen wurden feucht. »Man wird sie bestrafen ...«
»Wenn es stimmt, was Talita gesehen hat, dann geschieht hier etwas Ungeheuerliches«, meinte Mario und Sheila nickte. »Das Volk wird belogen. Zaidon macht falsche Versprechungen, damit ihr arbeitet – und wer nicht mehr kann, weil er alt ist oder krank, den lässt er töten!«
»Schschsch, nicht so laut.« Anjala warf einen ängstlichen Blick in Richtung Tür. »Wenn dich jemand hört! Solche Bemerkungen sind schlimmer Frevel! Dafür kannst du hingerichtet werden!«
Mario verstummte.
Auch Anjala schwieg einige Sekunden lang. Dann rannen ihr die Tränen über die Wangen. »Talita ist verloren«, schluchzte sie. »Man hat uns betrogen. Es gibt gar kein Paradies!«
»Doch, das gibt es«, sagte Mario. »Talana. Ich bin nämlich dort

gewesen – und deswegen …« Er blickte zu Sheila, bevor er weiterredete. »Deswegen sind wir auch hier.«
Sheila nickte und versuchte, Anjala in möglichst einfachen Worten zu erklären, dass sie aus der Zukunft kamen und die Existenz Talanas auf dem Spiel stand.
Anjala lauschte mit aufgerissenen Augen. Schließlich musste sie sich setzen.
»Ich glaube euch«, murmelte sie und stützte ihren Kopf in die Hände. »Aber das ist im Moment wirklich zu viel für mich.«
»Wir gehören nicht in Eure Welt«, sagte Mario. »Aber trotzdem können wir nicht zulassen, dass hier solche Ungerechtigkeiten geschehen.«
»Wir werden nach Talita suchen«, sagte Sheila entschlossen. Anjala tat ihr leid, wie sie so hilflos dasaß. Sie griff nach ihrer Hand: »Wir werden alles tun, um sie zu finden, wirklich!«
Plötzlich ertönte ein Klopfen.
»Wer kann das sein?«, flüsterte Anjala und zog Brom zu sich.
Vier Augenpaare starrten ängstlich zur Tür.

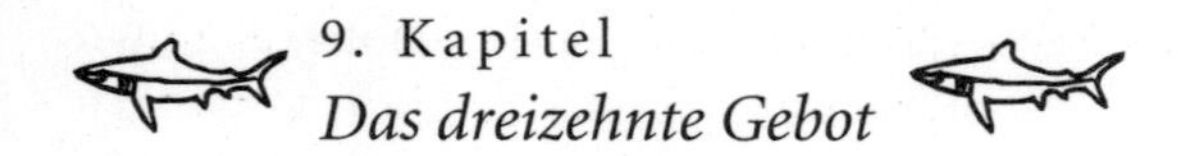

9. Kapitel
Das dreizehnte Gebot

Am Geruch merkte Talita, dass sie die Unterstadt verlassen hatten. Salzige Meeresluft wehte ihr entgegen. Ein kühler Wind strich über ihre Arme.
Talita war halb ohnmächtig vor Angst. Alle Glieder schmerzten. Ihr Entführer ging nicht gerade sanft mit ihr um. Er behandelte sie, als trüge er nur ein Bündel Kleider.
Es kam Talita so vor, als hätten sie unzählige Treppen überwunden und endlose Gänge hinter sich gelassen. Sie hatte jegliches Zeitgefühl verloren.
Als ihr das Sonnenlicht in die Augen stach, musste sie blinzeln. Sie waren in der Oberstadt! Nach der ewigen Finsternis und dem Dämmerlicht, die in der Unterstadt herrschten, wirkte alles hell und grell, ja fast schmerzhaft.
Nach und nach gewöhnte sich Talita an die Helligkeit. Sie sah Gebäude von unglaublicher Pracht. Die Kuppeln waren vergoldet und leuchteten im Morgenlicht wie Sonnen. Hier gab es Parks und prächtige Gärten. Es duftete nach Zitronen und Orangen. Die Wege waren mit schneeweißem Kies bestreut, der unter den Füßen des Entführers knirschte.
Es war hier so schön, dass man fast meinen konnte, im Paradies zu sein. Doch Talita glaubte keinen Augenblick daran, dass sich ihr Schicksal ändern und alles sich zum Guten wenden würde. Sie waren in der Oberstadt und hier befand sich Zaidons Palast. In Kürze würde Talita vor den Herrscher treten und die

Strafe dafür empfangen, dass sie gegen seine Gebote verstoßen hatte.
Schwerter klirrten und zwei Wächter traten ihnen in den Weg.
»Die Parole?«
»*Zaidons Macht möge ewig dauern!*«, antwortete Talitas Entführer sofort.
»Wen bringst du da?«, wollte einer der Wächter wissen.
»Ich habe eine Gefangene für Zaidon. Lasst mich durch, ich werde schon im Palast erwartet.«
Die Wächter wechselten einen Blick. »Wir werden dich sicherheitshalber begleiten.«
In Talita keimte eine winzige Hoffnung. Die Wächter schienen ihrem Entführer nicht zu trauen. Vielleicht würden sie ihr ja helfen. Doch wie sollte sie sich verständlich machen? Reden konnte sie nicht, weil in ihrem Mund noch immer der schmutzige Knebel steckte.
Sie wimmerte, wand ihren Kopf hin und her und versuchte, die Wächter mit den Augen um Hilfe anzuflehen, aber keiner der beiden sah sie überhaupt auch nur an. Wahrscheinlich erfüllten sie ausschließlich ihre Aufgabe, keinen Fremden in den Palast zu lassen – und Talita war für sie einfach Luft. Enttäuscht gab Talita ihre Bemühungen auf. Ihre Hoffnung sank.
Sie erreichten eine vergoldete Flügeltür. Die Angeln quietschten leise, als die Wächter sie öffneten. Kühle Luft schlug ihnen entgegen. In der Kuppel, die sie betraten, war es dämmrig. Die Sonne schien durch unzählige kleine farbige Fenster und das Licht malte fantastische Muster auf den Steinfußboden. Talita fühlte sich einen Moment so, als hätte sie eine völlig andere Welt

betreten. Sie vergaß ihre Angst und versuchte alle Eindrücke in sich aufzunehmen.
Die Schritte der Männer hallten, als sie die Kuppel durchquerten. Sie betraten einen langen Gang. Fackeln brannten an den Wänden, die mit leuchtenden Farben bemalt waren. Sie zeigten jubelnde und winkende Männer und Frauen in Lebensgröße, sodass man das Gefühl hatte, durch ein Spalier aus Menschen zu schreiten.
Schließlich erweiterte sich der Gang zu einem großen runden Raum. Die Fenster reichten bis auf den Boden, sodass viel Licht hereinfiel. Die Wände waren mit goldenen Blumen, Vögeln und Mustern geschmückt. Auf dem Boden lagen blaue glasierte Fliesen und in der Mitte des Raums befand sich ein flaches Becken, in dem ein Springbrunnen plätscherte. Talita sah auch zwei goldene Käfige, in denen bunte Vögel saßen. Auf der anderen Seite des Raums stand ein Thron mit goldenen Verzierungen und purpurnen Polstern. Darauf saß ein hochgewachsener Mann in einem blauen Gewand: Zaidon. Gelangweilt blickte er den Ankömmlingen entgegen.
»Seid gegrüßt, großer Herrscher!« Die Wächter blieben stehen und neigten ehrfürchtig die Köpfe.
Der Entführer lud Talita von seinen Schultern. Sie landete unsanft auf den Fliesen und blieb dort zusammengekrümmt liegen, während sich der Mann vor dem Herrscher auf die Knie warf.
»Ehrwürdiger Herrscher, seid gepriesen! Hier bringe ich Euch das Mädchen, das Ihr suchen ließet!«
Zaidon machte eine unmerkliche Handbewegung, worauf der Mann wieder aufstand.
»Nehmt ihr die Fesseln ab!«

Die Wächter stürzten sich von beiden Seiten auf Talita und lösten die Stricke. Talita war froh, den Knebel loszuwerden. Etwas mühsam kam sie auf die Beine und stand nun vor dem Herrscher, zitternd vor Furcht.
Zaidon musterte sie eindringlich. Seine smaragdgrünen Augen besaßen eine Helligkeit und eine Leuchtkraft, wie Talita sie noch nie bei jemandem gesehen hatte. Die Augen schienen aus purer Energie zu bestehen.
»Du weißt, warum du hier bist«, sagte Zaidon streng.
Talitas Kehle war wie zugeschnürt.
Leugne, befahl ihr eine innere Stimme. *Streite alles ab, was man dir vorwirft. Du hast nichts gesehen, gar nichts. Das ist deine einzige Chance!*
Talita schüttelte langsam den Kopf.
»Dann werde ich deiner Erinnerung ein wenig auf die Sprünge helfen«, fuhr Zaidon in strengem Tonfall fort. »Du bist doch Talita, die Muschelsucherin, Tochter von Anjala, der Weberin?«
»Ja, die bin ich«, flüsterte Talita. Eigentlich hatte sie es laut sagen wollen, aber ihre Stimme gehorchte ihr nicht.
»Dann kennst du auch die Gebote, die für alle meine Untertanen gelten«, sagte der Herrscher.
Talita nickte. Ihre Knie schlotterten.
»So sage mir, Talita: Wie lautet das dreizehnte Gebot?«, fragte Zaidon.
Talita räusperte sich. Stockend begann sie, das Gebot zu zitieren. Jedes Kind lernte Zaidons Gebote so früh wie möglich und Talita hatte alle dreißig Gebote hersagen können, noch ehe sie den Inhalt verstanden hatte.

»Wer die Morgenröte im Meer erblickt,
wird des Todes sein,
denn die Augen eines Untertanen sind nicht dazu geschaffen,
das Paradies zu schauen.«

Sie verstummte, senkte den Kopf und betrachtete den Fußboden. Sie konnte förmlich spüren, wie Zaidons Blick auf ihr ruhte. Ihre Kopfhaut schien zu brennen.

»Und was hast du vor ein paar Wochen getan?«, fragte Zaidon mit einschmeichelnder Stimme, ganz so, als wollte er Talitas Vertrauen gewinnen und sie dazu verleiten, ein Geständnis abzulegen.

»Nichts«, wisperte Talita ängstlich.

»Du bist draußen bei den drei schwarzen Felsen gewesen.«

»Es kann sein, dass ich einmal versehentlich in diese Richtung geschwommen bin«, erwiderte Talita. »Ihr wisst, Herr, dass ich Steckmuscheln suche, damit meine Mutter genügend Muschelseide hat. Sie webt doch das Hochzeitsgewand für Eure Braut ...« Ihre Stimme versagte erneut. Ihr Herz schlug so schnell, dass sie kaum Luft zum Atmen hatte.

»Was hast du an diesem Tag gesehen?«, wollte Zaidon wissen.

»Nichts Ungewöhnliches, Herr«, log Talita und hoffte, dass der Herrscher ihr nicht ansah, dass sie die Unwahrheit sagte. »Mein Blick war auf den Meeresboden gerichtet. Die Steckmuscheln werden immer seltener, wie Ihr sicher wisst. Ich brauche immer länger und muss in einem größeren Gebiet suchen, damit ich genügend Muscheln nach Hause bringe.«

»Es war ein *Tag des Paradieses*, Talita.«

»Wenn Ihr das sagt, Herr … Ich wusste es nicht. Ich habe auf nichts anderes geachtet als auf die Muscheln … Ich habe nichts gesehen …« Talita spürte, wie ihr das Blut in die Wangen schoss, und sie wusste, dass sie ihre letzte Chance verspielt hatte. Verräterische Röte!
»Warum lügst du mich an, Muschelsucherin?« Zaidons Stimme war so laut, dass sie im Raum widerhallte. »Gestehe! Du wolltest einen Blick ins Paradies werfen und hast die *Morgenröte* gesehen!«
Talita fiel verzweifelt auf die Knie. »Verzeiht mir, Herr! Es war keine Absicht! Ich wollte nicht schauen, ich wollte nichts sehen … Aber auf einmal war das Wasser um mich herum rot … Ich bin erschrocken … Ich kenne das Gebot, ich habe gleich die Augen geschlossen, weil ich wusste … wusste …« Sie sah Zaidon flehend ins Gesicht, ganz gebannt von seinen leuchtenden Augen. Sie hatte das Gefühl, dass sein Blick tief in sie eindrang und der Herrscher bis auf den Grund ihrer Seele sehen konnte. Er las ihre Gedanken, als wären es Zeilen in einem Buch. Talita war völlig wehrlos. Schon befürchtete sie, dass er auch erfahren würde, wem sie von ihrem Erlebnis erzählt hatte – und dann waren Mario und Sheila ebenfalls in Gefahr!
Als Zaidon schließlich sprach, war seine Stimme eiskalt.
»Du hast das dreizehnte Gebot gebrochen und deswegen wirst du sterben«, sagte Zaidon kalt. »Wachen, ergreift sie!«, befahl er dann. »Werft sie in den Kerker!«
Die Wächter traten herbei, fassten Talita links und rechts bei den Armen und zogen sie auf die Füße.
»Erbarmen, Herr!«, rief Talita in höchster Not. »Ich will verges-

sen, was ich gesehen habe, aber bitte lasst mich am Leben! Bitte! Seid gnädig! Wenigstens dieses eine Mal, ich flehe Euch an!«

Zaidons Finger trommelten auf die Armlehne. Sein Gesicht war unbewegt.

»Schafft sie fort!«, sagte er nur. »Werft sie in das finsterste Verlies. Sie soll nie mehr das Tageslicht sehen!«

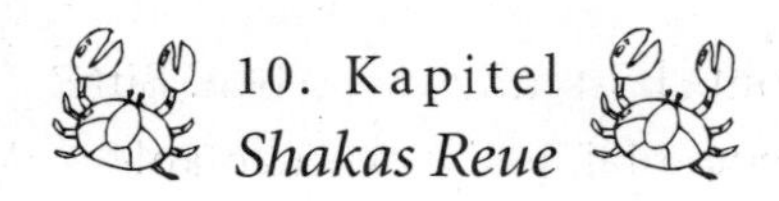

10. Kapitel
Shakas Reue

»Vielleicht wollen sie uns jetzt alle holen«, flüsterte Anjala. Jede Farbe war aus ihrem Gesicht gewichen. Ängstlich zog sie Brom dichter an sich heran. »Am besten, wir rühren uns nicht.«
Sheila und Mario wagten kaum zu atmen, um die Häscher vor der Tür nicht auf sich aufmerksam zu machen.
Es klopfte wieder, diesmal hartnäckiger und lauter. Sheila schaute ängstlich auf den schmalen Riegel. Er sah nicht so aus, als könnte er lange Widerstand bieten. Sie rechnete damit, dass ein heftiger Fußtritt die Tür jeden Moment aufbrechen würde.
Aber stattdessen ertönte von draußen eine brüchige Frauenstimme: »Anjala … ich weiß, dass du da bist! Ich bin's, Shaka.«
Anjala atmete laut aus, ließ Brom los, ging zur Tür und schob den Riegel zurück.
Shaka sah sich verstohlen um und huschte herein. Anjala verriegelte hinter ihr wieder die Tür und verschränkte die Arme.
»Was willst du?«, fragte sie.
»Verzeih mir, Anjala!« Shaka griff nach Anjalas Händen. In ihren Augen standen Tränen. »Ich habe dich belogen. Es tut mir leid. Talita war vorhin bei mir …«
Sie berichtete weinend, was geschehen war. Einer von Zaidons Leuten war in aller Frühe in ihre Wohnung eingedrungen und hatte die alte Frau aus dem Bett geholt. Er hatte ihr die Arme auf den Rücken gedreht und sie gezwungen, über Talitas Gewohnheiten Auskunft zu geben.

»Ich hatte solche Angst«, gestand Shaka und wischte sich übers Gesicht. »Ich habe gesagt, dass Talita mir immer Rohseide bringt und die gesponnene Seide abholt und dass sie wahrscheinlich auch heute Morgen kommen wird. – Ich habe nicht verstanden, was Zaidon von Talita will. Der Mann hat mir gedroht, dass er mich umbringt, wenn ich schreie oder seinen Plan verderbe.« Sie schluchzte auf. »Und als Talita an meine Tür klopfte, hat er sie einfach geschnappt. Ich war zu feige, um ihr zu helfen. Ich habe mich so gefürchtet, selbst dann noch, als er wieder weg war. Deswegen habe ich dich vorhin angelogen. Ich dachte, Zaidons Leute wären noch in der Nähe und würden mich beobachten. Oh Anjala, vergib mir! Bitte sei mir nicht böse!«
Anjalas Gesicht war zunächst wie versteinert, doch dann löste sich ihre Starre und sie nahm Shaka in die Arme.
»Du kannst nichts dafür«, flüsterte sie. »Sie machen mit uns, was sie wollen. Für Zaidon und seine Anhänger sind wir weniger wert als Tiere. Sie benutzen uns, sie beuten uns aus, sie belügen uns. Und wen sie nicht mehr brauchen oder wer lästig ist, den töten sie. Wenn wir alt sind, kommen wir nicht ins Paradies, Shaka. Sie haben Haie, die uns fressen sollen. Das Blut der Atlanter erzeugt die *Morgenröte* im Meer.«
»Was sagst du da?« Shaka riss ungläubig die Augen auf.
»Talita hat den Vorgang beobachtet und deswegen war Zaidon hinter ihr her«, sagte Anjala tonlos. Dann ließ sie Shaka los und brach zusammen. »Talita …«
Sheila und Mario zogen Anjala vom Boden hoch, stützten sie und führten sie in den Nebenraum, damit sie sich auf ihr Bett

setzen konnte. Brom lief ihnen nach und klammerte sich an Anjalas Kleid.
»Was ist mit meiner Schwester?«, fragte er schluchzend. »Wann kommt sie wieder nach Hause? Ich will zu ihr!«
Sheila hätte den kleinen Jungen am liebsten in die Arme genommen und ihm versprochen, dass Talita auf jeden Fall wiederkommen würde, und das unversehrt. Aber sie war ja selbst völlig überrumpelt von den Ereignissen. Sie konnte es noch immer nicht fassen, dass Zaidon seine Drohungen wahr machte und Talita mit dem Tod bestrafen würde, weil sie etwas gesehen hatte, das nicht für ihre Augen bestimmt gewesen war.
»Wir werden alles tun, um Talita zu retten«, beteuerte Mario. »Wir lassen uns einen Plan einfallen.«
Anjalas Schultern zuckten. »Ihr seid nicht von hier. Ihr wisst nicht, wie alles organisiert ist. Sie unterdrücken jeden Widerstand. Sie lassen nicht zu, dass sich jemand auflehnt.«
Mario und Sheila wechselten einen Blick.
»Wir werden trotzdem alles versuchen«, sagte Sheila.
Mario nickte. »Wir müssen herausfinden, wohin Zaidon seine Gefangenen bringt. Am besten wäre es, wenn wir uns eine Karte von der Ober- und Unterstadt beschaffen könnten.«
»Ich habe keine Ahnung, ob es so eine Karte überhaupt gibt«, murmelte Anjala und zog den weinenden Brom auf ihren Schoß.
Sheila gab sich innerlich einen Ruck. »Kann Euer Freund aus der Oberstadt nicht etwas für Talita tun?«
Anjala sah Sheila erschrocken an. »Ihr wisst Bescheid, wer er ist?

Das sollte doch keiner erfahren!« Sie warf einen ängstlichen Blick zu Shaka.
»Wer immer dein Freund ist, es geht mich nichts an«, sagte diese. »Ich verrate niemandem, dass er aus der Oberstadt kommt.«
»Talita hat nur ein paar Andeutungen gemacht«, sagte Sheila vorsichtig. »Vielleicht hat Euer Freund ja gute Beziehungen. Es müsste doch möglich sein, dass er ... dass er ein paar Vergünstigungen für Talita erwirkt oder dass er uns einige Informationen weitergibt.«
Anjala krauste die Stirn und dachte nach. »Vielleicht habt ihr recht«, sagte sie dann. »Große Hoffnungen mache ich mir jedoch nicht. Fenolf behauptet zwar, dass er mich liebt, aber wenn er zu mir halten wollte, müsste er sich gegen Zaidon auflehnen. Ich bin nur eine einfache Frau aus der Unterstadt. Er würde alles aufs Spiel setzen, wenn unsere Beziehung ans Licht käme.« Sie schüttelte den Kopf und schluckte. »Ich werde Fenolf trotzdem fragen. Vielleicht gibt es irgendeinen Weg. Ich muss einfach alles tun, um Talita zu helfen.«

Die Sorge um ihre verschwundene Tochter machte Anjala fast verrückt. Sie brachte Shaka in ihre Wohnung zurück und versicherte ihr immer wieder, dass sie ihr nicht böse sei und dass Shaka ja keine andere Wahl gehabt habe. Als sie zurückging, fühlte sie sich innerlich wie leer, so als wäre sie zu gar keinen Gefühlen mehr fähig. Anjalas Verstand wollte nicht akzeptieren, was passiert war und dass Talitas Schicksal inzwischen vielleicht schon besiegelt war. Dutzende von Gedanken schossen Anjala gleichzeitig durch den Kopf.

Würde Fenolf etwas erreichen können? Würde er – und das war die wichtigere Frage – überhaupt etwas für sie tun *wollen*? Die Unterschiede zwischen ihnen waren so groß.
Anjala musste so schnell wie möglich mit Fenolf reden. Für solche Fälle gab es ein Geheimversteck. In einer bestimmten Nische, vier Gänge von Anjalas Wohnung entfernt, hinterließen sie sich Nachrichten. Eine Muschelschale bedeutete *Ich will dich dringend sehen, komm zum Treffpunkt am Strand,* ein glatter Stein *Es tut mir leid, ich kann nicht kommen,* ein Stück Holz *Ich tauche in den nächsten vierundzwanzig Stunden bei dir auf.* Meistens war es Fenolf, der ihr Botschaften schickte, und Anjala ging mindestens einmal am Tag an der Nische vorbei, um nachzusehen, ob es eine neue Nachricht für sie gab.
Doch heute versuchte Anjala es andersherum. Sie hatte keine Ahnung, wie oft Fenolf an der Nische vorbeikam und ob er überhaupt erwartete, dass sie ihm eine Nachricht hinterließ. Sie nahm zwei Muschelschalen, was bedeuten sollte, dass sie ihn besonders dringend sehen wollte, und sie legte noch ein Stück Holz dazu – als Zeichen dafür, dass er nicht zum Strand, sondern in ihre Wohnung kommen sollte. Mit klopfendem Herzen versteckte sie die drei Gegenstände in der Nische, dann kehrte sie in ihre Wohnung zurück, wo Mario, Sheila und Brom schon auf sie warteten.
»Ich habe Fenolf ein Zeichen hinterlassen, dass ich ihn unbedingt treffen will«, erzählte sie und zuckte mit den Schultern. »Keine Ahnung, wie lange es dauern wird, bis er kommt. Ich hoffe, dass er die Nachricht überhaupt findet.«
»Könnt Ihr ihn denn nicht einfach aufsuchen?«, fragte Sheila.

Anjala schüttelte den Kopf. Die beiden fremden Kinder hatten wirklich keine Ahnung von den Zuständen, die in Atlantis herrschten.
»Niemand aus der Unterstadt darf die Oberstadt betreten«, erklärte sie. »Wer es trotzdem tut und dabei erwischt wird, der kommt vor die Richter. Das will ich nicht riskieren, sonst ist Brom ganz allein.«
»Und einen offiziellen Weg gibt es nicht?«, hakte Mario nach. »Was ist, wenn jemand eine Bitte an Zaidon stellen will?«
Anjala lächelte traurig. »Glaubst du, Zaidon interessiert sich für irgendwelche Wünsche, die die Leute aus der Unterstadt haben? Aber du hast recht, es gibt auch einen offiziellen Weg. Man muss einen Antrag stellen und eine ausführliche Begründung liefern, warum man die Oberstadt betreten will. Doch bis der Antrag genehmigt wird, vergehen Wochen. Falls er überhaupt genehmigt wird. Die meisten werden einfach abgelehnt. Und selbst wenn man die Genehmigung bekommen hat, darf man nicht allein zu Zaidon gehen, sondern man wird von seinen Wachen begleitet. Du siehst – ich habe nicht die geringste Chance, Fenolf aufzusuchen.«
Sheila und Mario wechselten einen betroffenen Blick.
»Gibt es denn überhaupt keine … Schmuggler?«, wollte Mario dann wissen. »Leute, die zwischen den Stadtteilen hin- und herwechseln und denen man vielleicht etwas mitgeben könnte? Eine Nachricht zum Beispiel?«
Anjala musterte den Jungen. Er dachte wirklich an alles und schien außerdem ziemlich hartnäckig zu sein. Genau wie das Mädchen.

»Ja, es gibt Schmuggler und auch andere Leute, die für Geld einiges riskieren«, antwortete Anjala. »Manche sind aber nicht sehr vertrauenswürdig, und wenn man an die Falschen gerät, dann ist man nicht nur sein Geld los. Abgesehen davon habe ich sowieso fast keins, ich könnte sie gar nicht bezahlen.«
»Schade«, sagte Sheila. »Das hört sich alles nicht besonders gut an.«
»Ja«, bestätigte Anjala. »Es bleibt mir also nichts anderes übrig, als auf Fenolf zu warten.«

11. Kapitel
Fenolf entscheidet sich

Als es kurz vor Mittag an der Tür klopfte, schickte Anjala Mario und Sheila schnell in den Nebenraum. Dort sollten sie sich sicherheitshalber verstecken. Fenolf brauchte nicht zu wissen, dass die Fremden noch da waren. Mit zitternden Fingern schob Anjala den Riegel zurück und ließ Fenolf herein.

»Ich habe deine Nachricht bekommen.« Er lächelte und streifte seine Kapuze zurück. »Es freut mich sehr, dass du mir auch einmal eine Nachricht schickst. Du scheinst ja große Sehnsucht nach mir zu haben.«

Er umarmte Anjala und küsste sie. Sie erwiderte seinen Kuss nur flüchtig und befreite sich aus seiner Umarmung.

»Was ist los?«, fragte er verdutzt.

»Ich muss mit dir reden«, sagte sie und sah ihm in die Augen. »Wirklich reden. Und zwar ganz offen.« Sie schluckte. »Sie haben heute Morgen Talita abgeholt.«

Fenolfs Gesicht wurde bleich. »Abgeholt? Was bedeutet das? Bist du sicher?«

»Was das bedeutet, weißt du wohl besser als ich«, antwortete Anjala kühl. »Du bist schließlich jeden Tag mit Zaidon zusammen und kennst seine Gewohnheiten. Man sagt, dass er nicht lange fackelt, sondern jeden, der seine Gebote übertritt, in den Kerker werfen lässt.«

»Aber was hat das mit Talita zu tun?« Fenolf schüttelte den Kopf.

»Deine Tochter hat sich doch nichts zuschulden kommen lassen. Sie ist fleißig und gehorsam …«

»Sie hat etwas gesehen, was sie nicht sehen sollte.« Anjala wusste genau, dass sie ihr Leben aufs Spiel setzte, wenn sie Fenolf erzählte, was Talita herausgefunden hatte. Aber das musste sie jetzt riskieren. Entweder gab er zu, dass es stimmte und solche Ungeheuerlichkeiten tatsächlich passierten, oder er stellte sich auf Zaidons Seite und stritt alles ab. »Sie hat am *Tag des Paradieses* in die *Morgenröte* geschaut.«

»Sie hat –«, wiederholte Fenolf tonlos.

»Es war keine Absicht. Sie ist beim Muschelnsuchen zu weit hinausgeschwommen. Da hat sie die Haie gesehen.« Anjalas Stimme war nur noch ein Flüstern. »Es muss ein furchtbarer Schock für sie gewesen sein. Sie hat zuerst niemandem etwas davon erzählt. Aus lauter Angst, weil sie gegen das dreizehnte Gebot verstoßen hatte.«

Fenolf schwieg. Dann ging er im Raum umher, vor und zurück, und setzte sich schließlich auf einen Schemel.

Anjala wartete.

»Es stimmt«, sagte Fenolf nach einer Ewigkeit. »Ich weiß seit einem halben Jahr, was mit den Alten und Kranken passiert.« Seine Miene war wie versteinert. »Anfangs habe ich wirklich geglaubt, dass er sie ins Paradies bringen lässt. Nach Talana, wo er selbst herkommt.« Er schlug die Hände vors Gesicht. »Ich habe ihm alles geglaubt und ihn bewundert. Ich war so stolz, als er mich zu seinem Wesir gemacht hat. Wie war ich blind!«

Anjala holte tief Luft. »Und was geschieht jetzt mit Talita?«

Fenolf hob den Kopf. Sie sah das Entsetzen in seinen Augen.

»Zaidon lässt alle töten, die Zeuge seines Verbrechens geworden sind«, sagte er. Seine Stimme schwankte.
»Aber sie ist doch noch ein Kind!«, schrie Anjala. Sie stürzte sich auf Fenolf und packte ihn an den Schultern. »Ein Kind, gerade mal dreizehn! Was kann sie denn dafür, dass sie die Haie gesehen hat? Sie hat es sich doch nicht ausgesucht ...«
Fenolf nahm sie in die Arme, hielt sie fest und streichelte ihren Rücken.
»Es tut mir leid, Anjala«, murmelte er. »Ich werde herausfinden, wohin man deine Tochter gebracht hat. Und ich werde mit Zaidon reden, das verspreche ich dir.«
Anjala löste sich von ihm. »Das willst du wirklich tun?«
»Ich liebe dich doch, Anjala.« Er sah sie an und in seinen Augen stand so viel Mitgefühl und Zärtlichkeit, dass Anjalas Zweifel mit einem Schlag weggewischt waren. Er meinte es ernst mit dem, was er sagte. Vielleicht gab es ja doch eine Möglichkeit, Talita zu retten. Anjala lächelte traurig. »Ich liebe meine Kinder mehr als alles andere auf der Welt.«
»Ich weiß«, sagte Fenolf, nahm ihre Hände in seine und drückte sie. »Und wenn Talita frei ist, dann gehen wir weg von hier und fangen irgendwo anders neu an. Zusammen. Du und ich und Talita und Brom.«
Anjala schaute ihm in die Augen, aber dann wurde sie wieder unruhig und sprang in Richtung Tür.
»Entschuldige, Fenolf, aber ich bin einfach furchtbar nervös. Das hat nichts mit dir zu tun.«
Er kam ebenfalls zur Tür. »Ich verstehe dich ja, Anjala.« Er strich ihr über die Wange. »Ich werde jetzt gehen, und sobald

ich etwas über Talita in Erfahrung gebracht habe, sage ich dir Bescheid.«
»Danke«, murmelte Anjala und gab Fenolf einen Abschiedskuss. Sie sah ihm nach, als er die Kapuze aufsetzte und die Wohnung verließ. Danach schob sie den Riegel wieder vor und lehnte sich gegen die Holztür. Tränen schimmerten in ihren Augen.
Ihre Tochter durfte nicht sterben!

Talita lag wie betäubt auf dem Boden, der sich kalt und feucht anfühlte. Um sie herum war endlose Schwärze. Die Wächter hatten sie durch lange Gänge gezerrt und dann in dieses stockfinstere Verlies gestoßen.
Ihr tat alles weh, die Knie, der Rücken und vor allem die rechte Schulter. Sie musste sie sich verrenkt haben, als der Entführer sie vorhin auf die blauen Fliesen geworfen hatte.
Mühsam kam sie auf die Knie. Die Schmerzen und die Kälte waren unerträglich. Tiefe Mutlosigkeit überfiel sie. Aus diesem Kerker würde sie nie mehr herauskommen. Man würde sie hier sterben lassen, sie würde verhungern oder verdursten. Hoffentlich dauerte diese Qual nicht zu lange.
Sie spürte eine Mauer, lehnte sich dagegen und dachte darüber nach, was Mario ihr über Talana erzählt hatte. Talana – das Paradies, das Zaidon den Alten und Kranken versprochen hatte und das sie nie sehen durften. Was für eine unendlich große Lüge! Aber Mario war dort gewesen und Talita wünschte sich, er hätte ihr mehr davon erzählt. Dann könnte sie sich jetzt alle Einzelheiten ausmalen, sich all die schönen Dinge vorstellen, und es wäre vielleicht nicht so schlimm zu sterben.

Mario. Sie versuchte, sich sein Gesicht ins Gedächtnis zurückzurufen. Sein blondes Haar, sein nettes Lächeln. Wie mutig er gewesen war, als er sie gerettet hatte.
Plötzlich vernahm sie ein Rascheln in der Ecke. Talita dachte gleich an Ratten, doch dann hörte sie genauer hin und merkte, dass es etwas Größeres sein musste, das dieses Geräusch verursachte. Jemand stöhnte. Talita zuckte zusammen. Sie war nicht allein im Verlies.
»Hallo?«, fragte sie. »Ist da jemand?«
»Wer bist du?«, kam eine müde Antwort zurück. »Bist du der Bote des Todes und gekommen, um mich endlich zu holen? Mach schnell, ich warte schon lange auf dich.«
Talita war erleichtert, dass sie die Stimme einer alten Frau vernahm. Sie entspannte sich etwas.
»Ich bin kein Todesbote«, sagte sie. »Ich bin Talita, die Tochter von Anjala, der Weberin. Wer bist du und wie lange bist du schon hier?«
»Ich habe die Tage und Nächte nicht gezählt«, erwiderte die Alte. »Hier im Kerker werden die Minuten zur Ewigkeit. Ich bin Saskandra.«
Talita schnappte überrascht nach Luft. Die berühmte Saskandra, Zaidons beste Seherin! Konnte das sein? Talita hatte immer gedacht, dass Zaidon große Stücke auf sie hielt. Warum war sie hier im Verlies gelandet?
»Ich bin in Ungnade gefallen«, sagte Saskandra, ohne dass Talita ihre Frage ausgesprochen hatte. »Ich kann schlecht lügen und habe unserem Herrscher leider sagen müssen, dass seine Hochzeit nicht stattfinden wird. Meine Worte waren mein Unglück.

Ich hätte besser den Mund halten sollen, aber auch eine Seherin handelt nicht immer klug. So muss ich nun für meine Dummheit büßen. – Und was hast du angestellt, dass Zaidon dich in den Kerker geworfen hat? Deine Stimme klingt sehr jung.«
»Ich bin dreizehn«, antwortete Talita. »Und man hat mich gefangen genommen, weil ich gegen das dreizehnte Gebot verstoßen habe.«
»Dreizehn und das dreizehnte Gebot.« Saskandra lachte trocken. »Das klingt beinahe, als hätte es so sein sollen. Dann hast du die *Morgenröte* gesehen, das Festmahl der Haie?«
»Du weißt … Bescheid?« Talita schluckte.
»Ich bin zwar blind, doch dafür funktionieren meine anderen Sinne umso besser, Tochter der Weberin. Wenn du ein wenig näher zu mir herüberrutschst, kann ich deine Hand anfassen und dir die Zukunft voraussagen. Vorausgesetzt, du hast keine Angst, dass du dir von mir Ungeziefer holst. Aber wenn die Flohstiche jucken, merkt man wenigstens noch, dass man am Leben ist.« Wieder lachte Saskandra.
»Du kannst mir wirklich die Zukunft voraussagen?«, fragte Talita neugierig.
»Natürlich. Was glaubst du, was ich all die Jahre gemacht habe? Komm schon, Kleine, gib mir deine Hand.«
Talita biss sich auf die Lippe. Was, wenn Saskandra ihr prophezeite, dass sie hier im Kerker ihre letzten Tage verbringen würde?
Egal, dachte Talita. Ich will wissen, was mir bevorsteht.
Vorsichtig tastete sie sich über den Boden an Saskandra heran. Einmal spürte sie unter ihren Fingern eine haarige Spinne.

Angewidert zog sie die Hand zurück. Dann endlich ertastete sie den Arm der alten Frau. Er fühlte sich kühl an, fast so wie der Arm einer Toten, aber gleich darauf griffen Saskandras Finger nach Talitas Hand, und diese Finger packten noch erstaunlich kräftig zu.
»Gib mir deine rechte Hand, meine Liebe.« Saskandra knetete Talitas Haut und befühlte ausführlich ihre Handfläche. »Hm«, murmelte sie, »hm … ja … so … Das dachte ich mir …«
»Und?« Talita wurde ungeduldig. »Was siehst du? Was wird mit mir passieren?«
»Nicht so hastig, Weberstochter! Ich sehe … einen jungen Mann, er ist blond … Oh ja, ich merke, dass dein Herz schneller schlägt, er ist dir wohl nicht gleichgültig … Er rettet dich … Stopp … die Zeit … Das könnte schon passiert sein … das Ereignis liegt in der Vergangenheit, stimmt's?«
»Ja«, flüsterte Talita, beeindruckt von Saskandras hellseherischen Fähigkeiten. »Es gibt tatsächlich einen jungen Mann. Er hat mich gestern gerettet … Ich wurde nämlich verfolgt …«
»Und du hast dich ein bisschen in deinen Retter verliebt.«
»Das weiß ich nicht«, murmelte Talita, aber im selben Moment wurde ihr klar, dass Saskandra recht hatte.
»Du wirst ihn wiedersehen«, sagte Saskandra. Talita hörte an ihrer Stimme, dass sie lächelte.
»Wann?«, fragte sie atemlos. Bedeutete das, dass sie nicht in diesem Verlies sterben musste? Oder würde Zaidon auch Mario gefangen nehmen lassen und sie gemeinsam hinrichten?
»Bald«, murmelte Saskandra. Ihre Stimme wurde tiefer und monoton, und Talita lief ein Schauder über den Rücken.

»Einer, der fremd ist,
wird den Vulkangott wecken.
Sobald der Gott des Feuers erwacht,
sind die Tage von Atlantis gezählt.
Sein Zorn kommt über die Stadt.
Das Meer beginnt zu kochen.
Paläste versinken in den Fluten
und der Tod macht alle gleich.«

Atlantis würde untergehen und die Stadt zerstört werden! Genau dasselbe hatte Mario auch gesagt! Doch Saskandras Prophezeiung hörte sich so an, als stünde die Katastrophe unmittelbar bevor. Wer war der Fremde, der das Unglück auslöste? War es am Ende Mario, der Junge aus der Zukunft? Talita klammerte sich an Saskandras Arm.

»Wann wird das sein, Saskandra? Wie viel Zeit bleibt uns noch?«

Doch die Seherin gab keine Antwort. Die Prophezeiung hatte sie erschöpft und die alte Frau war in Schlaf gesunken.

Talita ließ Saskandra los und rutschte ein Stück zur Seite. Sie überlegte, was passieren könnte. Würde sie Mario wirklich wiedersehen? Hoffnung keimte in ihr. Sie malte sich aus, wie Mario die Wachen niederschlagen und die Tür des Kerkers aufschließen würde.

»Komm mit, Talita!«, würde er sagen, sie an der Hand fassen und mit ihr den Gang entlangrennen, bis sie den Weg in die Freiheit gefunden hatten. Am Hafen würden sie in ein Boot springen und von Atlantis wegrudern; sie würden von Weitem sehen, wie die Stadt unterging …

Talitas Tagtraum war abrupt zu Ende. Nein, so würde es bestimmt nicht sein. Mario und Sheila kamen aus der Zukunft und sie hatten hier einen wichtigen Auftrag zu erfüllen. Mario würde Atlantis bestimmt nicht verlassen, ehe er gefunden hatte, wonach er suchte.
Und bei ihrem Traum hatte Talita Anjala und Brom völlig außer Acht gelassen. Selbst wenn sie tatsächlich mit Mario in einem Boot fliehen würde, dann nicht ohne ihre Mutter und ihren Bruder! Wenn die beiden beim Untergang von Atlantis umkamen, würde Talita keine glückliche Minute mehr haben!
Und Sheila durfte natürlich auch nicht sterben!
»So ein Quatsch!«, sagte Talita ärgerlich, während die Seherin neben ihr laut schnarchte.
Saskandras Worte hatten sie ganz durcheinandergebracht. Wahrscheinlich war die Alte durch den Aufenthalt im Kerker längst wirr im Kopf und faselte einfach nur dummes Zeug. Der Gott des Vulkans! Dass hier irgendwo ein Vulkan sein sollte, davon hatte Talita noch nie etwas gehört. Vermutlich hatte Saskandra irgendwelche alten Sagen und Märchen mit der Realität verwechselt …
In diesem Moment ertönten draußen auf dem Gang Schritte. Talita hielt den Atem an. Brachte man ihnen jetzt etwas zu essen? Oder kam man, um sie zu holen? Sie lauschte angestrengt.
Die Schritte wurden lauter und sie hörte, wie jemand vor der Tür stehen blieb. Leise klirrten Schlüssel. Talita erwartete, dass einer von ihnen ins Schloss gesteckt würde. Doch nichts geschah. Talita glaubte schon, sie hätte sich alles nur eingebildet, doch nach

zwei oder drei Minuten klirrte der Schlüsselbund wieder leise und die Schritte entfernten sich. Talita krallte sich an der Wand fest und fragte sich, wer da vor der Tür gestanden und was er damit bezweckt hatte. Hatte er gehofft, ein Gespräch zu belauschen? Vielleicht hatte er auch gedacht, dass sie an der Tür kratzen und um Gnade flehen würde.
Ratlos starrte Talita durch die Dunkelheit.
So viele Fragen und keine einzige Antwort.

»Du wolltest mit mir sprechen?« Zaidon saß wie üblich auf seinem prunkvollen Thron und seine Augen musterten Fenolf voller Neugier. Eigentlich war jetzt nicht die Zeit für Audienzen, doch Zaidon war Fenolfs Bitte gleich nachgekommen und hatte ihn empfangen. »Nun, was gibt's?«
Fenolf hatte sich vorgenommen, sich nicht nervös machen zu lassen, obwohl er mit diesem Gespräch seine ganze Zukunft aufs Spiel setzen würde. Doch er war bereit, dieses Risiko auf sich zu nehmen. Das war er Anjala schuldig. Er musste alles tun, um ihre Tochter zu retten.
»Ich hörte, dass es eine neue Gefangene gibt. Ein dreizehnjähriges Mädchen.«
Zaidon krauste die Stirn, als müsste er sich erst besinnen. »Ach ja, du meinst bestimmt diese schmutzige Muschelsucherin. Was ist mit ihr?«
»Ich möchte dich bitten, sie freizulassen«, sagte Fenolf und verschränkte die Hände auf dem Rücken. Vor Anspannung knotete er die Finger ineinander.
»Und warum sollte ich das tun?«, fragte Zaidon verwundert.

»Das Mädchen hat den Tod verdient, es hat gegen das dreizehnte Gebot verstoßen.«

»Aber sie ist noch ein Kind«, protestierte Fenolf.

»Sie hat etwas gesehen, was nicht für ihre Augen bestimmt war. Und wer gegen die Regeln verstößt, wird bestraft, egal wie alt er ist«, entgegnete Zaidon und Fenolf hörte die Härte in seiner Stimme. »Einen Staat regieren kann man nur, wenn es klare Anweisungen und Konsequenzen gibt.«

Konsequenzen, die die Bevölkerung einschüchtern und ängstigen, dachte Fenolf.

»Meine Untertanen sollen mich respektieren und meine Vorschriften achten«, fuhr Zaidon fort. »Strenge ist das einzige Mittel, um die Leute im Zaum zu halten. Würde ich Ausnahmen machen, ginge bald alles drunter und drüber.«

»Aber das Mädchen ist dreizehn«, entgegnete Fenolf. »Wie kann sie da für dich eine Bedrohung darstellen? Sie stammt aus einfachen Verhältnissen und unterstützt ihre Mutter, indem sie Muscheln sucht. Sie ist bestimmt nicht gefährlich für dich.«

»Aber sie könnte reden und Gerüchte verbreiten, die meinem Ansehen schaden«, sagte Zaidon. Seine grünen Augen fixierten Fenolf. »Warum interessierst du dich eigentlich so für dieses Mädchen?«

Fenolf nahm all seinen Mut zusammen. Er durfte Anjala nicht länger verleugnen.

»Ich bin mit einer Frau aus der Unterstadt zusammen«, sagte er. »Sie ist die Mutter des gefangenen Mädchens.« Nervös wartete er auf Zaidons Reaktion.

Zaidon ließ sich ein paar Sekunden Zeit, bevor er antwortete. »Kontakte zur Unterstadt sind nicht erwünscht, das weißt du. Du hast es heimlich getan, damit niemand etwas bemerkt.«
»Ja«, gab Fenolf zu.
»Das war klug von dir. So was muss auch geheim bleiben.« Zaidon lächelte. »Mir ist bekannt, dass es auch in der Unterstadt hübsche Frauen gibt. Für ein paar Vergünstigungen sind sie schnell bereit, sich ein bisschen *nett* zu zeigen.«
»Ich habe sie nicht *gekauft*«, stellte Fenolf richtig, aber Zaidon überhörte seinen Einwand.
»Warum hast du mir nicht gesagt, dass du dich vergnügen möchtest?«, fragte der Herrscher. »Ich kenne einige sehr schöne Frauen, die gern bereit sind, dir die Zeit zu vertreiben.«
»Es ist anders, als du denkst.« Fenolf bemühte sich, ruhig zu bleiben. »Es geht mir nicht darum, mich zu amüsieren. Ich liebe diese Frau. Es ist die Weberin Anjala, die Melusas Hochzeitskleid fertigt. Als ich sie zufällig am Strand gesehen habe, hatte ich das Gefühl, als wäre ich vom Blitz getroffen worden.«
»Vom Blitz getroffen.« Zaidon lachte laut. »Das ist gut! Danach ist man gewöhnlich krank oder ganz tot.«
»Aber –«, setzte Fenolf an, doch Zaidon ließ ihn nicht zu Wort kommen.
»Mach dir keine Gedanken, Fenolf. Ich werde dir keine Steine in den Weg legen, weil du hin und wieder ein paar Stunden mit dieser Frau verbringst. Irgendwann wirst du wieder zur Vernunft kommen und merken, dass sie kein passender Umgang für dich ist. Liebe vergeht!«
»Es ist anders«, widersprach Fenolf.

»Ja, das denkt man jedes Mal.« Zaidon stand von seinem Thron auf und klopfte Fenolf auf die Schulter. »Ich weiß, du bist ein vernünftiger Mann und wirst einsehen, dass ich recht habe.«

Fenolf schwieg, dabei hatte er noch so viel auf dem Herzen. Er hätte Zaidon gerne klargemacht, dass er sich jetzt schon für Brom und Talita verantwortlich fühlte, als wären es seine eigenen Kinder. Aber Fenolf sah ein, dass Zaidon dafür nicht das geringste Verständnis haben würde. Es hatte keinen Zweck, die Fürsprache für Talita fortzusetzen. Damit würde Fenolf höchstens das Gegenteil erreichen.

Während Zaidon das Thema wechselte und anfing, von seinen Hochzeitsvorbereitungen zu reden, überlegte Fenolf fieberhaft, wie er Talita helfen konnte. Es musste doch eine Möglichkeit geben! Vielleicht ließen sich die Wächter bestechen. Fenolf erinnerte sich an den Skandal vor zwei Jahren. Damals waren aus den Verliesen einige Gefangene entkommen. Zaidon hatte die Wächter wieder und wieder verhört, aber nie herausgefunden, wer seine Pflicht vernachlässigt hatte. Daher hatte er sie alle mit hundert Peitschenhieben bestraft. Fenolf war sicher, dass manche Wächter Zaidon seither hassten und ihre Arbeit nur noch taten, weil sie das Geld brauchten. Fenolfs Stimmung hellte sich ein wenig auf. Möglicherweise konnte er sich tatsächlich den Schlüssel zu Talitas Gefängnis beschaffen. Dann musste er sie heimlich wegbringen – an einen sicheren Ort.

»... ein Fest sein, wie man es noch nie gesehen hat«, sagte Zaidon in Fenolfs Gedanken hinein. »Atlantis wird schließlich eine Fürstin bekommen, die schöne Melusa.« Er lächelte. »Sie soll so schön sein, dass sich jeder Mann, der sie sieht, in sie verliebt. Aber sie wird nur mir gehören.«

Fenolf riss sich zusammen. Wenn man ihm nicht richtig zuhörte, konnte Zaidon sehr zornig werden.

»Und wenn sie dir gar nicht gefällt?«, fragte Fenolf. »Du hast sie ja noch nie gesehen.«

Zaidon lachte. »Sie wird trotzdem meine Frau sein und mich auf Empfängen und bei Feierlichkeiten begleiten. Glaub mir, jeder Mann wird mich um sie beneiden.«

»Und wenn sie unausstehlich ist?«, warf Fenolf ein.

»Dann wird die Fürstin eben eines Tages einen Unfall haben.« Zaidon lächelte dünn. »Und nach angemessener Trauerzeit werde ich eine andere Frau heiraten. Mach dir keine Sorgen um mich, mein treuer Fenolf.«

Ich mache mir keine Sorgen um dich, sondern um Melusa, dachte Fenolf. *Du bist gewohnt, dir alles zu nehmen, was du willst. Du hältst dich für den Mittelpunkt der Welt.*

»Übrigens muss ich mich auch nach einer neuen Seherin umschauen«, sagte Zaidon unvermittelt.

»Warum? Ist Saskandra krank?« Fenolf erinnerte sich, dass er die blinde Seherin schon längere Zeit nicht mehr gesehen hatte. Früher war sie oft im Palast gewesen.

»Vielleicht krank im Kopf, wenn du es so nennen willst«, erwiderte Zaidon. »Sie wird mit dem Alter immer halsstarriger. Ich lasse sie ersetzen.«

Fenolf zuckte innerlich zusammen. Seiner Meinung nach war Saskandra außergewöhnlich gut. Ihre Vorhersagen trafen fast immer ein, während andere Wahrsagerinnen mit ihren Prophezeiungen oft danebenlagen oder nur sehr vage Angaben machten. »Wo ist Saskandra jetzt? Was ist mit ihr geschehen?«

»Was kümmert dich diese Alte?«, gab Zaidon zurück. »Sie hat ihr Leben gelebt. In den letzten Jahren hat sie es hier im Palast besser gehabt, als sie es verdient hat. Das ist ihr offenbar zu Kopf gestiegen.«

Fenolf befürchtete das Schlimmste. »Hast du sie in den Kerker werfen lassen?«

Zaidon sah ihn direkt an. Seine smaragdgrünen Augen funkelten. »Sie hat behauptet, dass keine Hochzeit stattfinden wird. Soll ich mir solche Bosheiten etwa gefallen lassen?«

Fenolf schluckte. Er konnte sich vorstellen, dass Zaidon sich geärgert hatte, da er im Moment an nichts anderes dachte als an sein prunkvolles Hochzeitsfest. »Warum sollte Saskandra dich anlügen? Vielleicht überlegt Melusa es sich anders und kehrt mitten auf dem Meer um. Oder sie hat einen Unfall und das Schiff geht mit ihr unter.«

»Nicht das Schiff geht unter«, sagte Zaidon bitter. »Saskandra hat mir geweissagt, dass Atlantis untergehen wird. Mein Reich soll untergehen! Das ist ungeheuerlich!«

»Untergehen?« Fenolf runzelte die Stirn. Wie meinte Saskandra das? Glaubte sie, dass der Stadtstaat im Meer versinken würde, oder hatte sie es eher im übertragenen Sinn gemeint? Es könnte auch bedeuten, dass Zaidons Einfluss schwächer werden und seine Macht allmählich schwinden würde.

»Unsinn.« Fenolf lächelte leicht, aber seine Unterlippe zitterte vor Nervosität. »Niemand wird dich stürzen. Deine Stellung ist auf Jahre hinaus gefestigt. Jeder unterstützt dich.«

»Es gibt Leute, die meinen Regierungsstil kritisieren«, sagte Zaidon sachlich.
»Davon weiß ich nichts«, log Fenolf.
»Jedenfalls kann ich nicht riskieren, dass Saskandras Prophezeiung bekannt wird«, entgegnete Zaidon. »Jemand, der meinen Sturz plant, würde durch solche Worte ermutigt und in seinem Vorhaben bestätigt werden. Oder die Prophezeiung bringt ihn überhaupt erst auf so eine Idee.«
»Ist Saskandra tot?«, fragte Fenolf vorsichtig.
»Noch nicht. Dieses alte Weib ist zäher, als ich gedacht habe. Wider Erwarten hat sie die Tage im Verlies bisher überstanden. Wenn sie nächste Woche noch immer lebt, werde ich nachhelfen lassen.« Zaidon holte tief Luft. »Aber jetzt wieder zu meinen Hochzeitsvorbereitungen. Ich habe eine begabte Tänzerin hier, die mir eine Tanzgruppe aus jungen, hübschen Mädchen zusammenstellen wird. Dieser Tanz der Meereswandlerinnen soll halb an Land, halb im Wasser stattfinden – mit Feuerwerk und schönen Lichteffekten und natürlich mit prächtigen Kleidern … Ach ja, Stichwort Kleid. Deine *Freundin* aus der Unterstadt wird doch rechtzeitig fertig werden mit dem goldenen Hochzeitsgewand aus Muschelseide? Das hatte ich nämlich nicht bedacht, als ich ihre Tochter gefangen nehmen ließ.«
Als Zaidon spöttisch lachte, fühlte Fenolf, wie der Hass in ihm aufstieg.
»Sicher wird Anjala mit dem Kleid fertig werden«, sagte er und ballte auf dem Rücken die Hände zu Fäusten. »Sie ist die beste Weberin.«
»Gut. Ich hatte schon befürchtet, sie weint sich jetzt nur noch

die Augen aus und macht keinen einzigen Handschlag mehr.«
Zaidon dämpfte seine Stimme. Sein Gesicht näherte sich dem Fenolfs. »Du kannst ihr ausrichten, dass sie das Schicksal ihrer Tochter teilen wird, wenn sie das Kleid auch nur eine Stunde zu spät abliefert.«
Fenolfs Miene blieb unbeweglich. Er hatte große Lust, sich auf Zaidon zu stürzen, doch er beherrschte sich. »Ich werde es Anjala sagen. – Keine Sorge, Melusa wird ihr Hochzeitskleid rechtzeitig bekommen.«

12. Kapitel
Ein gefährlicher Plan

Sheila merkte, wie nervös Anjala aus Sorge um Talita war. Ihre Hände zitterten, als sie das Weberschiffchen hin- und herbewegte.
»Ich würde verrückt werden, wenn ich nichts zu tun hätte«, sagte sie, während sie den gewebten Stoff prüfte. »Schau mal, ist meine Arbeit noch so gleichmäßig wie sonst? Ich habe das Gefühl, dass ich nicht besonders konzentriert bin.«
Sheila besah sich das Webstück, konnte aber keine Fehler oder Unregelmäßigkeiten entdecken.
»Das ist völlig in Ordnung«, meinte sie.
Anjala hob den Kopf. Ihre Miene war angespannt. Sie stand von ihrem Webstuhl auf und ging unruhig umher.
»Ihr solltet schlafen gehen«, sagte Sheila und unterdrückte mühsam ein Gähnen.
»Du hast recht«, erwiderte Anjala erschöpft. »Das ist das Vernünftigste. Heute taucht Fenolf sicher nicht mehr auf. Wahrscheinlich konnte er nicht so schnell eine Audienz bei Zaidon bekommen. Dabei hatte ich es so sehr gehofft.« Sie senkte den Kopf und ging dann in den Nebenraum, um die meisten Öllichter auszublasen.
Es war später Abend. Brom quengelte und weinte vor Müdigkeit, weigerte sich aber, schlafen zu gehen, bevor Talita nicht zurück war. Schließlich schlief er im Sitzen ein und Sheila und Mario trugen ihn vorsichtig zu seinem Lager.

»Ihr sagt mir aber gleich Bescheid, falls es heute Nacht klopft«, sagte Anjala zu den beiden, bevor sie sich selbst hinlegte.
»Klar«, versprach Mario.
»Ich werde bestimmt kein Auge zutun.« Anjala seufzte. »Gute Nacht.« Sie zog den Vorhang hinter sich zu.
Mario und Sheila unterhielten sich leise, als sie nebeneinander auf dem Boden lagen. Sie hatten ein schlechtes Gewissen, weil sie mit ihrer eigentlichen Aufgabe noch kein Stück weitergekommen waren.
»Wir haben nicht einmal den allerkleinsten Hinweis, wonach wir überhaupt suchen sollen«, murmelte Sheila niedergeschlagen. »Und jetzt auch noch die Sache mit Talita. Wenn wir nur wüssten, wie wir ihr helfen können.«
»Falls wir morgen nichts von Fenolf hören, mache ich mich auf die Suche«, erklärte Mario. »Ich werde herausfinden, wohin man Talita gebracht hat.«
»Ich komme mit«, sagte Sheila und dachte mit klopfendem Herzen daran, dass sie sich in Atlantis überhaupt nicht auskannten. Aber irgendwie würden sie sich schon zurechtfinden. Sie berührte das Amulett, das um ihren Hals hing. Es war aus demselben Material wie der Weltenstein und steckte voller Magie. Mithilfe des Amuletts konnte sie sich in einen Delfin verwandeln. Vielleicht konnte das Amulett ja noch mehr … Sheila erinnerte sich daran, wie sie bei ihrer Reise durch die Weltmeere allmählich gelernt hatte, mit Magie umzugehen. Ob ihr dieses Wissen jetzt auch nützte?
»Woran denkst du?«, fragte Mario.
»An Magie«, antwortete Sheila. »Zaidon hat doch den Welten-

stein aus Talana mitgenommen und mit seiner Hilfe Atlantis gegründet. Er muss hier irgendwo den Stein aufbewahren. Wenn wir ihn finden und seine Magie benutzen, dann können wir vielleicht Talita damit befreien. Und der Weltenstein hilft uns bestimmt auch, herauszubekommen, wonach wir eigentlich suchen sollen.«

»Du und dein Hang zur Zauberei.« Marios Stimme klang etwas genervt. »Du weißt doch genau, was passieren wird. Der Weltenstein bekommt mehr und mehr Macht über dich und verdirbt dich. Dann kannst du nur noch an Magie denken. Hast du das schon vergessen?«

»Ach, so schlimm war das gar nicht«, spielte Sheila die Sache herunter, obwohl sie wusste, dass Mario recht hatte. Es hatte sie stolz gemacht, wenn es ihr gelungen war, Dinge durch Zauberei zu verändern. Sie hatte das Gefühl von Macht gekostet – und war richtig süchtig danach geworden.

»Zaidon versteckt den Weltenstein bestimmt in seinem Palast«, sagte Mario. »Genau wie das andere *Ding*, das wir suchen sollen. Vielleicht gibt es eine Art Tresor. Oder einen Schrein.«

»Hm«, machte Sheila nur. Plötzlich setzte sie sich auf. »Ich habe eine Idee, Mario. Spy! Er hat doch noch die sieben magischen Steine verschluckt, die wir auf unserer Reise durch die Meere gefunden haben. Die Steine haben unterschiedliche Eigenschaften, erinnerst du dich? Einer ist beispielsweise ein Heilstein. Vielleicht gibt es ja auch einen Stein, der uns bei der Suche hilft oder der Tore öffnen kann.«

»Oh Mann, Sheila.« Mario stützte sich auf seinen Ellbogen. »Mir wäre es lieber, du würdest nicht so sehr auf ein magisches Wun-

der setzen. Wir müssen unser Problem anders lösen. Talita ist entführt worden und wird wahrscheinlich gefangen gehalten. Das heißt, es gibt einen Schlüssel, und wir müssen überlegen, wie wir an diesen Schlüssel kommen.«
»Warum bist du denn so dagegen?«, regte sich Sheila auf. »Du bist bloß neidisch, weil ich besser mit Magie umgehen konnte als du. Und jetzt willst du den Helden spielen, nur damit du Talita beeindrucken kannst. Glaubst du etwa, mir ist nicht aufgefallen, wie sie dich angehimmelt hat, nachdem du sie gerettet hattest?«
»Stimmt gar nicht.«
»Stimmt wohl! Sie hat mich sogar gefragt, ob wir beide zusammen wären.«
»Ach, bist du jetzt eifersüchtig auf Talita, oder was?«, fragte Mario. »Was soll das?«
»Quatsch! Ich bin überhaupt nicht eifersüchtig.« Sheila kochte innerlich vor Wut.
»Dann kannst du ja endlich mit so blöden Behauptungen aufhören.« Mario legte sich wieder hin, zog die Decke hoch und drehte sich zur Seite. »Gute Nacht.«
Sheila schnappte vor Empörung nach Luft und starrte seinen Rücken an. Am liebsten hätte sie Mario gerüttelt. So konnte er doch nicht mit ihr umgehen!
»Mario?«
Keine Antwort. Sheilas Herz klopfte noch schneller.
»Dann eben nicht«, sagte sie, legte sich hin und drehte ihm den Rücken zu.
Trotz ihrer Müdigkeit war sie hellwach. Sie war ungeheuer sauer

auf Mario. Sie konnte sich gar nicht erinnern, dass sie sich schon einmal so gestritten hatten. Klar, sie waren beide momentan sehr angespannt, aber musste er sie deswegen immer kritisieren? Sie suchte doch nur nach einer Lösungsmöglichkeit, und wenn Magie zum Ziel führte, warum nicht? Sheila grübelte und versuchte sich zu erinnern, welche magischen Steine Spy in seinem Bauch trug. Sie wusste noch, dass alle zusammen – in der Farbabfolge des Regenbogens angeordnet und in den goldenen Gürtel eingefügt – das Tor zu Talana öffnen konnten.

Vor ihrem geistigen Auge erschien der regenbogenfarbene Tunnel. Die Farben schillerten, während sich das Innere des Tunnels wie eine Spirale drehte. Plötzlich erschien am anderen Ende eine Gestalt in einem dunkelblauen Gewand. Als sie näher kam, erkannte Sheila Irden. Der Magier lächelte sie an.

»Du und Mario, ihr seid durch eine Prophezeiung miteinander verbunden«, sagte er. »Vergiss das nie.«

Sheila fühlte auf einmal neue Zuversicht. Sie blinzelte. Der Tunnel verschwand und vor ihr an der Wand flackerte nur noch ein kleines Öllämpchen. Ihr wurde klar, dass sie für einen Moment eingenickt gewesen war. Trotzdem blieb das tröstliche Gefühl bestehen. Sie kuschelte sich in die Decke. Irden traute ihnen zu, dass sie diese Aufgabe erfüllen und Talana retten würden – Mario und sie. Sheila erinnerte sich daran, welche Abenteuer sie erlebt hatten. Sie hatten selbst aussichtslose Situationen überstanden, weil sie zusammengehalten hatten. Echte Freundschaft verkraftete auch einmal einen Streit.

Sie drehte sich zu Mario um und betrachtete seinen Rücken. Als hätte er ihren Blick gespürt, wandte er sich wenig später ebenfalls

um. Stumm sahen sie einander an. Dann kam Marios Hand unter der Decke hervor und griff nach Sheilas Hand.
»Verzeih mir«, sagte er. »Es war nicht so gemeint.«
»Bei mir auch nicht«, murmelte Sheila und erwiderte den Druck seiner Finger. »Es tut mir leid.«

Anjala sah am nächsten Morgen schrecklich aus. Sie hatte dunkle Ringe unter den Augen und ihre Nase war rot und geschwollen. Wahrscheinlich hatte Talitas Mutter die ganze Nacht wach gelegen und geweint.
Als sie frühstücken wollten, klopfte es. Alle saßen wie erstarrt. Dann stand Anjala auf und ging zur Tür.
»Wer da?«, fragte sie vorsichtig.
»Ich bin's, Fenolf. Mach auf.«
Anjala schob den Riegel zurück und Fenolf trat ein. Er trug wieder seinen dunklen Mantel mit der Kapuze, die er jetzt hastig zurückstreifte. Dann nahm er Anjala in die Arme und hielt sie fest.
»Ich habe einen Plan, doch dafür brauche ich Hilfe.« Er warf einen zögernden Blick zu Sheila und Mario.
»Du kannst offen reden, ich vertraue den beiden«, sagte Anjala.
Sheila sah, wie Anjala zitterte, während Fenolf berichtete, dass er bei Zaidon nichts erreicht hatte.
»Aber ich hatte es auch nicht anders erwartet. Jedenfalls weiß ich inzwischen, dass Talita noch am Leben ist und wohin man sie gebracht hat«, sagte er am Ende.
Er zog eine große Rolle unter seinem Mantel hervor, löste eine

Schnur und breitete das Pergament auf dem Tisch aus. Auf dem Bogen war ein Gewirr aus Strichen und Symbolen zu sehen.
»Was ist das?«, fragte Anjala.
»Eine Karte der Tunnel und Abwasserkanäle von Atlantis«, antwortete Fenolf. »Ich habe meine Stellung als Wesir ausgenutzt und bin in das Büro des Baumeisters gegangen. Dort habe ich behauptet, dass manche Kanäle offenbar schadhaft seien und sich die Beschwerden in der Oberstadt häuften. Außerdem würde es im Palast stinken. Und ich hätte die Aufgabe, das Tunnelsystem zu überprüfen und herauszufinden, wo die Schwachstellen sind. So bin ich an diese Karte gekommen.«
»Und was nützt sie uns?«, wollte Anjala mit schwacher Stimme wissen.
Fenolf zog wortlos ein zweites Pergament aus seinem Mantel und entrollte es. Die Haut war so dünn, dass man hindurchsehen konnte. Auf diesem Pergament waren Räume und Gänge eingezeichnet.
Fenolf legte die zweite Karte auf die erste. Die Zeichnung der unteren Karte schimmerte hindurch und Sheila konnte sehen, dass sich manche Linien deckten.
»Hier ist das Gefängnis mit den Verliesen.« Fenolf tippte auf eine Stelle. »Talita befindet sich wahrscheinlich in diesem Trakt. Ich werde mir den Schlüssel besorgen. Es ist jedoch zu gefährlich, Talita nach oben zu bringen. Dort wimmelt es von Wächtern. Sie würden uns sofort bemerken. Vor zwei Jahren sind vier Gefangene ausgebrochen, seither hat Zaidon die Anzahl der Wachen verdoppeln lassen.« Er zeigte auf mehrere Linien. »Die einzige Chance ist, Talita über einen dieser Kanäle hinauszuschmuggeln.«

Anjala nickte. Ihr Gesicht war sehr blass. »Ich will alles tun, um Talita zu helfen«, flüsterte sie.
»Nein.« Fenolf blickte sie an. »Du wirst hierbleiben und an Melusas Hochzeitskleid weiterarbeiten. Und Brom wird dir Gesellschaft leisten.« Er schaute zu Mario und Sheila. »Ich brauche einen mutigen Helfer«, sagte er. »Jemanden, der bereit ist, alles zu riskieren.«
»Ich«, sagte Mario sofort.
»Ich auch«, fiel Sheila gleich ein.
»Einer von euch genügt«, sagte Fenolf. Sein Blick ruhte auf Mario. »Ich bin nicht sehr geübt darin, mich in einen Delfin zu verwandeln. Ich habe es seit Jahren nicht mehr getan, denn ich fühle mich an Land einfach wohler als im Wasser. Aber diesmal wird es nicht anders gehen. Ich hole mir den Schlüssel zu Talitas Kerker und dann schwimmen wir vom Meer aus durch die Kanäle in den Palast. Das wird wahrscheinlich eine ziemlich eklige Angelegenheit werden.«
»Ich bin nicht empfindlich«, sagte Mario. »Ich kann einiges wegstecken.«
»Ich auch«, meinte Sheila, die bei der Befreiungsaktion unbedingt mitmachen wollte. Wenn sie im Meer schwammen, würden sie hoffentlich auch Spy treffen und sich zumindest kurz mit ihm unterhalten können. Dem armen Kerl war die Zeit bestimmt schon ziemlich lang geworden, so ganz ohne Nachricht von Sheila und Mario. Gerade erst gestern hatte Sheila mit Mario über Spy geredet und sie waren sich einig gewesen, dass sie unbedingt bald wieder mit ihm Kontakt aufnehmen mussten.
»Gut, dann kommst du auch mit«, sagte Fenolf jetzt zu Sheila.

»Du hältst vor dem Kanalzugang Wache, bis wir mit Talita zurückkommen, und passt auf, dass wir keinem Mondwächter in die Quere schwimmen. Das könnte sonst großen Ärger geben.«
Das war zwar nicht gerade das, was sich Sheila erhofft hatte, aber sie nickte. »In Ordnung.«
»Ihr seid wohl gute Freunde von Talita?«, fragte Fenolf. »Wo wohnt ihr normalerweise?«
»Im Moment wohnen sie bei mir.« Anjala berührte ihn am Arm. »Und manchmal ist es besser, nicht zu viele Fragen zu stellen.«
Fenolf runzelte die Stirn. »Ich verstehe. Es gibt also Geheimnisse … Keine Angst, ich verrate euch nicht. Talitas Freunde sind auch meine, egal wer ihr seid und woher ihr kommt.«
Sheila war erleichtert. Insgeheim hatte sie noch immer befürchtet, dass Fenolf ihnen Schwierigkeiten machen würde, wenn er herausfand, dass sie und Mario Fremde waren. Ob er etwas von dem rätselhaften Gegenstand wusste, den sie suchen sollten? Manchmal wünschte sich Sheila, einfach in den Kopf des anderen schauen und seine Gedanken lesen zu können.
»Wann soll die Befreiungsaktion stattfinden?«, fragte Anjala.
»So bald wie möglich«, erwiderte Fenolf. »Vielleicht noch heute.«
»Und wie kommst du an den Schlüssel?«, wollte Anjala wissen.
Ein Schatten überzog Fenolfs Gesicht. »Das werden wir sehen.«
Anjala presste die Lippen zusammen. Sheila sah, dass sie sich Sorgen machte. Auch sie hätte gern gewusst, wie sich Fenolf den Schlüssel beschaffen wollte. Würde er gegenüber den Gefangenenwärtern Gewalt anwenden müssen? Vielleicht bewahrte

Zaidon ja auch irgendwo einen Ersatzschlüssel auf, den Fenolf stehlen konnte. Auf alle Fälle würde Fenolf etwas Verbotenes tun, und wenn Zaidon herausfand, dass sich sein Wesir gegen ihn gestellt hatte, konnte es Fenolf den Kopf kosten.
Mario beugte sich inzwischen über die Karte und betrachtete das Gewirr aus Linien und Strichen, die das Kanalsystem von Atlantis darstellten.
»Wir müssen uns den Weg gut einprägen, denn die Karte können wir nicht mitnehmen«, sagte Fenolf. »Es gibt Kanäle, die Wasser in die Stadt leiten, und andere, die Wasser abführen. Leider kann man auf dem Plan nicht erkennen, um welche Kanäle es sich handelt. Das werden wir erst vor Ort sehen. Wenn wir durch einen Abwasserkanal in die Stadt gelangen, müssen wir gegen die Strömung schwimmen. Das wird anstrengend werden.« Er betrachtete Mario. »Du scheinst gut in Form zu sein.«
Mario nickte. »Ja, ich bin ziemlich fit.«
Sheila befürchtete, er könnte erzählen, dass er in den vergangenen Monaten als Delfin in der Wasserwelt Talana gelebt hatte.
Doch Mario sagte nur: »Ich habe viel trainiert in der letzten Zeit.«
»Das ist gut«, meinte Fenolf und legte ihm die Hand auf die Schulter. »Gemeinsam können wir es schaffen, Talita zu befreien.« Dann lächelte er Sheila zu. »Und du hältst uns inzwischen die Mondwächter vom Leib.«
Sheila überlegte, was leichter war: mit einem der monströsen Fische eine Diskussion zu führen und ihn abzulenken oder durch einen stinkenden Abwasserkanal zu schwimmen. Beides klang nicht gerade verlockend.

»Ich lasse die Karten hier«, sagte Fenolf. »Ich muss jetzt leider wieder in den Palast zurück, bevor meine Abwesenheit auffällt. Aber ihr hört bald von mir.«
Er umarmte Anjala, küsste sie und blickte ihr in die Augen. »Nur Mut, Anjala. Wir werden dir deine Tochter zurückbringen.«
»Hoffentlich«, erwiderte Anjala. Sie sah ihn liebevoll an. »Danke für alles, Fenolf.«

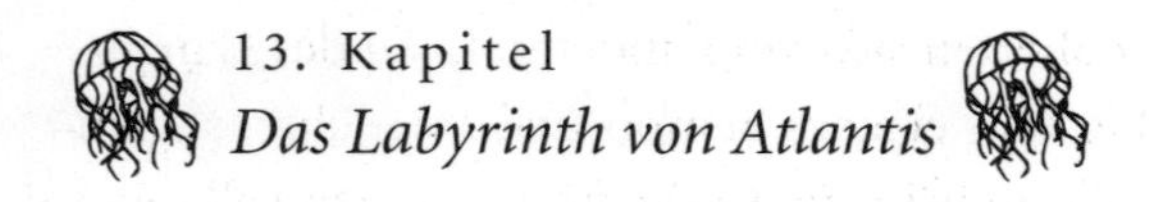

13. Kapitel
Das Labyrinth von Atlantis

Fenolf war aufgeregt. Sein Plan musste einfach gelingen. Er hatte sein Gesicht mit Ruß geschwärzt und die Kapuze tief ins Gesicht gezogen, um unterwegs nicht erkannt zu werden. In einer Innentasche seines Mantels steckte ein Lederbeutel voller Goldstücke – sein gesamter letzter Monatslohn. Für einen Gefangenenwärter musste die Summe ein Vermögen bedeuten – genug Geld, um sich irgendwo zur Ruhe zu setzen oder woanders neu anzufangen. Fenolf hoffte, dass sich der Wächter, der heute Abend Dienst hatte, mit dem Gold bestechen ließ.

In der anderen Innentasche seines Mantels steckte ein scharfes Messer. Nur für alle Fälle. Wenn der Wächter das Geld ablehnte, durfte Fenolf nichts riskieren. Womöglich würde der Mann sofort zu Zaidon rennen und ihm alles erzählen. Dann wäre alles verloren.

Fenolf spürte, wie der Schweiß auf seine Stirn trat. Er hoffte, dass es nicht zum Äußersten kommen würde. Hätte er länger Zeit gehabt, so hätte er vielleicht jemanden finden können, der das Schloss knackte. Aber je mehr Leute eingeweiht waren, desto größer war auch das Risiko des Verrats.

In den Gängen stank es furchtbar. Fenolf hatte das Gefühl, fast keine Luft mehr zu bekommen. Er war noch nie hier unten im Gefangenentrakt gewesen. Welches Elend spielte sich hinter den zahlreichen Türen ab! Es verschwanden so viele Menschen, die Zaidon aus irgendeinem Grund lästig geworden waren.

Da – Schritte! Sie näherten sich vom anderen Ende des Ganges. Fenolf verlangsamte sein eigenes Tempo und versuchte, seinen Atem unter Kontrolle zu bringen. Er durfte auf keinen Fall seine Aufregung zeigen, sondern musste sicher und selbstbewusst auftreten. Nur so konnte der Plan gelingen.
Einer spontanen Eingebung folgend, drückte sich Fenolf an die Wand, sodass seine Gestalt mit dem Schatten verschmolz. Er wartete, bis der Wächter näher gekommen war, dann trat er ihm plötzlich in den Weg.
»Bewachst du die Gefangenen?«
»He, wer bist du und was willst du?« Der Wächter hatte sofort die Hand an seinem Schwert.
»Wer ich bin, ist egal«, erwiderte Fenolf knapp. »Ich hörte, du bist ein kluger Mann.«
Der Wächter lachte leise. »So?«
»Zu schlau, um Tag für Tag hier deine Runden zu drehen.« Fenolf legte einen schmeichelnden Unterton in seine Stimme. »Unter der Erde. In diesem Gestank. Und besonders gut bezahlt ist deine Arbeit auch nicht.«
»Stimmt«, sagte der Wächter. »Ich krieg einen Hungerlohn. Aber warum kümmert dich das? Willst du etwa zu Zaidon gehen, auf den Tisch hauen und rufen: ›Bezahl deine Leute gefälligst besser!‹?«
»Das wäre eine Möglichkeit«, sagte Fenolf. »Die andere ist, dass du diesen Beutel nimmst, wenn du mir dafür einen kleinen Gefallen tust.« Er zog das Ledersäckchen mit den Goldstücken aus seiner Tasche.
Der Wächter griff gleich danach, aber Fenolf hielt das Säckchen fest.

»Kommen wir ins Geschäft?«
»Wie viel ist da drin?«
»Genug, um nie wieder Gefangene bewachen zu müssen«, sagte Fenolf.
»Und was willst du dafür?«, brummte der Wächter.
»Nur eine kleine Information. Und außerdem einen von deinen Schlüsseln.«
»Das geht nicht«, protestierte der Wächter sofort. »Ich bin verantwortlich für den Laden hier, und wenn einer ausbüxt, dann geht's mir an den Kragen.«
»Bis Zaidon deinen Kragen zu fassen bekommt, bist du längst weg.« Fenolf ließ die Goldstücke im Beutel klimpern. »Mit diesem Gold hier hast du die Chance auf ein neues Leben. Du kannst dir alle deine Wünsche erfüllen.«
»Verdammt, wer bist du?«
»Jemand, der ein Mädchen befreien will, das zu Unrecht hier im Kerker gelandet ist. Sie ist erst dreizehn und soll noch nicht sterben. Kennst du sie? Sie heißt Talita und ist gestern angekommen.«
Es dauerte endlos, bis der Wächter eine Entscheidung traf. Fenolf konnte sehen, wie er mit sich kämpfte.
»Ist es wirklich echtes Gold?«
»Du kannst dich überzeugen.« Fenolf öffnete den Lederbeutel und reichte dem anderen eine Münze. Der Wächter biss hinein.
»Gut. Es stimmt, was du gesagt hast.«
»Und?«
Der Mann holte tief Luft. »Die Kleine sitzt ein Stockwerk tiefer.

Ganz am Ende des Ganges, links. Wo die Mauer am meisten verschimmelt ist.«

Fenolf streckte die Hand aus. »Und jetzt will ich noch den Schlüssel.«

Umständlich zog der Wächter seinen schweren Schlüsselbund hervor und löste einen großen eisernen Schlüssel von dem Metallring.

»Der hier ist es.«

Fenolf steckte den Schlüssel ein. »Du hast nichts gesehen und nichts gehört. Dieses Gespräch hat nie stattgefunden! Heute Nacht wird die Gefangene verschwinden und es wäre schlau, wenn du dich bis morgen früh aus dem Staub gemacht hättest.«

Er gab dem Wächter den Ledersack mit den Goldstücken.

Der Mann steckte das Geld unter sein ledernes Wams. »Irgendwie kommst du mir bekannt vor. Ich habe dich bestimmt schon mal gesehen, aber ich weiß nicht, wo.«

»Darüber denkst du lieber nicht nach«, meinte Fenolf. »Am besten löschst du mich ganz aus deinem Gedächtnis.« Dann wandte er sich um und ging den Weg zurück, den er gekommen war.

»Wer beschafft mir die Muschelseide, wenn mein Vorrat wieder aufgebraucht ist?« Anjala prüfte ihr Weberschiffchen und blickte dann in den Korb, in dem die restliche Seide lag. »Das reicht niemals für das Hochzeitskleid.«

»Ich kann doch Muscheln suchen«, meldete sich Brom sofort. »Ich habe Talita oft geholfen und weiß, wie es geht.«

»Das wirst du auf keinen Fall«, sagte Anjala sofort. »Ich will mein zweites Kind nicht auch noch verlieren!«

Brom zog eine Schnute und Sheila legte den Arm um ihn. »Talita ist bestimmt bald wieder da«, sagte sie leise.
Anjala schüttelte den Kopf. »Wenn ihr sie befreit habt, darf sie auf keinen Fall hier auftauchen. Sobald Zaidon merkt, dass Talita verschwunden ist, wird er seine Leute sicherlich hierher schicken. Brom und ich, wir müssen so tun, als wäre Talita noch immer gefangen, und Talita braucht ein sicheres Versteck, möglichst weit weg von hier. Ich habe überlegt, wie wir am besten vorgehen. Ich werde meine Arbeit fertig machen und das Hochzeitskleid wie vereinbart abliefern. So schöpft niemand Verdacht. Sobald ich meinen Lohn bekommen habe, verschwinden auch Brom und ich. Wir werden zusammen mit Talita Atlantis verlassen. Fenolf kann uns vielleicht ein Schiff organisieren.«
Sheila nickte. Sie fand Anjalas Gedanken gut. Hoffentlich würde es tatsächlich gelingen, Talita zu befreien. Immer wieder sah Sheila zur Tür.
»Es wäre vielleicht klug, ihr würdet auch verschwinden«, fuhr Anjala fort. »Wenn meine Wohnung durchsucht wird und Zaidons Leute euch finden, könnte es unangenehm werden. Sicher wollen sie euch verhören und wissen, wer ihr seid.«
»Ja, Ihr habt recht«, sagte Mario, der auf dem Boden hockte und für Brom kleine Holzfiguren schnitzte, um sich die Wartezeit zu verkürzen. »Wir müssen unbedingt untertauchen.«
Sheila und Mario hatten die Pläne lange studiert und versucht, sich die Wege gut einzuprägen. Leider enthielten die Karten keinerlei Hinweis auf den geheimnisvollen Gegenstand, den sie suchen sollten. Sheila hatte die Zeichnungen immer wieder überprüft. Nirgends gab es eine Art Tresorraum oder eine andere

versteckte Kammer, die das Geheimnis enthalten konnte, das Zaidon aus Talana gestohlen hatte.
Sheila wollte von Mario wissen, ob Irden keine genaueren Angaben gemacht hatte. War der Gegenstand klein oder groß? Konnte man ihn in einer Kiste unterbringen oder benötigte man dazu einen ganzen Raum?
»Ich habe keine Ahnung«, hatte Mario geantwortet. »Ich nehme aber an, dass man mit ihm zaubern kann, denn Talana ist ja eine magische Welt. Und wenn Zaidon ihn für Atlantis braucht, dann muss er auch sehr mächtig sein.«
»Wir suchen also nach einem mächtigen magischen Gegenstand«, hatte Sheila laut überlegt. »Aber es geht nicht um den Weltenstein …«
»Bestimmt nicht. Das hätte Irden gewusst. Ich zerbreche mir auch schon die ganze Zeit den Kopf, was es sein könnte. Ich hatte gehofft, dass dir etwas einfällt. Du bist doch die Expertin für Magie.«
»Haha«, hatte Sheila erwidert. »Denkst du, in mir geht dann ein Alarm los, wenn wir uns dem Ding nähern?«
»Vielleicht.« Mario hatte gegrinst. »Ich baue jedenfalls auf das, was du immer dein Bauchgefühl nennst.«
Sheila hatte nicht genau gewusst, ob er es ernst meinte oder sie nur foppte. Aber möglicherweise war der Gedanke gar nicht so dumm. Seit dem Gespräch dachte sie immer wieder darüber nach, wo sie etwas verstecken würde, das magisch war, sehr mächtig und so wichtig, dass Atlantis ohne dieses Etwas nicht existieren konnte. Wenn man eine Stadt gründen wollte, dann brauchte man einen geeigneten Platz, einen festen Untergrund,

eine gute Lage, Wasser und Nahrung und Handelsverbindungen …

Es war wie verhext. Sie kam einfach nicht weiter!

Auch jetzt starrte sie wieder vor sich hin und hoffte auf eine zündende Idee. Sie war so in ihre Gedanken versunken, dass sie das leise Klopfen gar nicht hörte. Sie wurde erst aufmerksam, als Anjala von ihrem Webstuhl aufstand und zur Tür ging.

Fenolf huschte herein. Sheila hätte ihn fast nicht erkannt, denn auf seinem Gesicht waren noch Rußspuren.

»Es hat geklappt.« Er hielt einen großen Schlüssel hoch. »Ich habe ihn!«

Sheila hätte gern gewusst, auf welche Weise er sich den Schlüssel denn jetzt beschafft hatte, aber natürlich traute sie sich nicht, ihn zu fragen.

»Du musst ein Versteck für Talita suchen«, bedrängte Anjala Fenolf. »Ihr dürft sie nicht mehr hierher zurückbringen, das ist viel zu riskant.«

»Ein Versteck?«

»Du siehst schrecklich aus, Fenolf.«

Irritiert berührte er sein Gesicht und starrte dann auf seine rußige Hand. »Das habe ich ganz vergessen! Ich wollte nicht, dass mich der Wächter erkennt. – Hör zu, ich besitze ein kleines Häuschen im Westviertel. Mein Onkel hat es mir hinterlassen. Es hat einen großen Garten und liegt auf der Blaue-Felsen-Landzunge. Bis zum Strand ist es nur ein kleines Stück. Ich wollte das Haus eigentlich als Feriensitz nutzen, bin aber kaum dort gewesen. Es weiß auch praktisch niemand, dass mir dieses Haus gehört. Dorthin könnte ich Talita bringen.«

»Klingt gut«, sagte Anjala. »Können Sheila und Mario mitkommen? Dann wäre Talita nicht so einsam.«
»Ja, natürlich, für drei Personen ist das Häuschen groß genug.« Fenolf lächelte. »Ich habe schon überlegt, mit dir dort zu leben. Man müsste das Häuschen allerdings ein bisschen herrichten.«
Anjala strich behutsam über seine Wange. »Eine schöne Idee, aber ich glaube nicht, dass es geht. Wenn ich das Hochzeitskleid abgeliefert habe, möchte ich mit meinen Kindern Atlantis verlassen. Ich kann hier nicht weiterleben, Fenolf. Nicht, solange Zaidon hinter Talita her ist.«
»Ich verstehe.« Er drückte sie an sich. »Wir werden eine Lösung finden, Anjala, das verspreche ich dir.«
»Vielleicht werde ich in Zukunft selbst nach Muscheln tauchen«, sagte Anjala. »Wir könnten einen Treffpunkt bei den Blauen Felsen ausmachen und ich könnte wenigstens ab und zu mit Talita reden.«
»Dann musst du aber höllisch aufpassen, dass dir keiner folgt«, warnte Fenolf sie gleich. »Zaidon wird dir Späher hinterherschicken.«
»Ich weiß.« Anjala löste sich aus seinen Armen.
»Es wird Zeit, aufzubrechen.« Fenolf blickte auffordernd zu Mario und Sheila. »Seid ihr bereit?«
»Ja«, antworteten die beiden gleichzeitig.
Sheila spürte ein Prickeln im Bauch, eine Mischung aus Angst und Abenteuerlust. Sie war sicher, dass es Mario ähnlich erging.
»Ich hoffe, alles geht gut«, sagte Anjala und umarmte Sheila und

Mario zum Abschied. »Wir werden uns wiedersehen, davon bin ich überzeugt.«
Mario gab Brom einen leichten Knuff. »Mach's gut, Kleiner, und übe fleißig das Schnitzen. Ich habe dir ja gezeigt, wie es geht.«
Brom grinste.
Anjala öffnete die Tür und vergewisserte sich, dass der Gang leer war. Fenolf schlüpfte hinaus. Sheila und Mario folgten ihm.
»Habt ihr euch die Pläne gut eingeprägt?«, fragte er und zog wieder die Kapuze über den Kopf.
»Ja«, sagte Mario und Sheila nickte. »Ich muss nur die Augen schließen, dann sehe ich die Zeichnung ganz deutlich vor mir.«
Der Gang schien nicht mehr ganz so schlimm zu stinken wie bei ihrer Ankunft. Vielleicht war Sheilas Nase während ihres Aufenthalts auch unempfindlicher geworden. Trotzdem bildete sie sich ein, zwischen all den Gerüchen nach fauligem Fisch und anderen üblen Dingen ganz deutlich das Meer riechen zu können. Sie spürte mit einem Mal große Sehnsucht danach. War das die Wassernatur in ihr, der Delfin? Unwillkürlich griff sie nach ihrem Amulett und schloss die Hand darum. Obwohl sie in ihrer eigenen Welt inzwischen die Fähigkeit zur Verwandlung verloren hatte, durfte sie nie vergessen, dass sie noch immer eine echte Nachfahrin der Atlanter war – jener Leute, die sowohl Menschen- als auch Delfingestalt annehmen konnten.
»Haltet euch fest. Die Stufen sind sehr glitschig«, warnte Fenolf, als sie bei einer langen Treppe ankamen, die in dunkle Tiefen führte.
Sheila hörte, wie unten das Wasser gegen die Stufen klatschte. Sie umklammerte das Geländer und setzte vorsichtig einen Fuß vor

den anderen. Der Steinboden war kalt und klamm. Vor ihr rutschte Mario aus, aber er konnte sich noch rechtzeitig festhalten.
»Mist, verdammter!«
»Ich bin unten«, verkündete Fenolf im gleichen Moment. »Hier beginnt das Wasser.« Vorsichtig watete er bis zur Hüfte hinein. Sheila sah seine aufgerichtete Gestalt als dunklen Schatten. Das Wasser ringsum gurgelte.
Fenolf schien sich zu konzentrieren. Dann ließ er sich nach vorn gleiten. Sein Körper wurde glatt und stromlinienförmig. Sheila hörte, wie seine Schwanzflosse aufs Wasser klatschte.
»Ganz schön kalt«, sagte Mario, der als Nächster ins Wasser stieg.
Die Verwandlung ging bei ihm blitzschnell. Als er vorwärtsschnellte, war er bereits ein Delfin.
Nun war Sheila an der Reihe. Das Wasser kam ihr im ersten Moment eisig vor und es kostete sie große Überwindung, die nächsten Stufen hinabzusteigen. Jetzt erreichte das Wasser ihre Knie. Das Kleid begann, an ihrem Körper zu kleben. Sheila biss die Zähne zusammen und watete weiter.

»Delfin, Delfin, Bruder mein,
so wie du möcht ich gern sein.
Mein Zuhaus' sind Meer und Wind!
Ach, wär ich doch ein Wasserkind.«

Sie spürte, wie sich ihr Körper dehnte und streckte. Ein vertrautes Gefühl. Und das Wasser war nicht mehr kalt und abstoßend, sondern wurde zu ihrem natürlichen Element.

Sie war wieder ein Delfin.
Sofort konnte sie durch ihren besonderen Sonarsinn alle Hindernisse erkennen. Zuvor hatte sie in der Dunkelheit ihre Augen sehr anstrengen müssen und hatte nur Schemen wahrgenommen. Doch mit einem Mal wusste sie genau, wie breit der Kanal war, durch den sie gerade schwamm, und dass die Decke eine Wölbung hatte. Sie »sah«, dass eine Menge Unrat auf den Grund gesunken war, und entdeckte sogar eine menschliche Knochenhand. Schnell schwamm sie weiter, um Mario und Fenolf einzuholen. Sie erreichte sie, kurz bevor der Kanal ins Meer mündete.
Fenolf verlangsamte sein Tempo und die drei Delfine warteten eine Weile vor der Öffnung, um ganz sicher zu sein, dass draußen vor dem Eingang kein Mondfisch lauerte.
»Es ist niemand da«, sagte Fenolf schließlich. »Kommt!«
Sie verließen den Kanal und schwammen ins offene Meer.
Je weiter sie sich von der Stadt entfernten, desto sauberer und klarer wurde das Wasser. Wieder war Sheila erstaunt über die Vielfalt der Korallen und erinnerte sich daran, was Talita über Zaidons Zaubergärten erzählt hatte. Sie entdeckte Hirnkorallen, die aussahen wie kleine Labyrinthe oder angelegte Irrgärten. Manche Korallen ähnelten Brokkoliköpfen, dazwischen wuchsen rote und gelbe Gorgonien. Eine getupfte Porzellankrabbe versteckte sich in einer Anemone. Die Delfine schwammen durch einen Schwarm schwarz-gelber Wimpelfische, die nicht die geringste Angst vor ihnen hatten.
Immer wieder ragten vom Meeresboden seltsam geformte Felsen auf. Die meisten waren völlig mit Muscheln und Seepocken bewachsen. Nur selten schimmerte der Untergrund hervor.

»Sieht aus wie Lavageröll«, meinte Mario.
»Du glaubst, es gab hier mal einen Vulkan?«, fragte Sheila verwundert.
»Warum nicht? Vulkane kommen doch überall auf der Erde vor«, sagte Mario.
Nicht überall, dachte Sheila, sondern immer dort, wo die Erdkruste besonders dünn ist. Beispielsweise an Stellen, an denen die Kontinentalplatten aneinanderstoßen oder sich übereinanderschieben. Das hatte sie daheim in einem Buch gelesen. Es gab Gegenden mit ganz vielen Vulkanen. Ob sie noch aktiv waren und irgendwann wieder ausbrechen würden, hing davon ab, was sich unterirdisch abspielte. Manche Vulkane konnten jahrhundertelang schlafen und dann plötzlich, wenn niemand mehr damit rechnete, wieder erwachen.
Sheila musste daran denken, dass einige Leute glaubten, Atlantis sei durch einen Vulkanausbruch untergegangen. Andere Forscher dagegen bezweifelten überhaupt, dass es Atlantis je gegeben hatte, und hielten alle Geschichten darüber für Märchen.
Von einem aktiven Vulkan hatte Sheila während ihres Aufenthalts in Atlantis nichts bemerkt. Es hatte kein Erdbeben oder unterirdische Erschütterungen gegeben, die typische Anzeichen eines bevorstehenden Ausbruchs waren. Vielleicht irrte sich Mario auch und es handelte sich nicht um Vulkangestein, sondern einfach um andere schwarz gefärbte Steine.
»Wir müssen um die Stadt herumschwimmen«, sagte Fenolf. »Am besten bleiben wir möglichst weit von den Mauern entfernt. Dann ist die Gefahr geringer, dass wir einem Mondwächter begegnen.«

Gerade als Sheila an einem großen Felsen vorbeischwimmen wollte, schoss aus einer Öffnung ein großer grauer Fisch mit leuchtend orangefarbenen Flossen.
»Spy!«, rief Sheila freudig überrascht.
»Mann, dass ihr euch auch mal wieder blicken lasst«, nörgelte Spy. »Ich dachte schon, ihr habt mich völlig vergessen und ich kann hier meine Kreise drehen, bis ich schwarz werde.«
Trotzdem merkte Sheila, dass sich auch Spy über das Wiedersehen freute – so emsig, wie er um sie herumtänzelte und dabei mit den Flossen wedelte.
»Wir konnten nicht eher weg«, berichtete Sheila. »Und wir stecken schon wieder mitten in einem Abenteuer. Wir müssen jemanden aus dem Verlies retten. Aber wenn du mitkommst, kann ich dir alles in Ruhe erzählen. Ich darf bei der Befreiungsaktion sowieso nicht dabei sein, sondern ich soll vor Atlantis Wache halten. Du könntest mir dabei helfen.«
»Abenteuer«, murmelte Spy und seine Linsenaugen glänzten. »Das habe ich mir gedacht. Ihr würdet euch ja nie damit zufriedengeben, an einem Ort zu bleiben und friedlich Krill zu fressen. Immer braucht ihr Nervenkitzel, immer muss irgendwas los sein. Hauptsache, ihr habt eure Unterhaltung, und so ein armer Fisch wie ich ist euch letztlich völlig egal.«
»Jetzt bist du ungerecht«, meinte Sheila. »Ich habe oft an dich gedacht. Aber du kannst dir nicht vorstellen, was in Atlantis los ist. Die Zustände in der Unterstadt sind unglaublich! Zaidon ist ein Herrscher, vor dem viele Leute Angst haben. Er lässt jeden, der ihm nicht passt, verschwinden. Er hat auch Talita gefangen genommen.«

»Wer ist der Kerl, der mit euch schwimmt?«, fragte Spy aufgeregt. »Den habe ich noch nie gesehen.«
»Das ist Fenolf, Zaidons Wesir«, antwortete Sheila.
»Seid ihr verrückt geworden?«, regte sich Spy auf. »Ich dachte, Zaidon ist unser Feind!«
»Das ist er auch. Aber Fenolf ist wirklich in Ordnung. Er ist der Freund von Anjala. Aber die kennst du ja auch nicht. Ach, Spy, das ist eine so lange Geschichte ...«
Jetzt erst merkte Mario, dass Sheila nicht nachkam. Er drehte sich um, und als er sah, mit wem sich Sheila unterhielt, schwamm er schnell herbei.
»He, Spy, alter Kumpel, gibt's dich auch noch?«
»Ihr würdet euch schön beschweren, wenn ich mich verdrückt hätte«, gab Spy zurück. »Ohne dieses ... äh ... Zappeldings mit den acht Beinen wärt ihr doch aufgeschmissen.«
»Du meinst das *Herz der Vergangenheit*«, stellte Sheila richtig.
»Ja, den Quälgeist der Vergangenheit«, sagte Spy. »Wie der in meinem Bauch rumzappelt, wenn er rausgelassen werden will. Das ist vielleicht ein Gefühl! Und wenn ich ihn ausspucke, muss ich aufpassen, dass die sieben Steine nicht gleich mit herauskommen.«
»Du hast ihn rausgelassen?«, fragte Sheila erschrocken.
»Ja, weil nicht einmal ein *Sackfisch* wie ich dieses Gekitzel aushalten kann«, antwortete Spy. »Aber keine Angst, er ist schon wieder in die Spieluhr geschlüpft. Er musste sich nur ein bisschen austoben. Fast hätte ihn dabei ein Hai erwischt, aber den konnte ich zum Glück ablenken.«
»Du bist ein richtiger Held, Spy«, meinte Sheila.

Spy blinkte mit seinen Linsenaugen. »Ach, mir ist es hier draußen schon ziemlich langweilig geworden. Das war wenigstens mal eine Ablenkung.«

»Wir müssen jetzt leider weiter«, drängte Mario. »Es ist ziemlich eilig, Spy. Ein anderes Mal haben wir vielleicht mehr Zeit, um mit dir zu plaudern.«

»Spy kommt mit und wird mir Gesellschaft leisten, während ich auf euch warte«, sagte Sheila. »Das haben wir schon abgemacht.«

»Ja, ich will nämlich alles ganz genau wissen«, ergänzte Spy und wedelte ungeduldig mit seiner Schwanzflosse.

Gemeinsam schwammen sie zu Fenolf.

»Das ist unser Freund«, stellte Sheila den Fisch vor. »Ich hab ihm erlaubt, mir beim Wachehalten zu helfen.«

»Könnt ihr ihm vertrauen?«, wollte Fenolf wissen.

»Absolut«, versicherte ihm Mario.

»Dann ist es gut.« Fenolf fragte nicht weiter nach, obwohl ihm sicher auffiel, wie merkwürdig Spy aussah mit seiner Antenne auf dem Kopf und den Linsenaugen. Aber Talita hatte ja gesagt, dass Zaidon auch die Mondfische verändert hatte. Wahrscheinlich fand Fenolf Spy gar nicht ungewöhnlich und hielt ihn vielleicht sogar für eines von Zaidons Geschöpfen.

Es war ein weiter Weg, bis sie die andere Seite von Atlantis erreichten. Jetzt erst wurden Sheila die Ausmaße des Stadtstaates bewusst. Die Delfine kamen schnell voran. Spy bemühte sich zuerst, mitzuhalten, aber dann packte er mit dem Maul Sheilas Rückenflosse.

»Du erlaubst doch, dass ich mich festklammere?«

»Klar«, sagte Sheila. »Dich Leichtgewicht kann ich wohl noch mitziehen, auch wenn ich momentan nicht die HUNDERT-KRAFT benutze.«
Mario hatte ihre Worte gehört. »Die HUNDERTKRAFT«, wiederholte er. »Vielleicht brauche ich die nachher in den Kanälen … Wie ging noch mal der Spruch, mit dem man diese magische Kraft aktiviert?«
Sheila sagte ihm den Vers so lange vor, bis Mario ihn auswendig konnte.
»Wieso funktioniert die HUNDERTKRAFT jetzt noch nicht, obwohl du den Spruch dauernd aufsagst?«, fragte Spy, der an Sheilas Rücken klebte. »Stimmt etwas mit euren Amuletten nicht?«
»Ich habe mir die Kraft noch nicht *gewünscht*«, sagte Sheila. »Das Wünschen gehört dazu und man muss es aus vollem Herzen tun.«
»Sheila ist nämlich inzwischen eine richtige Expertin in Sachen Magie«, erklärte Mario dem Fisch.
»Hör auf, so viel Unsinn zu reden, sondern beeil dich lieber«, sagte Sheila. »Wir müssen Fenolf einholen. Schau, er ist schon dort vorne bei dem Felsen.«
Fenolf wartete neben einem riesigen korallenbewachsenen Hügel. Eine blaue Muräne streckte ihren Kopf aus ihrer Höhle, als die beiden Delfine mit Spy ankamen. Sie schaute sie böse an, zog sich dann aber gleich wieder zurück. Sheila fragte sich, ob die Muräne auch eines der Geschöpfe war, die Zaidon verändert hatte. Vielleicht war sie ein Späher.
Fenolf hatte die Muräne nicht bemerkt und wollte über den Befreiungsplan reden, doch Sheila drängte ihn zur Seite.

»Wo ist denn jetzt der Makrelenschwarm, den du mir versprochen hast? Ich habe Hunger!«, sagte sie.
Fenolf begriff zum Glück sofort. »Bestimmt finden wir die Fische auf der anderen Seite.«
Sie schwammen noch ein Stück weiter, bis sie sicher waren, dass die Muräne nichts von ihrem Gespräch mitbekommen würde. Trotzdem war Sheila unruhig. Wer sagte denn, dass Zaidon nicht auch die Muscheln verzaubert hatte, die hier wuchsen? Vielleicht hatten auch die Anemonen unsichtbare Ohren!
Allmählich bekam sie einen richtigen Verfolgungswahn! Immer wieder sah sie sich um und benutzte sogar ihr Sonar. Es signalisierte ihr nur ganz normale Muscheln, ganz normale Korallen und ganz normale Anemonen. Aber würde ihr Sonar überhaupt auf magische Veränderungen ansprechen?
»Ist es sicher, dass uns hier niemand belauscht?«, fragte sie nervös.
»Das weiß ich nicht, aber Zaidon hätte viel zu tun, wenn er den ganzen Meeresboden abhören würde«, antwortete Fenolf. »Gewiss gibt es Späher und Spione, aber die platziert Zaidon an strategisch wichtigen Stellen.«
Seine Antwort beruhigte Sheila. Die Unterwasserregion, in der sie sich gerade befanden, wirkte abgelegen. Auch Zaidons Gärtner schienen sich um diesen Teil nicht gerade viel zu kümmern, so eintönig und karg, wie alles aussah. In der Ferne erkannte Sheila die Stadtmauer von Atlantis. Aus mehreren Öffnungen sprudelte schmutzig trübe Flüssigkeit. An dieser Stelle wurden die Abwässer der Stadt ins Meer geleitet – bestimmt kein Ort, an dem man eine Verschwörung vermutete.

»Also«, Fenolf wandte sich an Mario, »hast du den Plan von den Kanälen noch im Kopf?«
»Drei Kanäle liegen direkt nebeneinander und zeigen in die gleiche Richtung«, antwortete Mario. »Der mittlere führt am weitesten in die Stadt hinein und verzweigt sich dann. Am günstigsten ist es, wenn wir diesen Kanal benutzen. Nach etwa dreihundert Metern müssen wir nach links abbiegen, dann zweimal rechts, dann kreuzt ein größeres Rohr …«
»Ich sehe, du hast dir alles gut gemerkt«, sagte Fenolf anerkennend.
Unauffällig näherten sie sich der Stadtmauer und taten so, als hätten sie kein besonderes Ziel, sondern würden nur der Nase nach schwimmen. Sheila und Mario warfen einander ein Algenbüschel zu, wie es Delfine manchmal beim Spielen taten. Schließlich waren sie ziemlich dicht an der Mauer. Schmutziges Wasser quoll aus den Kanälen. Das Meer war an dieser Stelle ganz trübe.
»Wirklich ekelhaft«, meckerte Spy.
Mario schwamm zu den drei Kanälen, von denen er zuvor geredet hatte. Da erlebten sie einen großen Rückschlag. Vor der mittleren Öffnung befand sich ein starkes Gitter aus Metall! Es war unmöglich für die Delfine, sich durch so ein Gitterraster zu zwängen. Nicht einmal Spy hätte hindurchgepasst!
Fenolf kam herbei, um das Gitter zu untersuchen. Mit seinem Schnabel testete er, wie fest es saß. Es ließ sich keinen Millimeter verschieben.
»Sieht nicht so aus, als ob wir da reinkommen«, sagte Fenolf enttäuscht. »Welche Wege gibt es noch?«

»Und wenn wir die HUNDERTKRAFT aktivieren?«, schlug Sheila vor. Diese Frage war mehr an Mario gerichtet.
Die HUNDERTKRAFT verlieh ihnen nicht nur hundertfache Schnelligkeit, sondern auch hundertfache Körperkraft. Vielleicht war es auf diese Weise möglich, das Gitter aufzustemmen.
»HUNDERTKRAFT?«, fragte Fenolf. »Was ist das?«
»Magie«, erklärte Mario knapp. Er wandte sich an Sheila. »Gute Idee. Wär einen Versuch wert. Es gibt zwar noch einen anderen Weg, aber der ist viel länger und umständlicher. Und ich bin mir auch nicht sicher, ob ich noch alle Einzelheiten dieser Variante weiß.«
Er murmelte leise den Zauberspruch vor sich hin:

»Auch in den sieben Meeren zählt
die Kraftmagie der Anderswelt.
Du Amulett aus Urgestein,
wild, ungestüm und lupenrein,
verleih dem Träger Hundertkraft,
damit er große Dinge schafft!«

Sheila wartete gespannt. Äußerlich war Mario keine Veränderung anzumerken, doch als er mit dem Maul das Gitter packte, wackelte es hin und her. Um es ganz herauszureißen, musste sich Mario trotz der Hundertkraft sehr anstrengen, aber dann glitt es plötzlich mit einem Ruck aus der Verankerung. Mario ließ es fallen und schwamm schnell zur Seite, denn der Unrat, der sich innen am Gitter angesammelt hatte, kippte und quoll jetzt aus dem Kanal ins Meer.

Sheila zuckte zurück, Spy quietschte vor Schreck und Ekel. Eine Zeit lang war das Wasser so trüb und braun wie Schlamm. Es dauerte eine Weile, bis die schwebenden Teilchen auf den Meeresboden gesunken waren und sich das Wasser wieder klärte.
»Sehr gut«, lobte Fenolf Mario. »Jetzt ist der Eingang frei und wir können unser Glück versuchen.«
Sheila beneidete die beiden wirklich nicht um ihre Aufgabe. Bei dem Gedanken, durch den übel riechenden Abwasserkanal schwimmen zu müssen, wurde ihr fast schlecht. Mario sah auch nicht gerade glücklich aus, Fenolfs Entschlossenheit schien ihn jedoch anzustecken.
»Mach's gut, Sheila«, sagte er und berührte sacht mit der Brustflosse ihren Delfinkörper. »Pass gut auf dich und Spy auf. Ich hoffe, wir sind bald mit Talita zurück.«
»Viel Glück euch beiden«, sagte Sheila.
Sie wartete mit Spy, bis zuerst Fenolf und dann Mario in den Abflusskanal geschlüpft war.
Spy schüttelte sich. »Also – du könntest mir eine Tonne Krill dafür anbieten, ich würde so was nicht machen. Wirklich nicht.«
»Es ist wahrscheinlich der einzige Weg, um Talita zu retten«, meinte Sheila. »Drück die Flossen, Spy, dass unser Plan gelingt.«

14. Kapitel
Flucht aus dem Verlies

Es kostete Mario große Überwindung, hinter Fenolf in das Abflussrohr einzutauchen. Braunes Wasser strudelte ihnen entgegen, in dem Holzstückchen, Essensreste und verfaulte Pflanzenabfälle schwammen. Je weiter die beiden Delfine in die Röhre eindrangen, desto dunkler wurde es. Mario benutzte sein Sonar, um sich zu orientieren, aber es machte ihn fast verrückt, als er herausfand, wie eng der Kanal war. Er musste aufpassen, dass er nicht mit seiner empfindlichen Rückenflosse gegen die Decke schrammte. Trotzdem fiel es ihm – dank der HUNDERT-KRAFT – leicht, gegen die Strömung anzuschwimmen. Fenolf dagegen musste sich sehr anstrengen. In der engen Röhre konnte er mit der Fluke nicht so kräftig ausholen wie im freien Meer. Mario merkte bald, dass Fenolfs Tempo langsamer wurde. Hoffentlich würde ihm nicht die Luft ausgehen. Ein Delfin musste nach spätestens einer Viertelstunde unter Wasser nach oben schwimmen, um zu atmen. Mit der magischen HUNDERT-KRAFT konnte Mario es viel länger unter Wasser aushalten als Fenolf.
Die Röhre schien endlos lang zu sein. Als es dann auch noch aufwärtsging, schienen Fenolf die Kräfte zu verlassen. Obwohl er sich anstrengte, kam er kaum voran und musste sich immer wieder ausruhen. Um in den Pausen nicht zurückzurutschen, versuchte er, sich an den Rand der Röhre zu pressen, was ihm nur halbwegs gelang.

»Wir hätten ... einen anderen ... Weg nehmen sollen ...«
Mario merkte, dass es Fenolf immer schlechter ging. Da erinnerte er sich daran, dass Spy bei ihren Abenteuern in den Weltmeeren von der HUNDERTKRAFT profitiert hatte, indem er sich an Mario oder Sheila geklammert hatte. Vielleicht würde diese Methode auch bei Fenolf funktionieren. Andernfalls mussten sie schleunigst zurück, weil der Delfin sonst ersticken würde.
»Haltet Euch an meiner Flosse fest«, forderte Mario Fenolf auf.
»Was ... soll das bringen? ... Ich behindere dich so nur ...«
»Vielleicht geht meine magische Kraft ja auch auf Euch über«, sagte Mario. »Jetzt macht schon, fasst mich an!«
Fenolf ließ sich zurückrutschen, bis er neben Mario in der Röhre lag. Zaghaft umfasste er mit seinem Schnabel Marios Brustflosse. Mario schlug mit der Fluke. Im ersten Augenblick spürte er zwar Fenolfs Gewicht, konnte ihn dann aber ohne Probleme mitziehen. Nach einer Weile merkte er, dass sich Fenolf offenbar besser fühlte. Er bewegte wieder seine Schwanzflosse und gemeinsam erreichten die beiden Delfine schließlich die Abzweigung.
»Nach links«, sagte Mario.
»Ich weiß«, antwortete Fenolf, ohne Marios Flosse loszulassen.
Jetzt wurde es noch enger. Die beiden Delfine konnten nicht mehr nebeneinanderschwimmen. Fenolf ließ sich nach hinten gleiten und hielt sich an Marios Schwanzflosse fest. Nun konnte Mario seine Fluke nicht mehr so kräftig benutzen wie vorher, weil er Fenolf sonst abgeschüttelt hätte. Er musste sie ziemlich vorsichtig bewegen. Es war hinderlich, wie Fenolf an ihm hing. Aber anders ging es nicht.

Fenolf wiederum bemühte sich, mit seiner Schwanzflosse genügend Antrieb zu erzeugen. Langsam quälten sich die beiden Delfine durch die Röhre, bis sie nach rechts abbiegen konnten. Dann wurde es wieder leichter.

»Ohne die HUNDERTKRAFT hätten wir es nie geschafft«, meinte Mario, der allmählich merkte, wie erschöpft er von den Anstrengungen war. Keinem normalen Delfin wäre es gelungen, durch das Abflusssystem so weit in die Stadt einzudringen! Und erst recht keinem Menschen ohne Taucherausrüstung!

Als sie auch noch die nächste Abzweigung hinter sich hatten, erreichten sie nach kurzer Zeit ein unterirdisches Flussbett, das viel breiter und höher war als die bisherigen Röhren. Ruhig strömte das Wasser dahin, es war klar und sauber. Endlich konnten die beiden Delfine auftauchen und wieder atmen. Mario genoss es, als er spürte, wie neue Luft in seine Lunge strömte. Fenolf ließ Marios Schwanzflosse los.

»Vorhin habe ich wirklich gedacht, ich müsste sterben!«, gestand er. »Es hat mir so leidgetan, dass ich dich in die Sache hineingezogen habe. Aber dann war da auf einmal diese wunderbare Kraft, die mich durchströmte! – Sag, woran liegt das? Woher hast du diese Magie?«

Mario überlegte kurz, ob er Fenolf trauen konnte und ihm die Wahrheit sagen durfte. Dann entschied er sich, es zu riskieren.

»Die Zauberkraft steckt in meinem Amulett. Der Stein, der an der Kette hängt, stammt aus Talana. Ich habe ihn von dem Magier Irden bekommen, dem Hüter der Steine.«

»Irden«, wiederholte Fenolf. »Den Namen habe ich schon einmal gehört. Kann sein, dass Zaidon ihn erwähnt hat.«

Bestimmt, dachte Mario. Schon seit dem Zeitpunkt, als Zaidon den Weltenstein aus Talana gestohlen hatte, waren er und Irden erbitterte Feinde. Beide Männer nutzten die Kraft der Magie, aber während Irden das Wohl Talanas im Auge hatte, dachte Zaidon nur an sich und daran, wie er seine Macht vergrößern konnte.
Aber was ist es, das Zaidon sonst noch gestohlen hat?, grübelte Mario, während er mit Fenolf im Kanal weiterschwamm. Was kann so wichtig sein für Talana, dass dem Reich durch dessen Verlust sechstausend Jahre später die totale Zerstörung droht?
Der Tunnel verengte sich und das Wasser verschwand in einem Mauerloch. Mario erinnerte sich an die Zeichnung. Sie mussten jetzt tatsächlich in der Nähe der Verliese sein. Es wurde Zeit, wieder menschliche Gestalt anzunehmen – als Delfine kamen sie von hier ab nicht mehr weiter.
Mario hielt vor einer kleinen Leiter inne und konzentrierte sich auf die Verwandlung. Es klappte ohne Probleme. Als er sich an der Leiter hochziehen wollte und über die Schulter nach Fenolf blickte, bemerkte er, dass der Wesir Schwierigkeiten hatte. Sein Hinterleib war noch der eines Delfins, während Oberkörper und Kopf sich bereits in einen Menschen zurückverwandelt hatten.
»Ich … ich schaffe es nicht …« Die Verzweiflung stand Fenolf ins Gesicht geschrieben. Er ruderte hilflos mit den Armen.
Mario streckte ihm instinktiv die Hand entgegen. Fenolf griff danach. Mario zog ihn zur Leiter und Fenolf klammerte sich daran fest.

»Ich habe einfach … keine Übung«, keuchte er. »Verdammt, wie werde ich nur meine Flossen los?« Er peitschte mit seiner Fluke um sich.
Mario wusste auch keinen Rat, doch ihr Plan war gefährdet, wenn Fenolf es nicht schaffte, aus dem Wasser zu klettern. Aus einem Impuls heraus beugte sich Mario zu Fenolf.
»Berührt mein Amulett und denkt dabei ganz fest daran, dass Ihr ein Mensch sein wollt.«
Fenolf legte die Stirn in Falten. Mit einer Hand hielt er sich an der Leiter fest, mit der anderen fasste er nach Marios Amulett. Seine Finger zitterten, als sie sich um den Stein schlossen.
Einige Sekunden lang geschah gar nichts. Mario starrte wie gebannt auf Fenolfs Hand und versuchte, seine Kraft und Konzentration auf den Wesir zu übertragen. Endlich! Zentimeter um Zentimeter verwandelte sich seine Gestalt und Fenolf wurde auch von der Hüfte abwärts wieder ein Mensch.
Erleichtert ließ Fenolf das Amulett los. »Danke«, sagte er und blickte Mario ins Gesicht. »Ohne deine Hilfe wäre ich mitten in der Verwandlung stecken geblieben.«
Mario lächelte. Dann kletterten die beiden die Leiter hoch. Triefend standen sie auf einem schmalen Steg neben dem Kanal. Die Wände waren nicht sehr hoch, sodass sich Fenolf bücken musste, um nicht mit dem Kopf gegen die Decke zu stoßen.
»Hier in der Nähe muss ein Durchgang sein«, erinnerte sich Mario.
Es war ziemlich finster in dem Gewölbe. Von irgendwoher sickerte Licht durch eine Seitenwand. Als Mensch konnte Mario die Umgebung viel schlechter erkennen als zuvor. Er musste

seine Hände zu Hilfe nehmen und die Wand abtasten, um sich im Dunkeln zurechtzufinden. Vorsichtig ging er am Kanal entlang. Fenolf folgte ihm. Ihre Schritte hallten. Mario spürte Fenolfs Atem in seinem Nacken. Ihm schoss der Gedanke durch den Kopf, dass Fenolf ihn jetzt ganz leicht umbringen könnte, wenn er es wollte. Hier würde ihn niemand finden … Wer garantierte Mario, dass Fenolf nicht doch noch auf Zaidons Seite stand und das Ganze nur inszeniert hatte? Mario brach der Schweiß aus, obwohl es im Gewölbe sehr kühl war. Mit Mühe bekämpfte er die aufsteigende Panik.

Endlich ertasteten seine Hände die gesuchte Öffnung.

»Hier ist es«, sagte er. Seine Stimme hörte sich fremd an. Neben ihm plätscherte leise das Wasser.

»Gut«, erwiderte Fenolf. »Dann kann es nicht mehr weit sein.« Sein nasser Mantel berührte Mario. Dieser schloss vor Schreck die Augen. Seine Finger krallten sich in das Mauerwerk.

»Sei vorsichtig«, flüsterte Fenolf. »Der Boden kann glitschig sein, weil die Flut manchmal bis zu dieser Ebene hochsteigt. Und wir sehen so gut wie nichts.«

Mario holte tief Luft und entspannte sich wieder. Es war albern, sich vor Fenolf zu fürchten.

Langsam schob sich Mario durch die Öffnung. Es war stockfinster. Blind wie ein Maulwurf tappte er durch den Gang. Seine Sinne waren bis aufs Äußerste gespannt. Er lauschte auf jedes Geräusch. Seine Ohren schienen im Dunkeln besser zu funktionieren als sonst. Manchmal meinte Mario schon am Klang seiner Schritte erkennen zu können, ob der Gang breiter oder enger wurde oder ob sich ein Hindernis vor ihm befand. Seine Nase

nahm verschiedene Gerüche wahr: Moder und Brackwasser, fauliges Stroh, Schweiß …
Fenolf legte ihm die Hand auf die Schulter. »Wir müssen unmittelbar bei den Verliesen sein. Ich weiß nicht, ob ein Wächter seine Runde dreht. Es ist besser, wir sind auf der Hut.«
»Klar«, flüsterte Mario zurück. Wenn sie nur etwas Licht hätten! Er musste an Sheila denken und an ihre Neigung zur Magie. Wahrscheinlich hätte sie jetzt ausprobiert, ob es möglich war, dem magischen Amulett einen Lichtschein zu entlocken. Unwillkürlich griff Mario nach der Kette, die um seinen Hals hing.
Im selben Augenblick sah er in der Ferne einen rötlichen Schein. Fenolfs Griff an seiner Schulter wurde fester.
»Bleib stehen«, raunte der Wesir tonlos. »Das ist einer der Aufseher.«
Mario rührte sich nicht vom Fleck. Der Lichtschein kam näher. Jetzt konnte er einen Wächter erkennen. Er war in schmieriges Leder gekleidet, hielt eine Fackel in der Hand und schlurfte den Gang entlang. Schatten zuckten an den Wänden, aber Mario konnte einige Türen erkennen. Der Wächter redete mit sich selbst und brabbelte unverständliche Worte vor sich hin. Mario roch deutlich, dass er Alkohol getrunken hatte. Als der Wächter nur noch ein paar Schritte von ihnen entfernt war, drückte sich Mario gegen die Wand. Fenolf stand reglos neben ihm.
Der Wächter ging vorbei, ohne die beiden zu bemerken. Einmal torkelte er und musste sich an der Wand festhalten. Fast hätte er dabei seine Fackel verloren. Er fluchte laut. Sofort erhoben sich hinter den Kerkertüren Stimmen.
»Lass mich raus!«

»Hunger! Hunger!«
»Ich kann nicht mehr …«
All die Stimmen schnitten Mario ins Herz. Am liebsten hätte er auf der Stelle sämtliche Türen aufgebrochen und alle Gefangenen befreit. Aber das war unmöglich. Sie waren gekommen, um Talita zu retten und durch die geheimen Kanäle in Sicherheit zu bringen. Hoffentlich war sie nicht schon zu schwach für die anstrengende Tour … Mario hätte Fenolf gern gefragt, ob die Gefangenen Essen bekamen oder ob Zaidon sie einfach verhungern und verdursten ließ, aber der Wächter war noch in Hörweite. Er stritt sich gerade mit einem Gefangenen, der ihn durch die Tür hindurch verfluchte.
»Wenn du mich nicht rauslässt, wirst du binnen eines Monats sterben und die Ratten werden an deinen Gebeinen nagen!«
»Wenn ich dich rauslasse, dann bin ich schon morgen tot!«, erwiderte der Wächter und trat wütend gegen die Holztür. »Halt deine Klappe!«
Endlich ging er weiter. Als der Lichtschein ganz schwach geworden war, wagten sich Fenolf und Mario aus ihrem Versteck.
»Die letzte Tür muss es sein«, wisperte Fenolf.
Mario wünschte sich, sie hätten die Fackel des Wächters. Wieder griff er nach seinem Amulett. Er dachte an Sheila. Plötzlich war ihm, als könnte er von ganz weit weg ihre Stimme hören.

»Du Amulett aus Urgestein,
wild, ungestüm und lupenrein,
verleih dem Träger Zauberkraft,
damit er Licht ins Dunkel schafft!«

Er wiederholte ihre Worte in Gedanken. Sofort spürte er eine innere Wärme, die von der Brust in seine Hände strömte. Als er die Hände hob, sah er, dass sie matt leuchteten. Es war ein mildes, weißes Licht, das von seinen Fingern ausging und das heller wurde, sobald er sie spreizte.

Fenolf bemerkte das Licht und sah Mario irritiert an. »Zauberei?«

»Zauberei«, bestätigte Mario, der selbst noch nicht fassen konnte, was gerade passiert war.

Sie schlichen den Gang entlang, bis sie die letzte Tür erreichten. Mario sah deutlich die Wasserlinie am Mauerwerk. So hoch war die Flut schon gestiegen! Bestimmt mussten die Gefangenen in ihren Kerkern dann im kalten Wasser knien – eine besondere Art der Folter. Mario spürte, wie sich sein Magen zusammenzog.

Fenolf holte den Schlüssel aus seiner Manteltasche und steckte ihn ins Schloss. Es knarrte, als er den Schlüssel umdrehte. Dann stieß er die Tür auf.

Zuerst hielt Mario das Verlies für leer. Nichts rührte sich. Im Schein seiner Finger sah Mario nur den Schmutz und Unrat auf dem Boden.

»Hallo?«, fragte Fenolf mit gedämpfter Stimme. »Ist da jemand? Talita?«

Mario hob die Hände, um den Kerker besser auszuleuchten. Da entdeckte er an der Wand eine menschliche Gestalt, die sich gerade zum Sitzen aufrichtete.

Eine brüchige Frauenstimme begann in einer Art Singsang zu reden:

»Ich sehe, du bist gekommen.
Jetzt sind die Tage von Atlantis gezählt.
Denn Ungerechtigkeit erfordert Strafe
und Maßlosigkeit wird verfolgt.
Wenn es zum großen Kampf kommt,
ist es Zeit zu fliehen.«

»Wer bist du?«, fragte Fenolf, während Mario ein Schauder überlief. Ihm war bei den Worten der Frau unheimlich geworden. Woher konnte sie etwas von dem drohenden Untergang von Atlantis wissen?

»Ich bin Saskandra, die blinde Seherin«, antwortete die Frau und bemühte sich, auf die Beine zu kommen. »Und du bist Fenolf, Wesir und Vertrauter Zaidons. Ich erkenne dich an der Stimme. Warum kommst du? Ist es Zeit, mich zu töten? Aber wer ist der Junge an deiner Seite?« Ihr Tonfall schlug um und wurde wieder monoton.

»Es ist der lange Erwartete und Gefürchtete,
ein Fremder, der nicht hierher gehört.
Er ist gekommen,
um nach Zaidons Frevel zu suchen.
Denn was gestern geschah,
hat morgen schlimme Folgen.
Vergangenheit und Zukunft
sind untrennbar.
Seine Ankunft ist das Zeichen,
dass bald das Unvermeidliche geschieht.«

Jetzt hatte Saskandra es geschafft, sich zu erheben. Doch dann ruderte sie mit den Armen und schien das Gleichgewicht zu verlieren. Fenolf stürzte zu ihr und fing sie auf, bevor sie fiel.
Nun hörte Mario ein Stöhnen, das aus der anderen Ecke des Kerkers kam.
»Wer ... wer ist da?«, fragte eine helle Mädchenstimme.
»Talita?« Mario machte ein paar Schritte in das Verlies. Eine Ratte huschte über seinen Fuß. Dann sah er Talita an der Wand kauern. Sie war in einem elenden Zustand.
»Mario, bist du es wirklich?«
Mit zwei Schritten war er bei ihr und half ihr, aufzustehen. Talitas Hände waren eiskalt, als sie sich an seine Arme klammerte.
»Warum ... warum leuchten deine Finger?«
Mario lachte kurz auf. »Keine Ahnung.« Diesen chemischen Vorgang würde kein Wissenschaftler der Welt erklären können. »Wahrscheinlich Magie«, fügte er hinzu.
»Ich dachte schon, ich müsste hier sterben«, murmelte Talita. »Saskandra hatte recht, sie sagte, dass du kommen wirst ... Ich hab's nicht geglaubt ...«
»Wir bringen dich hier raus«, sagte Mario aufgeregt. »Es gibt Kanäle, die führen nach draußen. Fenolf hat sich den Schlüssel besorgt und ...«
»Wir müssen Saskandra auch mitnehmen«, unterbrach Fenolf ihn. »Ich werde sie jedenfalls nicht hier zurücklassen. Sie ist sehr schwach. Ich hoffe, dass sie es schafft!«
Er stützte die alte Seherin. »Könnt Ihr laufen, Saskandra? Versucht es wenigstens. Ich halte Euch!«

Saskandra machte mühsam einen unsicheren Schritt. »Ich glaube, meine Füße wollen nicht so recht …«

Fenolf hob Saskandra mit einem Ruck hoch und legte sie über seine Schulter. »Dann werde ich Euch tragen.«

»Ich bin eine zu große Last«, protestierte Saskandra. »Lass mich hier. Ich bin alt, der Tod wird bald kommen … so oder so.«

»Kommt gar nicht infrage«, sagte Fenolf. »Wir lassen Euch nicht hier zurück, auf gar keinen Fall.«

Mario hörte, wie Saskandra leise lachte. »Du stellst dich gegen Zaidon? Sein eigener Wesir?«

Fenolf antwortete nicht darauf, sondern wandte sich um und fragte: »Talita, bist du in Ordnung?«

»Mir geht es gut«, antwortete sie.

»Dann kommt«, sagte Fenolf. »Wir müssen hier raus, bevor der Wächter seine nächste Runde macht.«

Mario fasste Talita an der Hand und zog sie mit sich. Sie stolperte hinter ihm her.

»Geht es oder soll ich dich auch tragen?«, fragte Mario.

»Es geht … nicht so schnell«, erwiderte Talita.

»Du kannst dich ruhig auf mich stützen.« Mario nahm Talitas Arm, legte ihn über seine Schulter und fasste das Mädchen um die Hüfte.

»Ich … rieche bestimmt nicht gut …« Talitas Stimme klang verlegen.

»Das ist jetzt völlig egal«, meinte Mario. »Was glaubst du, wie die Kanäle stinken. Da müssen wir gleich wieder durch.«

Besorgt fragte er sich, wie sie das mit der gebrechlichen Saskandra schaffen sollten.

Vor ihnen im Gang stolperte Fenolf und Mario hörte ihn fluchen.
»Kannst du mir leuchten?« Der Wesir drehte sich um. »Hier ist es stockdunkel.«
»Wenn ich besser laufen könnte, würde ich dich führen«, sagte Saskandra. »Das ist der Vorteil, wenn man blind ist: Dunkelheit macht einem nichts aus.«
Mario streckte seine freie Hand aus und spreizte die Finger. Das magische Licht war zwar nicht besonders hell, aber ausreichend, um die nächsten Meter im Gang zu erkennen.
»Weißt du noch, wo wir hergekommen sind?«, fragte Fenolf, nachdem sie ein Stück gegangen waren. »Irgendwo muss doch der Durchschlupf zum Kanal sein. Hoffentlich haben wir die Stelle nicht schon verpasst.«
»Es war weiter vorne«, behauptete Mario.
»Bist du sicher?«, fragte Fenolf.
Mario hatte recht. Nach einigen Metern fanden sie die Abzweigung, obwohl sie fast daran vorbeigelaufen wären. Fenolf musste Saskandra absetzen, denn die Decke war zu niedrig. Die Seherin schob sich mühsam an der Wand entlang. Mario und Fenolf versuchten nach Kräften, ihr zu helfen. Talita schaffte die paar Schritte bis zum Kanal allein.
Und dann lag der unterirdische Fluss vor ihnen. Das schnell dahinfließende Wasser glitzerte im Lichtschein, der von Marios Händen ausging.
»Ab hier geht es nicht mehr zu Fuß weiter«, erklärte Mario Talita. »Wir müssen uns in Delfine verwandeln.«
»Seid Ihr dazu in der Lage?« Fenolf wandte sich an Saskandra.

»Es ist schon ziemlich lange her, seit ich mich das letzte Mal verwandelt habe«, antwortete die Seherin. »Ich hoffe, dass ich es noch kann. Aber ihr müsst mir wahrscheinlich zeigen, wohin ich schwimmen muss. Ich weiß nicht, wie gut ich mich im Wasser zurechtfinde.«
Fenolf führte die gebrechliche Frau zur Leiter und legte ihre Hände ans Geländer. »Wollt Ihr zuerst ins Wasser hinabsteigen oder soll ich vorausgehen?«
»Ich gehe.« Saskandra war schon dabei, die Leiter hinunterzuklettern. Mario sah, wie ihre Knochen unter der Haut hervorstachen, sobald sich ihre dünnen Hände an den Stangen festkrallten.
Als ihre Füße das Wasser berührten, ließ Saskandra das Geländer los und kippte nach hinten. Talita schrie erschrocken auf und wollte der Seherin zu Hilfe eilen. Doch da hatte sich Saskandra schon in einen Delfin verwandelt. Seine Haut schimmerte außergewöhnlich hell, und als Mario die Hände hob, um besser sehen zu können, stellte er fest, dass der Delfin schneeweiß war. Ihm stockte vor Überraschung der Atem.
»Ich wünschte, bei mir würde die Verwandlung auch so reibungslos funktionieren«, murmelte Fenolf, als er die Leiter hinabkletterte. Er warf Mario einen Blick zu. »Notfalls brauche ich wieder deine Hilfe.«
»Klar, kein Problem«, erwiderte Mario.
Fenolf schien vor dem Augenblick der Verwandlung zurückzuscheuen. Das Wasser bedeckte schon seine Schultern. Sein Gesicht war angespannt.
»Ihr schafft es!«, rief Mario ihm zu.

Fenolf lächelte schwach. Dann wölbte sich seine Stirn, das Haar verschwand, seine Kieferknochen wurden zu einem lang gezogenen Delfinschnabel. Einen Moment lang sah Mario noch Fenolfs schwarzen Mantel unter Wasser und befürchtete, dass der Wesir wieder mitten in der Verwandlung hängen bleiben würde. Doch dann schlug Fenolf mit der Fluke – er war ein Delfin. Mario atmete unwillkürlich auf.

»Geht doch«, murmelte er. »Jetzt du, Talita.« Er schob das Mädchen an sich vorbei zur Leiter.

Talita wirkte fast noch zerbrechlicher als Saskandra, als sie die Sprossen hinunterstieg. Mario hatte den Wunsch, sie zu beschützen, aber er konnte ihr den Weg durch die Kanäle nicht ersparen. Talita ließ sich ins Wasser gleiten, tauchte unter und erschien kurz darauf als Delfin an der Oberfläche.

Nun kletterte auch Mario die Leiter hinab. Er war fast erleichtert, als er das Wasser an seinen Beinen spürte, und im Nu hatte er sich in einen Delfin verwandelt. Sofort konnte er sich im Gewölbe und im Kanal besser orientieren; er war nicht mehr auf das spärliche Licht angewiesen, das von seinen Fingern ausgegangen war. Mario fühlte sich viel stärker und auch sicherer. Er schwamm an Talitas Seite.

»Wie geht's dir? Meinst du, du schaffst es? Es wird allerdings eine ziemliche Ekelpartie.«

»Ich werde durchhalten«, versicherte Talita ihm. »Ich bin so froh, dass du gekommen bist! Ich habe wirklich nicht mehr damit gerechnet, dass ich das Verlies lebendig verlasse.«

Fenolf war zu Saskandra geschwommen. »Wie fühlt Ihr Euch?«, fragte er besorgt.

Saskandra gab erst keine Antwort, sondern bewegte ihre Flossen und machte einen kleinen Sprung aus dem Wasser. Mario befürchtete, dass sie völlig orientierungslos war. Doch dann hörte er, wie Saskandra rief: »Es ist wie ein Wunder! Als wäre mir mein Augenlicht zurückgegeben! Ich kann alles erkennen – den Flussgrund, die Decke …«

Das Sonar, schoss es Mario durch den Kopf. Natürlich! Dieser Sinn funktionierte, ohne dass man die Augen benutzen musste. Die blinde Saskandra konnte als Delfin wieder sehen – und diese überwältigende Erfahrung schien ihr neue Kraft und Lebensmut zu geben.

Fenolf schwamm an die Spitze der Gruppe. »Wir müssen zunächst hier entlang, gegen die Strömung. Mario, weißt du noch den Weg zurück?«

»Ich glaube schon«, erwiderte Mario.

»Dann schwimmst du besser voraus und übernimmst die Führung«, sagte Fenolf.

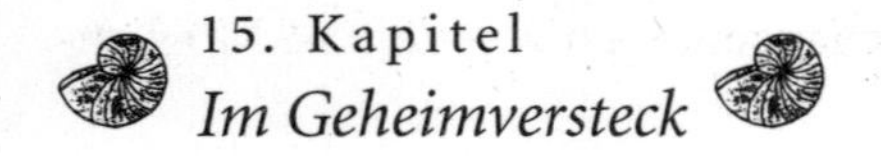

15. Kapitel
Im Geheimversteck

Sheila war sehr unruhig. Sie hatte Spy alles erzählt, was sie und Mario in Atlantis erlebt hatten und warum Talita von Zaidon gefangen genommen worden war. Zwischendrin war sie immer wieder zum Abwasserkanal geschwommen, in der Hoffnung auf ein Anzeichen, dass Fenolf und Mario mit Talita zurückkamen. Sheila hatte den Eindruck, als seien schon viele Stunden vergangen, seitdem die anderen fort waren. Ob alles gut gegangen war? Oder hatten Zaidons Leute Mario und Fenolf erwischt? Sie wurde immer nervöser.
Auch Spy ließ sich von ihrer Aufregung anstecken. Er drehte einen Kreis nach dem anderen und war unfähig, seine Flossen ruhig zu halten.
»Zaidon ist sehr gefährlich«, meinte er. »Ihr hättet euch niemals auf dieses Abenteuer einlassen sollen.«
»Aber wir können Talita auch nicht im Kerker lassen«, widersprach Sheila. »Außerdem haben wir noch immer keinen Hinweis, wo sich dieses Ding befindet, das wir suchen sollen. Es ist zum Verzweifeln!« Sie war inzwischen auch richtig niedergeschlagen. Zum x-ten Mal schwamm sie zum Kanal, benutzte ihr Sonar und versuchte herauszufinden, was sich in der Röhre verbarg. Sie konnte keinen Delfinkörper ausmachen. Seufzend kehrte sie zu Spy zurück.
»Ach, Spy, was machen wir nur, wenn sie nicht wiederkommen?« Ihr Herz wurde schwer, als sie den Satz aussprach.

Spy blinkte mit seinen Linsenaugen. »Ich wüsste eine Möglichkeit.«
»Und welche?«, fragte Sheila hoffnungsvoll.
»Kannst du nicht mit diesem weißen Zappler in die Vergangenheit reisen? Er soll dich einfach zu dem Zeitpunkt zurückbringen, an dem Fenolf und Mario noch nicht losgeschwommen sind. Und dann verhinderst du, dass sie in die Röhre steigen. Du sagst einfach, es klappt nicht.«
Sheila überlegte. Der Gedanke war einerseits verlockend. Andererseits bedeutete eine solche Aktion eine gehörige Manipulation im Zeitablauf. Sheila hielt einen Moment inne und grübelte. »Aber wenn ich es so mache, dann treffe ich mich doch selbst.« Die Vorstellung flößte ihr Furcht ein.
»Na und?« Spy schien darin kein Problem zu sehen. »Dann gibt's dich eben zweimal. Das ist so, als hättest du eine Zwillingsschwester. Oder glaubst du, du kommst mit dir selbst nicht klar?«
»Ich weiß nicht.« Sheila fühlte sich unbehaglich. »Ich glaube nur einfach, dass man mit solchen Zeitreisen sehr vorsichtig sein muss«, murmelte sie.
»Traust du Fenolf?«, fragte Spy unvermittelt. Seine orangefarbenen Flossen leuchteten vor Aufregung noch mehr als sonst. »Vielleicht hat er Mario ja in eine Falle geführt.«
Das konnte sich Sheila nicht vorstellen. »Fenolf liebt Anjala – und seine Gefühle scheinen echt zu sein. Ich glaube, er würde alles für sie tun.«
»Ach ja, die Liebe«, sagte Spy. »Mich hat sie noch nie erwischt! Wer will schon einen Fisch, der so aussieht wie ich – mit dicken Linsenaugen und einer Antenne auf dem Kopf?«

»Du bist überhaupt nicht hässlich«, widersprach Sheila. »Und du bist ein sehr, sehr netter Fisch!«
Spy wurde ein bisschen verlegen. Er wechselte das Thema. »Stimmt es, was die Fische ringsum erzählen? Zaidon will heiraten?«
»Ja, das stimmt«, bestätigte Sheila. »Anjala webt das Hochzeitsgewand für seine Braut aus goldener Muschelseide.«
»Merkwürdig!«, grummelte Spy vor sich hin. »Zaidon ist so ein Scheusal! Welche Frau heiratet denn so einen!«
»Die schöne Melusa«, antwortete Sheila. »Sie kommt von weit her und Zaidon hat ihr versprochen, dass sie die Fürstin von Atlantis wird.«
»Versteh ich nicht«, sagte Spy. »Würdest du Zaidon heiraten, wenn er dir verspricht, dass du Fürstin wirst?«
»Nie im Leben!«
»Und warum heiratet Melusa ihn?«
»Ich glaube, sie hat ihn noch nie getroffen«, sagte Sheila. »Vielleicht denkt sie, er ist nett ...«
»Na, vielleicht ist sie auch ein ebenso großes Scheusal wie er«, sagte Spy. »Schön und scheußlich. Wie eine Leuchtqualle. Die leuchtet wunderbar im Meer, aber wehe, wenn man sie berührt! Da verbrennt man sich die Flossen!«
Sheila hörte ihm nur noch halb zu. Ihre Aufmerksamkeit war wieder auf den Abwasserkanal gerichtet. Täuschte sie sich oder hatte sie da eben einen Laut gehört? Sie schwamm näher an die Öffnung heran und wollte gerade wieder ihr Sonar benutzen, als ein weißer Delfin zusammen mit der ekelhaften Brühe herausstürzte.
Der Delfin taumelte und schien halb bewusstlos zu sein. Sheila beeilte sich, zu ihm zu schwimmen und ihn in Richtung Wasserober-

fläche zu schieben, damit er atmen konnte. Während sie schob und drückte, tauchte Mario an ihrer Seite auf und half ihr.
»Wie gut, dass du da bist!«, rief Sheila erleichtert. Ihr fiel ein Stein vom Herzen, Mario wiederzusehen. »Habt ihr Talita befreit? Wer ist dieser Delfin?«
»Erzähl ich dir gleich«, sagte Mario und stemmte sich gegen den Bauch des weißen Delfins. Gemeinsam brachten sie ihn nach oben. Dort tat er einen tiefen Atemzug und ließ sich erschöpft auf den Wellen treiben.
Jetzt erst sah Sheila, dass seine Augen einen milchigen Überzug hatten. »Er ist blind«, sagte sie erschrocken.
»Und trotzdem sieht sie mehr als wir«, meinte Mario. »Es ist Saskandra, Zaidons beste Wahrsagerin. Sie saß im gleichen Verlies wie Talita. Ihr körperlicher Zustand ist miserabel und sie ist unterwegs fast erstickt. Hoffentlich stirbt sie nicht!«
Jetzt tauchten auch Talita und Fenolf auf, holten Luft und schwammen besorgt um Saskandra herum. Sheila hatte unzählige Fragen, aber sie verstand, dass es im Moment am wichtigsten war, Saskandra zu helfen. Dem weißen Delfin ging es sehr schlecht, er regte sich kaum.
»Ich mache mir solche Vorwürfe«, gestand Mario. »Ich hätte wissen müssen, dass der Weg durch die Kanäle viel zu anstrengend ist. Ich habe versucht, die HUNDERTKRAFT auf Saskandra zu übertragen, aber das hat nur kurz funktioniert. – Ach, Sheila, das darf nicht sein! Wir haben sie aus dem Verlies befreit und jetzt stirbt sie hier im Wasser!«
Plötzlich hatte Sheila eine Idee. »Wir haben doch den Heilstein, Mario!«

Mario begriff nicht sofort. »Was für ein Heilstein?«
»Na – die Steine in Spys Bauch. Der blaue kann heilen, weißt du das nicht mehr? Damit hast du mich gerettet, als ich von der Seeschlange gebissen worden war.«
Mario starrte Sheila an. »Ja, du hast recht!«
In Windeseile tauchten die beiden Delfine wieder in die Tiefe und suchten Spy. Der Fisch war alles andere als begeistert, als er hörte, dass er einen der magischen Steine hervorwürgen sollte.
»Und wenn ihr ihn verliert?«, meckerte er. »Dann war die ganze Suche umsonst! Ich habe die Verantwortung, ich muss die Steine aufbewahren. Für eure Mission in der Zukunft.«
»Jetzt stell dich nicht so an, Sackfisch, es geht um Saskandras Leben«, sagte Mario ein bisschen ruppig. »Und glaubst du, Sheila und ich sind nicht in der Lage, auf den Stein aufzupassen? Hältst du uns für so leichtsinnig?«
»Aber wenn Fenolf ihn klaut?«, wandte Spy ein. »Dann haben wir nur noch sechs Steine und wir hatten solche Mühe, alle sieben zu finden.«
»Mann!« Nun wurde auch Sheila ungeduldig. »Es passiert schon nichts mit dem Stein! Gib ihn endlich her!«
Spys Linsenaugen glitzerten. »Also gut. Auf euer Risiko.« Er drehte sich ein Stück zur Seite und begann zu würgen. Stein für Stein kullerte auf den Meeresgrund. Auch die goldene Spieluhr war dabei. Sheila sah, wie der weiße Krake kurz den Deckel öffnete und neugierig seinen Kopf herausstreckte. Doch dann erschien eines seiner langen Beine und zog den Deckel wieder zu.

»Ist wirklich besser, wenn du momentan drinbleibst«, murmelte Spy, der inzwischen auch den letzten Stein ausgespuckt hatte. Er verschluckte die goldene Spieluhr wieder.
Sheila starrte wie hypnotisiert auf die Zaubersteine, die in allen Farben des Regenbogens schimmerten. Sie hätte gern gewusst, wozu man die einzelnen Steine verwenden konnte. Aber jetzt war keine Zeit für magische Experimente. Mario schnappte sich den blauen Heilstein und schwamm damit zur Wasseroberfläche, wo sich Talita und Fenolf um den weißen Delfin kümmerten.
Vorsichtig berührte Mario Saskandra mit dem blauen Stein.

»Bitte, bitte, blauer Stein,
setze deine Heilkraft ein.«

Zunächst schien sich gar nichts an Saskandras Zustand zu verändern. Sheila war schon drauf und dran, Mario den Stein abzunehmen und selbst ihr Glück zu versuchen. Sie war sicher, dass sie besser mit Magie umgehen konnte als Mario, der Zauberei gegenüber ja immer ein bisschen skeptisch war. Doch dann sah sie, dass die Bewegungen des weißen Delfins etwas munterer wurden. Das Leben schien in Saskandra zurückzukehren. Leise begann sie zu sprechen.
»Ich habe den Tunnel gesehen und das Licht an seinem Ende. Doch dann wurde ich zurückgeschickt, weil meine Aufgabe noch nicht erfüllt ist.«
»Welchen Tunnel meint sie?«, fragte Talita verwirrt. »Den Kanal?«
»Nein, ich glaube, sie redet vom Tod«, antwortete Mario. Er

berührte nun auch Talita sacht mit dem Heilstein und rieb ein paarmal damit über ihren Bauch.
»Was ist das?«, wunderte sich Talita. »Wie funktioniert das? Meine Schmerzen sind auf einmal weg. Ich fühle mich auch nicht mehr so schwach.«
»Es sind die heilenden Kräfte aus Talana«, antwortete Sheila. »Der Stein ist sehr stark. Er hat mir schon mal das Leben gerettet.«
»Talana«, wiederholte Saskandra. »Ihr redet so, als würdet ihr das Paradies kennen. Ihr stammt nicht aus Atlantis. Ihr seid die Fremden, die ich in meinen Träumen gesehen habe. Eure Ankunft ist ein Zeichen dafür, dass der Untergang von Atlantis nicht mehr fern ist.«
Ihre Worte klangen unheimlich, fast wie eine Drohung. Sheila bekam Angst. Wer war diese Saskandra, die Fenolf und Mario mitgebracht hatten, und warum hatte Zaidon sie in den Kerker geworfen?
»Ich bringe euch jetzt in mein Haus«, kündigte Fenolf an. »Am besten kommt Ihr mit, Saskandra. Zaidon wird bestimmt nach den Gefangenen suchen lassen. In meinem Haus seid Ihr erst mal in Sicherheit, dort wird Euch niemand vermuten.«
»Danke«, sagte Saskandra. »Du weißt, dass du dich damit einem großen Risiko aussetzt. Zaidon wird dir deine Untreue niemals verzeihen.«
»Das ist mir egal«, antwortete Fenolf nur. »Ich tue, was ich tun muss.«
Mario brachte den Heilstein zu Spy zurück, der ihn wieder in seinem Bauch verstaute, zusammen mit den anderen magischen Steinen. Der Fisch begleitete die Delfine rund um die unterirdi-

sche Stadtmauer. Einmal warnte Saskandra sie vor einem Mondwächter – und sie konnten rechtzeitig ausweichen.
»Sie hat tatsächlich hellseherische Fähigkeiten«, flüsterte Sheila Mario zu.
»Talita behauptet, Saskandra hätte auch gewusst, dass ich kommen würde«, erwiderte Mario.
»So was ist mir unheimlich«, gestand Sheila.
»Mir auch.«
»Glaubst du, sie kann uns helfen? Vielleicht kann sie ihre Gabe ja nutzen, damit wir endlich herausfinden, wonach wir suchen sollen.«
»Manchmal denke ich, es wäre besser, wenn wir einfach verschwinden«, meinte Mario. »Dieses ganze Gerede vom Untergang Atlantis' macht mich total nervös. Ich will nicht dabei sein, wenn die Stadt im Meer versinkt oder in die Luft fliegt oder was auch immer. Es wäre am vernünftigsten, wir würden uns in Sicherheit bringen.«
»Aber was wird dann aus Talana?«, gab Sheila zurück. »Irden wäre sehr enttäuscht, wenn wir ihn im Stich lassen und unsere Aufgabe nicht erfüllen.«
»Falls uns hier etwas zustößt, dann können wir das *Herz der Vergangenheit* nicht zurückbringen und in Talana stünde auf ewig die Zeit still«, gab Mario zu bedenken. »Ich weiß nicht, was schlimmer ist.«
Sheila dachte nach. Die Entscheidung war nicht leicht. Trotzdem widerstrebte es ihr, jetzt einfach umzukehren und aufzugeben. Sie erinnerte sich an die Spieluhr und an den Spruch, der im Deckel geschrieben stand:

Bewahrt in mir das Herz der Zeit,
verwendet es nur mit Bedacht!
Ob Zukunft, ob Vergangenheit,
liegt jetzt allein in eurer Macht!

Der Spruch klang wie eine Botschaft, die an sie und Mario gerichtet war. Vielleicht konnten nur *sie beide* Talanas Problem lösen – genauso, wie es ihnen vorherbestimmt gewesen war, die sieben magischen Steine im Meer zu finden.

Der Gedanke gab ihr neue Kraft. Sie schwamm an Marios Seite.

»Wir dürfen nicht aufgeben«, sagte sie. »Wir müssen es zumindest versuchen. Eine zweite Chance gibt es für Talana nicht. Entweder wir schaffen es oder –«

Mario sah sie von der Seite an. »Hast du keine Angst, dass wir dabei sterben könnten?«

»Natürlich habe ich auch Angst«, sagte Sheila. »Sogar ziemlich große. Aber wenn wir jetzt aufgeben, ist alles so sinnlos gewesen. Ich hätte die Spieluhr nicht zu stehlen brauchen und ich hätte bestimmt auch deine Traumbotschaft nicht empfangen!«

»Da ist was dran«, sagte Mario. »Du hast recht, wir müssen weitersuchen. Selbst wenn ich noch mal durch die widerlichen Abwasserkanäle schwimmen muss! – Es war so schlimm, Sheila! Vorhin wollte ich nur noch weg!«

»Kann ich verstehen«, murmelte Sheila. Sie fragte sich, ob sie es fertiggebracht hätte, durch die schmutzigen Kanäle zu tauchen – so wie Mario, Fenolf, Talita und Saskandra. Sie schüttelte sich bei der Vorstellung.

Die fünf Delfine und Spy schwammen um die Stadt herum und folgten dann unter Wasser einer Landzunge, die weit ins Meer hineinragte. An ihrem Ende befand sich eine kleine Bucht. Fenolf tauchte vorsichtig auf und prüfte, ob jemand in der Nähe war. Dann rief er die anderen zu sich.
»Wir sind da«, sagte er. »Und wir haben Glück. Die Bucht ist völlig verlassen. Wir können also an Land und zu meinem Haus gehen.«
»Gehen ist gut«, beschwerte sich Spy. »Ich kann ja nicht mit!«
Der Fisch versprach aber, dass er sich in der Nähe aufhalten würde, sodass Mario und Sheila ihn jederzeit besuchen und mit ihm reden konnten. Dann verabschiedete er sich von den Delfinen und schwamm in tieferes Wasser, um nach Krill zu suchen.
Die Delfine verwandelten sich in Menschen. Talita und Mario kümmerten sich sofort um Saskandra, die jetzt wieder blind war und geführt werden musste. Der Heilstein hatte zwar ihren körperlichen Zustand verbessert, aber das Augenlicht hatte er ihr nicht zurückgegeben. Fenolf brauchte die dreifache Zeit, um seine Delfingestalt abzulegen, und Sheila überlegte schon, ob sie ihm helfen sollten. Als Fenolf es endlich geschafft hatte, war sein Gesicht knallrot.
»Ich gerate immer so leicht in Panik, wenn es nicht auf Anhieb klappt«, gestand er und lächelte Sheila an. »Dann stelle ich mir jedes Mal vor, ich müsste für immer halb Delfin, halb Mensch bleiben.«
»Das ist falsch«, meinte Sheila. »Ihr müsst während der Verwandlung immer daran glauben, dass es gelingt!«

»Ich weiß, aber ich kriege die Angst einfach nicht aus meinem Kopf«, erwiderte Fenolf. Dann richtete er sich auf und deutete auf ein einsames Haus, das von einem Garten umgeben war. »Dort werdet ihr in der nächsten Zeit wohnen. Ich werde dafür sorgen, dass ihr genügend Lebensmittel bekommt und es euch an nichts fehlt.«

Sheila folgte Fenolf den schmalen Uferpfad hinauf. Einmal blieb sie stehen, beschirmte die Augen und schaute aufs Meer. Die Wellen schlugen gegen die Felsen. Seevögel flogen übers Wasser. Sheila atmete die salzige Luft ein. Ein Gefühl von Weite und Freiheit überkam sie. Das also war auch Atlantis! Bisher hatte sie den Stadtstaat nur aus unterirdischer Sicht erlebt! Sie wandte den Kopf und erblickte in der Ferne die goldenen Kuppeln, die im Sonnenlicht aufblitzten. Zaidons Palast! Wie prächtig die Gebäude aussahen!

Fast gewaltsam musste sich Sheila von dem Anblick losreißen. Dann lief sie hinter den anderen her zu Fenolfs Haus.

Der Schlüssel zur Haustür lag unter einem großen Stein inmitten einer Blumenrabatte, die etwas vernachlässigt aussah. Ein schmaler Kiesweg führte zum Eingang. Fenolf schloss auf. Als sie das Haus betraten, kam es Sheila so vor, als würde sie eine Ferienwohnung besichtigen. Die drei Räume waren einfach eingerichtet. Die Möbel bestanden aus hellem Holz und vor den rund gemauerten Fenstern hingen Rollos aus Pflanzenfasern, die die Räume vor allzu starker Sonneneinstrahlung schützen sollten. Es gab eine Kochstelle und einen Backofen. Überall lagen gewebte Decken mit bunten Vogel-

und Blumenmustern. Eine feine Sandschicht bedeckte die Fliesen. Fenolf griff nach einem Reisigbesen und begann zu fegen.

»Ich bin lange nicht hier gewesen«, sagte er entschuldigend. »Wasser müsst ihr euch draußen am Brunnen holen. Es gibt auch nur zwei Betten. Die anderen müssen leider auf dem Fußboden schlafen.«

»Es ist ein Traum.« Talita hatte leuchtende Augen. »Ich habe mir immer gewünscht, einmal in so einem Haus zu wohnen. Wann holst du Brom und meine Mutter, Fenolf?«

Fenolf schüttelte den Kopf. »Es ist zu gefährlich, sie auch hierher zu bringen. Anjala und Brom müssen leider dort bleiben, wo sie sind. Zumindest so lange, bis Anjala das Hochzeitskleid abgeliefert hat.«

»Es wird keine Hochzeit geben.« Saskandra setzte sich auf einen Schemel. Ihre blinden Augen starrten ins Leere.

Sheila spürte wieder einen Schauder. Saskandra hatte das mit solcher Überzeugung gesagt, als stünde der Untergang von Atlantis unmittelbar bevor. Sheila wechselte mit Mario einen unsicheren Blick.

Saskandra schlug die Hände vors Gesicht, als würde sie sich für ihre Worte schämen.

»Was macht Euch so sicher, Saskandra?«, fragte Fenolf sanft.

Die Seherin antwortete nicht gleich. Ihr Oberkörper wiegte sich vor und zurück. Als sie sprach, klang es, als sei sie in Trance gefallen.

»Einer wird den Vulkangott wecken.
Dann sieht der Gott Zaidons Werk
und sein Zorn wird die ganze Stadt treffen.
Die Erde wird beben,
Feuer kommt aus der Tiefe
und die Mauern werden fallen.
Erst wenn alles eingestürzt ist,
ist der Gott zufrieden
und das Feuer erlischt.«

Saskandra stöhnte und ihre Hände klammerten sich an das Holz des Schemels.
»Wann wird das sein?«, fragte Mario aufgeregt. »Wie lange dauert es noch, bis der Vulkan ausbricht?«
Doch Saskandra reagierte nicht auf seine Frage. Sie befand sich noch immer in einem Zustand, in dem sie nicht ansprechbar war.

»Einer im Raum löst alles aus.
Der Freund ist nicht mehr der Freund.
Du lässt den Fremden ein,
der zurückholen will,
was gestohlen ist.
Der Lärm des Kampfes
weckt den Gott aus dem Schlaf
und alles nimmt seinen Lauf.«

Sheila begann zu zittern. Was war das für eine Prophezeiung? Der Fremde, der das Gestohlene zurückholen wollte … Meinte

Saskandra sie oder Mario? Dann wären sie schuld, dass Atlantis unterging! Was für eine schreckliche Vorstellung!
Am liebsten wäre Sheila hinaus in den Garten gelaufen, um ihre Verzweiflung laut herauszuschreien. Sie wollte kein Spielball des Schicksals sein. Warum hatte Irden ihnen den Auftrag gegeben, Talana zu retten, wenn der Preis dafür war, dass Atlantis untergehen würde?
Der Freund ist nicht mehr der Freund, hatte Saskandra außerdem gesagt. Dieser Satz hatte Sheila einen heftigen Stich gegeben. Bedeutete das, dass Mario und sie sich zerstreiten würden? Würden sie einander vielleicht verraten? Sheila biss sich auf die Lippe. Ihre Fingernägel bohrten sich in ihre Handflächen. Sie hatte große Lust, Saskandra zu schütteln, um mehr zu erfahren. Oder um die alte Frau zu zwingen, ihre Prophezeiung zurückzunehmen. Sheila wollte Marios Freundschaft nicht verlieren. Das war das Schlimmste, was ihr passieren konnte!
Auch Mario war blass geworden. Talita lächelte ihn an, aber er lächelte nicht zurück. Seine Augen suchten Sheila und sie las in seinem Blick die gleiche Verzweiflung, die sie gerade fühlte.
Saskandra schwankte. Fenolf trat rasch hinter die alte Frau, um zu verhindern, dass sie von ihrem Schemel fiel. Er stützte ihren Rücken. Langsam kam Saskandra wieder zu sich.
»Durst«, murmelte sie schwach. »Könnte ich bitte etwas Wasser bekommen?«
»Ich hole Wasser vom Brunnen«, sagte Talita gleich. Sie schnappte sich einen der herumstehenden Krüge und eilte in den Garten. Wenig später kam sie mit dem gefüllten Krug zurück. Saskandra trank gierig.

»Jetzt geht es mir besser«, sagte sie und wischte sich die Lippen ab. »Ich danke dir, Fenolf, dass du mir Unterkunft gewährst und mich vor Zaidon versteckst.« Ihre blinden Augen richteten sich auf Mario und Sheila. »Und euch beiden danke ich dafür, dass ihr mich ins Leben zurückgeholt habt. Meine Zeit ist wohl noch nicht gekommen. Ich habe hier noch eine Aufgabe. Mögen die Meeresgötter mit mir sein und mir helfen, für alles die richtigen Worte zu finden.«

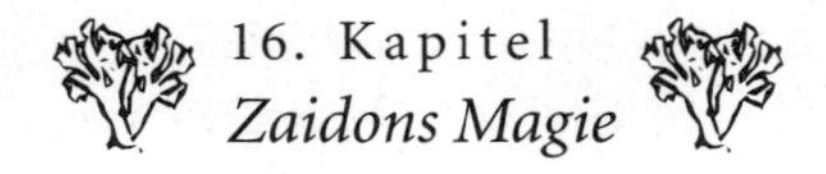

16. Kapitel
Zaidons Magie

Zaidon war außer sich vor Wut, als er erfuhr, dass zwei Gefangene verschwunden waren. Außerdem hatte sich ein Wächter krankgemeldet und war nicht zur Arbeit erschienen. Als man nachgeforscht hatte, war sein Quartier leer gewesen.
»Wie konnte das passieren?«, fuhr der Fürst den jungen Gefangenenwärter an, der ihm die Sache berichtet hatte.
»Ich weiß es nicht, Herr!«, antwortete dieser. »Bei meinem Kontrollgang gestern war noch alles in Ordnung. Und auch bei der Übergabe ist mir nichts aufgefallen. Ich habe die offene Tür erst heute Morgen entdeckt.«
»Ist die Tür aufgebrochen worden?«
»Nein, sie ist unbeschädigt.«
»Dann hat man einen Schlüssel benutzt.« Zaidon ging unruhig auf und ab, während der Wächter steif an seinem Platz stehen blieb und es kaum wagte, den Herrscher anzuschauen. »Und dass einer der Wächter verschwunden ist, kann kein Zufall sein. Die Sache stinkt zum Himmel!« Zaidon wusste nicht genau, um welchen Wächter es sich handelte, aber er würde es herausfinden. Er würde die anderen Gefangenenwärter gnadenlos verhören. Notfalls würde er mit Gewalt die Informationen aus ihnen herauspressen. Es konnte ja wohl nicht sein, dass keiner von ihnen etwas mitbekommen hatte!
»Es ist ein Skandal«, stieß Zaidon aus. »Vor zwei Jahren habe ich die Anzahl meiner Männer verdoppelt, um die Gefangenen bes-

ser zu bewachen. Und jetzt? Die eigenen Leute arbeiten gegen mich!« Er blieb vor dem Gefangenenwärter stehen und sah ihm ins Gesicht. Der Mann senkte die Augen.

»Ich dachte, ich könnte mich auf meine Männer verlassen«, sagte Zaidon streng.

»Das könnt Ihr auch, Herr«, erwiderte der Gefangenenwärter.

»Aber warum ist dann ein Verräter unter euch? Behandele ich euch schlecht?«

»Nein, Herr. Ihr sorgt natürlich sehr gut für uns.«

»Bekommt ihr etwa zu wenig Lohn?«

»Eure Bezahlung ist großzügig«, säuselte der Gefangenenwärter.

Es war genau das, was Zaidon hatte hören wollen. Trotzdem war er nicht zufrieden. Er konnte nicht verstehen, warum nicht alle seine Leute geschlossen hinter ihm standen. Gab es Fehler in seinem Führungsstil? Nichts war gefährlicher als Rebellion in den eigenen Reihen. Das hatte schon mehr als einem Herrscher das Genick gebrochen!

In Gedanken ging Zaidon den engsten Kreis seiner Mitarbeiter durch. Wem konnte er vertrauen? Wer würde ihm in den Rücken fallen, wenn sich die Gelegenheit ergab? Er presste seine Lippen aufeinander, als ihm klar wurde, wie wenig er seine Leute kannte. Sie führten seine Befehle aus und empfingen ihren Lohn. Sie speisten mit ihm an einer langen Tafel, und mit dem einen oder anderen Mann zechte er schon einmal die ganze Nacht durch. Aber in Wirklichkeit waren sie ihm alle fremd. Diese Erkenntnis ärgerte ihn und er ließ seinen Unmut an dem Gefangenenwärter aus, der noch immer mit gesenktem Blick vor ihm stand.

»Wachen! Peitscht ihn aus!«

»Aber – aber ich habe doch gar nichts getan«, stammelte der Mann. »Ich habe nur berichtet, was in den Verliesen vorgefallen ist.«

»Schweig!«, befahl Zaidon und sagte, zu den Wachen gewandt: »Bringt ihn weg und gebt ihm dreißig Peitschenhiebe!«

Nachdem die Wachen den Mann mitgenommen hatten, ließ sich Zaidon auf seinen Sessel fallen. Sein Kopf schmerzte, wie so oft in der letzten Zeit. Nicht einmal die Aussicht auf die kommende Hochzeit konnte ihn aufheitern. Er musste an die blinde Seherin denken und daran, was sie ihm prophezeit hatte. Keine Kinder mit Melusa, nicht einmal eine Hochzeit. Dieses alte, rechthaberische Weib! Grimmig ballte Zaidon die Fäuste. Es war richtig, dass sie für ihre respektlosen Bemerkungen im Kerker gelandet war. Niemand durfte so mit Zaidon umgehen.

Nur wer hatte Saskandra befreit? Zaidon grübelte. Vielleicht besaß die Alte ja zauberische Fähigkeiten und hatte den Wächter dazu gebracht, ihr die Tür aufzuschließen. Die alte Hexe! Und das Mädchen, diese schmutzige kleine Muschelsammlerin, war gleich mit geflohen.

Zaidon stand auf. Er musste wissen, ob Magie im Spiel gewesen war – und er konnte es nachweisen. Aus seinem prächtigen Mantel zog er einen goldenen Schlüssel hervor und ging damit zur Wand. Mit geübtem Griff steckte er ihn in eine der hölzernen Verzierungen. Es knarrte in der Wand und eine Geheimtür sprang auf. Zaidon sah sich um. Es war niemand in der Nähe. Er zwängte sich durch die Öffnung und schloss hinter sich die Tür. Eine schmale Wendeltreppe führte in die Tiefe. An den Wänden flammte rotes und blaues Licht auf – Tiefseequallen, die Zaidon gefangen, magisch verändert und an der Wand befestigt hatte. Jetzt dienten sie als Beleuchtung.

Die flackernden Lichter schienen Zaidon zu folgen, während er die Stufen hinabstieg. Unten führte ein schmaler Gang in einen kreisrunden Raum. Die Wände waren mit funkelndem Gold bedeckt. In der Mitte aber stand ein Tisch, auf dem sich das Wertvollste befand, was es in Atlantis gab: der magische Weltenstein.

Der Zauberstein schimmerte in allen Regenbogenfarben, als Zaidon sich ihm näherte. Die Luft schien förmlich zu knistern, so aufgeladen war sie von der Kraft des Zaubersteins. Unzählige Male war Zaidon schon hier unten gewesen und hatte mit dem Weltenstein experimentiert. Er hatte die Mondfische und andere Geschöpfe zu seinen Zwecken verändert; er hatte dafür gesorgt, dass physikalische Gesetze außer Kraft gesetzt wurden, damit beispielsweise Wasser bergauf fließen konnte – ohne komplizierte Pump- und Umwälzanlagen. Seine Ingenieure hatten sich lange daran versucht, fließendes Wasser in die Häuser der Oberstadt zu leiten, doch die technische Umsetzung war jämmerlich gescheitert. Mit Magie hatte Zaidon das Gewünschte schließlich zustande gebracht – und so floss nicht nur in seinem Palast sauberes Wasser aus den Leitungsrohren.

Der Weltenstein konnte aber noch viel mehr. Er konnte Leute und Dinge verwandeln, Kräfte verstärken, heilen und töten – und er zeigte auch an, wenn andere Magie in der Nähe war.

Zaidon trat auf den Stein zu und legte behutsam seine Hand darauf. Der Stein, der eben noch geleuchtet hatte, wurde augenblicklich schwarz. Auch im Raum wurde es dunkel. Die wenigen Wandleuchten glommen nur noch zaghaft. Schatten wuchsen vom Boden bis zur Decke. Doch Zaidon achtete nicht darauf. Er schaute auf seinen Arm und spürte, wie die Kraft des Weltensteins in ihn eindrang. Bunte Lichtpunkte schoben sich in seinem Arm aufwärts, erreichten seine Schulter und verteilten sich in seinem Körper. Zaidon empfand Wärme und zugleich ein Gefühl unendlicher Macht. Sein Kopf wurde leicht und frei ... und dann hatte Zaidon plötzlich den Eindruck, zu schweben. Sein Geist konnte sich in sämtliche Richtungen ausdehnen und die Wände des Palastes durchdringen. Er sah alle Räume auf einmal, nebeneinander und übereinander, als wären sie zu Puppenhausgröße zusammengeschrumpft: die Prunksäle, die Wohnräume und die Kerker ganz unten. Er erblickte Licht und Dunkelheit und nahm die Bewohner und ihre Bewegungen wie kleines Ungeziefer wahr. Dann entdeckte er, wonach er suchte: einen kleinen blauen Leuchtfaden, der sich fein wie Spinnenseide durch das Labyrinth zog – zickzackartig, dann wieder geradlinig ... Er führte von dem Verlies, aus dem Saskandra geflohen war, durch den Gang zu den Abwasserkanälen – eine feine Spur fremder Magie, die sich im Meer verlor.

»Aha!« Zaidon hatte genug gesehen. Sein Geist zog sich zusammen und kehrte in seinen Kopf zurück; er spürte wieder seinen eigenen Körper und seine Füße. Noch immer ruhte seine Hand auf dem Weltenstein. Er befahl der Zauberkraft, in den magischen Stein zurückzuwandern, und sofort glitten die Lichtpunkte wieder durch seinen Arm, diesmal in Richtung Hand. Es kribbelte unerträglich – so als liefen Tausende von Ameisen auf seiner Haut umher. Dann war alle Magie wieder im Weltenstein. Zaidon löste seine Hand und der Raum wurde hell.

»Ich wusste es«, murmelte er. »Sie ist tatsächlich eine Hexe!«
Als er zur Wendeltreppe zurückging, dachte er darüber nach, dass es ein Fehler gewesen war, Saskandra in seinem Palast unterzubringen. Wahrscheinlich hatte sie aufgrund ihrer magischen Fähigkeiten wirklich eine hellseherische Begabung – was aber nicht bedeuten musste, dass sie ihm immer die Wahrheit gesagt hatte. Vermutlich hatte sie sich im Palast eingenistet, um Zaidon auszuspionieren. Dann wollte sie ihn eines Tages stürzen und seinen Platz einnehmen.
Er musste sie unschädlich machen. Gleich nachher würde er seine Häscher losschicken. Sie sollten die Ober- und Unterstadt nach Saskandra durchsuchen. Derjenige, der ihm ihre Leiche brachte, würde eine hohe Belohnung bekommen.
Zaidon atmete tief, als er die Geheimtür aufstieß und in seinen Thronsaal zurückkehrte. Saskandras Magie war nur schwach. Es würde ein Leichtes sein, sie zu vernichten. Von diesem Weib würde er sich jedenfalls nicht mehr einschüchtern lassen.
Seine Hochzeit würde stattfinden – egal was Saskandra gesagt hatte! Und er würde mit Melusa auch Kinder bekommen – sieben wunderschöne Töchter, die ihrer Mutter wie aus dem Gesicht geschnitten waren.

»Ausgebrochen?«, fragte Fenolf und bemühte sich, seine Stimme überrascht klingen zu lassen.
»Ja«, antwortete Zaidon. »Saskandra ist eine Hexe, sie benutzt Magie. Wusstest du das? Wahrscheinlich hat sie den Wärter mit ihrer Zauberei dazu gebracht, die Gefängnistür aufzusperren. Und dann ist sie mit dem Mädchen durch die Kanäle geflohen.«

Fenolf hörte zu, wie der Herrscher triumphierend erzählte, dass es ihm gelungen war, den Fluchtweg zu verfolgen. Der Wesir machte ein unbeteiligtes Gesicht. Er hatte überlegt, ob er überhaupt noch einmal in den Palast zurückkehren sollte. Aber wenn er wegblieb, hätte Zaidon vielleicht Verdacht geschöpft und gemerkt, dass Fenolf etwas mit der Sache zu tun hatte. Dann wäre möglicherweise auch Anjala in Gefahr geraten. Das musste unbedingt vermieden werden. Im Moment war es wichtig, einfach nur Zeit zu gewinnen, damit sich Fenolf ein Schiff beschaffen konnte. Damit würde er Anjala und ihre Kinder aus Atlantis wegbringen.

Fenolf hoffte, dass Talita, Saskandra und die beiden fremden Kinder in seinem Haus vorerst in Sicherheit waren. Damit man sie dort nicht so schnell fand, musste er seine Rolle als treuer Wesir weiterspielen, selbst wenn er sich dabei schäbig vorkam.

»Ich werde Saskandra überall suchen lassen und nicht eher ruhen, bis ich sie gefunden habe«, fuhr Zaidon fort. »Und falls man sie mir lebend bringt, wird die alte Hexe einen langsamen und qualvollen Tod sterben. Das hat sie mehr als verdient. Mir zu prophezeien, dass mein glanzvolles Reich in Kürze untergehen wird! Unerhört!«

»Saskandras Prophezeiungen sind meistens eingetroffen«, bemerkte Fenolf.

»Das ist ihr wahrscheinlich zu Kopf gestiegen«, meinte Zaidon. »Sie hat sich eingebildet, dass sie mich damit verunsichern kann: keine Hochzeit, keine Kinder und dann noch der Untergang des Reiches. Sie wollte, dass ich an mir selbst zweifele, damit sie sich zur Fürstin von Atlantis machen kann.«

»Saskandra ist eine alte, blinde Frau. Ihr bleiben nur noch wenige Jahre. Was will sie da mit dem Thron?«, wandte Fenolf ein.
»Sie ist eine alte, blinde *Hexe*«, berichtigte Zaidon. »Und mein Weltenstein könnte sie unsterblich machen, wenn sie wüsste, wie man mit ihm umgeht.«
Fenolf spitzte unwillkürlich die Ohren. Zaidon erwähnte den Weltenstein nur selten. Irgendwann, als er einmal sehr betrunken gewesen war, hatte er erzählt, dass er den Stein aus Talana gestohlen hatte. Er hatte ihn einem Magier namens Irden weggenommen. Fenolf wusste nicht, wie viel er von der Geschichte glauben sollte. Anfangs hatte er gedacht, dass es die paradiesische Wasserwelt, aus der Zaidon angeblich stammte, tatsächlich gab. Aber nachdem Fenolf erfahren hatte, was an den *Tagen des Paradieses* wirklich geschah, war er überzeugt, dass Zaidon Talana nur erfunden hatte, um den Alten und Kranken falsche Hoffnungen zu machen.
Erst als Mario auf dem Weg ins Labyrinth Talana erwähnt und sein magisches Amulett gezeigt hatte, war Fenolf wieder stutzig geworden. Vielleicht gab es diese Welt ja doch irgendwo. Und möglicherweise stimmte es, dass Talana voller Magie war und Zaidon diese Magie geschickt nutzte, um seine Macht und sein Ansehen zu vergrößern. War Magie etwa der Hauptpfeiler von Zaidons Regierung – und nicht Weisheit und Geschick? Wenn ja, dann hatte sich Fenolf noch stärker in Zaidon getäuscht, als er bisher gedacht hatte.
»Du bist so nachdenklich«, sagte Zaidon jetzt. »Worüber grübelst du?«
Fenolf nahm sich zusammen und lächelte. »Der Weltenstein kann tatsächlich unsterblich machen?«

Zaidons grüne Augen funkelten. Fenolf glaubte, eine Spur Misstrauen darin zu erkennen. »Ja, das kann er. Natürlich nicht jeden. Und es ist auch ein sehr komplizierter Vorgang.«
»Wie oft … benutzt du eigentlich Magie?«, fragte Fenolf vorsichtig. Er hatte Angst, mit dieser Frage vielleicht zu weit zu gehen, aber seine Neugier überwog.
»Nur hin und wieder.«
»Und was kann der Weltenstein noch? Den Tod rückgängig machen?«
»Seit wann interessierst du dich für solche Dinge?« Zaidons Lippen verzogen sich zu einem Grinsen.
»Welch ungeahnte Möglichkeiten würden in einem solchen magischen Stein liegen!«, antwortete Fenolf ausweichend.
»Ja, er könnte dich bestimmt auch von deiner unseligen Liebe zu dieser Frau befreien«, erwiderte Zaidon spöttisch. »Du weißt, wen ich meine. Diese kleine Weberin aus der Unterstadt. Triffst du dich noch mit ihr?«
»Gelegentlich.« Fenolfs Herz klopfte. Das war ein sehr heikles Thema. Er beschloss zu lügen. »Du hattest recht. So schön ist sie doch nicht. Sie hat mir den Kopf verdreht, aber ich glaube, ich bin inzwischen von ihr geheilt.« Er lachte künstlich und hätte sich am liebsten geohrfeigt, weil er so über Anjala redete. Er kam sich vor wie ein Verräter, obwohl er sie nur schützen wollte.
»Dann bin ich beruhigt.« Zaidon sah ihn an. »Ich habe mir schon Sorgen um dich gemacht. Es ist das Beste, Fenolf, wenn du so bald wie möglich standesgemäß heiratest. Vielleicht am selben Tag wie ich? Wir könnten eine Doppelhochzeit feiern. Der Fürst von Atlantis und sein Wesir. Was hältst du davon?«

»Keine schlechte Idee«, log Fenolf. »Aber das Wichtigste fehlt: eine Braut.«
»Darum kümmere ich mich«, sagte Zaidon. »Ich werde eine passende Frau für dich finden.«
Fenolf lächelte, während er überlegte, wie er Zaidon bremsen konnte. Eine Doppelhochzeit war das Letzte, was er sich wünschte. Und er würde nur Anjala heiraten, sonst niemanden!
Aber Zaidon überlegte schon weiter. »Es wird einen Triumphzug geben. Den Anfang mache ich mit Melusa. Dann kommst du mit deiner Braut, dahinter die Verwandten und Freunde. Die ganze Stadt wird uns zujubeln. Es wird ein Tag sein, den keiner so schnell vergisst!« Er berührte Fenolf an der Schulter. »Gefällt dir mein Vorschlag? Deine Braut wird die zweitschönste Frau sein, das verspreche ich dir.« Er lachte laut. »Nicht dass du mich noch ausstichst! Komm, lass uns darauf anstoßen.« Er rief einen Diener herbei und befahl ihm, Wein zu bringen.
Wenig später hielten die beiden Männer goldene Becher in den Händen.
»Auf uns und die Zukunft von Atlantis«, sagte Zaidon.
»Auf dich, mein Fürst«, erwiderte Fenolf steif.
Die Becher stießen aneinander. Es klang metallisch.
Die Männer tranken gleichzeitig.
Fenolf hätte den Wein am liebsten ausgespuckt, so bitter kam er ihm vor.

»Er sucht nach mir«, sagte Saskandra unvermittelt, als Sheila ihr ein Kissen in den Rücken schob, damit sie bequemer sitzen konnte.

»Wen meint Ihr?«

»Zaidon.« Ihre blinden Augen schienen Sheila anzusehen. »Das Unheil kommt näher.«

Ein Schauder überlief Sheila. »Sind wir in Gefahr?«, fragte sie mit trockenem Mund.

»Alle sind in Gefahr«, murmelte Saskandra.

Sheila krallte ihre Hand in das Korbgeflecht des Stuhls. »Wann ist es so weit?«, fragte sie mit tonloser Stimme.

Saskandra aber schüttelte nur ihren Kopf mit den grauen Haaren. »Es wird keine Hochzeit geben«, sagte sie mit Nachdruck.

In diesem Moment brachte Talita das Essen, das sie gekocht hatte. Es roch lecker, aber Sheila hatte keinen Hunger. Ihre Unruhe wuchs. Jetzt waren sie und Mario schon drei Tage hier. Eigentlich hätten sie zufrieden sein können, denn in Fenolfs Haus wohnte man viel angenehmer als in Anjalas Wohnung. Es fehlte ihnen an nichts. Fenolf ließ ihnen regelmäßig Lebensmittel zukommen. Jeden Morgen in aller Frühe brachte jemand einen Korb mit Speisen und stellte ihn an der Gartenpforte ab. An diesem Tag hatte Sheila aufgepasst und in der Dämmerung eine Gestalt forthuschen sehen. Leider hatte sie nicht erkennen können, ob es eine Frau oder ein Mann war; die Person war vermummt gewesen.

Fenolf hatte ihnen eingeschärft, sehr vorsichtig zu sein und das Haus möglichst selten zu verlassen. Sheila kam sich vor wie eingesperrt. Sie wussten nicht, was in der Stadt passierte, und auch nicht, wie es inzwischen Anjala und Brom ging. Fenolf ließ sich kaum blicken – wahrscheinlich eine weitere Vorsichtsmaßnahme. Vielleicht hatte er aber auch so viel im Palast zu tun, dass er keine Zeit hatte.

Am schlimmsten war für Sheila, dass sie und Mario noch immer keinen Schritt weitergekommen waren, was ihren Auftrag anging. Sie saßen hier fest und schlugen die Zeit tot. Mario spielte stundenlang mit Talita Würfeln. Sheila fragte sich, wie er so ruhig sein konnte. Sie selbst war viel ungeduldiger. Als sie ihn einmal wegen ihrer Aufgabe angesprochen hatte, hatte Mario nur mit den Schultern gezuckt.
»Wir können im Moment sowieso nichts tun. Also – wozu soll ich mich verrückt machen?«
Das war nicht die Antwort, die Sheila erwartet hatte. Verdrossen beobachtete sie ihn und Talita. Wenn die beiden zusammen lachten, fühlte sich Sheila ausgeschlossen und spürte einen Stich Eifersucht, obwohl sie sich sagte, dass es dumm war. Talita musste sich schrecklich fühlen, nach all dem, was sie im Kerker erlebt hatte. Mario wollte sie sicher nur ablenken und vom Grübeln abhalten.
Nach dem Essen sorgte Sheila dafür, dass sich Saskandra etwas hinlegte. Die alte Seherin war oft müde und schlief viel. Nachdem Sheila eine leichte Decke über sie gebreitet hatte, ging sie hinaus auf die Terrasse und schaute aufs Meer. Die Wellen glitzerten in der Sonne.
Sheila hörte wieder, wie hinter ihr die Würfelbecher klapperten. Sie ertrug das Geräusch nicht mehr, stopfte sich die Finger in die Ohren und lief in den Garten. Dort zögerte sie einen Moment und sah sich um. Die Landzunge schien völlig verlassen zu sein. Kurz entschlossen verließ Sheila das Grundstück und kletterte über die Felsen hinunter zu der kleinen Bucht, in der sie vor ein paar Tagen angekommen waren.

Das Meer war sehr ruhig. Sie spazierte langsam am Wasser entlang. Der Wind streifte ihre Arme und die Sonne wärmte ihre Haut. Ab und zu benetzte eine Welle ihre Füße. Sheilas Herz war schwer. Sie dachte an Talana, an Irden und an den *Tempel der Zeit*. Wenn nicht bald etwas geschah, war Talana verloren oder würde für immer feststecken in gefrorener Zeit. Aber anscheinend war es für Mario wichtiger, mit Talita Würfeln zu spielen, als darüber nachzudenken, wo sich der magische Gegenstand befand, den sie suchen sollten.
Missmutig kickte Sheila einen Stein ins Wasser. Dann blieb sie stehen und beschirmte ihre Augen. Ein Delfin sprang aus dem Meer und verhielt sich dabei sehr seltsam.

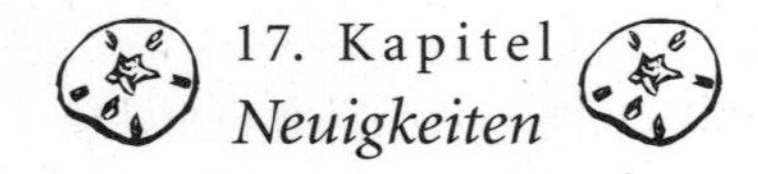

17. Kapitel
Neuigkeiten

Zuerst dachte Sheila, dass es dem Delfin nicht gut ging, weil er sich beim Hochspringen immer halb in der Luft drehte. Vielleicht hatte er sich verletzt. Doch je länger Sheila den Delfin beobachtete, desto klarer wurde ihr, dass er übte, um eine ganz bestimmte Bewegung hinzubekommen. Es waren die gleichen Sprünge, mal höher, mal niedriger, und wenn der Körper aufs Wasser klatschte, entstand ein Sprühregen aus Tropfen. Schließlich hatte der Delfin genug und schwamm zum Ufer, wo er sich im seichten Wasser in ein Mädchen verwandelte.

Sheila war so fasziniert vom Zuschauen, dass sie vergessen hatte, was Fenolf ihnen eingeschärft hatte: Sie sollten mit niemandem reden und sich am besten auch von niemandem sehen lassen. Als sich Sheila wieder daran erinnerte, war es zu spät: Das Mädchen hatte sie bereits entdeckt und kam auf sie zu.

»Hallo«, rief die Fremde und lächelte freundlich. »Ich bin Isira. Du hast mir zugesehen. Wie fandest du meine Sprünge?«

»Sie waren … ein bisschen merkwürdig«, gab Sheila ehrlich zu.

Isira schien es ihr nicht übel zu nehmen. Sie war ungefähr so alt wie Sheila, sehr schlank und hatte rötlich schimmerndes Haar, das ihr über die Schultern hing.

»Ich wollte etwas anderes einstudieren als die übliche Doppelschraube«, sagte Isira und blieb vor Sheila stehen. »Aber es sieht nicht besonders gut aus, wie?« Sie seufzte. »Vielleicht versuche ich es mit einer Dreifachschraube, dann habe ich bessere Chancen.«

»Chancen worauf?«, fragte Sheila.
»Na, für den Delfintanz ausgewählt zu werden.« Isira blickte Sheila neugierig an. »Hast du denn nicht davon gehört? Zaidon sucht junge Mädchen, die bei seiner Hochzeit einen Tanz aufführen. Ich will mich morgen im Palast vorstellen. Wer überzeugt, bekommt einen hohen Lohn für seinen Auftritt, außerdem ist es eine große Ehre. Ganz Atlantis wird bei dem Festzug zusehen.« Sie musterte Sheila neugierig. »Wie heißt du eigentlich?«
»Sheila«, antwortete Sheila.
»Willst du es denn nicht auch versuchen?«, wollte Isira wissen. »Ich glaube, du hättest gute Chancen – so hübsch, wie du bist. Und springen kannst du mit deinen langen Beinen bestimmt gut.«
Hübsch? Sheila wurde rot. Das hatte bisher kaum jemand zu ihr gesagt, zumindest niemand außer ihrer Mutter, und Mütter waren ja in solchen Dingen sehr voreingenommen.
»Danke«, murmelte sie. »Was ist das noch mal genau für ein Tanz? Und kann da jeder mitmachen?«
Isira nickte. »Ja. Es ist egal, ob du aus der Ober- oder aus der Unterstadt stammst. Der Aufruf geht an alle. Hast du denn wirklich nichts davon gehört? Das Fest soll jetzt sogar noch größer werden, weil es eine Doppelhochzeit geben wird. Zaidons Wesir heiratet nämlich auch.«
Sheilas Herz setzte einen Schlag aus. Redete Isira etwa von Fenolf? Das konnte doch nicht sein! Vielleicht hatte Zaidon mehr als einen Wesir.
»Eine Doppelhochzeit?«, fragte Sheila nach. »Wie … heißt denn der Wesir?«

»Fenolf, glaube ich«, antwortete Isira. »Das wird bestimmt eine ganz prächtige Feier, und wenn wir als Delfintänzerinnen genommen werden, dann sind wir mittendrin.« Sie seufzte sehnsüchtig. »Ich wollte schon immer mal wissen, wie es im Palast aussieht. Es muss dort einfach wunderbar sein.«

Fenolf. Sheila spürte einen plötzlichen Schmerz in den Schläfen. Es war unmöglich, dass Fenolf Anjala in aller Öffentlichkeit heiratete, so gut kannte Sheila inzwischen die Verhältnisse in Atlantis. Demnach würde eine andere Frau Fenolfs Braut sein. Sheila ballte unwillkürlich ihre Hände zu Fäusten.

Verräter!, dachte sie verärgert. Er hatte sie in seinem Haus untergebracht und ihnen eingeschärft, keinen Kontakt zu anderen zu haben, damit er seine Pläne ungestört verfolgen konnte. Talita würde maßlos enttäuscht sein. Sie hatte Fenolf vertraut! Auch Sheila war zuletzt völlig überzeugt gewesen, dass Fenolf sich auf ihre Seite geschlagen hatte. Und jetzt das! Sie wusste nicht mehr, was sie denken sollte. Warum hielt er sie alle zum Narren?

»Kommst du morgen mit?«, fragte Isira. »Dann müsste ich nicht allein in den Palast gehen. So richtig traue ich mich nämlich nicht. Ich würde mich wohler fühlen, wenn jemand dabei wäre.«

Sheilas Gedanken wirbelten durcheinander. *Zaidons Hochzeit, Fenolfs Verrat, Marios Unlust, Irdens Auftrag* … Blitzartig kam ihr die Idee, dass sie vielleicht selbst etwas herausfinden könnte, wenn sie Isira begleitete. Im Palast würde sie möglicherweise einen Hinweis auf das, was sie suchten, bekommen oder sie würde etwas sehen, das sie ihrem Ziel näher brachte.

»Gut, ich komme mit«, sagte Sheila spontan. »Wann treffen wir uns?«

Isira lächelte. »Morgen bei Sonnenaufgang hier am Strand?«
»In Ordnung.« Sheila nickte.
»Dann bis morgen.« Isira hob die Hand zum Abschied und ging in Richtung Stadt davon. Sheila sah ihr nach. Erst jetzt wurde ihr richtig bewusst, worauf sie sich eingelassen hatte. Das, was sie vorhatte, war absolut leichtsinnig!
Aber musste man nicht manchmal etwas riskieren? Mario hatte schließlich auch sein Leben aufs Spiel gesetzt, als er Talita befreit hatte.
Tänzerin in Zaidons Palast ...
Nachdenklich ging Sheila zu Fenolfs Haus zurück. Sie machte sich bewusst, dass Zaidon sie nicht erkennen würde, selbst wenn sie ihm begegnete. Sie konnte ihm ohne Gefahr unter die Augen treten, wenn es ihr gelang, ein harmloses atlantisches Mädchen zu spielen, das sich nichts sehnlicher wünschte, als bei Zaidons Hochzeitstanz mitzumachen. Sheila dachte an die Castingshows, die sie so oft im Fernsehen angeschaut hatte. Sie würde sich als Delfintänzerin bewerben – als eine von vielen Kandidatinnen. Sie musste einfach ausblenden, dass Zaidon ihr Feind war.

»Du bist vollkommen wahnsinnig!«, stellte Mario fest, als Sheila ihm später unter vier Augen von ihrem Vorhaben erzählte. »Du gehst auf keinen Fall allein dahin. Ich werde mitkommen.«
»Das geht nicht«, sagte Sheila und sah ihm fest in die Augen. »Der Delfintanz ist nur für Mädchen. Außerdem kann ich selber auf mich aufpassen. Und ich bin ja gar nicht allein, ich werde mit Isira gehen.«

Mario machte noch immer ein finsteres Gesicht, weil Sheila sich nicht an Fenolfs Anweisungen gehalten und mit einem fremden Mädchen geredet hatte. »Du weißt gar nicht, ob du Isira trauen kannst.«
»Ich weiß überhaupt nicht mehr, wem ich trauen kann«, gab Sheila zurück. »Fenolf habe ich auch vertraut. Und was ist jetzt? Er behauptet, dass er Anjala liebt. Dabei will er eine andere Frau heiraten!«
»Bestimmt gibt es dafür eine Erklärung«, meinte Mario.
»Ja, dass er Nachteile hat, wenn er sich zu Anjala bekennt.« Sheila war so enttäuscht von Fenolf, dass sie kein gutes Haar an ihm lassen konnte. »Warum taucht er nicht mehr bei uns auf? Er lässt sich überhaupt nicht mehr blicken! Das ist absolut feige!«
Mario machte ein ernstes Gesicht. »Wirst du es Talita sagen?«, fragte er dann.
Sheila zuckte mit den Schultern. »Du kannst es ihr auch erzählen, wenn du willst. Dann kann sie dir gleich um den Hals fallen und sich bei dir ausheulen.«
Mario packte Sheila am Arm. »Sag mal, was ist eigentlich mit dir los? Warum bist du auf einmal so zickig? So kenne ich dich gar nicht!«
»Es macht mich einfach verrückt, dass dir unser Auftrag anscheinend egal ist.« Sie riss sich los. »Und wenn ich endlich etwas unternehmen will, dann meckerst du mich nur an.«
»Ich mache mir eben Sorgen um dich«, sagte Mario.
Sie starrten einander an. Marios Blick war offen und ehrlich, und es tat Sheila gleich wieder leid, dass sie ihn so angegriffen hatte.

Aber manchmal überkam sie einfach die Wut, dann sagte oder tat sie Dinge, die sie hinterher bereute.
»Entschuldige«, murmelte sie kleinlaut.
»Ich kann dich ja verstehen«, meinte Mario. »Du hast recht, wir müssen endlich etwas unternehmen. Auch ich werde durch das Rumsitzen hier langsam ganz verrückt! – Also, du bist sicher, dass sich der geklaute Gegenstand im Palast befindet?«
»Wo sollte Zaidon ihn sonst verstecken?«, fragte Sheila. »Das Ding muss eine ziemlich große Bedeutung für Atlantis haben. Er hat es bestimmt in seiner Nähe, um darauf aufzupassen.«
»Was könnte es nur sein?«, grübelte Mario. »Was ist so wichtig für Atlantis?«
»Wasser? Energie? Nahrung?«, schlug Sheila vor.
»Atlantis hat schon eine ausgefeilte Technik«, sagte Mario. »Wenn man bedenkt, dass wir uns sechstausend Jahre zurück befinden.«
Sheila nickte. »Für technische Dinge ist Zaidon Spezialist. Ganz sicher setzt er dafür auch den Weltenstein ein. Immerhin hat er es mit dem Stein auch geschafft, aus einem Wal ein U-Boot zu machen.«
»Vielleicht geht es tatsächlich um Energie«, sagte Mario. »Womit wird der Palast geheizt? Zaidon will im Winter bestimmt nicht frieren.«
»Deswegen will ich mich ja im Palast umschauen«, erklärte Sheila. »Wir müssen uns auch die Gärten ansehen. Die Früchte. Ob sie im normalen Rhythmus reifen oder ob da etwas ist, was sie schneller wachsen oder größer werden lässt. So eine Art Wachstumsbeschleuniger oder ein Superdünger.«

»Atlantis ist nicht gerade riesig«, überlegte Mario. »Ob die Stadt sich selbst versorgen kann? Oder ob man Lebensmittel aus anderen Ländern einführt? Das müsste Fenolf als Wesir eigentlich wissen.«
»Vielleicht weiß das auch Talita«, sagte Sheila. »Beim Muschelnsuchen hat sie bestimmt gemerkt, ob regelmäßig fremde Boote oder Schiffe im Hafen anlegen. Und Saskandra müsste uns ebenfalls einiges über Atlantis erzählen können, sie hat in den vielen Jahren sicher eine Menge erlebt.«
»Würdest du Saskandra fragen?«, bat Mario. »Ich glaube, du kommst besser mit ihr zurecht. Wenn ich in ihrer Nähe bin, lässt sie garantiert gleich wieder einen ihrer merkwürdigen Sprüche los. Und ich habe momentan echt keine Lust auf düstere Prophezeiungen.«
Sheila lächelte. »Klar, mach ich, kein Problem.«
»Gut.« Mario sah erleichtert aus. »Und ich werde mich bei Talita erkundigen. – Oder stört dich das?«, fügte er vorsichtig hinzu.
Sheila wurde rot. »Nein, schon in Ordnung.« Sie schämte sich wegen ihrer dummen Eifersucht vorhin.
»Frieden?«, fragte Mario grinsend und streckte die Hand aus.
»Frieden.« Sheila schlug ein.

Saskandra schlief, als Sheila auf Zehenspitzen den Raum betrat. Die Seherin lag auf dem Bett und hatte sich zur Wand gedreht. Die bunte Decke war ihr über die Hüfte gerutscht und halb auf den Boden gefallen. Sheila zögerte, dann hob sie die Decke auf und legte sie vorsichtig wieder über Saskandra, um die alte Frau nicht zu wecken. Als sie den Raum verlassen wollte, rief Saskandra sie zurück.

»Sheila?«

Sheila schluckte. »Ja, ich bin's. Ich wollte Euch nicht aufwecken, es tut mir leid.«

Die Seherin drehte sich um. »Komm her.«

Sheila trat an ihr Bett. Saskandra griff nach ihren Händen und drückte sie.

»Du bist bedrückt und voller Ungeduld«, murmelte sie.

Sheila nickte. Dann besann sie sich, dass Saskandra ihre Reaktion nicht sehen konnte. »Ja, das stimmt«, sagte sie.

»Ich kann zwar nicht sehen, aber gut hören«, meinte Saskandra. »Ich höre sogar deine Sorgen. Dein Herz ist schwer wie ein Fels auf dem Meeresgrund.«

»Ach, Saskandra.« Sheila seufzte. In diesem Moment hätte sie sich am liebsten der Seherin anvertraut und ihr alles erzählt: dass sie aus der Zukunft kamen und Irden ihnen einen schwierigen Auftrag gegeben hatte.

Saskandra setzte sich auf, ohne Sheilas Hände loszulassen. Sheila nahm neben ihr Platz. Saskandras welke Finger streichelten jetzt ihren Arm.

»Du kommst von weit her«, sagte Saskandra. »Mit ›weit‹ meine ich keine Seemeilen, sondern Seelenmeilen. Du lebst in einer Welt, in der alles geregelt ist und in der für Prophetinnen wie mich kein Platz ist. Trotzdem kannst auch du ein wenig hören, wenn es nicht zu laut ist um dich herum.«

Sheila war verunsichert. Saskandra sprach in Rätseln. Was meinte sie mit »hören«? Sollte das bedeuten, dass auch Sheila hellseherische Fähigkeiten besaß?

»Dich und Mario, euch verbindet ein unsichtbares Band«, redete Saskandra weiter. »Du hast seinen Ruf gehört, als er in Talana war, und du bist ihm gefolgt.«

Sheila stockte der Atem. »Woher – woher wisst Ihr das?«

»Ich höre, mein Kind, ich höre«, sagte Saskandra wieder und lachte leise. »Das Meer flüstert mir im Schlaf Geschichten zu.«

»Geschichten?«

»Alte Geschichten, neue Geschichten. Dinge, die bereits passiert sind oder erst noch passieren werden. Irgendwann ist die Zukunft Vergangenheit.«

»Ich verstehe Euch nicht, Saskandra.« Sheila runzelte die Stirn.

»Du und Mario, ihr beide seid auf der Suche«, flüsterte Saskandra.

»Ja«, antwortete Sheila verwirrt. »Zaidon hat etwas gestohlen.«

»Du hast auch gestohlen«, sagte Saskandra. »Manchmal scheint etwas verloren, aber dann findet man es neu.«

»Was werden wir finden?«, fragte Sheila neugierig. Sie holte tief Luft. »Wir wissen doch gar nicht, wonach wir suchen müssen. Wenn wir nur einen Hinweis hätten, einen einzigen!«

Saskandras Daumen bohrte sich in Sheilas Handgelenk. »Wie schnell dein Herz klopft. Hoffentlich findet es den Takt. Das Herz ist wichtig. Folge dem Herzen.«

Verdammt!, dachte Sheila. Warum musste Saskandra immer so verworren reden! Warum konnte sie nie bei einer Sache bleiben?

»Atlantis wird zerstört, mein Kind«, sagte Saskandra. »Der Vulkangott erwacht. Bald.«

»Was für ein Vulkangott?« Sheila verzweifelte fast.
»Er dreht sich schon um in seinem Bett. Sein Schlaf ist leicht geworden. Und wenn er erwacht, dann versinkt alles in Feuer und Rauch!«
»Wovon sprecht Ihr?«, fragte Sheila und zerquetschte vor Eifer fast Saskandras Finger.
»Der Vulkangott herrscht über das Innere der Erde ... und sein Blut ist die Glut ... Und wenn er zornig wird, dann beginnt die Erde zu zittern ... Und wenn er brüllt, dann spuckt er Feuer und Rauch ... Aber keine Angst, mein Kind«, Saskandra streichelte Sheilas Hand, »noch schläft er ... Nicht mehr lange, nicht mehr lange, denn dann wird einer kommen und ihn wecken.«
Sheila versuchte noch einmal, auf das eigentliche Thema zurückzukommen. »Was hat Zaidon gestohlen? Wo ist es?«
»Davon rede ich doch die ganze Zeit. Es ist das Herz.«
»Ein Herz?«
»Es wiegt ihn in Schlaf, das Herz. Sein Takt – bummbummbummbumm-bummbumm – schläfert ihn ein, den Gott. Lässt ihn träumen. Bummbumm. Aber nicht mehr lange. Nicht mehr lange ...«
»Was für ein Herz?«
»Das *Herz von Atlantis*. Ein fremdes Herz ...«
»Fremd?«
»Gestohlen. Zaidon hat es gestohlen. Er hat das richtige genommen und das falsche zurückgelassen, bummdibumm, bummdibumm ... Es schlägt nicht richtig, das falsche Herz. Nicht im Takt.«
»Moment mal.« Sheila versuchte sich zu konzentrieren. *Das*

Herz – sie musste an Talana denken, an den *Tempel der Zeit*. Die drei Herzen des steinernen Kraken: das *Herz der Vergangenheit*, das *Herz der Gegenwart* und das *Herz der Zukunft*. Hatte Zaidon etwa eines davon ausgetauscht? *Das richtige genommen und das falsche zurückgelassen …*

»Das *Herz von Atlantis*, stammt es aus Talana?« Vor Eifer überschlug sich Sheilas Stimme. »Und Zaidon benutzt es, um den Vulkan ruhigzustellen, ja?«

»Vom falschen Takt wird man krank …«

Sheila kniff die Augen zusammen, um besser denken zu können. Zaidon hatte ein falsches Herz in Talana zurückgelassen, um seinen Diebstahl zu tarnen. Konnte es sein, dass es kein vollwertiger Ersatz war? Dass es nicht im richtigen Takt schlug und deshalb Talana krank wurde? Das falsche Herz zerstörte das Paradies, nicht sofort, aber nach Jahrtausenden …

Sie musste unbedingt Mario davon erzählen! Sie wollte ihre Hände lösen und aufstehen, doch Saskandra hielt sie fest umklammert.

»Nicht so eilig, nicht so eilig. Was gefunden ist, kann nicht gleich genommen werden. Seelenmeilen werden vergehen. Doch was verloren ist, werdet ihr finden. Unmögliches wird möglich …«

»Oh Saskandra«, sagte Sheila. »Ihr habt mir sehr geholfen! Ich glaube, ich weiß jetzt, wonach wir suchen müssen.«

»Ich bin müde«, murmelte Saskandra. »Es erschöpft mich, den Stimmen in meinem Kopf zuzuhören. Lass mich bitte noch ein wenig ruhen.«

Sheila half Saskandra, sich wieder hinzulegen. Sie schob ihr ein Kissen unter den Kopf und deckte sie zu.

»Ist es gut so? Oder braucht Ihr noch etwas?«
Die Seherin hatte die Augen geschlossen. »Alles ist gut, mein Kind. Du kannst gehen.«
Sheila trat nachdenklich ein Stück zurück. Saskandra hatte so vieles gesagt, aber etliche Dinge waren sehr geheimnisvoll. *Unmögliches wird möglich*. Vielleicht konnte Talana gerettet werden! Aber warum mussten erst *Seelenmeilen* vergehen? Und was bedeutete der Satz: *Was gefunden ist, kann nicht gleich genommen werden*?
Sheila ging vorsichtig rückwärts in Richtung Tür, um Saskandra nicht zu stören. Trotz aller Rätsel waren Mario und sie einen Riesenschritt weitergekommen.

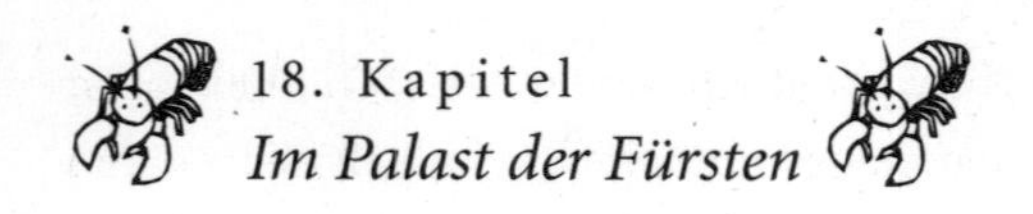

18. Kapitel
Im Palast der Fürsten

Mario hockte neben Talita auf dem gefliesten Fußboden und hörte ihr zu. Talita erzählte, dass Atlantis mit vielen anderen Ländern Handel trieb und dass die Waren meistens gegen Gold getauscht wurden, von dem Zaidon einen unerschöpflichen Vorrat zu haben schien.

Er zaubert wahrscheinlich Gold mit dem Weltenstein, dachte Mario. Oder es gibt hier tatsächlich irgendwo eine unterirdische Goldmine.

Talita erklärte Mario, dass nur die Bewohner der Oberstadt auf dem Markt Früchte kaufen konnten. Erst nach Marktschluss und wenn die Stände schon abgebaut wurden, durften sich die Bewohner der Unterstadt sehen lassen – und man musste großes Glück haben, um etwas zu ergattern. Oft waren das Obst und Gemüse dann minderwertig, denn die besten Stücke waren natürlich bereits verkauft.

»Aber manche Händler haben mir schon etwas geschenkt«, berichtete Talita und lächelte Mario an. »Andere dagegen sind völlig geizig und nehmen ihre Sachen lieber wieder mit nach Hause. Und es gibt sogar Leute, die von den Bewohnern der Unterstadt noch mehr verlangen als von denen der Oberstadt.«

»Das ist ja unverschämt.« Mario schüttelte den Kopf. Er war so auf Talitas Erzählungen konzentriert, dass er gar nicht merkte, wie Sheila den Raum betrat. Als sie plötzlich neben ihm stand, zuckte er erschrocken zusammen.

»Stör ich?« Ohne eine Antwort abzuwarten, ließ sich Sheila ihm gegenüber auf dem Boden nieder und kreuzte ihre Beine. An den roten Flecken, die auf ihren Wangen brannten, erkannte Mario, wie aufgeregt sie war.
»Also«, begann Sheila, »ich glaube, ich weiß jetzt, wonach wir suchen müssen.« Sie berichtete, was sie von Saskandra erfahren hatte.
Mario konnte gar nicht fassen, was Sheila herausgefunden hatte. Saskandra kannte das Geheimnis von Atlantis! Die Stadt ruhte auf einem Vulkan und das Herz von Talana sorgte dafür, dass der Vulkan schlief ... Marios Respekt vor der alten Seherin wuchs. Obwohl er jetzt schon so viele unglaubliche Dinge erlebt hatte, waren für ihn Magie und Hellsicht noch immer nicht selbstverständlich.
Auch Talita war beeindruckt.
»Unglaublich«, sagte sie und blickte von Mario zu Sheila. »Das klingt alles völlig fantastisch. Ihr denkt und fühlt wie ich, und dabei stammt ihr aus der fernen Zukunft. Und dass Zaidon die Herzen ausgetauscht hat, wirkt sich bis in eure Welt aus ...«
Mario wäre am liebsten sofort aufgestanden und hätte sich auf die Suche nach dem gestohlenen Herzen gemacht. Aber bestimmt standen Wachen vor Zaidons Palast und man würde ihn nicht einlassen. Da war Sheilas Plan, sich am nächsten Tag als Delfintänzerin zu bewerben, erfolgversprechender. Es wurmte ihn sehr, dass sie ohne ihn in den Palast gehen würde.
Talita schlug vor, Sheila zu begleiten.
»Auf gar keinen Fall!«, sagte Sheila sofort und Mario war völlig ihrer Meinung. »Zaidon kennt dich, er wirft dich bestimmt wie-

der ins Gefängnis und mich gleich mit. – Macht euch keine Sorgen um mich. Ich werde sehr vorsichtig sein.«

Mario sah sie schräg von der Seite an. Sheilas Miene war unbewegt, aber er kannte seine Freundin inzwischen gut genug und wusste, dass sie sehr mutig und manchmal auch risikobereit war. Wenn es um Magie ging, wurde sie sogar oft leichtsinnig. Zauberei stieg ihr zu Kopf wie anderen Leuten Alkohol.

Er fasste Sheila hart am Handgelenk. »Versprich mir, dass du wirklich nichts Unüberlegtes tust!«

»Was soll das?« Sie zog empört ihren Arm zurück und rieb sich vorwurfsvoll die Stelle, an der er sie gepackt hatte. »Traust du mir nicht?«

»Du sollst dich nur nicht in Gefahr begeben!«

Sie sah ihn trotzig an. »Und wenn ich tatsächlich das Herz finde, dann soll ich es einfach dort lassen?«

»Ja.«

»Du spinnst!«

»Dann lasse ich dich morgen nicht gehen!«

Jetzt schaltete sich Talita ein und ergriff für Sheila Partei. »Natürlich wirst du das Herz mitnehmen, wenn du es findest. Aber du darfst dich nicht dabei erwischen lassen!«

Sheila grinste sie an.

Talita grinste zurück.

Mario wurde wütend. »Na gut, dann renn eben in dein Unglück! Du mit deinem blöden Dickschädel! Immer musst du beweisen, wie supermutig du bist. Aber bilde dir bloß nicht ein, dass ich dich raushole, falls du im Gefängnis landest. Noch einmal schwimme ich ganz sicher nicht durch die stinkenden Kanäle!«

Natürlich war das gelogen, er würde sie immer und überall befreien. Das schien Sheila genau zu wissen, denn sie streckte ihm nur frech die Zunge raus.
»Musst du ja auch nicht. Weil ich nämlich nicht gefangen werde!«

So cool, wie Sheila am Tag zuvor getan hatte, war sie keineswegs. Die Nerven flatterten ihr gehörig, als sie neben Isira vor Zaidons Palast stand und darauf wartete, eingelassen zu werden.
Es war ein sonniger Tag. Die goldenen Kuppeln des Palastes glänzten so grell, dass Sheila die Augen zukneifen musste. Am tiefblauen Himmel flogen kreischend ein paar Möwen. Fahnen wehten im Wind.
Die Schlange vor dem Tor war lang. Es waren viele Mädchen gekommen, um sich als Delfintänzerinnen zu bewerben. Sie schnatterten aufgeregt und redeten über ihre Chancen. Sheila musste an die Mädchen in ihrer Hamburger Klasse denken. Hätte man diese Atlanterinnen in Jeans und T-Shirt gesteckt, so hätte man kaum einen Unterschied gemerkt. Sheila nahm an, dass es sich ausnahmslos um Mädchen aus der Oberstadt handelte. Sie hatten sich alle ziemlich herausgeputzt und trugen feine Kleider. Sheila hatte noch immer das Gewand an, das sie vor Kurzem von Talita bekommen hatte. Es war sehr einfach, aber die Stickerei am Kragen machte es zu etwas Besonderem. Darunter fühlte Sheila das Amulett. Hoffentlich brachte es ihr Glück!
Isira plapperte ununterbrochen. »Vierundzwanzig Mädchen werden genommen. Es heißt, dass Zaidon die meisten schon ausgesucht hat. Es sind vielleicht noch zwei, drei Plätze übrig.« Sie sah

Sheila aufgeregt an. »Freust du dich denn auch schon so auf die Hochzeit? Es wird sogar ein großes Feuerwerk geben …«
Sheila kam gar nicht dazu, zu antworten, weil Isira keine Pause machte. Von den Gärten ringsum wehte süßer Blumenduft herüber. Hätte Sheila nicht so weiche Knie gehabt, hätte sie die prachtvolle Natur viel mehr genossen.
Die anderen Mädchen waren jedoch mindestens ebenso aufgeregt – wenn auch aus anderem Grund.
»Ein paar Delfintänzerinnen dürfen vielleicht als Tänzerinnen am Hof bleiben«, sagte Isira. »Oh, ich wünsche mir so sehr, dass ich genommen werde. Meine Eltern würden so stolz auf mich sein. Deine sicher auch, oder?«
Sheila nickte geistesabwesend. Sie betrachtete den riesigen Palast und fragte sich, wie sie darin das gestohlene Herz finden sollte.
Die Schlange rückte nur langsam vorwärts. Endlich konnten auch Sheila und Isira den Palast betreten.
Drinnen war es kühl wie in einer großen Kirche. Sheila war beeindruckt von dem bunten Licht, das durch die Fenster fiel, und von den Malereien an den Wänden. Sie gelangten in einen kreisrunden Saal, der prächtig verziert war. Sheila hatte jedoch nur Augen für den Mann, der auf dem purpurnen Thron saß: Zaidon. Der Mann, den sie am meisten hasste und fürchtete. Ihre Hände krampften sich zusammen. Sie erkannte ihn sofort wieder, obwohl er jetzt ganz anders aussah. Sheila hatte ihn als uralten Mann kennengelernt, der mehr als sechstausend Jahre lang gelebt hatte – eine kleine, mumienhafte Gestalt mit verkrümmten Gliedern. Der gut aussehende Mann auf dem Thron war jedoch schätzungsweise zwischen vierzig und fünfzig Jahre alt. Er

war groß und schlank, braun gebrannt und hatte schwarze Haare. Seine smaragdgrünen, leuchtenden Augen waren allerdings unverwechselbar.
Als Zaidons Blick Sheila streifte, hatte sie Angst, dass er gleich aufstehen und sie zur Rede stellen würde. Obwohl sie sich sagte, dass er sie gar nicht erkennen konnte, begann sie am ganzen Körper zu zittern. Sie erinnerte sich daran, wie grausam Zaidon zu Marios Mutter gewesen war. Dieser Mann war ein Ungeheuer, er kannte keine Gnade und keine Barmherzigkeit.
»Nun – lasst euch ansehen«, befahl Zaidon und machte eine Handbewegung.
Isira, Sheila und ein drittes Mädchen mussten um das Wasserbecken herum und an seinem Thron vorbeigehen. Isira stolperte vor lauter Nervosität über ihre eigenen Füße.
Ein Flötenspieler, der schräg hinter Zaidon auf dem Boden saß, begann zu spielen. Zaidon forderte die Mädchen auf, nach der Melodie zu tanzen.
Sheila hatte ein gutes Taktgefühl. In der Schule hatte ihr Rhythmische Sportgymnastik immer Spaß gemacht. Sie erinnerte sich an ein paar Schrittfolgen, die sie gelernt hatte und die gut zu der Melodie passten. Sie schwang die Arme, bewegte die Hüften, machte einen Ausfallschritt und drehte sich schwungvoll im Kreis. Es war bestimmt keine außergewöhnliche Leistung, für die ihre Sportlehrerin sie gelobt hätte. Aber immerhin wusste Sheila, was sie mit ihren Armen und Beinen anstellen sollte, während sich die anderen beiden Mädchen nur schüchtern und unsicher bewegten.
Schließlich mussten die drei vor Zaidon stehen bleiben. Der Herrscher musterte sie von oben bis unten. Sheilas Herz klopfte

bis zum Hals. Dann kreuzten sich ihre Blicke und sie sah Zaidon direkt in die Augen. Sie hatte das Gefühl, in grünem Feuer zu versinken.
»Du.« Zaidon streckte den Arm aus und deutete auf Sheila. »Du wirst tanzen. Die anderen beiden können gehen.«
Sheila spürte, wie ihr das Blut in die Wangen schoss. Isira stöhnte neben ihr vor Enttäuschung. Sie senkte den Kopf und verließ mit ihrer Begleiterin den Raum, während Sheila noch immer vor Zaidon stand.
Jetzt!, dachte sie voller Angst. Jetzt wird er mir gleich sagen, dass er mich kennt und weiß, was ich vorhabe.
Aber Zaidon winkte nur eine Frau herbei, die sich bisher im Hintergrund gehalten hatte. Sie trat lächelnd auf Sheila zu und fasste sie am Arm.
»Komm mit«, sagte sie freundlich. »Ich bringe dich zu den anderen Mädchen.«
Sie führte Sheila hinaus. Sheila war froh, den Raum verlassen zu können und nicht mehr Zaidons durchdringenden Blick ertragen zu müssen. Sie versuchte, sich unterwegs alles genau einzuprägen – jeden Gang, jede Abzweigung. Hier im Palast musste irgendwo das Herz von Talana sein!
Die Frau wollte sich mit Sheila unterhalten. »Ich bin Marla und trainiere die Tänzerinnen. Wie heißt du? Sind deine Eltern einverstanden, dass du am Delfintanz teilnimmst? Es ist eine große Ehre für deine Familie!«
»Ich heiße Isira«, schwindelte Sheila. »Meine Eltern freuen sich. Meine Mutter hat gesagt, dass ich mich unbedingt vorstellen soll. Ich hätte nie gedacht, dass ich tatsächlich genommen werde.«

Sie wunderte sich, wie leicht ihr all die Lügen über die Lippen kamen.
Marla schob einen Vorhang zur Seite. Dahinter kam eine schmale Treppe zum Vorschein, die in die Tiefe führte. Die Trainerin nahm eine Fackel aus der Wandhalterung.
»Ich gehe voraus«, kündigte sie an. »Ich bringe dich jetzt in den Proberaum, in dem schon die anderen Mädchen sind.«
Sheila folgte der Trainerin die Stufen hinab. Sie gingen durch schmale Gänge und gelangten dann in einen quadratischen Raum. Ein Schwimmbecken nahm den größten Teil davon ein. Sheila musste an die Hallenbäder zu Hause denken, aber es fehlte der typische Chlorgeruch. Dieses Becken roch nach Meer und das Wasser schimmerte schwarz und undurchdringlich.
Marla durchquerte den Raum und betrat einen zweiten, in dem sich etwa zwanzig Mädchen aufhielten. Manche saßen auf dem Boden und unterhielten sich, andere machten Reck- und Streckübungen. Als die Mädchen Marla sahen, verstummten die Gespräche.
»Hallo«, sagte die Trainerin. »Ich bringe euch eine Neue. Das hier ist Isira. Jetzt sind wir fast vollzählig.«
»Hallo«, grüßte Sheila und hoffte, dass keines der Mädchen die echte Isira kannte. »Ich freue mich so, dass ich mitmachen darf!«
Marla schickte Sheila zu drei Mädchen, die in der Ecke saßen. Aus einer Kammer kam eine dunkelhäutige Frau mit einer kleinen Harfe. Sie setzte sich zu der Vierergruppe auf den Boden, nahm die Harfe zwischen die Beine und schlug die Saiten an. Sheila war wie verzaubert, als die ersten Töne erklangen. Es war

eine wunderbare Melodie, die ganz ohne Worte die Geschichte des Meeres erzählte, von Fischen, Delfinen und Walen.
Sheila fragte sich, ob es vielleicht eine magische Harfe war, die Zaidon mit dem Weltenstein verzaubert hatte.
Schließlich begann die Frau zu singen. Ihre Stimme klang dunkel und samtig. Das Lied handelte davon, wie eines Tages das prunkvolle Reich Atlantis entstand – an einem Platz im Meer, der zuvor unbedeutend und karg gewesen war.

»An einer Stelle, die öde und leer,
erhebt sich jetzt eine Stadt im Meer.
Atlantis ist reich, Atlantis ist schön,
niemand hat je solche Pracht gesehn.«

Sheila lauschte aufmerksam, um keine Einzelheit zu verpassen. Die Frau sang von den schönen Gärten im Meer, den prächtigen Häusern, dem blühenden Handel und davon, wie gut es allen Bewohnern ging. Im Refrain dankte sie Zaidon, weil er das alles möglich gemacht hatte. Die drei anderen Mädchen, die das Lied offenbar schon öfter gehört hatten, summten mit.
Nachdem das Lied zu Ende war, kam Marla und führte eine Schrittfolge vor, die die Mädchen einstudieren sollten. Es war anstrengender, als Sheila gedacht hatte. Alle Mädchen sollten zur selben Zeit die gleichen Bewegungen machen, niemand durfte aus der Reihe tanzen. Marla war sehr streng und korrigierte jeden falschen Schritt. Nach zwei Stunden war Sheila völlig erschöpft und nahe daran, die Nerven zu verlieren. Jeder Muskel tat ihr weh. Und es ergab sich überhaupt keine Gelegenheit, einmal unauffällig zu verschwinden und sich umzusehen.

Endlich war Marla zufrieden und schickte die Mädchen nach nebenan ins Wasserbecken. Sie sollten sich verwandeln, ein bisschen schwimmen und sich entspannen. Danach würde Marla mit ihnen einige kunstvolle Sprünge einstudieren.
Sheila war sehr erleichtert, als sie ins Becken steigen konnte. Das Wasser war warm und angenehm. Als sich Sheila in einen Delfin verwandelt hatte, spürte sie, wie ihre Kräfte zurückkehrten. Das Becken war nicht sehr groß und eigentlich hätte Sheila jetzt gern etwas mehr Bewegungsfreiheit gehabt. Als sie ganz automatisch ihr Sonar benutzte, stellte sie fest, dass das Becken mehrere Zuläufe und Abflüsse hatte. Die Öffnungen unter Wasser waren groß genug für einen Delfin. Sheila zögerte nicht lange. Sie hoffte, dass man ihr Verschwinden nicht gleich bemerken würde, und tauchte in den größten Kanal ein.

Die Röhre war gerade groß genug, dass Sheilas Rückenflosse nicht gegen die Decke schrammte. Trotzdem schwamm sie vorsichtig, um sich nicht zu verletzen. Immer wieder benutzte sie ihr Sonar, um festzustellen, ob sich der Kanal veränderte, ob es eine Kurve gab oder ein plötzliches Ende.
Sie hatte Glück. Der Kanal war lang und wurde nach und nach breiter. Schließlich mündete er in ein anderes Becken. Sheila tauchte auf und blickte sich um. Der Raum sah fast genauso aus wie der, in dem sie zuvor gewesen war, nur noch kunstvoller ausgeschmückt. Sie schwamm an den Rand, verwandelte sich zurück und kletterte aus dem Wasser. Dann blieb sie stehen und lauschte. Doch die einzigen Geräusche, die sie hören konnte, wa-

ren das Klopfen ihres Herzens und das leise Plätschern des Wasserzulaufs.
Geheimnisvolle Lichter flackerten an den Wänden und ließen goldene Muster aufblitzen. Ab und zu funkelte auch einer der Rubine oder Smaragde, die ins Mauerwerk eingelassen waren. Sheila starrte sie fasziniert an. Waren es magische Steine, die aus Talana stammten? Sie musste an die Steine in Spys Bauch denken. Vielleicht bewahrte Zaidon hier unten die geheimen und wertvollen Dinge auf, die er gestohlen hatte. Ihre feuchte Fußspur glänzte im Lampenlicht, als sie weiterging. Ein verzierter Torbogen führte in den Nebenraum. Als sie hindurchwollte, spürte sie einen Widerstand in der Luft. Es war wie eine unsichtbare Mauer. Ein Schutzzauber?
»Lass mich durch«, flüsterte Sheila und griff an ihr Amulett. »Bitte!«

»Auch in den sieben Meeren zählt
die Kraftmagie der Anderswelt.
Du, Amulett aus Urgestein,
lass mich durch diese Tür hinein!«

Der Luftwiderstand ließ sofort nach und Sheila konnte über die Schwelle in den nächsten Raum treten.
»So geht das aber nicht!«, krächzte der Torbogen hinter ihr.
Sheila zuckte zusammen, aber als nichts passierte, ging sie weiter, die Hand sicherheitshalber immer an ihrem Amulett.
Sie befand sich nun in einem großen Raum. Die Wände bestanden aus hohlen Tonröhren. In jeder Röhre steckte eine Papyrusrolle mit fremdartigen Schriftzeichen. Sheila brauchte eine Weile,

bis sie begriff, dass sie in einer riesigen Bibliothek war. Sie erinnerte sich, einmal gelesen zu haben, dass es erst Schriftrollen gab, bevor gebundene Bücher erfunden wurden. Sie fragte sich, was das für Papyrusrollen waren. Sammelte Zaidon in diesem Raum Zauberbücher? Oder waren es nur normale Bücher aus fremden Ländern?

Sie durchquerte den Raum und betrat den nächsten. Er war sechseckig und hatte verzierte Säulen. Unzählige Öllichter brannten am Boden.

In der Mitte befand sich ein rundes, halbhohes Wasserbecken. Die Außenwand war mit Perlmutt und Muscheln verziert. Das Wasser im Becken dampfte. Sheila trat vorsichtig näher und schaute hinein. Sie konnte bis auf den Grund sehen. Das Becken war nicht sehr tief, etwa einen Meter. Dunkles Geröll lag auf dem Boden, in der Mitte formten sich die Steine zu einer Art Kegel. Er sah aus wie ein kleiner Vulkan. Oben auf dem Schlot hockte reglos ein weißer Krake, die Arme um den Kegel geschlungen.

Das gestohlene Herz von Talana!

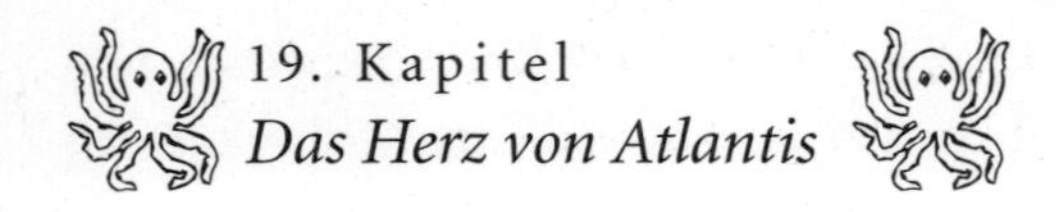

19. Kapitel
Das Herz von Atlantis

Sheila konnte es kaum fassen. Sie hatte gefunden, wonach sie und Mario gesucht hatten! Gebannt blickte sie auf den weißen Kraken. Er war etwas größer und kräftiger als das *Herz der Vergangenheit.*

Würde er auch zu ihr sprechen? Vorsichtig tauchte sie die Hand ins Becken. Das Wasser war so heiß, dass sie die Temperatur gerade noch ertragen konnte, ohne sich zu verbrühen. Der Dampf schlug ihr ins Gesicht, als sie sich über das Becken beugte, um mit der Hand den Kraken zu berühren.

»Hallo«, sagte sie leise. »Da bist du ja.«

Als sie den Kraken anfasste, schnellte einer seine Arme vor und wickelte sich eng um ihre Finger. Es war fast wie ein Händedruck. Sheila fühlte sich sofort mit dem Kraken verbunden. Es war das gleiche Gefühl der Vertrautheit, das sie schon im *Tempel der Zeit* erlebt hatte.

»Ich bin gekommen, um dich zu holen«, murmelte sie. »Talana braucht dich. Es wird sonst nach und nach zerstört.«

Dann nimm mich mit. Ich will wieder nach Hause, an meinen Platz!

Sheila lächelte. Die Arme des Kraken schlängelten sich um ihr Handgelenk. Vorsichtig zog Sheila das Tier ein Stück aus dem Schlot. Doch als sie es aus dem Wasser heben wollte, ertönte tief in der Erde ein drohendes Grollen. Der Boden fing an zu beben. Sheila verlor fast das Gleichgewicht und klammerte sich am Beckenrand fest. Der Krake rutschte von ihrer Hand, schwamm zurück und setzte sich wieder auf den Schlot.

Allmählich ließen das Beben und das unterirdische Rumpeln nach. Sheila richtete sich auf und starrte den Kraken an. Schweißperlen hatten sich auf ihrer Stirn gesammelt. Hatte sie das Erdbeben ausgelöst, weil sie den Kraken weggenommen hatte? Sie dachte an Saskandras Worte. Wenn der Krake tatsächlich verhinderte, dass der Vulkan ausbrach, wie sollte sie ihn dann mitnehmen? Dann wäre sie wirklich schuld am Untergang von Atlantis …

Sie biss sich voller Verzweiflung auf die Lippe.

»Hilf mir, Krake!«, flehte sie. »Was soll ich tun?«

Versteck dich! Sie kommen gleich …

Zaidon betrachtete gelangweilt die letzten drei Mädchen, die vor seinem Thron standen. Keines konnte ihn überzeugen, aber er hatte ja schon genügend Tänzerinnen gefunden. Mit einer Handbewegung schickte er die Mädchen wieder aus dem Saal. Dann erhob er sich von seinem Thron, froh, sich nun wieder anderen Aufgaben widmen zu können.

Als er um das Wasserbecken herumging, ertönte plötzlich ein unheimliches Rumpeln. Der Fußboden begann zu zittern und direkt unter seinen Füßen zersprangen die Fliesen. Zaidon erbleichte, während sich die Wachen im Raum voller Angst auf den Boden warfen und laut zu den Göttern flehten.

Zaidon versuchte, das Gleichgewicht zu wahren, und taumelte zur Tür.

»Keine Angst, Männer!«, rief er den Wachen zu. »Das hat nichts zu bedeuten!«
Einer der Wächter wollte ihm folgen, aber Zaidon stieß ihn zurück.
»Es ist nicht nötig, dass du mich begleitest!« Er wollte auf keinen Fall, dass jemand herausfand, welches Geheimnis Atlantis in seinen Mauern verbarg.
»Aber wenn der Palast zusammenfällt …«
»Das wird nicht geschehen.« Zaidon schob den Mann beiseite und stürzte zur Tür hinaus. Während er durch den Gang lief, merkte er, dass das unterirdische Grollen aufgehört und die Erde sich beruhigt hatte. Trotzdem wollte er nachsehen, ob der Krake noch auf seinem Platz war.
Er benutzte wieder einen der Geheimgänge und stieg über eine schmale Wendeltreppe in die Tiefe. Mit dem Edelstein an seinem Ring öffnete er den Trakt, der für jeden anderen magisch versiegelt war. Auf den ersten Blick schien alles in Ordnung zu sein. Das Schwimmbecken, in dem sich Zaidon manchmal entspannte, lag verlassen da. Das funkelnde Gold an den Wänden beruhigte den Herrscher und machte ihn stolz. Dieser schöne Raum war nur eines der Wunder, die er geschaffen hatte.
Als er in die Bibliothek gehen wollte, stutzte er. Er entdeckte die Nässe auf dem Boden. Fußspuren! Da war jemand aus dem Becken gestiegen und hatte den Raum durchquert!
Ein schrecklicher Verdacht stieg in ihm hoch. Er überprüfte die magische Sperre vor der Bibliothek und stellte fest, dass sie nicht mehr da war.

»Wer außer mir hat den Raum betreten?«, fragte er den Torbogen.
Das Holz knarrte, als würde es sich vor Verlegenheit winden. »Ich konnte nichts tun, mein Herr und Gebieter! Sie ist einfach unter mir hindurchgegangen!«
»*Sie?*«, hakte Zaidon nach. »Wer war es?«
»Eine Zauberin«, antwortete der Torbogen. »Ich konnte sie nicht erkennen, denn Magie verhüllte ihre Gestalt.«
Saskandra!, dachte Zaidon wütend. Er erinnerte sich an die magische Spur, die sie im Palast hinterlassen hatte. Jetzt war die blinde Seherin anscheinend wiedergekommen, um ihre Prophezeiung wahr zu machen und ihn ins Unglück zu stürzen. Sie musste hinter sein großes Geheimnis gekommen sein! Dabei hatte er es so gut gehütet!
Falls sie sich tatsächlich im Nebenraum befand, dann würde sie ihn nicht mehr lebend verlassen. Zaidons Wut steigerte sich. Seit Tagen ließ er nach ihr suchen! Und sie wagte es, in seinen Palast einzudringen! Sie spielte Katz und Maus mit ihm!
Zaidon trat an die gegenüberliegende Wand und drückte auf einen verborgenen Hebel. Ein Geheimfach öffnete sich.
Aus ihm holte Zaidon ein blitzendes Schwert heraus und prüfte vorsichtig seine Schärfe. Es war aus einem besonderen Metall gefertigt und der Schmied hatte ihm versichert, dass es nie stumpf werden würde. An Zaidons Finger erschien ein kleiner Blutstropfen und fiel auf den Boden. Ja, das Schwert war noch so scharf wie an dem Tag, als er es bekommen hatte. Zaidon ließ es durch die Luft sausen, dann stürmte er in den angrenzenden Raum.

Sheila hörte die Schritte. Verzweifelt sah sie sich nach einem Versteck um, schlüpfte hinter eine Säule und presste sich dagegen. Der Stein lag kühl an ihrem Gesicht. Sie griff an ihr Amulett und hoffte, dass es sie davor schützen würde, entdeckt zu werden.

»Auch in den sieben Meeren zählt
die Kraftmagie der Anderswelt.
Du, Amulett aus Urgestein,
lass mich jetzt nicht sichtbar sein!«

Jemand betrat den Raum – den schweren Schritten nach ein Mann. Sie hörte das Rascheln des Mantels und hatte Angst, dass ihr Herzschlag sie verraten könnte. Der Mann blieb stehen.
»Ich weiß, dass du dich versteckt hast! Diesmal entkommst du mir nicht!«
Zaidons Stimme! Sheila erkannte sie wieder. Am liebsten wäre sie in den Erdboden versunken oder hätte sich so klein wie ein Sandkorn gemacht. Sie versuchte, so leise wie möglich zu atmen.
Zaidon machte zwei Schritte. Sie vernahm das Plätschern von Wasser.
»Gut, du sitzt noch auf dem Vulkan«, murmelte Zaidon. »Hat sie dich angefasst? Sie will meinen Untergang herbeiführen!«
Sheila merkte, dass sie ihre linke Hand so fest ballte, dass sich die Fingernägel in ihre Haut bohrten.
Zaidon wandte sich vom Becken ab und ging im Raum umher. Gleich würde er hinter die Säule sehen …
Sheila schob sich behutsam, Zentimeter um Zentimeter, um die Säule herum. Kalter Schweiß stand auf ihrer Stirn, aber wenigstens zitterte sie nicht und konnte auch noch klar denken. Sie ver-

suchte, die Entfernung zur Tür abzuschätzen. Wenn Zaidon im hinteren Teil des Raumes beschäftigt war, konnte sie schnell hinauslaufen – und hätte dann einen Vorsprung von mehreren Metern. Vielleicht würde sie es schaffen, durch die Bibliothek zu laufen und den Nebenraum zu erreichen. Wenn sie sich flink genug ins Wasserbecken stürzte und sich in einen Delfin verwandelte, konnte sie möglicherweise entkommen.

»Wo steckst du, Zauberin?«, stieß Zaidon aus und Sheila hörte, wie Metall gegen eine Säule schlug. »Ich weiß, dass du hier bist! Ich lasse mich von dir nicht länger an der Nase herumführen. Es ist genug! Du verdienst den Tod!«

Sheila spannte all ihre Glieder an und machte sich bereit zum Spurt. Würde sie es schaffen? Zaidon war größer als sie und hatte längere Beine. Wenn er sie erwischte, würde er sie mit seinem Schwert durchbohren …

Jetzt!

Sheila schoss los. Sie schien förmlich über den Boden zu fliegen, erreichte die Bibliothek, rannte durch den Raum und zur anderen Tür hinaus.

»HAAALT!«, schrie der Torbogen.

Einen Moment lang war es, als zöge jemand an ihrem Haar und an ihrem Kleid. Sheila riss sich los und lief. Da tauchte schon das Becken vor ihr auf. Mit einem Kopfsprung warf sie sich ins Wasser, sagte ihren Zauberspruch und wurde zum Delfin.

Rasch fand sie die Röhre und schwamm hindurch. Sie hatte keine Ahnung, ob Zaidon ihr folgte. Ihr Herz raste. Sie rechnete damit, jeden Augenblick von hinten gepackt zu werden. In ihrer Not aktivierte sie die HUNDERTKRAFT.

»Du Amulett aus Urgestein,
wild, ungestüm und lupenrein,
verleih dem Träger Hundertkraft,
damit er große Dinge schafft!«

Blitzschnell schoss sie in das Becken, in dem die anderen Delfine schwammen und Sprünge übten. Sheila bremste ab und mischte sich unter die Gruppe. Wenn sie Glück hatte, war ihre Abwesenheit nicht bemerkt worden. Und vielleicht würde Zaidon, falls er ihr tatsächlich gefolgt war, nicht mehr wissen, welcher Delfin vor ihm geflohen war …

Marla stand am Beckenrand und gab Anweisungen.

»Ja, so ist es gut. – Nein, du musst noch ein bisschen höher springen. Doppelte Schraube … Gut so!«

Sheila versuchte, sich so unauffällig wie möglich zu verhalten, und machte alle Übungen mit. Dabei behielt sie immer die Röhre im Auge. Aber Zaidon war ihr offenbar doch nicht gefolgt. Sie konnte fast nicht glauben, dass sie so viel Glück hatte.

Dank der HUNDERTKRAFT vollführte Sheila mühelos die höchsten Sprünge. Sie musste sich beherrschen, um nicht noch höher zu springen. Aber Marla war schon auf sie aufmerksam geworden.

»Wunderbar, ganz ausgezeichnet! So eine Sprungkraft habe ich noch nie gesehen! Ich sollte für dich eine Solonummer einbauen!«

Mist!, dachte Sheila. Sie hatte doch nicht auffallen wollen. Und eine Solonummer war das Letzte, was sie sich wünschte.

In diesem Moment ging die Tür auf und der Fürst kam herein.

Marla verneigte sich ehrfürchtig. »Seid gegrüßt, Herr.«
Zaidon lächelte nur, aber sein Mund hatte einen grimmigen Zug. Er trat zu Marla und flüsterte ihr etwas ins Ohr. Die Trainerin schüttelte nur den Kopf und machte ein erstauntes Gesicht. Dann trat sie an den Beckenrand und klatschte in die Hände.
»So, Schluss jetzt, Mädchen. Alle raus aus dem Becken!«
Die Delfine verwandelten sich und ein Mädchen nach dem anderen kletterte aus dem Wasser.
»Bitte stellt euch in einer Reihe auf!«, sagte Marla.
Sheila hatte die schlimmsten Befürchtungen. Mit einer Handbewegung versteckte sie schnell das Amulett in ihrem Ausschnitt. Während Zaidon die Reihe abschritt und jedes Mädchen genau musterte, erzählte Marla ihm von den Übungen, die sie mit den Mädchen gemacht hatte. Der Herrscher nickte geistesabwesend. Sheila schaffte es, seinem Blick standzuhalten. Er betrachtete sie auch nicht länger als die anderen Mädchen. Sheila fiel ein riesiger Stein vom Herzen, als der Herrscher weiterging.
»Alles in Ordnung?«, fragte Marla, als Zaidon am Ende der Reihe angekommen war. »Oder stimmt etwas nicht?«
»Seltsam«, murmelte Zaidon. »Und es war wirklich kein fremder Delfin hier?«
»Nein, ganz sicher nicht, Herr«, antwortete Marla. »Wo sollte der auch herkommen?«
»Ja, woher?«, fragte Zaidon. Sein Tonfall klang halb wütend, halb ironisch. »Aus der Luft vielleicht? Oder könnte er sich unsichtbar gemacht haben?«
Er fasste Marla hart an der Schulter. »Wenn ich mitkriege, dass

du jemanden deckst, dann bist du nicht nur deine Arbeit als Trainerin los, sondern auch deinen Kopf!«
Marla wurde blass. »Ich … ich verstehe nicht, was Ihr meint, Herr. Ich habe nichts getan!«
»Melde mir jede fremde Frau, die dir auffällt – egal wie alt sie ist«, herrschte Zaidon sie an und ließ sie los. Dann verließ er den Raum.
Sheila bemerkte, dass Marla zitterte.
»Schluss für heute«, sagte die Trainerin. Ihre Stimme überschlug sich vor Nervosität. »Ihr könnt nach Hause zu euren Eltern gehen. Wir sehen uns morgen Nachmittag wieder.«

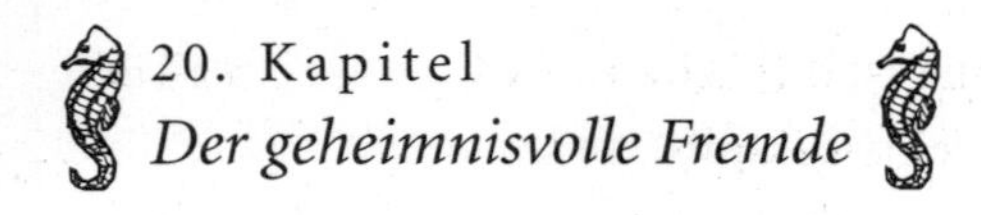

20. Kapitel
Der geheimnisvolle Fremde

Als Anjala die Tür öffnete, merkte Fenolf sofort, dass etwas nicht stimmte. In der Luft lag Feindseligkeit. Anjalas Augen waren kalt wie Eis.
»So, du lässt dich also auch wieder mal blicken«, sagte sie. »Welche Ehre!«
»Darf ich reinkommen?«, fragte Fenolf, denn Anjala blockierte die Tür.
»Wüsste nicht, wieso.«
»Bitte!«
Anjala trat zur Seite und ließ Fenolf vorbei. Auch Brom blickte ihn böse an, und als Fenolf ihm über den Kopf streichen wollte, schlug er nach seiner Hand.
»Fass mich nicht an!«
»Was ist denn los?«, wollte Fenolf wissen. »Warum verhaltet ihr euch so komisch?«
»Das fragst du noch?« Zwischen Anjalas Augenbrauen erschien eine steile Falte. »Was willst du überhaupt hier? Musst du dich nicht um deine Hochzeit kümmern?«
»Ach, das ist es.« Fenolf ließ sich auf einen Hocker fallen. »Du glaubst doch nicht wirklich, dass ich eine andere Frau heiraten werde! Ich habe mich nur scheinbar darauf eingelassen, um ...«
»Lüg mich nicht an!«, unterbrach ihn Anjala. Fenolf erschrak vor der Wut in ihrer Stimme. »Ich weiß genau, was ich bin: eine kleine Weberin aus der Unterstadt, gut genug für eine heimliche Affäre.

Ich habe keinen Augenblick lang erwartet, dass du mich heiraten wirst. Du bist der Wesir, Zaidons erster Mann. Leute wie du heiraten nicht unter ihrem Stand. Das kann ich absolut verstehen. Aber was ich nicht ertrage, ist, dass du mich angelogen hast.«

»Ich habe dich nicht angelogen«, verteidigte sich Fenolf. »Ich werde nicht heiraten. Ich habe nur so getan, als würde ich darauf eingehen, weil ich Zeit gewinnen wollte. Gestern ist es mir gelungen, ein Schiff ausfindig zu machen, das uns aus Atlantis wegbringen wird.« Er stand auf und wollte Anjala an den Schultern berühren, doch sie wich vor ihm zurück. »Das Schiff läuft in einer Woche aus. Und dann beginnen wir woanders ein neues Leben.«

»Ich glaube dir kein Wort!«

»Aber es stimmt!«, sagte Fenolf. »Ich habe das Geld für die Passage schon bezahlt. Der Kapitän fährt in den Süden, in ein fruchtbares Land. Dort leben Menschen mit brauner Haut ...«

»Spar dir deine Geschichten.« Anjalas Augen waren ganz schmal. »Wenn deine Hochzeit angeblich nur ein Vorwand ist, warum hast du mir nichts davon gesagt? Warum musste ich es von Shaka hören?« Sie presste die Hände vors Gesicht und begann zu weinen.

Fenolf wollte sie umarmen, doch sie entzog sich ihm.

»Diese Frau interessiert mich überhaupt nicht!«, beteuerte Fenolf. »Glaub mir doch!«

»Sehr schade, dass ich nicht auch noch das Hochzeitsgewand für deine Braut weben muss«, sagte Anjala. »Das für Melusa ist übrigens fertig.« Sie ging in den Nebenraum und brachte das zusammengefaltete Kleid. Es glänzte im Schein der Öllampen wie reines Gold. »Zum Glück habe ich Kinder aus der Nachbarschaft

gefunden, die für mich die Muscheln aus dem Meer geholt haben, sodass ich weiterarbeiten konnte.«
Sie drückte Fenolf das Kleid in die Hand. »Hier. Damit ist mein Auftrag erfüllt. Du kannst das Hochzeitsgewand deinem Herrn bringen. Das Einzige, was ich jetzt noch von dir erwarte, ist mein Lohn. Und dass du mir sagst, wo ich meine Tochter finden kann.«
Fenolf fasste sie am Arm. »Nimm doch Vernunft an, Anjala.«
»Ich *bin* vernünftig«, sagte Anjala. »Sehr sogar. Meine Unvernunft hat mich dazu gebracht, dich zu lieben. Aber das ist jetzt vorbei.«
Er konnte es nicht fassen, was sie zu ihm sagte. Es war wie ein Schlag in die Magengrube. »Anjala! Sag, dass das nicht wahr ist.«
Sie sah ihn an. Diesmal waren ihre Augen nicht mehr kalt, sondern nur traurig. »Ich liebe dich nicht mehr, Fenolf«, flüsterte sie. »Und nun geh! Bitte!«

Fenolf war so verstört, dass er nicht auf den Weg achtete und an einer anderen Stelle als sonst die Unterstadt verließ. Im ersten Moment wusste er nicht, wo er war.
Vor ihm lag das Meer in der Abenddämmerung. Ein paar Seevögel flogen krächzend über seinen Kopf.
Fenolf drehte sich im Kreis und versuchte, sich zu orientieren. Ganz in der Ferne erkannte er die Silhouette von Zaidons Palast. Anscheinend befand er sich an der Südspitze der Stadt. Bis zum Palast war es ein mindestens drei Meilen langer Fußweg. Fenolf seufzte.

Er setzte sich auf die Steine und betrachtete das Meer. Himmel und Wellen wurden immer dunkler. Es tat ihm so leid, dass er Anjala enttäuscht hatte. Dabei wollte er diese andere Frau wirklich nicht heiraten.
Im Palast würde man ihn jetzt sicherlich vermissen. Zaidon hatte angekündigt, dass Fenolf an diesem Abend seine Braut kennenlernen sollte: Nila. Sie sei gerade siebzehn geworden und schön wie der Himmel.
Aber Fenolf hatte nicht das geringste Interesse an Nila. Die Vorstellung, in den Palast zurückkehren zu müssen, war unerträglich. Er konnte die aufgesetzte Fröhlichkeit angesichts des kommenden Hochzeitsfestes nicht mehr ertragen. Immer größer und gigantischer sollte dieses Fest werden. Zaidon hatte ständig neue Ideen, wie er sich feiern lassen konnte. Sein Größenwahn nahm von Tag zu Tag zu.
Ich hasse ihn!
Wütend schlug Fenolf mit der Faust auf einen großen Stein.
Dann fühlte er sich erschöpft und legte sich auf den Rücken. Am Himmel waren die ersten Sterne zu sehen. Fenolf musste an die Nächte denken, in denen er zusammen mit Anjala die Sterne betrachtet hatte. Er spürte ein Brennen in der Brust. Er wollte Anjala nicht verlieren!
Als er so dalag, vernahm er auf einmal ein Plätschern. Er setzte sich auf und blickte aufs Meer. Im Wasser, schon dicht am Ufer, erschien ein blaues Licht, das geheimnisvoll schimmerte. Fenolf stand neugierig auf. Was war das?
Er erkannte einen großen Delfin. Ein geheimnisvolles Leuchten ging von ihm aus. So etwas hatte Fenolf noch nie gesehen. Das

war kein Meereswandler und auch kein gewöhnlicher Delfin! Es musste ein anderes Wesen sein.

Das Meer war ganz ruhig geworden. Auch der Wind schien zu schweigen. Es war, als hielte die Welt den Atem an.

Der Delfin richtete sich senkrecht auf und verwandelte sich in einen Mann mit einem Umhang. Als er ans Ufer kam, sah Fenolf, dass auch sein Körper eine bläulich leuchtende Aura hatte, die aber mit jedem Schritt schwächer wurde und schließlich verschwand. Der Fremde trug einen goldenen Gürtel, der im Sternenlicht funkelte. Fenolf stand auf und sah dem Ankömmling gespannt entgegen. Der Mann kam direkt auf Fenolf zu.

»Seid gegrüßt«, sagte der Fremde. »Ich wusste, dass Ihr hier auf mich warten würdet.«

»Ihr müsst mich verwechseln«, meinte Fenolf. »Ich kenne Euch doch gar nicht.«

Der Fremde streckte die Hand aus und darauf erschien ein Licht. Jetzt konnte Fenolf auch das Gesicht des anderen erkennen. Es war jung, aber voller Weisheit und Güte.

»Ihr seid … ein Zauberer«, sagte Fenolf beeindruckt.

»Ja«, antwortete der Mann. »Ich bin Irden, der Steinhüter. Meine Heimat ist die magische Wasserwelt Talana. Dort ist es meine Aufgabe, über die Steine zu wachen und dafür zu sorgen, dass die Harmonie Talanas gewahrt bleibt.«

»Dann gibt es das Paradies also doch«, sagte Fenolf. »Ich war mir nicht ganz sicher, ob ich daran glauben soll.«

»Weil Zaidon die Alten und Kranken niemals dorthin bringen lässt?«, erwiderte Irden sofort.

»Das wisst Ihr?«, fragte Fenolf überrascht.
»Ich bin schon eine Weile unterwegs und habe viele Dinge gesehen, die mir nicht gefallen«, sagte Irden. »Zaidon hat etlichen Menschen die Gabe verliehen, sich in Delfine zu verwandeln. Mithilfe des Weltensteins, den er mir gestohlen hat. Zaidon war vor vielen Jahren mein Gehilfe. Doch eines Tages ist er verschwunden. Er hat die Magie in diese Welt gebracht, ohne zu berücksichtigen, welchen Schaden er damit anrichtet. Es geht Zaidon nur um Reichtum und Macht. Er hat Atlantis nicht für andere geschaffen, sondern nur für sich selbst.«
Fenolf biss die Zähne zusammen. Genau diesen Gedanken hatte er auch schon gehabt. Aber es war etwas anderes, ihn aus dem Mund eines Magiers zu hören.
»Er richtet so viel Unheil an«, sagte Irden. »Das große Elend in der Unterstadt. Seine Lügen und falschen Versprechungen. Die Veränderungen, die er mit dem Weltenstein vornimmt. Ich werde dem Ganzen ein Ende machen. Und es ist Eure Bestimmung, mir dabei zu helfen.«
Fenolf runzelte die Stirn. Eigentlich glaubte er nicht an das Schicksal und dass manche Dinge im Leben vorbestimmt waren.
Irden schien seine Skepsis zu spüren. »Doch, Ihr seid es. Ich habe vor vierzehn Tagen einen Zauber ausgesprochen, damit heute an dieser Stelle ein Mann stehen wird, der mir Zugang zum Palast verschafft.«
»Ihr habt mich verhext?«, fragte Fenolf empört.
»Nein«, sagte Irden. »Ich habe das Schicksal lediglich gebeten, die Schritte eines Mannes hierher zu lenken, der mir bei meiner großen Aufgabe behilflich sein kann. Verzeiht mir, dass es ausge-

rechnet Euch getroffen hat, aber anscheinend seid Ihr die geeignete Person.«

Fenolf schwieg und dachte nach. Inzwischen war aus seiner Kritik an Zaidons Herrschaft richtiger Hass auf den Fürsten geworden. Trotzdem erschreckte ihn die Vorstellung, dass *er* zu Zaidons Untergang beitragen sollte.

»Ich kann verstehen, dass Euch die Sache nicht sonderlich begeistert«, sagte Irden. »Aber die Zukunft zweier Welten hängt davon ab. Sie dürfen sich nicht weiter vermischen. Zaidon ist oft zwischen Talana und dieser Welt hin- und hergewechselt – heimlich, um sich Informationen und magisches Material für seine dunklen Machenschaften zu besorgen. Doch das Tor ist jetzt geschlossen. Selbst wenn ich wollte, könnte ich nicht nach Talana zurückkehren.«

Irden deutete auf den goldenen Gürtel an seiner Hüfte. »Seht die leeren Fassungen. Darin befanden sich sieben magische Steine. Zusammen bildeten sie den Schlüssel zum Weltentor. Die Steine ruhen jetzt gut versteckt in den sieben Weltmeeren.« Irden machte eine kurze Pause. »Ich musste das Tor aus Sicherheitsgründen schließen. Das, was hier geschehen wird, darf sich nicht auf Talana auswirken. Ich werde den Weltenstein zerstören müssen, um Zaidons Macht zu brechen – und vermutlich werde ich dabei sterben.«

Fenolf atmete tief. Das Tor zu Talana. Der Weltenstein. Zaidons Untergang. Fenolf hatte sich nie danach gesehnt, ein Held zu werden oder für große Veränderungen verantwortlich zu sein. Er überlegte, was er tun sollte. Irden zurückweisen? Ihm sagen, dass er sich einen anderen für seinen Plan suchen sollte? Aber dann

dachte er an Anjala. Wie traurig sie war, weil Zaidon überall verkünden ließ, dass sein Wesir Nila heiraten würde …
»Ich werde Euch helfen«, sagte Fenolf zögernd.
»Dann sagt mir, wie ich am besten in den Palast und in Zaidons Nähe gelangen kann«, erwiderte Irden. »Es macht mir keine Mühe, mich als jemand anders auszugeben. Im Verwandeln bin ich ein Meister.«
Fenolf dachte nach. »Ich glaube, ich habe da eine Idee.«

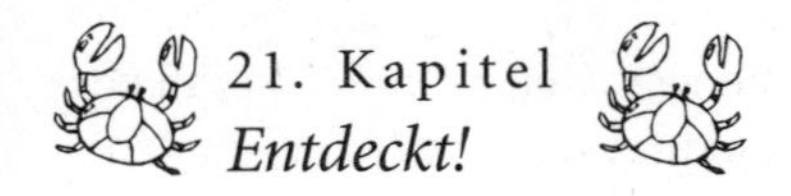

21. Kapitel
Entdeckt!

»Wir haben auch gespürt, wie die Erde gebebt hat«, sagte Talita, und Mario nickte.
Sheila hatte ihnen erzählt, was im Palast geschehen war.
»Das war ziemlich riskant«, meinte Mario. »Zaidon hätte dich getötet, wenn er dich erwischt hätte!«
Sheila senkte den Kopf. Selbst jetzt schlotterten ihr noch die Knie. Sie griff nach ihrem Amulett, überzeugt, dass der magische Stein sie vor dem Schlimmsten bewahrt hatte.
»Du wirst morgen jedenfalls nicht mehr in den Palast gehen«, sagte Mario.
»Aber ich bin doch eine von den Tänzerinnen«, widersprach Sheila, obwohl ihr bei dem Gedanken, Zaidon vielleicht wiederzusehen, fast schlecht wurde. »Marla rechnet mit mir. Und ich weiß nun, wo das Herz ist. Wir müssen überlegen, wie wir den Kraken mitnehmen können, ohne dass der Vulkan ausbricht.«
»Hm, das wird schwierig sein«, sagte Mario. »Bestimmt geht so was nur mit Magie.«
Die drei saßen auf dem Boden und grübelten. Talita war ziemlich schweigsam und wirkte bedrückt. Sheila wusste von Mario, dass sie von der Doppelhochzeit erfahren hatte. Wahrscheinlich musste Talita jetzt ständig daran denken.
»Vielleicht sollten wir Saskandra um Rat fragen«, sagte Sheila, nachdem sie sich eine Weile vergebens den Kopf zermartert

hatte. Sie hatte keine Ahnung, ob die Zauberkraft ihres Amuletts ausreichen würde, um so etwas Gewaltiges wie einen Vulkanausbruch zu verhindern.

»Es geht Saskandra nicht besonders gut«, sagte Talita und zeichnete mit den Fingern Muster auf die Fliesen. »Heute Nachmittag hat sie lauter wirres Zeug gemurmelt. Dass sie verfolgt wird und so. Sie hat mich ein paarmal in den Garten geschickt, ich sollte nachschauen, ob die Männer schon kommen. Aber nie war jemand da.«

Sheila bekam sofort Angst. Saskandras Prophezeiungen waren erstaunlich zutreffend. Und es stimmte ja auch – noch immer ließ Zaidon nach Saskandra suchen. Dass die Männer noch nicht in Fenolfs Haus aufgetaucht waren, grenzte an ein Wunder.

Mario schien dasselbe zu denken wie Sheila. Er sah sie an. »Wäre vielleicht besser, wir würden uns woanders verstecken.«

Sheila nickte. »Aber wo?«

Im selben Moment ertönte aus dem Nebenraum ein lautes Stöhnen. Die drei waren sofort auf den Füßen und liefen zu Saskandra. Die alte Seherin hatte sich aufgesetzt, und als Sheila an ihr Bett trat, umklammerte sie sofort ihre Arme.

»Der Anfang vom Ende«, sagte sie erregt. »Es geht los!«

»Bitte legt Euch wieder hin.« Sheila bemerkte, dass die Seherin am ganzen Körper zitterte. Sie versuchte sanft, die alte Frau aufs Bett zu drücken, doch sie leistete Widerstand.

»Hast du es heute Mittag auch gespürt?« Saskandras blinde Augen starrten Sheila an. »Der Vulkangott hat sich in seinem Bett umgedreht. Bald wacht er auf.«

»Daran war ich schuld«, murmelte Sheila. »Ich habe das *Herz von*

Atlantis berührt. Wenn man es wegnimmt, bricht der Vulkan aus. Gibt es ein Mittel, wie man das verhindert? Ihr wisst doch so viel!«
Sie war sich nicht sicher, ob Saskandra ihr überhaupt zuhörte.
»Einer wird kommen, der Gerechtigkeit will«, flüsterte die Seherin. »Das Tor ist verschlossen und der Kampf wird beginnen. Ihr werdet den Freund erkennen, den ihr in der Zukunft trefft.« Sie stöhnte. »Ich muss gehen.« Sie wollte aufstehen.
»Nein«, sagte Sheila. »Ihr bleibt da und ruht Euch aus.« Sie warf Mario einen bittenden Blick zu.
Als er die Seherin festhalten wollte, schlug sie nach ihm. Sheila erschrak. Auch Mario war ganz perplex.
»Lasst mich gehen!« Saskandras Stimme klang so fordernd, dass Sheila sie losließ und ihre Hände zurückzog.
Die Seherin stand auf und ging mit schleppenden Schritten durch den Raum. Sie schwankte ein bisschen, aber als Sheila sie stützen wollte, stieß Saskandra sie zurück. »Ich muss diesmal allein gehen. Folgt mir nicht.«
Mario zuckte mit den Schultern. Sheila trat zur Seite und Saskandra ging an ihr vorbei zur Hintertür des Hauses.
»Was hat sie vor?«, flüsterte Talita.
»Keine Ahnung«, sagte Mario.
Saskandra öffnete die Tür und ging in den Garten hinaus. Obwohl sie nichts sehen konnte, schlug sie zielstrebig den Weg zum Meer ein.
»Sollen wir ihr nicht doch lieber folgen?«, fragte Sheila unsicher.
»Du hast es doch gehört. Sie will es nicht!«, antwortete Mario.
Die drei beobachteten, wie Saskandra über die Felsen stieg. Es

wurde schon dämmrig, über dem Meer zog die Nacht auf. Jetzt hatte die Seherin das Ufer erreicht und watete ins Wasser.
»Sie geht ins Meer«, sagte Sheila verzweifelt.
»Dort braucht sie keine Hilfe«, sagte Mario. »Als Delfin findet sie sich bestens zurecht.«
Sheila blickte ihn an. »Meinst du, sie geht für immer?«
»Möglich.« Mario schaute übers Meer. Saskandra stand nun bis zu den Hüften im Wasser. »Vielleicht will sie deswegen nicht, dass wir ihr folgen.«
Talita trat an seine Seite. »Dann war das also ein Abschied.«
Sheila schluckte. Sie hätte noch so viele Fragen gehabt. Aber wenn es Saskandras Entscheidung war, zu gehen, dann konnte nichts und niemand auf der Welt sie zurückhalten.
»Seht doch.« Talita deutete aufs Wasser. Saskandra hatte sich in einen weißen Delfin verwandelt. Mit großen Sprüngen schwamm er aufs Meer hinaus, wurde kleiner und kleiner und verschwand dann in der Dunkelheit.
Sheila war traurig, als sie die Tür schloss und sich dagegenlehnte. Auch Mario und Talita standen etwas unschlüssig herum. Die Stimmung war gedämpft. Keiner wusste so recht, was er sagen sollte.
Talita brach das Schweigen zuerst. »Also – ich glaube, ich werde uns mal was zu essen machen.«
»Ich hab keinen Hunger«, sagte Mario gleich.
»Ich auch nicht«, meinte Sheila.
»Ich bringe jetzt wahrscheinlich auch nichts runter«, meinte Talita.
Sie gingen in den Nebenraum. Inzwischen war es draußen ganz

finster geworden. Hier in Atlantis kam die Dunkelheit schnell, es gab keine lange Dämmerung. Talita entzündete ein paar Öllampen, während Sheila ans Fenster trat und in die Finsternis hinausstarrte. Ihr Herz war schwer. Ohne Saskandra war das Haus so leer. Jetzt war sie fort und niemand würde ihnen mehr Hinweise und Ratschläge geben können. Sheila und Mario waren mit ihrer Aufgabe ganz auf sich allein gestellt.

Plötzlich wurde Sheila stutzig. In der Ferne hatte sie einige kleine Lichter ausgemacht, die sie anfangs für Glühwürmchen gehalten hatte. Doch jetzt erkannte sie, dass die Lichter größer wurden. Es waren mindestens zwanzig Fackeln, die sich dem Haus näherten.

»Mario!« Sheila drehte sich um. »Schau mal, schnell!«

Der Junge warf nur einen einzigen Blick nach draußen. »Zaidons Leute! Sie kommen! Wir müssen weg, rasch! Am besten zum Meer!«

Talita ließ alles stehen und liegen, womit sie sich beschäftigt hatte. Die drei rannten zum Hinterausgang und wollten in den Garten hinausstürmen. Doch dann sahen sie, dass das Grundstück bereits von Männern umstellt war, die lautlos und ohne Fackeln gekommen waren.

»Zurück und nach vorne abhauen!«, kommandierte Mario.

Aber von vorn kamen die Fackelträger. Sie bildeten eine so dichte Kette, dass es unmöglich schien, irgendwo eine Lücke zu finden und hindurchzuschlüpfen. Für eine Flucht war es zu spät.

Es würde auch nichts nützen, das Haus zu verbarrikadieren. Die Männer würden im Nu alle Sperren durchbrechen.

»Ich fürchte, sie haben uns!«, sagte Sheila voller Panik.

»Vielleicht haben wir doch noch eine Chance«, meinte Mario. »Sie sind schließlich hinter Saskandra her und nicht hinter uns.«
»Aber sie sind auch hinter mir her«, sagte Talita. »Vergesst das nicht!«
In diesem Augenblick klopfte es an der Tür.
»Aufmachen!«, forderte eine Stimme. Und bevor Sheila den Riegel zurückschieben konnte, trat der Mann bereits gegen die Tür. Holz splitterte. Vier Leute stürmten herein und leuchteten den Kindern mit den Fackeln ins Gesicht.
»Wer wohnt noch hier?«, herrschte der Erste Sheila an.
»Nie-niemand«, stotterte sie.
»Durchsucht das Haus!«, befahl der Mann.
Seine drei Begleiter stürmten in den Nebenraum.
»Wie heißt ihr?«, fragte der Anführer. Weil er nicht gleich eine Antwort bekam, brüllte er: »Was ist los mit euch? Seid ihr stumm oder taub?« Er zog Talita an sich heran, griff nach ihrem Kinn und hob die Fackel. »Du bist keine Bewohnerin der Oberstadt. Dafür ist deine Haut zu blass. Was tust du hier? Wer hat dir erlaubt, hier zu sein?«
Talita schwieg.
»Na gut. Ich nehme dich auf alle Fälle mit, weil du gegen die Regeln verstoßen hast. Bewohner der Unterstadt dürfen ihr Areal nicht verlassen.«
Dann wandte sich der Mann an Mario und Sheila. »Und was ist mit euch? Wollt ihr mir auch keine Auskunft geben?«
»Ich heiße Isira«, log Sheila. »Ich gehöre zu den Delfintänzerinnen, die bei Zaidons Hochzeit auftreten sollen.«
Im selben Augenblick kamen die anderen Männer zurück.

»Es ist tatsächlich niemand mehr hier«, berichtete einer. »Wir haben jedoch Anzeichen gefunden, dass bis vor Kurzem eine weitere Person hier gewohnt hat. Das Bett ist zerwühlt. Die Person war auf alle Fälle erwachsen. Wahrscheinlich war sie eher klein, eine Frau.«

»Nun?« Der Anführer packte Sheila hart am Arm. »Rede! Wer war noch da?«

Sheila presste die Lippen zusammen.

»Na gut. Ganz wie ihr wollt.« Er ließ sie los. »Fesselt die drei. Wir bringen sie in den Palast. Dort werden sie schon den Mund aufmachen!«

Jetzt ging alles sehr schnell. Sheila, Mario und Talita wurden die Hände auf den Rücken gebunden. Die Männer legten ihnen auch Fußfesseln an, sodass sie nur kleine Schritte gehen konnten. Dann wurden sie aus dem Haus getrieben, während ein Teil der Männer die Einrichtung auf den Kopf stellte und alles mitnahm, was ihnen gefiel.

Die beiden Mädchen und der Junge mussten im Gänsemarsch hintereinandergehen. Die Männer zogen sie an Stricken vorwärts. Sheila kam sich vor wie ein Stück Vieh. Es gab keine Gelegenheit zur Flucht. Die Fesseln saßen fest, außerdem wurden die Kinder von allen Seiten bewacht.

»Schneller! Nicht so lahm!«, rief der Anführer.

Einmal stolperte Sheila und fiel. Sie schlug sich den Ellbogen auf. Es war sehr schmerzhaft. Einer ihrer Bewacher zerrte sie hoch.

»Los, Mädchen, vorwärts!«

Sheila lief weiter, während ihr die Tränen übers Gesicht rannen. Was erwartete sie wohl im Palast?

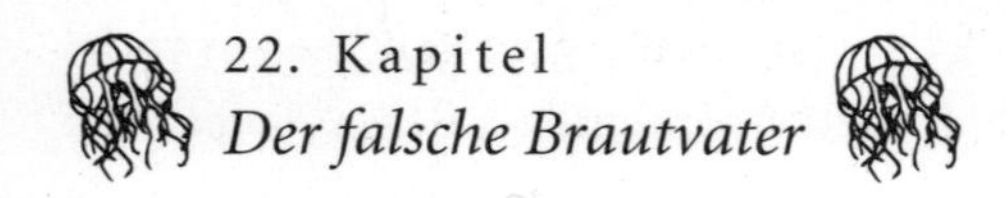

22. Kapitel
Der falsche Brautvater

Zaidon war mitten im Gelage und schon etwas betrunken.
»Mach dir nichts draus, dass er noch nicht da ist«, sagte er zu Nila, die an seiner Seite saß und sehr zurückhaltend an einem Becher Wein nippte. »Be-bestimmt ist etwas Wi-Wichtiges dazwischengekommen.« Zaidons Zunge war ziemlich schwer. Er merkte selbst, dass er lallte. »Fenolf ist auf alle Fälle einer meiner besten Männer«, betonte er. »Treu. Zuverlässig. Stark.« Bei jeder Eigenschaft, die er aufzählte, schlug er auf den Tisch. Die goldenen Becher klirrten.
Nila lächelte tapfer, aber Zaidon sah trotz seines inzwischen schon getrübten Blicks, dass ihre Lippen zitterten. Sie war wirklich noch sehr jung, fast noch ein Kind. Aber sehr hübsch!
»Eins sage ich dir.« Er lehnte sich vertrauensselig an sie. »Wenn Fenolf dich nicht will, ist er dumm. Aber dann heirate ich dich eben und mache dich zu meiner Zweitfrau. Wie würde dir das gefallen?«
Seine Lippen näherten sich ihrem Ohr. Nila rückte ein Stück von ihm ab.
»Das ist eine große Ehre, mein Fürst«, flüsterte sie. Dann stand sie auf. »Entschuldigt mich bitte einen Moment.«
Sie verließ den Raum. Zaidon sah ihr nach und griff nach den Weintrauben, die vor ihm auf einem goldenen Teller lagen. Die weißen Trauben hatte er von weit her kommen lassen, sie waren eine teure Delikatesse.

»Etwas fröhlichere Musik!«, befahl er den Spielern, die am anderen Ende des Raums mit ihren Instrumenten saßen. »Oder haben wir etwa einen Anlass zum Traurigsein? Noch ist Atlantis nicht untergegangen! Prost!«
Eigentlich hatte Zaidon nur einen Witz machen wollen, aber einer der Harfenspieler griff vor Schreck daneben und es gab einen grässlichen Misston. Einen Augenblick lang war es totenstill im Raum. Erst nach und nach setzte das Stimmengemurmel wieder ein.
Zaidon war plötzlich wieder einigermaßen klar.
Sie wissen, was Saskandra mir prophezeit hat, schoss es ihm durch den Kopf. Irgendwie musste etwas durchgedrungen sein. Vielleicht hatten ihre Dienerinnen geplaudert. Oder einer der Gefangenenwärter.
Das ärgerte ihn. Wie konnte jemand Saskandras Prophezeiung glauben? Das Reich Atlantis würde noch lange existieren. Der Vulkan würde weiterschlafen. Wozu gab es das *Herz von Atlantis*?
Vielleicht hatte auch der kurze Erdstoß heute Mittag seine Leute beunruhigt. Zaidon war nach wie vor überzeugt, dass es Saskandra gewesen sein musste, die in seine geheimen Räume eingedrungen war. Zaidon hatte nur einen flüchtigen Blick auf die Gestalt werfen können, die vor ihm geflohen war. Sie war ihm kleiner vorgekommen als Saskandra. Leise Zweifel hatten sich in sein Herz geschlichen, aber eine Hexe wie Saskandra konnte vielleicht auch ein anderes Aussehen annehmen. Ganz gewiss. Das war möglicherweise auch der Grund, warum Saskandra noch nicht gefunden worden war.

Zaidon hatte seine Häscher am Abend erneut ausgeschickt, um dieses Weib zu finden. Er hatte eine hohe Belohnung ausgesetzt und hoffte, dass die Aussicht auf eine schöne Geldsumme den Eifer seiner Männer anstacheln würde. Sie sollten ihm jede verdächtige Person bringen. Er musste Saskandra einfach finden!
Sein Zorn wuchs und verlagerte sich auch auf Fenolf, der ihn an diesem Abend so hängen ließ. Zaidon fragte sich, wo sein Wesir blieb. Dass er einen Termin nicht einhielt, passte nicht zu ihm. Ob er sich vielleicht wieder bei dieser Weberin aus der Unterstadt herumtrieb? Nun – diese Affäre würde bald ein Ende haben. Hoffentlich bekam die Frau wenigstens das Hochzeitskleid fertig. Es wurde langsam Zeit. Wenn sie das Kleid nicht rechtzeitig ablieferte, würde er sie einen Kopf kürzer machen lassen. Das wäre sowieso die beste Lösung. So würde er verhindern, dass Fenolf nach seiner Hochzeit mit Nila weiter zu der Weberin ging.
Zaidon griff wieder nach seinem Weinbecher, als die gegenüberliegende Tür aufging und Fenolf in Begleitung eines fremden Mannes eintrat. Fenolf sah abgekämpft aus, irgendwie unglücklich, er war in den letzten Tagen sichtlich hagerer geworden. Seine Augen lagen tief in den Höhlen. Der Fremde dagegen wirkte kräftig und entschlossen. Zaidon war neugierig, welchen Freund Fenolf da mitgebracht hatte.
Fenolfs Blick wanderte über die Tafel und fand Zaidon. Er nickte ihm zu, fasste den Fremden am Arm und die beiden Männer durchquerten den Raum.
Der Fremde blieb ein Stück entfernt stehen, während Fenolf zu Zaidon trat und sich über ihn beugte.
»Ich habe einen Gast mitgebracht, Zaidon. Er ist viele Meilen

übers Meer gefahren, um sich mit seinen eigenen Augen zu überzeugen, dass seine Tochter es bei dir gut haben wird.«
Zaidon runzelte die Stirn. Sein Denken war vom Wein schon ein bisschen langsam. »Wer ist es?«
Fenolf bückte sich und flüsterte: »Es ist Irwin, der Vater von Melusa, deiner Braut.«
Zaidon war überrascht und stand etwas mühsam auf. Er hatte angenommen, dass Melusas Vater zusammen mit seiner Tochter und den anderen Gästen eintreffen würde. Aber es zeugte von Verantwortungsbewusstsein und der Sorge eines liebenden Vaters, dass Irwin früher gekommen war, um sich umzusehen und sich zu vergewissern, dass alles seine Ordnung hatte.
Zaidon trat auf Irwin zu und streckte ihm die Hand entgegen. »Seid in meinem Palast herzlich willkommen, Irwin. Es freut mich sehr, Euch kennenzulernen. Fühlt Euch hier wie zu Hause!«
Irwin neigte höflich den Kopf. Er hatte langes, gewelltes braunes Haar, das an den Schläfen schon etwas silbern wurde, graue Augen und einen aufmerksamen Blick. »Ich freue mich, meinen zukünftigen Schwiegersohn kennenzulernen.«
Als Zaidon seine Hand berührte, spürte er einen Moment lang prickelnde Energie. Er war irritiert. Es fühlte sich an wie Magie. Er war für solche Dinge sensibilisiert. Doch dann verschwand das Gefühl und Zaidon war sich nicht mehr sicher. Vielleicht hatte er sich getäuscht und es lag nur am Wein …
»Wollt Ihr Euch setzen?« Zaidon bot Irwin den Platz neben sich an. Er war nervös und wünschte sich, er hätte nicht so viel getrunken, um seine Reaktionen besser unter Kontrolle zu haben. »Nehmt, was Euch beliebt. Es ist alles da: gefüllte Wachteln.

Gebratene Taubeneier. Kaviar. Haifischflossensuppe. Orangen und Feigen aus meinen eigenen Gärten.«
»Danke, ich habe keinen großen Hunger.« Irwin lächelte.
»Aber diese Trauben müsst Ihr unbedingt probieren, sie schmecken köstlich«, drängte Zaidon. Warum hatte er nur so ein unbehagliches Gefühl und den Eindruck, dass Irwins Aufmerksamkeit nichts entging? Außerdem erinnerte ihn dieser Mann an jemanden, er kam nur nicht darauf, an wen.
Irwin pflückte eher gelangweilt ein paar Beeren von den Stielen und schob sie sich in den Mund. »Gut«, sagte er kauend, ohne sonderlich beeindruckt zu sein.
Zaidon war verunsichert. Wahrscheinlich gab es in Irwins Heimat viel bessere Trauben.
»Hattet Ihr eine angenehme Reise?«, fragte er, um eine Unterhaltung in Gang zu bringen.
»So einigermaßen«, antwortete Irwin. »Unterwegs gerieten wir einmal in einen Sturm, aber der Kapitän hatte das Schiff gut im Griff. Sonst war alles ruhig.«
Zaidon nahm einen Schluck Wein. Mit diesem Irwin konnte man nur schwer warm werden. Er war auf seltsame Weise distanziert.
Jetzt mischte sich Fenolf ein. »Das Hochzeitsgewand ist fertig«, flüsterte er Zaidon ins Ohr. »Ich habe es mitgebracht.« Er deutete auf seinen Beutel.
»Du bist wieder bei dieser Weberin gewesen?«, wollte Zaidon wissen.
»Nur um das Kleid zu holen«, antwortete Fenolf. »Sonst war gar nichts zwischen uns, ich schwöre es dir.«

»Du wärst auch sehr töricht, wenn du dich noch länger mit dieser Frau abgeben würdest«, meinte Zaidon und öffnete den Beutel, um einen Blick auf das Gewand zu werfen. »Nila ist bezaubernd. Ich frage mich, wo sie bleibt.«
Er hatte angenommen, dass sie nur die Toilette aufgesucht hatte und sich etwas frisch machen wollte.
»Und?«, fragte Fenolf gespannt, während Zaidon das Gewebe betrachtete. »Ist es in Ordnung?«
Zaidon konnte keinen Fehler feststellen. Es war eine makellose Arbeit. Er stellte sich vor, wie schön Melusa darin aussehen würde. *Jede Frau* würde in so einem Kleid eine überwältigende Erscheinung sein. »Gut.« Er nickte. »Ich werde der Weberin morgen ihren Lohn auszahlen lassen.«
Er winkte eine Dienerin herbei, damit sie das Kleid ins Brautgemach brachte.
Irwin rollte gelangweilt eine Weintraube auf dem Tisch hin und her, als sich Zaidon an ihn wandte. Er wollte ihn gerade auffordern, doch wenigstens eine gebratene Wachtel zu probieren, da kam Irwin ihm zuvor.
»Ich muss dringend mit Euch sprechen. Wo können wir ungestört unter vier Augen reden?«
»Jetzt gleich?« Zaidon fragte sich, worüber Irwin reden wollte. Der Brautpreis war doch längst geklärt und die Summe Gold ausgemacht, die Zaidon für Melusa bezahlen würde. Wollte Irwin jetzt etwa seine Forderung erhöhen?
»Je früher, desto besser«, sagte Irwin.
»Dann kommt mit.« Zaidon erhob sich und wollte mit Irwin zusammen den Raum verlassen. An der Tür stieß er beinahe mit

Nila zusammen, die gerade zurückkehrte. Das Mädchen sah ihn mit großen Augen an.
»Dort hinten steht dein Bräutigam«, sagte Zaidon. Lächelnd deutete er auf Fenolf. »Er ist doch noch gekommen. – Ich bin bald zurück, dann kann ich mich wieder um dich kümmern.«
»Danke, Herr.« Nila knickste und ging schüchtern in Fenolfs Richtung.
»Ich möchte wirklich sicher sein, dass uns niemand stört«, sagte Irwin, während er mit Zaidon den Gang entlangging. »Keine Leibwächter, keine Diener. Das, worüber wir reden, muss absolut unter uns bleiben.«
»Das klingt ja nach einer wichtigen Sache«, erwiderte Zaidon. »Und wer garantiert mir, dass Ihr keinen Dolch unterm Gewand tragt und ihn mir in die Brust bohrt, sobald wir unter uns sind?«
»So was traut Ihr mir zu?« Irwin hob die Augenbrauen. »Was hätte ich davon, wenn ich meinen Schwiegersohn ermorde? Ich bin froh, für Melusa einen so angemessenen Bräutigam gefunden zu haben. Sie ist sehr stolz darauf, dass sie bald die Fürstin von Atlantis sein wird. Ich soll Euch übrigens von ihr grüßen.«
»Danke.« Zaidon überlegte, wohin er mit Irwin gehen sollte. In sein kleines Privatzimmer vielleicht? Er hatte schon den Türgriff in der Hand, als einer seiner Soldaten angestürzt kam.
»Herr, verzeiht, aber Ihr müsst dringend nach vorne kommen.«
»Jetzt nicht«, sagte Zaidon, ungehalten wegen der Störung. »Ich habe keine Zeit. Du siehst doch, dass ich meinen Gast herumführe.«

»Es gibt Neuigkeiten«, sprudelte der Mann hervor. »Wir haben drei Gefangene und sind außerdem sicher, dass wir Saskandras Versteck gefunden haben. Die Seherin ist leider entkommen.«
Entkommen! Zaidon ärgerte sich. Hatte er denn nur unfähige Männer? »Was sind das für Gefangene?«, fragte er barsch.
»Zwei Mädchen und ein Junge. Eines der Mädchen ist höchstwahrscheinlich die Komplizin der Seherin, die zusammen mit ihr aus dem Kerker geflohen ist. Ein Wärter hat sie wiedererkannt.«
Wenn es tatsächlich Talita war, dann wäre die Suche wenigstens teilweise erfolgreich gewesen. Zaidon seufzte. Er wandte sich an Irwin.
»Macht es Euch etwas aus, noch einen Moment zu warten?«
»Wenn es so wichtig für Euch ist …«
Zaidon merkte, dass Irwin nicht gerade begeistert war, aber darauf konnte er jetzt keine Rücksicht nehmen. Schließlich war er der Fürst von Atlantis und es gehörte zu seinen Pflichten, die Gefangenen in Augenschein zu nehmen.
»Führt die Gefangenen her«, befahl er.
»Hierher?«, vergewisserte sich der Soldat.
»Sind deine Ohren verstopft?«, brüllte Zaidon, der allmählich die Geduld verlor. Der Wein in seinem Blut ließ ihn schwitzen.
»Natürlich, sofort.« Der Soldat verneigte sich und zog sich zurück.
Sonst empfing Zaidon die Gefangenen immer im runden Saal, aber er wollte Irwin weder hier zurücklassen noch mit ihm durch den halben Palast spazieren. Irwin sah etwas genervt aus, während die beiden Männer warteten. Zaidon begann, ihm von

Saskandra zu erzählen und wie unverschämt die Seherin zuletzt geworden war.
»Ich weiß nicht, wie Ihr gehandelt hättet«, schloss er. »Ich mache solche Leute lieber mundtot. Eine wie Saskandra kann das ganze Volk in Panik versetzen.«
»Da kommen sie«, unterbrach Irwin ihn und blickte zum anderen Ende des Ganges.

Sheila hatte das Gefühl, am Ende ihrer Kräfte zu sein, als sie in den Palast geschoben wurde. Die Wächter schubsten und zogen die Gefangenen vorwärts.
»Es ist aus mit uns«, murmelte Mario niedergeschlagen. »Wir werden niemals nach Hause zurückkehren!«
Auch Sheila hatte inzwischen alle Hoffnung verloren. Sie hatte es sich viel einfacher vorgestellt, Irdens Auftrag zu erfüllen. Aber alles ging schief.
Talita schluchzte leise. »Das ist alles nur meinetwegen. Wir hätten uns trennen sollen, dann hätten sie wenigstens euch nicht geschnappt.«
»Unsinn«, sagte Sheila. Sie wollte nicht, dass Talita sich die Schuld an allem gab. Außerdem nützte das jetzt auch nichts.
»Los, weiter!«
Sheila erhielt wieder einen Stoß und stolperte vorwärts. Sie wunderte sich, dass man sie so weit in den Palast hineinführte. Sie liefen durch einen breiten Flur. Durch eine geöffnete Tür sah Sheila eine Festtafel mit unzähligen Kerzen. Es roch nach Gebratenem, nach Früchten und nach Zimt und Honig. Etliche fein gekleidete Gäste saßen am Tisch oder standen im Raum und unterhielten sich.

»Feiert Zaidon schon Hochzeit?«, fragte Talita verblüfft.
Einige Gäste merkten, dass Gefangene durch den Gang geführt wurden, und kamen neugierig an die Tür.
»Na, was habt ihr denn ausgefressen?«, rief ein betrunkener Mann amüsiert. »Sollen wir zusehen, wenn Zaidon euch einen Kopf kürzer machen lässt?«
Talita streckte ihm die Zunge heraus.
Plötzlich entdeckte Sheila in der Menge Fenolf. Sie warf ihm einen verzweifelten Blick zu und sah den Schreck auf seinem Gesicht, als er sie erkannte.
»Fenolf!«, rief Talita in diesem Moment. »Hilf uns! Bitte! Tu was! Du kannst doch nicht einfach …«
»Halt die Klappe!«, fuhr ein Wächter sie an und zerrte sie weiter.
»Verräter!«, zischte Talita voller Verachtung.
Sie mussten weiter durch den Palast gehen, bis sie schließlich zu einer Tür kamen, vor der zwei Männer standen. Einer davon war Zaidon, der den Ankömmlingen grimmig entgegenschaute. Sein Gesicht war gerötet.
»Hier sind die Gefangenen, Herr!«
Sheila bekam einen so heftigen Stoß, dass sie vor Zaidon und seinem Begleiter auf dem Fußboden landete. Als sie sich aufrappelte, fiel ihr Blick zufällig auf das Gewand des Fremden. Der Umhang hatte sich unten ein Stück geöffnet, und als sich der Mann bewegte, konnte Sheila kurz einen goldenen Gürtel sehen. Es durchfuhr sie heiß. Den Gürtel kannte sie. Sie hatte ihn schon in der Hand gehabt … Es war derselbe Gürtel, den Spy um seinen Leib gewickelt hatte.

Verwirrt kam Sheila auf die Beine. In ihrem Kopf wirbelten die Gedanken. Es gab zwei Möglichkeiten: Entweder hatte dieser Fremde Spy getroffen und ihm den Gürtel abgenommen oder der Mann vor ihnen war Zaidons größter Feind: Irden.
Ihr Herz klopfte rasend schnell. Sie forschte im Gesicht des Fremden nach vertrauten Anzeichen. Die Gesichtszüge waren anders, aber seine Augen, diese Augen …
Als sich ihre Blicke kreuzten, war sie sich sicher. Plötzlich wurden ihr auch Saskandras Worte klar.
Einer wird kommen, der Gerechtigkeit will. Ihr werdet den Freund erkennen, den ihr in der Zukunft trefft.
Die Seherin hatte von niemand anders gesprochen als von Irden!
»Dich kenne ich!« Zaidon deutete auf Talita. »Du bist mit der Hexe aus dem Kerker geflohen, aber bilde dir nicht ein, dass es dir ein zweites Mal gelingen wird. Noch vor Morgengrauen wird der Henker seine Arbeit tun.«
Talita schluchzte laut. »Ich habe doch nichts getan …«
Aber Zaidon hörte gar nicht zu. »Den Jungen kenne ich nicht«, stellte er dann fest. »Aber wenn er mit dem Mädchen zusammen war, dann hat er auf alle Fälle etwas mit der Sache zu tun. Werft ihn ins Gefängnis!«
Dann blickte er zu Sheila. »Und du … dich habe ich schon gesehen. Du warst heute schon einmal hier! Du bist eine der Delfintänzerinnen!« Er schüttelte den Kopf. »Du hättest klüger sein und aufpassen sollen, mit welchen Leuten du dich abgibst! Hier an meinem Hof hättest du eine glänzende Karriere als Tänzerin machen können, aber jetzt ist es leider zu spät dafür.« Seine

Stimme klang sarkastisch. Er wandte sich an einen Soldaten. »Wo habt ihr sie gefunden?«
»In einem kleinen Haus am Strand«, berichtete der Angesprochene. »Wir forschen gerade nach, wem es gehört.«
Zaidon klatschte in die Hände. »Führt die Gefangenen ab!«, rief er laut.
Als Sheila weggezerrt wurde, hörte sie noch, wie er zu seinem Begleiter sagte: »Und nun habe ich endlich Zeit für Euch!«

23. Kapitel
Der Untergang

Fenolf war schockiert, als er sah, dass Talita, Sheila und Mario gefangen genommen worden waren. Er geriet in Panik. Dann hatte man also ihr Versteck gefunden – und es würde sicher nicht lange dauern, bis Zaidon herausfand, dass es sich um Fenolfs Haus handelte.

Sein doppeltes Spiel würde bald auffliegen …

»Was habt Ihr?«, fragte Nila, die neben ihm stand. »Ihr seid so bleich. Fühlt Ihr Euch nicht wohl?«

»Nein … äh … es ist nichts …«, log Fenolf.

Er überlegte fieberhaft, was er tun sollte. Er konnte nicht mehr warten, bis nächste Woche das Schiff auslaufen würde. Bis dahin würde Zaidon hinter ihm her sein. Er musste sofort fliehen, das war die einzige Chance, die er hatte. Die Angst überrollte seine Gedanken. Aber was war mit Talita und den beiden anderen? Sollte er sie ihrem Schicksal überlassen? Wenn er heute Abend zu Zaidon ging und ihn erneut um Talitas Freilassung bat, würde er sich nur höchst verdächtig machen.

Fenolf überlegte fieberhaft. Er konnte nur hoffen, dass Irden seinen Plan so bald wie möglich ausführen würde. Wenn der Magier Zaidon stürzte, würde im Palast sicher das Chaos herrschen und die Gefangenen in den Kerkern könnten von ihren Freunden und Angehörigen befreit werden. Wahrscheinlich würde es in ganz Atlantis Aufruhr geben. Die Bewohner der Unterstadt würden sich gegen die Unterdrückung auflehnen.

Alles würde sich in Kürze verändern – falls Irden erfolgreich war.

Fenolf durfte sich nicht verdächtig machen. Sonst riskierte er, dass Zaidon den falschen Brautvater enttarnte und Irdens Plan platzte.

»Ihr hört mir überhaupt nicht zu«, beschwerte sich Nila neben ihm.

Fenolf blickte sie irritiert an. Er hatte tatsächlich nicht gehört, was sie zu ihm gesagt hatte. »Es tut mir leid«, entschuldigte er sich. »Heute habe ich wirklich keinen besonders guten Tag. Das liegt aber keineswegs an Euch.« Er lächelte Nila an und sie erwiderte zögernd sein Lächeln. »Doch jetzt muss ich Euch leider wieder verlassen.«

»Aber Ihr seid doch vorhin erst gekommen«, protestierte Nila.

»Dringende Geschäfte, die ich nicht aufschieben kann«, log Fenolf. »Verzeiht mir. Ihr habt heute Abend wirklich einen besseren Gesellschafter verdient als mich.« Er verneigte sich, durchquerte den Saal und spürte dabei Nilas Blicke in seinem Rücken. Er hatte ein schlechtes Gewissen, weil er sie einfach so stehen ließ. Aber er musste unbedingt zu Anjala und sie bitten, ihm zu verzeihen und mit ihm zu fliehen, möglichst noch heute Nacht. Gleichzeitig drückte ihn die Sorge, weil er nichts für Talita und die beiden anderen tun konnte.

Als er den Palast verließ und die kühle Nachtluft ihn umfing, kam er sich vor wie der letzte Schuft. Dabei wollte er nur eines – sein eigenes Leben leben, zusammen mit Anjala.

»Dass du zu einem so fiesen Trick greifst!« Zaidon starrte seinen Widersacher an. In ihm brodelte der Hass. Irden hatte sich in den Palast eingeschlichen wie eine miese Ratte! Als vermeintlicher Brautvater Irwin hatte er vorgegeben, Zaidon ein paar Dinge zu sagen, auf die Melusa unbedingt Wert legte. Um Klatsch und Tratsch am Hof zu vermeiden, sollte niemand von den Dienern zuhören.
Zaidon hatte ihn deswegen in sein Privatgemach geführt und alle Bediensteten weggeschickt.
Danach hatte Irden seine Maske fallen lassen – und stand vor Zaidon, wie dieser ihn in Erinnerung hatte: mit seinem violetten Mantel und dem unverwechselbaren goldenen Gürtel, dessen magische Steine jetzt allerdings fehlten.
»Was willst du hier?«, fragte Zaidon. Er bebte vor Zorn.
»Gerechtigkeit«, antwortete Irden. »Du hast den Weltenstein aus Talana gestohlen und in dieser Welt dein Atlantis gegründet. Du bereicherst dich auf Kosten der Bewohner der Unterstadt und ihr Elend ist dir völlig egal. Dir geht es nur um Macht – und die verschaffst du dir mithilfe von Magie, obwohl in dieser Welt kein Platz dafür ist.«
»Das hier ist mein Leben«, fuhr Zaidon ihn an. »Es geht dich nichts an. Geh zurück nach Talana und kümmere dich um deine Steine!«
»So redest du mit mir, deinem einstigen Herrn?« Irden lächelte, aber seine Lippen waren ganz schmal.
Zaidon verschränkte die Arme.
»Selbst wenn ich wollte, könnte ich nicht mehr nach Talana zurückkehren«, sagte Irden. »Und du auch nicht. Das Weltentor ist

verschlossen und es wird erst wieder in Jahrtausenden geöffnet werden. Vielleicht auch nie mehr.«
»Na und?« Zaidon zuckte mit den Schultern. »Ich will nicht nach Talana zurück. Was habe ich dort verloren? Ich lebe hier.«
»Und ich werde auch nicht zurückkehren«, kündigte Irden an. Seine Stimme klang drohend. »Nicht, bevor ich deine Macht nicht gebrochen und dich vernichtet habe. Du wirst mir nicht entkommen – und wenn ich dich bis ans Ende der Welt verfolgen muss.«
Zaidon ließ sich nicht einschüchtern. Irden unterschätzte ihn! Es war gar nicht sicher, wer von ihnen beiden den Kampf gewinnen würde. Vor ein paar Jahren wäre Irden vielleicht der Sieger gewesen, aber inzwischen hatte Zaidon dazugelernt. Er war nicht mehr der Gehilfe!
Da drehte sich Irden zur Wand und machte in der Luft eine Handbewegung, worauf die Geheimtür aufsprang.
Zaidon war überrascht. Woher wusste Irden von den verborgenen Räumen?
»Halt!«, rief er und fasste nach Irdens Arm.
Doch dieser schüttelte ihn ab wie ein lästiges Insekt.
»Dort unten ist er«, sagte Irden.
»Was?«
»Der Weltenstein. Ich spüre seine Kraft.«
Irden machte ein paar Schritte auf die Wand zu. Zaidon sprang ihn von hinten an und wollte ihn am Umhang festhalten, aber plötzlich hatte er nur eine Handvoll violetter Federn zwischen den Fingern.
»Taschenspielertricks!«, fauchte Zaidon.

»Aber sehr wirksam.« Irden lachte und war schon bei der Wendeltreppe.
Zaidon sah sich im Raum um und griff nach einem Schwert, das an der Wand hing. Er packte es mit beiden Händen und folgte Irden die Treppe hinunter, entschlossen, seinem Gegner die Klinge in den Rücken zu rammen.
Die leuchtenden Tiefseequallen blinkten Alarm und Irden blickte über die Schulter.
»Mit diesem Schwert kannst du vielleicht einen Menschen töten, aber keinen Zauberer aus Talana.« Er schnippte mit den Fingern und die Klinge des Schwertes sprang in zwei Teile.
Zaidon ließ das abgebrochene Stück auf die Treppe fallen. Das hatte er vergessen. Zu lange lebte er schon in der Welt der Menschen und hier konnte er das Leben seiner Feinde mit einem Schwertstreich beenden. In Talana hingegen galten andere Gesetze. Irden war durch Magie geschützt und man benötigte einen starken Zauber, um ihn seiner Kräfte zu berauben. Aber der Weltenstein war stark genug!
Zaidon musste nur vor Irden den Stein erreichen! Kurz entschlossen sprang er über das Geländer der Treppe, landete federnd zwei Meter tiefer auf dem Boden und war mit einem Satz bei dem Tisch, auf dem der Weltenstein ruhte. Er legte im selben Augenblick seine Hand auf den Stein wie Irden.
Es gab einen großen blauen Funken, als sich ihre Hände berührten.
Die beiden Männer starrten sich an.
Zaidon spürte, wie die Kraft des Weltensteins in ihn überging – aber da war auch noch eine andere Kraft, die in ihn hineinkroch

wie eine giftige Schlange. Einen Augenblick lang fühlte er, wie Irden in ihm war und sich auf den Weg zu seinem Herzen machte. Schon hatte er Zaidons Lunge erreicht und versuchte sie zu lähmen. Ein großer schwerer Stein legte sich auf seine Brust und schien ihn zu erdrücken. Zaidon rang verzweifelt nach Atem.

Dann besann er sich, sammelte seine Kräfte und ging zum Gegenangriff über, um Irden mit derselben Methode zu schwächen. Ein Teil des Weltensteinzaubers strömte in Irden hinein wie eine schwarze tödliche Masse, die sich gierig auf die Suche nach seinen lebenswichtigen Organen machte … Plötzlich hatte Zaidon einen Geistesblitz und lenkte die schädliche Magie zu Irdens Gehirn, um seine Gedanken zu verwirren und ihn dazu zu bringen, den Weltenstein loszulassen.

Im gleichen Moment wurde Zaidon von einem Schwindel erfasst und spürte, dass sich Irden bereits in seinem eigenen Gehirn befand und anfing, ihm Bilder vorzugaukeln: Erinnerungen an die wunderschöne Welt Talana, an die friedlichen Delfine, die harmonisch im Wasser schwammen, an die farbenfrohen Muschelpaläste, die sich so unendlich zart und filigran über dem Meeresboden erhoben …

Und dann sah Zaidon sich selbst, wie er als Delfin den Weltenstein aus Talana gestohlen hatte. Er hatte ihn in seinem Schnabel gehalten und war damit in die andere Welt geflohen, die bisher keine Magie gekannt hatte. Dort hatte er sich in einen Menschen verwandelt.

Er erblickte nun seine eigene Hand, die den Weltenstein hielt, spürte das Triumphgefühl, das ihn damals durchströmt hatte. Es war der Reiz gewesen, etwas Unerlaubtes und sehr Wertvolles zu stehlen; etwas, das ihm unendliche Möglichkeiten eröffnen würde …

Die Erinnerung verblasste. Zaidon sah auf einmal eine andere Hand, die sich auf den Weltenstein legte, als wollte sie ihn zurückfordern. Er kämpfte gegen diese Hand an. Seine Hand war so stark wie die fremde. Es knirschte, der Weltenstein bekam einen Riss und dann geschah das Unglaubliche: Der Stein barst in der Mitte auseinander.

Es gab keinen Knall, sondern nur eine ungeheure magische Entladung, die Zaidon von den Füßen riss und in einen tiefen schwarzen Tunnel zog, an dessen Ende ein feuriger Vulkan wartete. Er nahm auch den Kraken wahr, der durch den Druck von seinem Platz weggefegt worden war. Das *Herz von Atlantis* konnte den Vulkan nicht länger besänftigen.

Um Zaidon wirbelte alles herum: Wasser, Mauern, Meeresboden, Gesteine und loderndes Feuer … Und während die Welt ringsum völlig verrücktspielte, hielt Zaidon sein Stück des Weltensteins fest umklammert und seine Kräfte schwanden.

Fenolf bemerkte das Beben auch. Er war auf dem Weg zu Anjala. Nur noch wenige Gänge trennten ihn von ihrer Wohnung, als der Boden plötzlich zu wackeln begann. Kleine Gesteinsbrocken lösten sich von der Decke und fielen herunter. Fenolf presste sich gegen die Wand, um nicht getroffen zu werden.

Als sich die Erde einige Minuten später beruhigt hatte, rannte er weiter, bis er vor Anjalas Tür stand. Er klopfte heftig.

»Mach auf, Anjala. Ich weiß, dass du da bist.«

Anjala öffnete. Sie wirkte nicht erfreut. »Habe ich mich nicht klar genug ausgedrückt? Ich will dich nicht mehr sehen!«
Fenolf ging nicht darauf ein. Er griff nach ihren Händen. »Anjala, wir müssen hier weg! Noch heute Nacht!«
»Fass mich nicht an!« Sie zog ihre Hände zurück.
»Jetzt ist keine Zeit zum Streiten«, sagte Fenolf hastig. »Wir können später über alles reden. Ich flehe dich an: Komm mit! Wir müssen hier weg!«
Anjala war verunsichert, weil im gleichen Augenblick wieder die Erde bebte. Die Pfanne krachte von ihrem Gestell und fiel scheppernd auf den Boden. Brom kam hinter einem Vorhang hervor und schrie vor Angst. Er klammerte sich an Anjala.
»Was ist das, Mama?«, fragte er heulend.
Anjala zog ihn an sich und legte schützend die Arme um ihn. »Es passiert nichts, Brom. Alles wird gut!« Dabei war sie selbst bleich wie der Tod.
»Ihr müsst mitkommen«, flehte Fenolf noch einmal. »Es geschehen unerwartete Dinge … Zaidon wird gestürzt werden …«
»Gestürzt?« Anjala runzelte die Stirn. »Das hört sich eher so an, als würde das ganze Land dem Erdboden gleichgemacht werden.« Ihre Augen flackerten vor Angst.
»Lass uns fliehen, Anjala, bitte!«
»Gut.« Anjala holte tief Luft. »Aber ich gehe nicht ohne Talita. Bring uns zu deinem Haus.«
Fenolf schluckte. »Talita ist nicht mehr dort.«
Anjala starrte ihn an. »Wo ist sie?«
»Zaidon hat sie gefangen genommen«, sagte Fenolf. Er hatte einen Kloß im Hals.

Eine Sekunde lang sah es aus, als wollte Anjala auf Fenolf losgehen. Dann veränderte sich ihre Miene, sie fing verzweifelt an zu schluchzen und barg ihren Kopf an Fenolfs Brust.
Er strich ihr übers Haar und wusste nicht, wie er sie trösten konnte.
Es rumpelte wieder.

»Der Mann soll Irden sein?«, fragte Mario ungläubig. Seine Stimme hallte in dem Gewölbe.
»Ja.« Sheila traute sich kaum zu atmen, so sehr stank es. Außerdem war es feucht und kalt. Talita hatte zwar schon erzählt, wie schlimm es im Kerker gewesen war, doch die Wirklichkeit übertraf ihren Bericht noch bei Weitem.
»Ich habe seinen Gürtel erkannt«, sagte Sheila. Sie zitterte am ganzen Körper. »Er trug ihn unter seinem Umhang.«
»Bist du sicher, dass du dich nicht getäuscht hast?« Mario blieb skeptisch. »Vielleicht Wunschdenken nach dem Schock, weil sie uns erwischt haben?«
»Nein! Es war genau der Gürtel, den Spy trägt. Ich habe mich bestimmt nicht getäuscht. Außerdem habe ich Irden auch an seinen Augen erkannt! Ich schwöre dir, er war's!«
»Na, dann …« Mario lehnte sich an die Wand. »Vielleicht findet sich ja doch noch ein Ausweg.«
Talitas Stimme war dumpf vor Sorge. »Dann muss aber bald etwas geschehen. Habt ihr nicht gehört? Zaidon will mich noch vor Morgengrauen töten lassen.«
»Das passiert ganz sicher nicht«, sagte Sheila, um Talita zu trösten.

»Ach ja? Kannst du hellsehen wie Saskandra?«, gab Talita zurück. Die Verzweiflung ließ sie aggressiv werden.
Sheila war hilflos. »Nein, aber –«
»Dann mach mir auch keine Hoffnungen«, fauchte Talita.
»Wir haben dir doch von Irden erzählt.« Mario ließ sich nicht aus der Ruhe bringen. »Er ist ein großer Magier. Von ihm haben wir unseren Auftrag bekommen. Wir wissen, dass Irden mit Zaidon gekämpft hat. Dabei ist der Weltenstein zerbrochen, auf dem Zaidons Macht beruht.«
»Was heißt das – *gekämpft hat*?«, rief Talita. »Er hat doch noch gar nicht gekämpft. Ihr bringt mich mit eurem komischen Mischmasch aus Zukunft und Vergangenheit völlig durcheinander.«
Mario schwieg. Auch Sheila sagte nichts. Talita weinte leise vor sich hin. Irgendwo tropfte es, aber Sheila konnte nicht erkennen, wo. Es war fast finster im Verlies. Nur durch die Schlitze in der Holztür fiel etwas Licht herein. Draußen im Gang brannten einige Fackeln. Zaidon hatte angeordnet, dass eine Wache ständig vor ihrer Tür stand. Wahrscheinlich befürchtete er, Talita könnte ein zweites Mal fliehen.
»Wenn wir wenigstens unsere Fesseln los wären«, flüsterte Mario. »Komm mal dichter ran, Sheila. Ich versuche, ob ich die Stricke aufknoten kann.«
»Die sitzen so fest, das schaffst du bestimmt nicht«, meinte Sheila und versuchte, zu Mario zu rutschen. Der Boden war kalt und schlüpfrig. Doch schließlich spürte sie, wie ihre Hände Marios Hände berührten. Sie saßen nun Rücken an Rücken. Marios Finger tasteten Sheilas Fesseln ab. Sheila hielt geduldig still.

»Verdammt!«
Plötzlich ertönte ein unterirdisches Grollen. Der Boden begann zu beben. Eine Spinne floh blitzschnell in eine Ecke. Talita jammerte laut.
»Was ist das?«
Sheilas Bauch wurde eiskalt vor Schreck.
»Es geht los«, sagte Mario. »Der Untergang von Atlantis.«

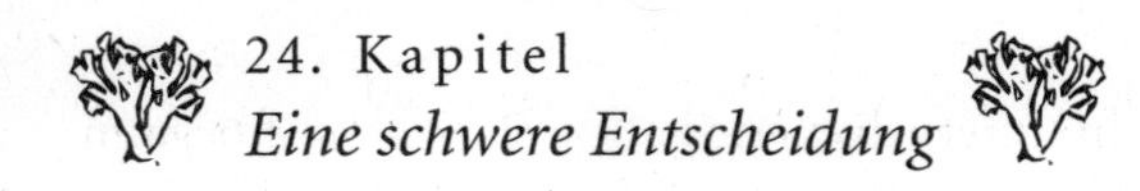

24. Kapitel
Eine schwere Entscheidung

Endlich war es Mario gelungen, Sheilas Stricke zu lösen. Die Fesseln fielen auf den Boden und Sheila rieb sich die geschundenen Handgelenke.

»Danke«, sagte sie und schaute sich panisch im Verlies um.

Das Beben unter ihnen wurde immer stärker. Kleinere Steinbrocken prasselten von der Decke herunter. Die drei Gefangenen pressten sich an die Wand, in der Hoffnung, dort weniger gefährdet zu sein als in der Mitte des Raums.

»Wir werden sterben«, jammerte Talita.

Genau das befürchtete Sheila auch. Sie spürte, wie Marios Herz schlug, und war froh, dass er bei ihr war. So würden sie das Ende gemeinsam erleben. In diesem Augenblick höchster Gefahr wurde ihr klar, wie viel ihre Freundschaft ihr bedeutete und dass es das Wertvollste war, was es auf der Welt gab. Sie wusste instinktiv, dass er dasselbe empfand – ohne dass sie ein Wort sagen mussten.

Das Gemäuer knirschte. Ein Riss wuchs in der Außenwand empor und verästelte sich. Dann brach ein Stück der Mauer ein und Wasser sprudelte herein. Im Nu stand es kniehoch im Raum. Unter dem Druck gab die Holztür nach, wurde aus den Angeln gerissen und das Wasser floss in den Gang. Die Wärter schrien in Panik.

Sheila versuchte aufzustehen, doch die Strömung war so stark, dass sie umgerissen wurde. Ihr Kopf tauchte unter, sie schluckte

Salzwasser, kam wieder hoch und japste: »Wir müssen uns verwandeln!«
Es war schwer, sich auf den Zauberspruch zu konzentrieren, aber schließlich gelang es und Sheila wurde zum Delfin. Ein weiteres Mauerstück war unterdessen weggebrochen und die Wand gab ein Loch frei, gerade groß genug für einen Delfin. Mit einem Sprung passierte Sheila die Öffnung und gelangte ins Meer, dessen Wellen wild und ungestüm an die Außenmauern des Kerkers schlugen.
Kurze Zeit später waren Mario und Talita in Delfingestalt neben ihr und Sheila war erleichtert, dass durch die Verwandlung die Fesseln von ihnen abgefallen waren. Als Delfine konnten sie es mit den wilden Wellen aufnehmen; sie wussten die Strömung zu nutzen oder ihr auszuweichen und kamen bald in tiefere Gewässer. Aber auch dort war das Meer unruhig und bewegt. Korallenbänke waren zerbrochen, Muscheln trieben ohne Halt umher. Durch Zaidons wunderschöne Wassergärten tobte ein zerstörerischer unterirdischer Sturm.
Der Meeresboden sah aus, als wäre er lebendig geworden. Hügel und Berge entstanden, während sich an anderen Stellen plötzlich Löcher auftaten. Sheila hatte das Gefühl, sich inmitten eines verrückten Karussells zu befinden, alles wirbelte durcheinander. Etliche kleine Fische hatten bereits die Orientierung verloren und schwammen panisch hin und her. Einer der dicken Mondwächter war fast besinnungslos vor Angst und überließ sich wehrlos den Strömungen.
Auf einmal sah Sheila vor sich etwas aufblitzen. Es war Spy mit

dem goldenen Gürtel. An seiner Seite schwamm ein weißer blinder Delfin.
»Saskandra!«, rief Sheila überrascht.
»Es ist höchste Zeit«, sagte Saskandra. »Wir haben euch erwartet.«
Spy blubberte eine aufgeregte Begrüßung, die Sheila aber nicht verstand, weil Spy so nuschelte. Dann rülpste er und spuckte die goldene Spieluhr aus. Im nächsten Moment wirbelte der weiße Krake durchs Wasser.

Ich bin das Herz der Vergangenheit.
Atlantis geht unter.
Ich muss euch zurück in die Zukunft bringen.
Hier ist die Gefahr zu groß!

Er drehte sich im Kreis und Sheila glaubte, bereits den leichten Schwindel zu spüren, der die Rückreise ankündigte.
»Halt«, schrie sie völlig verwirrt. »Wir haben doch unsere Aufgabe noch gar nicht erledigt …«
»Und meine Mutter«, rief Talita verzweifelt dazwischen. »Mein Bruder! Ich muss sie retten! Ich muss sie wegbringen!«
Die wirbelnden Bewegungen des Kraken wurden langsamer, bis er schließlich still im Wasser stand.

So erledigt, was ihr erledigen müsst.
Ich halte indessen die Zeit an.

Augenblicklich kam alles zur Ruhe – genau wie Sheila und Mario es bereits in Talana erlebt hatten. Die Welt ringsum schien zu erstarren und zu Stein oder zu Glas zu werden. Der Krake berührte

nacheinander Sheila, Mario, Talita, Saskandra und Spy. Jetzt hatte es den Anschein, als wären die fünf die einzigen Lebewesen in einem Meer aus gefrorener Zeit.
»Was ist das für ein Zauber?«, fragte Talita verblüfft. »Warum macht der Krake das? Was geschieht gerade?«
Mario erfasste die Lage als Erster. »Das ist unsere Chance, Talita«, rief er. »Das *Herz der Vergangenheit* hält die Zeit an. Es stoppt den Untergang von Atlantis. Wir können in die Stadt zurück und nach deiner Mutter und deinem Bruder suchen, ohne dass wir Angst haben müssen, verschüttet zu werden.«
»Das geht wirklich?«, fragte Talita freudig. Sie tanzte aufgeregt um Mario herum. »Dann werde ich meine Familie wiedersehen! Ich bin so glücklich!«
»Ja, und wir können jetzt auch das *Herz von Atlantis* holen«, sagte Sheila hoffnungsvoll.
Niemand würde sie verfolgen, denn kein Wächter konnte sich von der Stelle rühren. Sie brauchten sich auch nicht vor Zaidon zu fürchten. Er würde genauso erstarrt und handlungsunfähig sein wie jedes andere Wesen.

Ihr müsst euch entscheiden.
Ich kann die Zeit anhalten.
Habt ihr das andere Herz,
fließt die Zeit jedoch wieder.

Die Worte des Kraken hallten in Sheilas Kopf wider.
»Dann fließt die Zeit?«, wiederholte Sheila. »Was heißt das?«
Mario überlegte. »Wahrscheinlich will uns der Krake mitteilen,

dass in dem Moment, in dem wir das andere Herz berühren, der Zeitstillstand aufgehoben wird.«
Sheila sah in Gedanken schon den Palast über sich zusammenbrechen. Die einzige Möglichkeit, heil zu entkommen, wäre, blitzschnell in die Zukunft zurückzukehren. Aber was passierte dann mit Talita, Anjala und Brom? Und mit Saskandra? Solange die Zeit stillstand, würden sie ihre Freunde in Ruhe aus der Gefahrenzone bringen können.
Sheila dachte fieberhaft nach. Es musste doch eine Lösung geben. Wenn sie zum Beispiel erst die Freunde retteten, sie irgendwo absetzten und dann noch einmal nach Atlantis zurückkehrten, um das gestohlene Herz zu holen, das eigentlich nach Talana gehörte?
Sie sprach ihren Plan laut aus. Mario wollte Sheila gerade zustimmen, da schwamm der Krake dazwischen und schüttelte seinen Kopf.

Ich kann die Zeit nur ein Mal anhalten,
danach muss ich in die Zukunft zurückkehren
und ihr mit mir.

»Mist!«, sagte Mario. »Es funktioniert nicht so, wie wir gedacht haben.«
Die Arme des Kraken verschränkten sich.

Nur eines von beiden ist möglich.
Die Freunde retten oder das Herz holen.
Ihr müsst euch entscheiden.

Talita merkte, wie betroffen Mario und Sheila von den Worten des Kraken waren.

»Ihr müsst auf mich keine Rücksicht nehmen«, sagte sie hastig. »Ihr habt schon viel zu viel für mich getan. Holt das Herz! Deswegen seid ihr schließlich gekommen. Ich werde mich allein auf die Suche nach meiner Mutter und meinem Bruder machen, und wenn ich dabei umkomme, ist es eben Schicksal. Ich wäre ohnehin schon längst tot, wenn Mario mich nicht aus dem Kerker befreit hätte …«

Sheila sah Mario an. Dachte er dasselbe wie sie?

»Kommt gar nicht infrage«, sagten sie gleichzeitig.

»Wir lassen dich nicht im Stich«, fügte Mario hinzu.

»Und Saskandra auch nicht«, ergänzte Sheila und rieb ihre Flosse an der Flanke des weißen Delfins.

»Und euer Auftrag?«, fragte Talita leise. »Wollt ihr wirklich zulassen, dass Talana für immer zerstört wird?«

Das war eine so schwierige Frage, dass Sheila Angst vor der Antwort hatte. Erst vorhin hatte sie mit allen Sinnen gespürt, dass Freundschaft das Allerwichtigste war – und deswegen war es klar, dass sie Talita helfen musste, Anjala und Brom in Sicherheit zu bringen.

Und das Herz …

»Das Herz kann bestimmt nicht sterben«, flüsterte Sheila. »Es lebt irgendwo weiter … später … und Mario und ich werden es finden …«

Saskandra lachte leise, als hätte sie gewusst, wie die Entscheidung ausfallen würde. Plötzlich kamen Sheila wieder Saskandras rätselhafte Worte in den Sinn.

Seelenmeilen werden vergehen. Doch was verloren ist, werdet ihr finden. Unmögliches wird möglich …

»Du hast recht«, sagte Mario. »Das Herz wird nicht sterben. Es wird auch noch in der Zeit leben, aus der wir kommen. Wir werden zurückkehren und nach ihm suchen. – Und jetzt lasst uns in die Stadt schwimmen, um Anjala und Brom zu suchen.«

Alles war genauso und doch anders. Sie schwammen um die Stadt herum und fanden den Zugang, den Talita ihnen beim ersten Mal gezeigt hatte. Zwei erstarrte Mondwächter bewachten reglos und mit dümmlichem Gesichtsausdruck den Zugang.
Der Tunnel hielt noch, aber einige Steine hatten sich bereits gelockert und sahen so aus, als würden sie im nächsten Moment herunterfallen. Das Wasser stand höher als bei der üblichen Flut – fast die ganze Treppe war bedeckt.
Sie ließen Spy und Saskandra zurück, verwandelten sich wieder in Menschen und wollten schon losgehen, als Sheila noch etwas einfiel. Sie erinnerte sich an das, was in Talana passiert war.
»Halt!«, sagte sie. »Wir müssen unbedingt den Kraken mitnehmen. Denn wenn wir Anjala und Brom finden, sind sie genauso starr wie alles andere. Aber sobald sie die Kraft des Kraken spüren, können sie sich wieder bewegen.«
Sie watete ins Wasser zurück, brachte den Kraken dazu, wieder in die Spieluhr zu schlüpfen, und nahm die wertvolle goldene Dose an sich. Dann machten sie sich auf den Weg zu Anjalas Wohnung.
Unterwegs sahen sie Ratten, die miteinander kämpften und in

der Bewegung erstarrt waren. Ein Stein schwebte mitten in der Luft, allen Gesetzen der Schwerkraft trotzend. Ein Teil des Gewölbes war bereits eingestürzt und sie mussten über Geröll klettern.

Talita wirkte bedrückt. Sie sah Sheila von der Seite an. »Und wenn meine Mutter und mein Bruder verletzt oder sogar tot sind?«

Sheilas Magen krampfte sich zusammen. Talita hatte recht, sie konnten nicht sicher sein, dass sie Anjala und Brom heil und unverletzt vorfinden würden. Große Teile von Atlantis waren bereits durch das Beben beschädigt, auch hier in der Unterstadt.

Als sie um eine Ecke bogen, sahen sie, dass etliche Bewohner in Panik ihre Wohnungen verlassen hatten. Eine alte Frau kam ihnen entgegen, sie war in der Bewegung erstarrt und ihr Mund hatte sich zu einem Schrei geöffnet. Andere streckten gerade ihre Köpfe aus der Tür; eine Mutter zerrte an ihren Kindern, die sich fürchteten und die Wohnung nicht verlassen wollten. Sheila hätte am liebsten jeden mit der Spieluhr berührt, um sie zu erwecken und ihnen die Chance zu geben, sich während des Zeitstillstands in Sicherheit zu bringen. Doch das ging nicht. Sie konnten nicht die halbe Stadt retten. Damit hätten sie gravierend in den Lauf der Geschichte eingegriffen. Viele Bewohner von Atlantis würden das Unglück überleben und entkommen, andere würden unter den Trümmern begraben werden oder ertrinken.

Talita wurde immer nervöser. Endlich kamen sie vor Anjalas Tür an. Talita traute sich nicht, sie zu öffnen, und warf Mario einen

Hilfe suchenden Blick zu. Mario holte tief Luft und stemmte mit einem leichten Anlauf die Tür auf. Sheila schloss vor Angst die Augen.
Als sie sie wieder aufmachte, sah sie, dass die Wohnung weitgehend unbeschädigt war. Nur ein paar Steinbrocken hatten sich von der Decke gelöst und waren auf den Boden gefallen. Aber Anjala und Brom schienen unverletzt zu sein. Brom hatte weinend das Gesicht verzogen und klammerte sich an Anjala fest. Fenolf hatte schützend seinen Arm um Anjala gelegt. Die Sorge stand ihm ins Gesicht geschrieben.
»Sie leben!«, rief Talita erleichtert und strahlte Mario und Sheila an.
Sheila trat auf Brom zu und berührte ihn mit der Spieldose. Brom ließ Anjala los, riss die Augen auf und starrte die drei Ankömmlinge ungläubig an.
»Das gibt's doch nicht! Habt ihr euch hierher gezaubert?« Dann fiel ihm auf, dass Anjala stocksteif dastand. Er zerrte sie am Kleid. »Mama, was ist los mit dir?«
Talita schlang die Arme um Brom. »Alles wird gut, Brom, glaub mir!« Dann sah sie zu Sheila. »Fenolf soll nicht mitkommen, dieser Verräter!«
Sheila und Mario wechselten einen Blick. Sheila konnte verstehen, dass Talita Fenolf misstraute, weil er sich im Palast nicht auf ihre Seite gestellt hatte.
»Er hat dich aus dem Gefängnis befreit, Talita«, warf Mario ein. »Außerdem – wie willst du deiner Mutter erklären, dass wir ihn einfach seinem Schicksal überlassen?«
Talita kämpfte mit sich. Sie presste Brom eng an sich. Der Junge

zappelte und verlangte lautstark, dass seine Schwester ihm erklärte, was überhaupt los war.
»Und deine Mutter liebt ihn«, fügte Sheila hinzu. »Ich glaube, er ist kein schlechter Mensch. Gib ihm eine Chance, Talita.«
Talita zögerte. Sie presste die Lippen zusammen, dann nickte sie. »Gut.«
Sheila berührte Anjala und Fenolf. Die beiden erwachten aus ihrer Erstarrung. Anjala zuckte zusammen, als Sheila plötzlich vor ihr stand.
»Wie kann das sein?«, fragte sie verblüfft.
»Wo kommt ihr so plötzlich her?«, wollte auch Fenolf wissen. Er sah sich verwirrt um und schaute zur Decke. »Wir müssen hier sofort raus. Die Wohnung bricht sicher gleich ein.«
»Uns passiert nichts«, sagte Talita, stand auf und fasste nach Broms Hand. »Sheila und Mario werden uns von hier wegbringen.«
Anjala drückte Talita an sich. »Endlich bist du wieder da.« Freudentränen standen in ihren Augen. Dann hob sie den Kopf und lauschte. »Warum ist es auf einmal so still? Es hat doch eben noch alles gewackelt.«
»Wir haben die Zeit angehalten«, sagte Mario. »Aber das erklären wir alles später. Wir müssen trotzdem so schnell wie möglich weg.«
»Ich wusste es – ihr seid Magier«, murmelte Fenolf.
»Wohin wollt ihr uns bringen?«, fragte Anjala, als Talita sie zur Tür zog.
»Erst mal raus ins Meer«, antwortete Talita.
Zu sechst liefen sie durch die Gänge zurück zum Tunnel. Brom

wunderte sich über die erstarrten Leute, die links und rechts vor den Türen standen.
»Warum sehen sie uns nicht?«, fragte er.
»Weil wir viel zu schnell für sie sind«, meinte Talita.
»Versteh ich nicht«, maulte Brom.
»Eines Tages wirst du es verstehen«, versprach ihm Talita. »Bestimmt!«
Sie hatten die Treppe zu einem der Kanäle erreicht. Das Wasser stand hoch, aber selbst die Wellen waren erstarrt und bewegten sich nicht.
Sheila watete als Erste ins Wasser und verwandelte sich. Brom war sofort an ihrer Seite, ein grauer, quirliger Delfin mit neugierigen Augen. Anjala kam als Nächste. Nachdem auch Talita und Mario im Wasser waren, mussten sie noch auf Fenolf warten.
»Was ist los mit ihm?«, fragte Talita. »Will er nicht mit?«
»Er hat beim Verwandeln manchmal Probleme«, sagte Mario.
Fenolf stand noch immer bis zur Hüfte im Wasser und schien mit sich zu kämpfen. Schließlich machte er mutig einen Sprung nach vorne. Als er zu ihnen kam, war er noch immer ein Mensch, musste auftauchen und Atem schöpfen. Er sah verzweifelt aus.
»Ich schaff's nicht!« Seine Stimme hallte in dem Gewölbe.
»Natürlich wird er es schaffen«, sagte Mario zu Sheila. »Ich muss nur ein bisschen nachhelfen. Wir sollten sowieso die HUNDERTKRAFT aktivieren, dann können wir die anderen schneller von hier wegbringen.«
»Ah, jetzt bist du zur Abwechslung mal derjenige, der auf Magie setzt«, meinte Sheila belustigt.
Sie beobachtete, wie Fenolf nach Marios Rückenfinne griff. Nun

klappte die Verwandlung, wenn sie sich auch im Schneckentempo vollzog. Sheila war erleichtert. Die Delfine schwammen durch den Tunnel und stießen vor den Mauern von Atlantis auf Spy und Saskandra. Spy nahm Sheila sofort die Spieluhr ab, die sie im Schnabel getragen hatte.
»Das Ding verschluck ich besser wieder«, meinte er. »Ich bin hier der Sackfisch und nicht du.«
»Aber lass den Kraken vorher raus«, sagte Sheila.
»Klar, sonst kitzelt der mich wieder dauernd im Bauch«, erwiderte Spy.
Anjala und Brom staunten, als sie sahen, wie der weiße Krake aus der Spieluhr schlüpfte und sich im Wasser drehte.
Sheila aktivierte inzwischen ihre HUNDERTKRAFT.

»Auch in den sieben Meeren zählt
die Kraftmagie der Anderswelt.
Du Amulett aus Urgestein,
wild, ungestüm und lupenrein,
verleih dem Träger Hundertkraft,
damit er große Dinge schafft!«

Sie fühlte, wie sie von wunderbarer Wärme und Kraft durchströmt wurde. Jetzt erst wurde ihr klar, wie sehr sie von all den Abenteuern erschöpft war.
»Haltet euch an mir fest«, rief sie Anjala und Brom zu.
Anjala umschloss Sheilas linke Brustflosse sanft mit dem Schnabel, Brom die rechte. Spy hängte sich an ihre Rückenfinne, während der Krake auf ihrem Kopf Platz nahm. Seine Saugnäpfe klebten an der glatten Delfinhaut fest.

An Mario klammerten sich Talita, Fenolf und Saskandra.
»Ziemlich schweres Gepäck«, meinte Sheila. »Meinst du, wir kommen überhaupt vorwärts?«
»Versuchen wir es einfach«, sagte Mario und schlug mit der Schwanzflosse.

Natürlich wirkte die HUNDERTKRAFT. Sheila und Mario kamen trotz ihrer Begleiter mühelos vorwärts. Sie durchpflügten den Ozean und schwammen Meilen um Meilen nach Süden. Der Abstand zu Atlantis wurde immer größer.
Als sie weit genug weg waren, löste der Krake den Stillstand auf und die Zeit lief wieder vorwärts.
Obwohl sie schon viele Meilen von Atlantis entfernt waren, spürten alle, dass etwas im Meer passierte. Eine mächtige Welle, ausgelöst durch das Seebeben, hatte sich gebildet und raste von hinten auf die sechs zu. Als die Welle sie eingeholt hatte, wurden sie mitgerissen.
»Haltet euch gut fest!«, rief Mario seinen Begleitern zu.
Auch Sheila spürte, wie Spy, Anjala und Brom sich noch fester an sie klammerten. Dann hatte sie den Eindruck, dass ihr Hören und Sehen verging. Die Kraft, mit der sie nach vorn geschoben wurden, war ungeheuerlich. Alles wirbelte durcheinander, Gischt spritzte auf. Die Delfine wurden auf den Wellenkamm gehoben. In der Ferne erkannte Sheila Land. Eine Insel mit einer bogenförmigen Felsformation tauchte vor ihnen auf. Mario rief Sheila eine Warnung zu. Sie mussten sich jetzt gewaltig anstrengen, um nicht mit der Welle an Land geschleudert und verletzt zu werden. Es kostete sie unendlich viel Kraft, aber sie schafften es

und erreichten eine kleine schützende Bucht, während weiter nördlich die Wassermassen das Land weit überfluteten.
Vor Sheilas Augen flimmerte es. Sie war völlig fertig und wollte sich nur noch ausruhen. Sie suchte hinter einem Felsen Zuflucht. Anjala und Brom ließen ihre Flossen los und auch Spy rutschte von ihrem Rücken. Sheila merkte kaum, wie das Wasser vom Land ins Meer zurückfloss und der Ozean allmählich zur Ruhe kam.
»Ich kann nicht mehr«, stöhnte sie.
»Ich auch nicht«, sagte Mario, der genauso erschöpft war wie sie.
»Ihr braucht uns auch nicht mehr weiterzuziehen«, meinte Saskandra. »Wir sind am Ziel. Hier ist unsere neue Heimat.«
»Hier?«, fragte Talita skeptisch.
»Lasst uns an Land gehen und uns umsehen«, schlug Fenolf vor. »Vielleicht ist dies die Insel, auf der Melusa und ihr Vater Irwin leben. Der richtige Irwin, meine ich. Sie stammen aus dem Süden – und wir sind nach Süden gereist. Da wir an keiner anderen Insel vorbeigekommen sind, könnte das gut sein. Außerdem habe ich diesen ungewöhnlichen Felsen noch auf keiner weiteren Insel gesehen. Ich glaube, die Insel wäre keine schlechte Heimat.« Er schmiegte sich an Anjala. »Genau hierher wollte ich nämlich mit dir. Mit dem Schiff hätten wir viele Wochen gebraucht.«
»Ich will sehen, ob hier Orangenbäume wachsen wie in den Palastgärten«, drängte Brom. Er schwamm ins flache Wasser und verwandelte sich in einen Jungen. Ungeduldig blickte er zu den anderen. »Komm schon, Talita! Du auch, Mama! He, Fenolf!«
Talita schwamm zu Sheila und Mario.

»Wollt ihr nicht auch hierbleiben?«, fragte sie bittend. »Ihr könntet uns bei der ersten Erkundung der Insel helfen.«
»Das geht nicht«, erwiderte Mario sofort. »Wir müssen erst noch unseren Auftrag erfüllen.«
»Ja, und wir gehören außerdem in eine andere Zeit«, sagte Sheila. »Vergiss nicht, wir kommen aus der Zukunft.«
»Schade.« Talita wandte sich Mario zu. »Dann werden wir uns wohl kaum wiedersehen?« Ihre Stimme klang leise und traurig.
»Ich fürchte, nein«, sagte Mario.
Sheila sah, wie sich die Flossen der beiden sanft berührten, aber diesmal spürte sie keine Eifersucht.
»Danke für alles«, sagte Talita. Dann kam sie zu Sheila und rieb ihre Brustflosse an Sheilas. »Du warst eine richtig gute Freundin.«
»Du auch«, erwiderte Sheila. »Wir hätten bestimmt noch vieles zusammen erleben können. Aber so …« Sie konnte vor lauter Traurigkeit nicht weiterreden.
»Alles Gute«, sagte Talita. »Und viel Glück für euren Auftrag.«
»Auch dir viel Glück.« Als Sheila sah, wie Talita abdrehte und an Land schwamm, war ihr zum Heulen zumute. Es tat auch weh, sich von Anjala und Saskandra zu verabschieden. Die beiden waren ihr so vertraut, als würden sie zu ihrer Familie gehören. Mario schien es ähnlich zu ergehen.
»Kannst du mir noch einmal bei der Verwandlung helfen, Mario?«, bat Fenolf. »Es wäre so schade, wenn ich ein Delfin bleiben müsste, während meine Lieben längst an Land gegangen sind. Ich verspreche euch, dass ich gut für alle sorgen werde. Auch für Saskandra. Sie ist eine weise alte Frau und ich schätze sie sehr.«

»Klar helfe ich Euch«, sagte Mario.
Ein letztes Mal ließ er einen Teil der magischen Kraft des Amuletts in Fenolf strömen. Fenolf verwandelte sich in einen Mann und watete ans Ufer zu Anjala, Talita, Brom und Saskandra, die bereits auf ihn warteten. Dann winkten alle den beiden Delfinen und Spy zu. Selbst Saskandra hatte die Hand gehoben.
»Schade, dass ich mich nicht auch verwandeln kann«, seufzte Spy. »Wenigstens ein einziges Mal.«
»Dafür kannst du anderes, *Sackfisch*«, sagte Mario liebevoll. »Und wir mögen dich so, wie du bist.«
Der weiße Krake wirbelte durchs Wasser.

Es wird Zeit.
Ich bringe euch zurück.

»Gut«, sagte Sheila.
»Wir sind bereit«, fügte Mario hinzu.

25. Kapitel
Die Prophezeiung

Irden war noch am Leben, aber er hatte durch den Kampf mit Zaidon fast all seine Kraft verloren.
Er schwamm im Meer, ein Geisterdelfin mit bläulich schimmernden Umrissen. Aus seinem Körper war alle Substanz gewichen. Nur noch sein Geist und seine Willenskraft verhinderten, dass er sich ganz auflöste.
Ich darf noch nicht gehen …
Es waren so viele Fragen offen. Hatte er seinen Gegner auch wirklich vernichtet? Endgültig, für alle Zeiten?
Er hatte zwar gesehen, wie Zaidon leblos auf den Boden gesunken war, aber seine Hand hatte ein Bruchstück des Weltensteins umklammert. Irden wusste nicht, ob er wirklich tot war. Er hatte dem Herrscher alle magische Kraft und dadurch auch seine Lebensenergie entzogen, aber vielleicht würde Zaidon mithilfe des Weltensteins nach und nach sein Leben zurückgewinnen.
Irden stöhnte.
Es war noch nicht vollbracht, obwohl der Kampf zwischen Zaidon und ihm vorbei war. Beide waren an ihre Grenzen gegangen. Die gewaltige Magie, die frei geworden war, hatte den Palast einstürzen lassen und ganz Atlantis in den Grundfesten erschüttert. Der unterirdische Vulkan, der so lange geschlafen hatte, war erwacht. Eine riesige Welle hatte Irden aus dem Palast gespült und durchs Meer gewirbelt. Dabei hatte er auch seinen goldenen Gürtel verloren.

Ich fühle mich so schwach.

Er sehnte sich danach, nach Talana zurückzukehren und dort geheilt zu werden. Doch er hatte das Weltentor eigenhändig mit dem *Siebenmeerzauber* verschlossen, um zu verhindern, dass sich durch Zaidon die beiden Welten weiterhin miteinander vermischten.

Plötzlich hatte Irden die Vision, dass eines Tages jemand den *Siebenmeerzauber* vollziehen und das Weltentor wieder öffnen würde. Das Bild in seinem Kopf wurde klarer.

Zwei Kinder, dreizehn Jahre alt, würden viele Jahrtausende später aufbrechen und sich auf die Suche nach den sieben verlorenen Steinen machen. Und mithilfe dieser Kinder würde auch Irdens begonnenes Werk vollendet werden.

Eine Prophezeiung …

Irden nahm seine letzten Kräfte zusammen. Auf dem Meeresboden vor ihm lag ein Torbogen, der aus Zaidons Palast stammte und zur Bibliothek gehört hatte. Irden packte mit seinem Schnabel einen harten Stein und begann, seine Prophezeiung mit verschlüsselten Zeichen in den Torbogen zu ritzen.

Zwei sollen es sein,
eins von jedem Geschlecht,
neun ist zu klein,
aber dreizehn ist recht.

Jene, die finden der Steine sieben,
sind nicht von Goldesgier getrieben,
auch nicht getrieben vom Wunsch nach Ruhm,
nach Anerkennung und Heldentum.

Bevor sich öffnet das Weltentor,
steht noch die schwerste Prüfung bevor.
Nur wer die rechte Entscheidung trifft,
hat auch die letzte Hürde umschifft.

Der Verräter findet die Lösung nicht,
der falsche Weg führt nicht ins Licht.
Der Standhafte wird das Schicksal wenden,
und Irdens Werk kann sich vollenden.

Der Stein entglitt ihm. Erneut erschütterte ein Beben den Meeresboden. Irden wurde von einer Woge erfasst und fortgerissen. Er verlor jedes Gefühl für Raum und Zeit und hatte den Eindruck, eins zu werden mit dem Meer.
Mit den Strömungen reiste das, was von Irden übrig war, um die halbe Welt, zusammengehalten durch seinen eisernen Willen und seine Erinnerungen an Talana.
Dann traf er auf eine Feuerkoralle, die sich ihm einladend öffnete. Er schlüpfte in ihr Inneres.
Endlich konnte er sich ausruhen.

Dritter Teil

Es stahl ein Schwamm das Herz der Zeit.
Er wünschte sich Unsterblichkeit.
Nach Tausenden von Jahren,
da musste er erfahren:
Unsterblichkeit ist eine Qual!
Nun blieb ihm keine andre Wahl.

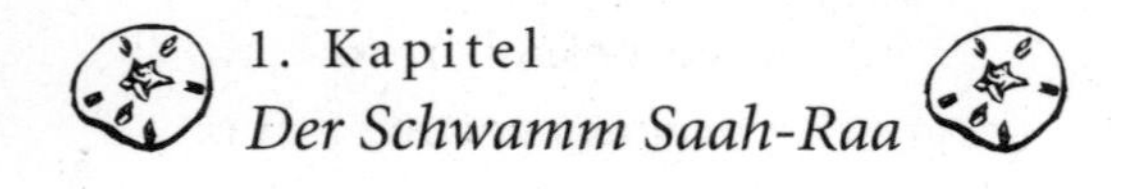

1. Kapitel
Der Schwamm Saah-Raa

Wieder schien das weiße Licht kein Ende zu nehmen. Sheila fühlte sich in ihm geborgen und ließ sich treiben. Sie wusste, es ging zurück – und sie hatten ihre Aufgabe nicht gelöst, aber das bereitete ihr im Moment keine Sorge. Sie fühlte sich nur glücklich, weil Talita und ihre Familie dem Untergang Atlantis' entronnen waren und eine neue Heimat gefunden hatten. Und sie war beruhigt, weil Mario an ihrer Seite schwamm. Sie spürte ein tiefes Gefühl der Verbundenheit und war überzeugt, dass nichts auf der Welt sie jemals trennen konnte.

Allmählich lichtete sich der weiße Nebel und die rotierenden Arme des Kraken kamen zum Stillstand. Sheila war aufgefallen, dass er sich diesmal entgegen dem Uhrzeigersinn gedreht hatte, weil sie von Atlantis aus in die Zukunft reisten.

»Ich glaube, wir sind da«, verkündete Spy. »He, hier ist es ja lausig kalt! Seid ihr sicher, dass wir nicht versehentlich in der Eiszeit gelandet sind? Sollen wir schockgefrostet werden?« Er fing an zu bibbern.

Ringsum war es ziemlich finster – und das Wasser tatsächlich eiskalt. Sheila konnte kaum etwas sehen und musste ihr Sonar benutzen.

Eisberge!

Gefrorene Unterwasserlandschaften!

Dank der HUNDERTKRAFT konnten Sheila und Mario die Kälte ganz gut ertragen. Trotzdem musste bei ihrer Rückreise etwas schiefgegangen sein, denn sie befanden sich todsicher nicht im Mittelmeer, sondern eher in einem polaren Gewässer. Spy jammerte und klammerte sich an Sheila fest. Seine orangefarbenen Flossen hatten einen Stich ins Rötliche bekommen, so sehr fror er.

»Wenn das so weitergeht, werde ich bald ein Tiefkühlfisch sein«, klagte er.

»Ach was, bei unserer ersten Reise hast du die Kälte ja auch ertragen«, erinnerte Mario ihn. »Du bist wahrscheinlich nur verwöhnt, weil das Meer vor Atlantis ziemlich warm war.«

»Wir sind trotzdem am falschen Ort«, meinte Sheila. »Wie konnte das nur passieren?« Sie hatte automatisch angenommen, dass das *Herz der Vergangenheit* sie sicher wieder zurückbringen würde.

»Vielleicht hat die Flutwelle unseren Kurs geändert«, vermutete Mario. »Sie hatte eine ganz schöne Wucht.«

»Ja, wenn sie tatsächlich von einem Vulkanausbruch ausgelöst worden ist …« Sheila wollte sich lieber nicht vorstellen, was in Atlantis passiert war. In der Schule hatten sie einmal davon gesprochen, wie Pompeji durch den Vulkan Vesuv in Schutt und Asche gelegt worden war. Viele Bewohner hatten sich nicht mehr rechtzeitig retten können. Sheila hoffte, dass es in Atlantis anders gewesen war. Aber etliche Menschen mussten überlebt haben, sonst hätte es später keine Meereswandler mehr gegeben.

Der weiße Krake schwamm aufgeregt vor ihrem Kopf hin und her, so als wollte er ihr etwas mitteilen.

Nicht die Welle war der Grund,
sondern eure Suche.
Ihr wolltet dem Herzen folgen …

»Wir sind dem Herzen gefolgt?«, wiederholte Sheila. »Heißt das, dass das *Herz von Atlantis* hier irgendwo in der Nähe ist?«

So ist es.

Sheila stöhnte. Wenn das Herz irgendwo in einem der Eisberge eingeschlossen war, dann hatten sie keine Chance, es zu finden. Warum mussten sie immer so schwierige Aufgaben lösen? Hatte es nicht genügt, dass sie das *Herz von Atlantis* nicht von seinem Kegel hatte wegnehmen können? Sheila sah sich in Gedanken schon dabei, wie sie mit magischer Kraft die Eisberge zum Schmelzen brachte oder Tunnel hineinbohrte. Es würde endlos viel Zeit erfordern …

Kommt mit!

Der weiße Krake bewegte sich durchs Wasser und forderte Sheila, Mario und Spy mit Armbewegungen auf, ihm zu folgen. Sie schwammen ihm durch das düstere Gewässer nach. Sheila vermutete, dass sie sich am südlichen Polarkreis befinden mussten, so bizarr waren die Eiskunstwerke, die sie unter Wasser sah. Und außerdem glaubte sie, beim kurzen Auftauchen eine Pinguinkolonie gesehen zu haben.
Spy jubelte plötzlich auf, weil er einen riesigen Schwarm Krill entdeckte – seine Lieblingsspeise. Glitzernd und funkelnd stiegen unzählige kleine Leuchtkrebse aus der Tiefe empor.

»Wartet doch mal«, bettelte Spy. »So ein Festmahl kann ich mir nicht entgehen lassen!«

Wir sind gleich am Ziel!

Rudernd blieb der Krake im Wasser stehen, dann signalisierte er Sheila und Mario, mit ihm in die Tiefe zu tauchen. Sie begleiteten ihn, während Spy unterdessen an Ort und Stelle blieb und sich den Bauch mit Krill vollschlug.
In der Dunkelheit musste Sheila wieder ihr Sonar benutzen. Vor ihr wuchs ein riesiger Schwamm. Sie konnte gar nicht glauben, dass es so große Schwämme gab. Das kegelförmige Ding war mehr als zwei Meter hoch und hatte einen fast ebenso großen Durchmesser. Zuerst dachte Sheila, dass es nur noch das Skelett eines Schwamms war. Doch dann stellte sie fest, dass er lebte, denn er brabbelte pausenlos vor sich hin.
»Sechs-sechs-sechstausend Jahre, das ist viel zu lange, so ist es. Niemand ist älter als wir, niemand, niemand. Wir sind das älteste Lebewesen der Erde, ja, der Erde. Wir sind so müde, unendlich müde. So viel gesehen, so viel gehört, alles wiederholt sich, es gibt nichts Neues, nichts Neues. Die Jahre sind wie ein Atemzug. Wir haben es jetzt satt, ja wirklich satt. Nur noch schlafen, schlafen, nichts mehr hören, nichts mehr sehen …«
Der Schwamm begann, leise zu schnarchen. Es klang mehrstimmig.
Sheila und Mario wechselten einen Blick.
»Sechstausend Jahre?«, wunderte sich Mario. »Meinst du, der Schwamm ist wirklich so alt? Das ist ja ungeheuerlich!«
Der Schwamm erwachte mit einem Schnauber. »Wir hätten noch

älter werden können, noch viel älter. Wer redet da? Wir kennen euch nicht, haben euch noch nie gesehen. Oder doch? Fangen wir endlich an, vergesslich zu werden? Vergesslichkeit ist schön, dann gibt es nicht mehr so viele Gedanken … nur noch Ruhe, Ruhe …«

»Nein, wir haben euch tatsächlich noch nie gesehen«, sagte Sheila. Es kostete sie etwas Überwindung, den Schwamm so anzusprechen, als bestünde er aus mehreren Personen. »Ihr seid noch nicht vergesslich. Aber warum konntet ihr so alt werden?«

»Das ist unser Geheimnis«, säuselte der Schwamm. »Unser großes Geheimnis. Wir, Saah-Raa, haben viel gesehen, viel gehört. Es geschehen eine Menge Dinge, manchmal unglaubliche Dinge. Früher. Jetzt ist uns langweilig, so langweilig. Alles schon erlebt. Wir wollen keine zehntausend Jahre alt werden. Sechstausend Jahre an diesem Platz sind genug, so viele Winter, so viele Sommer, Tage und Nächte. Das Herz wollte gehen, deswegen haben wir es freigelassen … ja, wir sind jetzt frei und wir können endlich schlafen, schlafen …«

»Das Herz!«, rief Mario alarmiert. »Was für ein Herz?«

»Ach, ein fremdes Herz«, seufzte der Schwamm. »Es ist nicht mehr da, nicht mehr da. Wir haben es freigelassen. Es ist uns ausgerissen, vor vierzehn Tagen oder zwei Jahren.« Er machte ein Geräusch, das wie ein Gähnen klang. »Wir sind frei, aber das ist schön.«

»Komisches Quatschmonster!«, bemerkte Spy abfällig. Er war ihnen hinterhergeschwommen. »Es kann sich nicht mal klar ausdrücken!«

»Sei still!«, sagte Sheila zu Spy. »Es muss einen Grund geben, warum uns der Krake hierher geführt hat. Vielleicht war das *Herz von Atlantis* in diesem Schwamm ...«
»Es war das Herz von Saah-Raa«, quäkte der Schwamm. »Unser Herz. Es hat uns vor vielen Jahren besucht und ist geblieben.« Er kicherte leise. »Wir haben es nämlich eingesperrt, wir sind um das Herz herumgewachsen ... Und deswegen konnten wir so alt werden, so alt ... Aber dann haben Schnecken uns angefressen, bööööh, Schnecken und Seesterne; sie haben ein Loch in uns reingefressen, dabei schmecken wir gar nicht gut, wir schmecken sogar ganz scheußlich, aber jetzt haben wir ein hässliches Loch und das Herz ist ausgerissen ... Deswegen hat Saah-Raa kein Herz mehr, und wir sind ganz allein ...«
Sheila schwamm langsam um Saah-Raa herum und entdeckte eine schadhafte Stelle, die aussah, als hätte jemand daran geknabbert. Konnte es sein, dass dieser uralte Schwamm das *Herz von Atlantis* sechs Jahrtausende lang eingesperrt hatte, bis es durch das Schneckenloch freigekommen war? Wenn ja, wo war es jetzt? Oder erzählte der Schwamm nur eine Geschichte, die er sich aus lauter Langeweile ausgedacht hatte?
»Hör mal, Saah-Raa«, begann sie vorsichtig. »Wie hat dein Herz denn ausgesehen? War es weiß, mit acht langen Armen? Hat es so ähnlich ausgesehen wie dieser weiße Krake da?«
»Kann sein«, blubberte der Schwamm und ein paar Luftblasen stiegen an seinen Seiten empor. »Kann sein, dass es zehn Arme waren oder zwölf. Wir haben nicht gezählt. Wir zählen auch die Jahre nicht mehr, wir haben nämlich genug gezählt. Aber es war weiß, das Herz, kann sein ...«

»Und wo ist es jetzt?«, fragte Mario aufgeregt und stieß Spy beiseite, der neugierig in das Loch spähte, das die Schnecken in den Schwamm gefressen hatten. »Wie lange ist es schon weg?«
»Haben wir doch schon gesagt«, maulte der Schwamm. »Wir haben alles schon gesagt. Vor vierzehn Tagen oder zwei Jahren … Das Herz ist entkommen, wir haben es freigelassen und jetzt hat der Warzenkrake ein langes Leben. Hässliches Tier, sehr hässlich. Aber uns ist es egal, unseretwegen muss ein Krake nicht schön sein. Der Warzenkrake frisst wenigstens die Seesterne, die auch an Saah-Raa fressen; wir können uns nicht wehren, Saah-Raa ist friedlich, sehr friedlich. Aber der Warzenkrake kommt jede Nacht, und seit er das Herz hat, tut uns kein Seestern mehr etwas zuleide …« Er gähnte wieder. »Wir sind jetzt müde, so müde.«
»Er kommt jede Nacht?«, vergewisserte sich Sheila. »Auch heute Nacht?«
»Jaaaaaa, haben wir ja schon gesagt, schon gesagt«, murmelte der Schwamm. Seine Stimme klang jetzt sehr langsam und schläfrig.
»Dann sind wir vielleicht doch am richtigen Ort gelandet«, meinte Sheila und blickte hoffnungsvoll zu Mario. »Wir müssen nur die Nacht abwarten.«

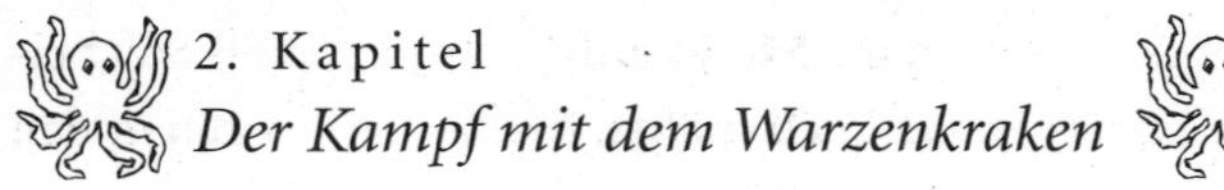

2. Kapitel
Der Kampf mit dem Warzenkraken

Obwohl sich Sheila so sehr für das Meer interessierte, wusste sie wenig über die Gewohnheiten von Kraken. Sie hatte keine Ahnung, ob sie sich meistens an einem Platz aufhielten oder ob sie eher zu den Unterwassernomaden gehörten, die von Ort zu Ort zogen. Sheila hoffte sehr, dass der Krake, der nun das *Herz von Atlantis* in sich trug, feste Gewohnheiten hatte und tatsächlich jede Nacht in der Nähe des uralten Schwamms vorbeizog.

»Glaubst du, Saah-Raa hat die Wahrheit gesagt?«, fragte sie Mario, nachdem sie schon ein paar Stunden gewartet hatten.

Es musste inzwischen Mitternacht sein und der Warzenkrake war noch immer nicht aufgetaucht. Spy schlief und zuckte nur ab und zu mit einer Flosse. Zuvor hatte er sich immer wieder über das kalte Wasser beklagt. Seine Linsenaugen schimmerten jetzt trüb; sie sahen aus, als sei das Glas beschlagen. Das war Sheila schon öfter aufgefallen, wenn Spy döste oder schlummerte.

»Ich denke schon, dass uns der Schwamm nicht angelogen hat«, meinte Mario. »Es könnte höchstens sein, dass die Sache mit dem Warzenkraken schon länger her ist und dass er vielleicht mal eine Zeit lang jede Nacht gekommen ist. Der Schwamm scheint ein bisschen wirr zu sein, was Zeitangaben betrifft. Aber eigentlich kein Wunder – bei seinem Alter.«

Es blieb ihnen nichts übrig, als weiter zu warten und zu hoffen. Das *Herz der Vergangenheit* hatte sich auf Saah-Raa niedergelassen, die Arme verknotet und schlief ebenfalls. Aus der Tiefe stieg

eine neue Wolke winziger Leuchtkrebse auf. Spy hätte einen Begeisterungsschrei ausgestoßen, wenn er es mitbekommen hätte.
»Ich tauche jetzt mal ein Stück runter«, sagte Sheila entschlossen. Sie hielt das Warten nicht länger aus.
»Ich komme mit«, sagte Mario sofort.
»Aber wenn der Krake ausgerechnet jetzt bei dem Schwamm auftaucht?« Sheila wäre es lieber gewesen, Mario würde bei Saah-Raa warten.
Doch Mario wollte Sheila auf keinen Fall allein lassen, weil er Angst hatte, ihr könnte in den dunklen, unbekannten Tiefen vielleicht etwas zustoßen.
Nach kurzer Diskussion gab Sheila nach und sie tauchten gemeinsam in die Tiefe. Dabei benutzten sie ihr Sonar, um jedes krakenförmige Tier rechtzeitig zu entdecken. Sie sahen Meeresspinnen, Seesterne und sehr große Leuchtkrebse. Ein menschliches Auge hätte längst nichts mehr gesehen. In einer Tiefe von mehr als hundert Metern entdeckten sie schließlich auf einem Felsvorsprung einen großen ruhenden Kraken. Sheila merkte, wie ihr Herz schneller schlug. So einen Kraken hatte sie noch nie gesehen. Arme und Kopf waren mit unzähligen Warzen bedeckt. Die Arme waren ziemlich fleischig. So, wie der Krake auf dem Felsen lag, erinnerte er Sheila an eine riesige Kröte. Die beiden hervorspringenden Augen saßen in grünlich schimmernden Hügeln. Wahrscheinlich hatten sich an dieser Stelle Leuchtbakterien angesiedelt. Sheila fand, dass der Krake ziemlich unheimlich aussah.
Der Warzenkrake bemerkte die herannahenden Delfine, richtete sich auf und behielt sie fest im Auge. Sein Körper war gespannt – und bereit zur Flucht.

»Er denkt vielleicht, wir wollen ihn fressen«, sagte Sheila leise zu Mario.
»Na, vielen Dank«, erwiderte Mario angeekelt. »Auf dieses Warzendings hab ich nicht den geringsten Appetit – obwohl es im Prinzip ganz gut wäre, mal wieder was in den Magen zu bekommen.«
Sie schwammen vorsichtig auf den Kraken zu. Dieser ließ sie bis auf ein paar Meter herankommen, dann machte er eine blitzschnelle Bewegung, schlug im Wasser einen Haken und versteckte sich in einem Loch im Felsen. Als Sheila in die Öffnung schaute, blickte sie in zwei große, schimmernde Augen. Es lag keine Angst darin, sondern Wut und Angriffslust.
»Hallo, Krake«, sagte Sheila und hoffte, dass auch bei dem Kraken das magische Amulett wirken und er sie verstehen würde, »du brauchst nicht vor uns zu fliehen. Wir wollten dich nur etwas fragen, das ist alles.«
»Ich räde nicht mit Dälfinän«, knurrte der Krake. »Von mir bäkommt ihr keinä Auskunft.«
»Wir wollen nur wissen, ob du etwas hast, wonach wir suchen.« Sheila versuchte, den Kraken so freundlich wie möglich anzusprechen, um sein Vertrauen zu erringen. »Saah-Raa hat uns erzählt, dass er ein Herz hatte, das aber entwischt ist. Ein Warzenkrake hätte es sich geschnappt.«
»Saah-Raa ist ein Schwätzär«, grollte der Krake. »Was soll ich mit einäm främdän Härzän?«
»Das Herz ist etwas Besonderes«, sagte Sheila schnell. »Es hat dafür gesorgt, dass der Schwamm uralt geworden ist.«
Der Krake zeigte keinerlei Reaktion. Er wirkte gelangweilt.

Entweder verstellt er sich oder er weiß tatsächlich nichts von dem Herzen, dachte Sheila.
»Das Herz ist nämlich sehr wichtig für uns«, erklärte sie. »Es gehört an einen anderen Ort. Wenn wir es nicht bald dorthin zurückbringen, müssen viele Lebewesen leiden. Und es werden herrliche Muschelpaläste zerstört. Jemand hat das Herz vor langer Zeit gestohlen.«
»Mir doch ägal«, sagte der Krake schnippisch und legte einen seiner Arme quer über seinen Kopf.
Plötzlich fingen seine Augen an, gierig zu glühen. Mit einem Satz schoss er aus der Höhle heraus und zwischen Sheila und Mario hindurch. Er bewegte sich unglaublich schnell. Als sich Sheila umwandte, entdeckte sie im Wasser schräg über sich das *Herz der Vergangenheit*. Der Warzenkrake steuerte direkt darauf zu und versuchte es zu fassen. Der kleine weiße Krake ließ das Warzenungetüm dicht an sich herankommen, um sich ihm dann mit einer blitzschnellen Bewegung zu entziehen. Seine acht Arme wirbelten durchs Wasser und bildeten wieder ein leuchtendes weißes Rad, das den Warzenkraken sichtlich verwirrte.
Sheila brauchte einen Moment, bis sie begriffen hatte, dass das *Herz der Vergangenheit* »Lockvogel« spielte. Und der Warzenkrake hatte sofort reagiert …
»Los, Mario!«, rief sie. »Das ist der richtige Krake! Und er hat ganz sicher das *Herz von Atlantis* – genau wie Saah-Raa erzählt hat!«
Nun begann eine Hetzjagd auf den Warzenkraken. Mario und Sheila schnellten gleichzeitig vorwärts, aber der Krake ergriff die Flucht und tauchte in die Tiefe. Die Delfine änderten ihre Rich-

tung und nahmen die Verfolgung auf. Der Krake war ungewöhnlich schnell und Sheila fragte sich, ob es vielleicht daran lag, dass er das *Herz von Atlantis* in sich trug. Immerhin stammte es aus Talana und war somit magisch. Wer weiß, was es alles bewirken konnte!

Mindestens eine Viertelstunde lang dauerte die Verfolgungsjagd durch das unbekannte Gewässer. Es war dunkel, unheimlich und sehr kalt. Sheila wusste, dass das Südpolarmeer erst wenig erforscht war. Es konnte durchaus sein, dass sie etlichen bisher unentdeckten Geschöpfen begegnen würden, die in den Tiefen leicht zu Monstergröße heranwachsen konnten. Doch jetzt war keine Zeit für Angst … Immer wieder benutzten Mario und Sheila ihr Sonar, um die Richtung auszumachen, in die der Krake floh. Er durfte ihnen nicht entkommen! Sie waren ihrem Ziel so nah!

Der weiße Krake begleitete sie, ein wirbelndes Rad an ihrer Seite.

»Da ist er!«, rief Mario und machte eine blitzschnelle Drehung. Es gelang ihm, einen Arm des Kraken zu schnappen. Sheila war sofort bei ihm und fasste den Warzenkraken an einem anderen Arm. So eingeklemmt, konnte das Tier nicht entkommen.

Der Krake zappelte heftig. »Lasst mich los, ich hab euch nichts gätan!«

»Gib heraus, was dir nicht gehört!«, forderte Sheila. »Danach lassen wir dich sofort frei.«

»Ihr könnt mich nicht dazu zwingän«, schrie der Warzenkrake und stieß im selben Moment eine widerliche trübe Flüssigkeit aus, die für die Delfine äußerst unangenehm war.

Sheila ließ seinen Arm los. Die Flüssigkeit brannte auf ihrer empfindlichen Haut und verwirrte ihre Sinne.
Mario gelang es, den Warzenkraken noch ein paar Sekunden länger festzuhalten. Der Krake zerrte mit aller Kraft, um freizukommen. Dann glückte es ihm. Er flüchtete in die Tiefe.
»So ein Mist!«, fluchte Mario. »Jetzt ist er doch entkommen!«
Sheila hörte seine Stimme wie aus weiter Entfernung. Ihr Gehörsinn funktionierte nicht richtig. Und auch ihre Sicht war noch immer beeinträchtigt. Sie hatte das Gefühl, doppelt zu sehen. Vor ihr tanzte der weiße Krake, dem die ätzende Tintenfischflüssigkeit offenbar nichts ausgemacht hatte. Gleich daneben tanzte sein Spiegelbild.
»Wir dürfen ihn nicht entkommen lassen.« Sheila stöhnte. Ihr tat alles weh, doch ihr Auftrag war wichtiger als die Schmerzen. »Wir müssen das Herz nach Talana bringen.«
»Ich muss erst mal Luft holen«, erwiderte Mario. Seine Stimme klang genauso gequält.
»Aber dann ist der Krake weg und wir finden ihn nie mehr.« Auch Sheila bekam allmählich Luftnot. Sie hätten vor der Jagd noch einmal die HUNDERTKRAFT aktivieren sollen, aber daran hatte keiner von ihnen gedacht. »Vielleicht ist das Herz für immer verschwunden!«

Aber ich bin doch hier.

Es war die Stimme des weißen Kraken.
»Dich meine ich nicht«, wollte Sheila sagen. Doch dann stutzte sie. Das, was sie für das Spiegelbild gehalten hatte, war ein Stück größer als der andere weiße Krake. Und er bewegte sich jetzt auch

nicht mehr im gleichen Rhythmus. Sheila starrte den zweiten weißen Kraken an. Und dann begriff sie: Es war das *Herz von Atlantis*, nach dem sie so lange gesucht hatten. Es musste den Warzenkraken im selben Augenblick verlassen haben, als dieser die Tinte ausgestoßen hatte.
Sheila konnte es nicht fassen, dass sie es geschafft hatten.
»Da ist es ja!«, rief Mario glücklich. »Sheila, schau doch, es sind zwei weiße Kraken!«
Und dann tauchten sie auf, um endlich Luft zu holen.
Es war eine kalte, klare Polarnacht und über ihnen funkelten die Sterne.

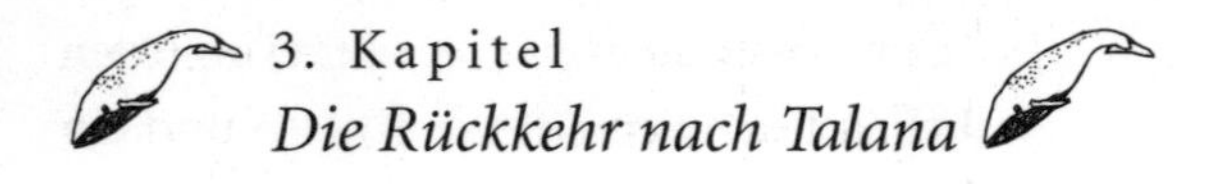

3. Kapitel
Die Rückkehr nach Talana

Spy war fast beleidigt, weil Sheila und Mario ihn nicht geweckt hatten und er die spannende Jagd verpasst hatte.
»Du hast so fest geschlafen, da wollten wir dich nicht stören«, sagte Sheila. »Außerdem waren wir nicht sicher, ob wir den Warzenkraken überhaupt finden.«
Spy grummelte noch immer ein bisschen. Er war erst versöhnt, als er das *Herz von Atlantis* verwahren durfte. Es bereitete keinerlei Schwierigkeiten, auch den größeren weißen Kraken dazu zu bringen, in die goldene Spieluhr zu schlüpfen. Er huschte hinein, als sei es sein Zuhause. Spy verschluckte die Spieluhr und sah sehr zufrieden aus.
»Ich werde gut auf ihn aufpassen!«, beteuerte er.
»Was würden wir nur ohne dich machen!«, sagte Mario.
»Ja, du bist eine echte Hilfe«, meinte Sheila und stieß Spy spielerisch in die Seite.
Sie würde den knuffigen Fisch wirklich vermissen, wenn sich ihre Wege in Kürze trennen würden. Das *Herz der Vergangenheit* musste sie nun an den Ausgangspunkt ihrer Reise zurückbringen – zu dem schwarzen Wal auf dem Meeresgrund. Dort würden sie Spy zurücklassen, bevor sie und Mario mit den beiden Herzen nach Talana zurückreisten.
Es gab keine andere Möglichkeit, sosehr Sheila es auch bedauerte. Spy war so ein guter Freund! Aber sie durften den Ablauf der Zeit nicht durcheinanderbringen. Wenig später würde Spy

nämlich von seiner Roboterausrüstung befreit werden, von Irden wieder in einen gewöhnlichen Fisch verwandelt werden und ein normales Leben führen können …

Ein normaler Fisch … Dieser Gedanke gab Sheila einen Stich. Er bedeutete, dass sie sich nie mehr mit Spy würden unterhalten können, selbst wenn sie ihn irgendwann im Meer wiedertreffen sollten. Vielleicht würde er sie nicht einmal mehr erkennen. Möglicherweise hatte er sogar all ihre gemeinsamen Abenteuer vergessen …

Nicht daran denken!, ermahnte sich Sheila. Das war eine so traurige Vorstellung. Dabei müssten sie doch glücklich sein, weil sie ihre Aufgabe gelöst hatten und die wunderbare Wasserwelt Talana gerettet werden konnte.

Zum letzten Mal aktivierten die beiden Delfine die HUNDERTKRAFT und folgten dem wirbelnden weißen Kraken. Wieder hatte Sheila das Gefühl, durch einen Tunnel aus Licht zu schwimmen, doch diesmal war die Reise sehr kurz.

Der schwarze Wal hatte sich nicht verändert. Er lag leblos am Meeresboden, umgewandelt zu einer Art U-Boot. Sheila überlief wieder eine Gänsehaut, sobald sie daran dachte, wie viele Jahre dieser Wal Zaidons Zuhause gewesen war und was der *Lord der Tiefe*, wie sich Zaidon seitdem nannte, alles angerichtet hatte. Erinnerungen stiegen in Sheila hoch und sie konnte den Anblick des schwarzen Wals kaum ertragen.

»So, lieber Sackfisch«, neckte Mario Spy, »jetzt spuck mal die Spieluhr aus. Leider müssen wir ohne dich nach Talana.«

»Wir würden dich schrecklich gerne mitnehmen«, beteuerte Sheila.

»Ja, ich würde Talana gern einmal mit eigenen Augen sehen«, meinte Spy. »Ihr habt so viel darüber erzählt. Muss wirklich sehr schön dort sein. Gibt es da auch Krill?«
»Ich weiß nicht«, sagte Sheila.
»Bestimmt«, antwortete Mario.
»Na ja … vielleicht … vielleicht komme ich ja irgendwann auch dorthin«, sagte Spy versonnen. »Eines Tages … Falls ich nicht in einem Treibnetz lande.« Er drehte sich ein wenig zur Seite und würgte die Spieluhr hervor. Mario nahm sie in Empfang.
Jetzt galt es, endgültig Abschied von Spy zu nehmen. Sheila hätte den Augenblick gern ein wenig hinausgezögert, doch es war riskant, sich allzu lange an diesem Ort aufzuhalten. Denn möglicherweise würde der Wal gleich sein Maul öffnen – und Mario und Sheila würden herauskommen. Sheila legte keinen Wert auf eine Begegnung mit sich selbst. Mario schien es ähnlich zu ergehen. Er drängte zur Eile.
»Also dann, Spy, mach's gut!« Sheila berührte Spys Flossen mit dem Schnabel. »Du bist der beste Freund, den es gibt! Und versprich uns, dass du gut auf dich aufpasst!«
»Und ihr müsst mir versprechen, dass ihr euch nicht mehr in so waghalsige Abenteuer stürzt«, sagte Spy. Seine Stimme schwankte, auch ihm schien die Trennung schwerzufallen. »Vor allen Dingen nicht ohne mich!«
»Versprochen«, sagte Mario. »Halt die Flossen steif, Sackfisch!«
»Klar.« Spy blickte ihnen nach, als sich das *Herz der Vergangenheit* wirbelnd im Kreis drehte. Es wurde Sheila schwindelig. Sie hatte einen Moment lang den Eindruck, Spy wie durch ein umgekehrtes Fernglas zu sehen. Er wurde kleiner und kleiner – dann

wurden Sheila und Mario wieder in den Tunnel gezogen. Das weiße Licht ging über in einen prächtigen Regenbogen. Sheila wusste, dass sie bereits das Weltentor passierten. Es war ein Wahnsinnsgefühl, die magische Grenze zu überschreiten, und sie war sehr froh, dass sie ihren Auftrag tatsächlich erfüllt hatten und Irden nicht enttäuschen würden.

In Talana stand noch immer die Zeit still. Geführt von dem weißen Kraken schwammen Mario und Sheila durch die fantastische Unterwasserwelt mit den leuchtenden Farben und den wunderschönen Muschelgebäuden. Sheila fragte sich, ob sich das, was bereits zerstört war, wiederherstellen ließ.

Als sie die heilige Insel erreichten, schlüpfte auch das *Herz der Vergangenheit* in die Spieluhr. Mario und Sheila verwandelten sich in Menschen und kletterten aus dem Wasser.

Auf dem Weg zum *Tempel der Zeit* war Sheila feierlich zumute. Sie trug die goldene Spieluhr. In Kürze würde sie das gestohlene Herz an seinen Platz zurücksetzen. Sie war aufgeregt. Sie musste an den Spruch denken, der im Deckel der Spieluhr eingraviert war.

Bewahrt in mir das Herz der Zeit,
verwendet es nur mit Bedacht!
Ob Zukunft, ob Vergangenheit,
liegt jetzt allein in eurer Macht!

»Glaubst du, Zaidon hat im Tempel ein falsches Herz hinterlassen?«, fragte sie Mario.

»Das kann ich mir gut vorstellen«, erwiderte er. »Sonst hätte Irden viel früher gemerkt, dass etwas nicht stimmt. Zaidon hat seinen Diebstahl gut getarnt.«

Ein falsches Herz. Tausend Gedanken gingen Sheila im Kopf herum. Welches war das falsche Herz? Das *Herz der Gegenwart* oder das *Herz der Zukunft*? Hoffentlich machte sie keinen Fehler, wenn sie die beiden Herzen wieder an ihren richtigen Platz setzte.

»Vielleicht ist es besser, ich lege zuerst das *Herz der Vergangenheit* in seine Öffnung zurück«, überlegte sie laut. »Dann beginnt die Zeit wieder zu laufen und wir könnten Irden um Rat fragen ... Ich will jetzt keinen Fehler machen! Stell dir vor, ich würde alles verderben.«

»Gut, dann fragen wir Irden«, sagte Mario. Er legte warnend den Zeigefinger auf die Lippen, denn inzwischen waren sie am großen Felsen der heiligen Insel angekommen. Vor ihnen führte die Treppe in die Tiefe. »Erinnere dich: Wir dürfen nicht sprechen, wenn wir den Tempel betreten.«

Sheila nickte, dankbar für den Hinweis. Daran hätte sie jetzt vor lauter Aufregung nicht mehr gedacht. Sie stiegen die Stufen hinab. Es herrschte Totenstille. Der Dampf hing wie ein milchiges Glasgebilde in der Luft.

Sheilas Herz tat einen Sprung, als sie Irden sah. Er stand noch genau so da wie bei ihrem Weggang. Es hatte sich tatsächlich nichts verändert.

Ehrfürchtig blieb Sheila vor dem riesigen steinernen Kraken stehen. Er flößte ihr noch mehr Respekt ein als beim ersten Mal – nun, da sie wusste, wie wichtig das Heiligtum für Talana war. Ihre Hände zitterten, als sie die Spieluhr öffnete und das *Herz der Vergangenheit* herausholte. Wortlos drückte sie Mario die goldene Spieluhr in die Hand, dann wandte sie

sich dem steinernen Kraken zu und begann, an ihm hochzuklettern.
»Ich danke dir, dass du uns nach Atlantis und wieder zurück gebracht hast«, sagte sie zu dem weißen Kraken auf ihrer Hand. »Du warst ein sehr guter Freund.«

Und ich danke euch im Namen von Talana.

Ein Glücksgefühl durchströmte Sheila. Nie würde sie vergessen, wie der Krake mit ihr gesprochen hatte und welche innige Verbundenheit sie zu ihm verspürt hatte. Behutsam begann sie, an der Wand hochzuklettern. Schließlich erreichte sie die Öffnung und legte den Kraken hinein.
»Mach's gut, Herz der Vergangenheit!«

Das Glück sei mit euch!

In dem Moment, als Sheila den Kraken losließ, ging hinter ihr ein Blubbern und Zischen los. Der Teich dampfte. Im Vergleich zu der Stille vorher kam es ihr vor wie ein Höllenlärm. Sie blickte vorsichtig über die Schulter nach unten und sah, dass Irden seine Position verändert hatte und gespannt zu ihr heraufsah.
»Na, traust du dich nicht, in die Öffnung hineinzugreifen?«, fragte er.
Seine Stimme! Die vertraute Stimme, in der so viel Zuversicht und Liebe lagen. Sheila schossen die Tränen in die Augen.
»Doch … äh … wir sind schon zurück.«
Ihre Beine zitterten, als sie herunterkletterte. Dann stand sie vor Irden und blickte ihn an. Auf seinem Gesicht standen Freude und Erleichterung.

»Ihr habt es tatsächlich geschafft?« Irden umarmte erst Sheila und anschließend Mario.
»Das Herz«, sagte Mario mit belegter Stimme und deutete auf die Spieluhr. »Zaidon hat eines der Herzen gestohlen und mit nach Atlantis genommen, um damit einen Vulkan unter Kontrolle zu halten. Er muss ein falsches Herz hinterlassen haben. – Hier in dieser Spieluhr ist das echte.«
Irden streckte die Hände nach der Spieluhr aus. Dann sah er hinauf zu den drei Öffnungen.
»Natürlich«, murmelte er. »Ein falsches Herz. Es schlägt im verkehrten Takt – und deswegen passieren all die Veränderungen in Talana.«
»Welches ist es?«, fragte Sheila. »Das *Herz der Gegenwart*? Das *Herz der Zukunft*?«
Irden dachte nach. »Es muss das *Herz der Gegenwart* sein«, antwortete er dann. »Denn das *Herz der Zukunft* hätte Dinge in der Zukunft bewirkt. Zaidon wollte aber, dass der Vulkan ruht, während er an der Macht ist. Also muss er das mittlere Herz genommen haben.« Er sah Sheila an. »Wir steigen zusammen hinauf«, sagte er. »Ich nehme das falsche Herz heraus und du setzt das richtige ein. Und dann können wir nur hoffen, dass es – nach so langer Zeit – wieder zu schlagen beginnt.«
Sheila biss sich auf die Lippe. Sie wünschte sich so sehr, dass alles gut ging.
Irden öffnete den Deckel der Spieluhr. »Nimm es heraus, Sheila.«
Sheila langte in die Dose. Als sie die Berührung des Kraken fühlte, zuckte sie erschrocken zusammen. Er fühlte sich heiß und

viel kräftiger an als das *Herz der Vergangenheit.* Ihre Hand bebte, aber sie hielt ihn fest. Nach einigen Sekunden stellte sich dasselbe Gefühl der Vertrautheit ein, das sie bereits in Atlantis empfunden hatte.
»Du bist jetzt zu Hause«, sagte sie zu dem Kraken. »In Talana.«

Das ist gut … Endlich!

Sheila lächelte. »Soll ich jetzt raufklettern?«, fragte sie Irden. Der Magier nickte und gab Mario die Spieluhr. Während Sheila sich an der Wand hochzog, stieg Irden ebenfalls empor. Sie erreichten gleichzeitig die mittlere Öffnung. Irden wirkte angespannt und konzentriert, als er seinen Arm ausstreckte und hineingriff. Sheila war bereit. Die Arme des Kraken ringelten sich um ihr Handgelenk wie Armbänder.
Plötzlich schrie Irden auf. Er zog etwas Schwarzes, Schleimiges aus der Öffnung, das sich in seine Hand verbissen hatte. Es glich eher einer großen Spinne als einem Kraken. Sheila starrte Irden entsetzt an.
»Das Herz«, japste er. »Schnell, mach!«
Sheila streckte sich, um den Kraken in die Öffnung zu stecken. Er glitt von selbst hinein, offenbar froh, nach Hause zu kommen. Irden versuchte unterdessen, das Ding an seiner Hand loszuwerden, schüttelte heftig den Arm, verlor das Gleichgewicht und stürzte drei Meter tief hinab.
Mario schrie erschrocken auf und eilte zu ihm hin.
Der Magier lag reglos auf dem Steinboden. Sheila hatte vor Aufregung gar nicht bemerkt, dass sie die Wand hinabgeklettert war. Mit einem Mal stand sie neben Irden und zitterte am ganzen Leib.

»Oh nein, Mario!«
Irden stöhnte und begann sich zu bewegen. Mario und Sheila beugten sich zu ihm hinab und drehten ihn vorsichtig um. Der Magier hatte eine Platzwunde auf der Stirn, aber sein Blick war klar.
»Wo ist … das falsche Herz?«, murmelte er und versuchte, sich mit Marios Hilfe aufzusetzen.
Sheila blickte sich um. Sie sah, wie die schwarze Spinne eilig über den Boden lief. Sie krabbelte auf den brodelnden Teich zu, bremste zu spät ab, rutschte über den Rand und fiel ins Wasser. Es gab sofort eine grüne Explosion und stank fürchterlich nach Schwefel. Sheila presste die Hand auf den Mund.
»Das falsche Herz … ist gerade im heißen Wasser kaputtgegangen!« Sie wandte sich dem Magier zu. »Sind Sie verletzt?«
Irden berührte vorsichtig seine Stirn. »Nicht sehr. Es war hauptsächlich der Schreck. Ich konnte den Sturz mit den Händen abfangen.« Er lächelte. Dann blickte er zu dem steinernen Kraken empor.
»Ob das *Herz der Gegenwart* wieder zu schlagen beginnt?«, murmelte er. »Nach sechstausend Jahren?«
Er versuchte aufzustehen. Mario und Sheila zogen ihn hoch.
»Danke«, sagte Irden. »Es geht schon, ich kann allein stehen. Ihr braucht mich nicht zu stützen.«
»Sind Sie wirklich in Ordnung?«, vergewisserte sich Mario.
Irden nickte. »Mach dir keine Sorgen. – Schaut!« Er deutete auf den Teich.
Jetzt merkten alle, dass im Tempel der Zeit eine Veränderung vorging.

Das Wasser im Teich beruhigte sich. Es stiegen immer weniger Blasen empor und auch der Schwefelgeruch wurde schwächer.
»Der Teich fängt an, sich abzukühlen«, sagte Irden. Er blickte wieder an der Wand hoch.
Aus der mittleren Öffnung kam ein blendend weißes Licht, so hell, als hätte jemand darin einen Scheinwerfer angeknipst.
»Das Herz schlägt«, sagte Irden glücklich.
Und da fingen die Wände des Tempels auf einmal an zu singen – die Melodie der Spieluhr, rein und klar.
Sie hatten es geschafft. Talana war gerettet.

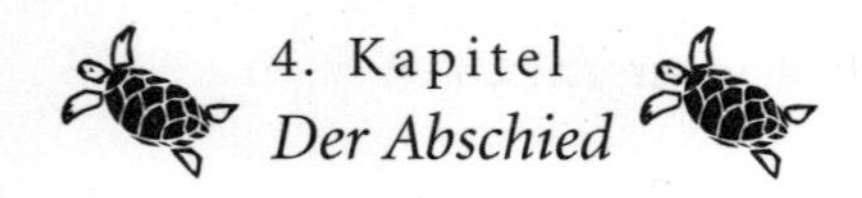

4. Kapitel
Der Abschied

Irden hatte seine Platzwunde mit dem blauen Heilstein geheilt. Sheila war fasziniert, dass nichts mehr zu sehen war. Auch an seiner Hand waren keine Spuren zu erkennen, obwohl die schwarze Spinne ihn heftig gebissen hatte.

Sheila, Mario und Irden saßen an dem kleinen Teich in der Nähe des Meeres. Die Sonne schien vom wolkenlosen Himmel und spiegelte sich auf dem Wasser. Sheila musste blinzeln. Es war so schön in Talana! Eine wunderbare Welt voller Heilkraft und Harmonie! Sie wäre am liebsten hiergeblieben, um diese Welt kennenzulernen. Doch sie spürte eine innere Unruhe, sobald sie an Gavino dachte. Ihr Vater wartete auf Sardinien auf sie und sicher machte er sich schon große Sorgen um sie. Sie konnte nicht bleiben.

»Ich verstehe nicht, warum sich die Spinne in das brodelnde Wasser gestürzt hat«, sagte Mario in ihre Gedanken. »Sie hat sich praktisch selbst vernichtet.«

»Wahrscheinlich war sie völlig durcheinander, weil ich sie von ihrem Platz weggenommen habe«, vermutete Irden. »Immerhin hat sie über sechstausend Jahre dort verbracht.«

»Und währenddessen Talana nach und nach vergiftet«, ergänzte Mario.

Irden nickte. »Sie hat sich heftig gegen meinen Griff gewehrt und so fest zugebissen, wie sie konnte. Vermutlich hat sie vor lauter Panik gar nicht mehr gemerkt, wohin sie läuft.«

»Gut, dass sie jetzt kein Unheil mehr anrichten kann«, sagte Mario.
»Es ist mir immer noch schleierhaft, dass ich nicht gemerkt habe, woran es liegt, dass Talana erkankt ist«, sagte Irden. »Ich hätte ahnen müssen, dass sich die Ursache im *Tempel der Zeit* befinden muss.« Er schüttelte den Kopf. »Na ja, ich war immerhin auch sehr lange von hier weg. Sechstausend Jahre eingeschlossen in einer Feuerkoralle …«
»Und Zaidon hat die Spinne bestimmt gut mit einem Zauber getarnt«, meinte Sheila. »Schließlich hatte er den Weltenstein.« Es überlief sie jetzt noch eiskalt, wenn sie daran dachte, was Zaidon alles mit dem Weltenstein angestellt hatte. Magie ließ sich zum Guten wie zum Bösen verwenden. Unwillkürlich griff sie nach ihrem Amulett, das noch immer um ihren Hals hing.
Irden bemerkte ihre Bewegung. »Das Amulett.« Er lächelte. »Eigentlich müsste ich es von euch zurückfordern. Aber ihr habt eine Belohnung verdient, schließlich habt ihr Talana gerettet. Du und Mario, ihr dürft euer Amulett behalten. Solange ihr es tragt, könnt ihr euch verwandeln und auch die HUNDERTKRAFT nutzen.«
Es wurde Sheila heiß vor Freude. Damit hatte sie nicht gerechnet. Sie hatte erwartet, das Amulett zurückgeben zu müssen – und dann wäre alles gewesen wie früher. Hamburg, Schule, normaler Alltag. Aber so … Sie strahlte Mario an.
»Das ist ja super! Dann können wir uns vielleicht doch öfter sehen, selbst wenn du hier in Talana bleibst.«
»Und was ist mit dem Weltentor?« Mario blickte Irden fragend an.

»Wenn ihr euch treffen wollt, dann werde ich dafür sorgen, dass das Weltentor für kurze Zeit geöffnet wird«, versprach Irden. »Ich vertraue euch. Ihr werdet ganz sicher nicht Zaidon nachahmen und eure Welt mit der Magie aus Talana auf den Kopf stellen.«

Sheila griff nach Marios Hand und drückte sie. »Bestimmt nicht«, beteuerte sie. Sie konnte es noch immer nicht fassen, welches Geschenk ihnen Irden gerade gemacht hatte.

»Habt ihr vielleicht noch einen Wunsch, den ich euch erfüllen kann?«, wollte Irden wissen.

Mario und Sheila blickten sich ratlos an. Einen Wunsch? Sie hatten ganz viele Wünsche, aber keinen, der so wichtig gewesen wäre, ihn leichtsinnig zu verschwenden.

Sheila biss sich auf die Lippe. Ihr war gerade ein Gedanke gekommen.

»Ich weiß nicht, ob es geht …«

»Dann rede.«

»Es geht um Spy«, murmelte Sheila. »Er ist jetzt ein ganz normaler Fisch … Das ist schön für ihn, aber irgendwie auch schade. Er ist ein richtiger Freund geworden, aber wenn wir ihn wiedertreffen, erkennt er uns vielleicht gar nicht mehr. Und wir erkennen ihn möglicherweise auch nicht.«

Mario nickte zustimmend.

»Ihr wisst, dass ihr fast mit allen Meeresbewohnern sprechen könnt, wenn ihr das Amulett tragt«, sagte Irden. »Aber ich werde mich trotzdem darum kümmern. Spy wird sich erinnern, was er zusammen mit euch erlebt hat.«

»Danke«, sagte Sheila. Sie fühlte sich froh und zuversichtlich, obwohl sie wusste, dass sie Talana verlassen musste, und auch der Abschied von Mario bevorstand. Doch es würde zum Glück kein Abschied für immer sein. Mit dieser Hoffnung würde sich auch das nicht immer einfache Leben in Hamburg ertragen lassen.

Wenig später schwamm Sheila mit Mario zwischen den wunderschönen farbigen Palästen hindurch. Verschiedene Fische und einige Goldkraken waren schon dabei, den Schaden zu reparieren. Sheila schaute bewundernd zu.
»Talana ist wirklich eine fantastische Welt. Ich kann schon verstehen, dass du nicht mehr in die Welt der Menschen zurückwillst.«
»Ich habe mich dort nie richtig heimisch gefühlt«, gestand Mario. »Ich hatte nie Freunde. Meine Mutter und ich, wir waren immer auf der Flucht.«
»Ich weiß.« Sheila musste an Alissa denken. Sie hatte sie gesehen, als sie mit Irden sprach, und war überrascht gewesen, wie jugendlich und gesund Marios Mutter wirkte. Als Sheila sie das letzte Mal getroffen hatte, war sie alt und gebrechlich gewesen, eine gezeichnete Frau – das Opfer von Zaidons bösen Machenschaften. In Talana war sie geheilt worden, aber sie konnte nie mehr in Sheilas Welt leben. Das war auch ein Grund, weswegen Mario in Talana bleiben wollte.
Sie näherten sich dem Weltentor, dem prächtigen Farbtunnel, der schöner war als alles, was sie in Atlantis gesehen hatten.
»Ich begleite dich noch an den Strand zurück«, sagte Mario leise.

Sheila freute sich sehr, dass Mario mitkam. So ließ sich der Abschied noch ein bisschen hinauszögern. Am liebsten wäre sie ganz langsam zurückgeschwommen, um noch möglichst viele Stunden mit ihm zu verbringen. Aber Gavino würde bestimmt warten. Sheila wusste nicht, wie viel Zeit während ihrer Reise verstrichen war. Sie hatten sich ja vor allem in der Vergangenheit bewegt. Aber einige Stunden dürften es schon gewesen sein, hier in Talana.

Sie schwammen in normalem Tempo, ohne die HUNDERTKRAFT zu benutzen. Unterwegs riefen sie sich immer wieder Einzelheiten ihres Abenteuers ins Gedächtnis zurück. Sie tauchten abwechselnd im tiefen Wasser und vollführten übermütige Sprünge an der Meeresoberfläche. Es war so schön, ein Delfin zu sein …

Das Wasser wurde flacher. Vor ihnen lag der Strand, den Sheila inzwischen so gut kannte. Der Abschied war jetzt unvermeidlich.

Sie verwandelten sich und wateten langsam aufs Ufer zu. Als sie nur noch wenige Meter entfernt waren, blieben sie stehen. Das Wasser reichte ihnen bis zu den Oberschenkeln.

»Wie lange bleibst du noch auf Sardinien?«, fragte Mario.

»Noch ein paar Tage, dann fliegen wir zurück nach Hamburg.«

»Vielleicht werde ich dich dort mal besuchen. Ich bin noch nie in Hamburg gewesen.«

»Du besuchst mich wirklich?«

»Mal sehen, was sich machen lässt.«

Sie sahen einander an. Dann umarmte Mario Sheila ein bisschen ungeschickt.
»Mach's gut, Sheila. Pass auf dich auf.«
»Auch dir alles Gute, Mario.«
Sie lösten sich voneinander.
»Hier. Das gehört ja dir.« Er drückte ihr die goldene Spieluhr in die Hand.
Sheila schnitt eine Grimasse. »Ich werde sie behalten, auch wenn sie mir eigentlich nicht gehört. Schließlich spielt sie die Melodie von Talana und so kann ich mich in Hamburg immer daran erinnern.«
Mario nickte. Sie lächelten einander noch einmal zu, bevor er ins Meer zurückwatete und Sheila ans Ufer. Beide drehten sich um und winkten. Dann tauchte Mario unter.
Sheila schluckte. Aber diesmal war sie sich sicher, dass sie sich wiedersehen würden.
Auf dem Felsen stand eine Gestalt. Gavino. Er hatte ein Fernglas in der Hand.
Sheila rannte über den Sand. Ihr Vater kletterte die Böschung herunter.
»Sheila! Endlich!« Er schloss sie in die Arme. »Ich habe mir solche Sorgen um dich gemacht.«
»Gavino!« Sheila drückte sich an ihn. Wie gut es war, einen Vater zu haben. Sie wusste, dass er sie verstand und ihr keine Vorwürfe wegen ihres Wegbleibens machen würde. Schließlich war er selbst ein Meereswandler gewesen.
»Du musst mir alles erzählen«, verlangte er, als er sie losließ. »Jede Einzelheit!«

»Mach ich, klar.«
Er legte seinen Arm um sie und betrachtete sie mit väterlichem Stolz.
»Alles in Ordnung mit dir?«
»Und wie.«
Sheila drehte sich um und schaute übers Meer.
Weit draußen sprang ein Delfin aus dem Wasser.

An Mario und Sheila!

Vielleicht werdet Ihr eines Tages diese Botschaft lesen. Ich hoffe es so sehr!
Ihr habt mir ja erzählt, dass es in Eurer Zeit Methoden gibt, fremde Schriften und Sprachen zu entziffern. Oder dass Ihr uralte Zeichen lesbar machen könnt.

Möglicherweise findet ja einer Eurer Wissenschaftler dieses Papyrusstück, das ich nachher in einen kleinen Tonkrug stecken werde. Ich werde die Öffnung mit einem Wachspfropfen verschließen und den Krug im Sand vergraben. Wenn das Schicksal es will, wird meine Nachricht Euch irgendwann erreichen.

Ihr sollt wissen, dass es uns hier auf der Insel sehr gut geht. Fenolf hat meine Mutter geheiratet. Er ist Brom und mir ein richtiger Vater. Wir sind hier glücklich. Meine Mutter webt die schönsten Stoffe, die sehr gefragt sind.

Fenolf hatte recht, es ist die Insel, auf der Melusa und ihr Vater Irwin regieren. Irwin ist ein gerechter König. Allen Bewohnern dieser Insel geht es gut. Die Königstochter Melusa ist wirklich sehr schön, aber Brom meint, Sheila sei mindestens genauso schön.

Es sind noch etliche Leute nach uns auf diese Insel gekommen. Ich bin froh, dass es doch vielen gelungen ist, rechtzeitig zu fliehen und den Untergang von Atlantis zu überleben. Die Inselbewohner haben die Flüchtlinge freundlich aufgenommen, genau wie uns.

Hier gibt es tatsächlich Orangenbäume, Zitronen und wunderbare Weintrauben. Die Erde ist sehr fruchtbar. Aber Brom und ich gehen am liebsten zum Strand und schwimmen als Delfine im Meer. Manchmal kommt auch Fenolf mit. Er kann sich jetzt übrigens ohne Probleme verwandeln!

Ich denke oft an Euch und stelle mir vor, wie es wäre, wenn Ihr hier leben würdet. Ich habe Saskandra schon gefragt, ob wir uns vielleicht irgendwann wiedersehen werden, aber sie hat mir bisher nie eine Antwort gegeben. Saskandra sitzt meistens neben dem Webstuhl meiner Mutter. Ab und zu kommen Leute, die sich von ihr die Zukunft vorhersagen lassen. Sogar Melusa ist schon da gewesen!

Jetzt muss ich Schluss machen. Brom steht neben mir. Er kann es gar nicht erwarten, bis wir den Krug im Sand vergraben.

Viele Grüße und danke für alles
Talita